家藏文库

古诗十九首
乐府诗选

党圣元　李正学　注评

中州古籍出版社
·郑州·

图书在版编目（CIP）数据

古诗十九首　乐府诗选 / 党圣元，李正学注评．—郑州：中州古籍出版社，2021.8
（家藏文库）
ISBN 978-7-5348-9695-8

Ⅰ.①古… Ⅱ.①党…②李… Ⅲ.①古典诗歌–诗集–中国②乐府诗–诗集–中国–古代　Ⅳ.①I222

中国版本图书馆 CIP 数据核字（2021）第 124412 号

JIACANG WENKU : GUSHI SHIJIU SHOU　YUEFU SHIXUAN

家藏文库：古诗十九首　乐府诗选

选题策划	卢欣欣　赵发杰
约稿统筹	卢欣欣
责任编辑	李　芳
责任校对	岳秀霞
封面设计	王　歌
版式设计	曾晶晶

出 版 社	中州古籍出版社（地址：郑州市郑东新区祥盛街27号6层邮编：450016　电话：0371-65723280）
发行单位	河南省新华书店发行集团有限公司
承印单位	河南新华印刷集团有限公司
开　　本	640 mm×960 mm　1/16
印　　张	26.25
字　　数	336 千字
版　　次	2021年8月第1版
印　　次	2021年8月第1次印刷
定　　价	58.00 元

本书如有印装质量问题，请与出版社调换。

前　言

　　谈起中国古代的诗歌，人们一般会首先想到唐诗。的确，泱泱盛唐孕育了犹如牡丹盛开一样繁花锦簇的唐诗，以至于在国人心中，很早就形成了"熟读唐诗三百首，不会作诗也会吟"的俗谚（清孙洙《唐诗三百首序》）。其次会想到《诗经》（又称《诗三百》）。因为圣贤孔子的亲自删改，这部最早的诗歌总集，早在唐诗之前就被奉为一部高文雅典，传诵不息。至今青年男女结婚时，还经常贴一副喜联："诗歌杜甫其三句，乐奏周南第一章。""周南第一章"，指《诗经·周南》中的第一首诗《关雎》。首章曰："关关雎鸠，在河之洲。窈窕淑女，君子好逑。"借用河边鸟儿的雌雄和鸣，比兴恋爱中男女的相互倾慕。"杜甫其三句"，指唐代大诗人杜甫《四喜》诗中的第三句"洞房花烛夜"。可见，《诗经》与唐诗已经深深地嵌入普通人的日常生活，留下了不可磨灭的烙印，因此能为人们熟知并铭记。

　　本书关注的是《古诗十九首》与乐府诗（主要是唐之前的乐府诗）。这两种诗体，介于《诗经》与唐诗之间，对于促进五言诗体的发展，起到了至为关键的作用。如果没有这两种诗体的充分发展，唐诗就不会最终走向成熟。中国的诗歌高原，也不会由西周至春秋时期的《诗经》，过渡到公元7至10世纪的唐诗。处在两大高原之间，《古诗十九首》与乐府诗似乎稍显逊色。但是，只要看一看那些至今仍然广为传唱的名言佳句，如《古诗十九首》中"相去日已远，衣带日已缓"（《行行重行行》）、"人生天地间，忽如远行客"（《青青陵上柏》）、"同心而离居，忧伤以终老"（《涉江采芙蓉》）、"盈盈一水间，脉脉不得语"（《迢迢牵牛星》）、"去者日以疏，来者日以亲"（《去者日以疏》）、"生年不满百，常怀千岁忧"（《生年不满百》），乐府诗中"少壮不努力，老大徒伤悲"（《长歌行》）、"愿得一心人，白头不相离"（《白头吟》）；读一读那些被中小学乃至大学《语文》教材选入的经典名篇，如《焦仲卿妻》（一作《孔雀东南飞》）、《木兰诗》、《敕勒歌》、《江南》、《西洲曲》；诵一诵那些被改编成现代流行歌曲的不朽篇章，如20世纪90年代台湾电视剧《青青河边草》的同名主题歌中"青青河边草，悠悠天不老"，改编自《古诗十九首》"青青河畔草，郁郁园中柳"、乐府诗《饮马长城窟行》"青青河畔草，绵绵思远道"，电视剧《还珠格格》的插曲《当》中"当山峰没有棱角的时候，当河水不再流"，改编自汉乐府诗《上邪》"山无陵，江水为竭，冬雷震震，夏雨雪，天地合，乃敢与君绝"，我们能感受到，《古诗十九首》与乐府诗仍然和时下的生活密切相关，仍然是不可多得的脍炙人口的佳句名篇，值得珍视。

一

《古诗十九首》是一组诗名。顾名思义，由十九首古诗组成。"古诗"，乃诗体之称。始见于东汉史学家班固（32—92）的《两都赋序》："赋者，古诗之流也。"南朝齐梁间，渐成为一个诗评概念。钟嵘（约468—约518）的《诗品》开卷首标"古诗"，有"其体源出于《国风》"之断，刘勰（约465—约532）在《文心雕龙·明诗》中有"古诗佳丽"

之评,皆用以称呼汉代流传下来的五言诗。钟嵘提到的"古诗",明确者包括《去者日以疏》《客从远方来》《橘柚垂华实》在内,有"四十五首"之多。考虑到其去汉久远,典籍涣散,当时能看到的"古诗"的实际数量可能还要多得多。如此众多的古诗,自然为编选提供了方便与前提。在这种情况下,南朝梁代的太子萧统(501—531)从散存的古诗中,选择了十九首颇具有代表性的,编辑在一起,并以《古诗十九首》为题标示,收入《文选》第二十九卷《诗己·杂诗上》。从此,《古诗十九首》成为一个定名,在社会上逐渐传播开来。

稍后,南朝梁陈间的诗人徐陵(507—583)也为这些古诗的存世做出了贡献。在他编纂的《玉台新咏》中,卷一开篇题"《古诗》八首",其中的《凛凛岁云暮》《冉冉孤生竹》《孟冬寒气至》《客从远方来》,分别是《古诗十九首》的第十六首、第八首、第十七首、第十八首;并且,同卷中收录了枚乘《杂诗》,其中的《西北有高楼》《东城高且长》《行行重行行》《涉江采芙蓉》《青青河畔草》《庭中有奇树》《迢迢牵牛星》《明月何皎皎》等八首诗,分别是《古诗十九首》的第五首、第十二首、第一首、第六首、第二首、第九首、第十首、第十九首。这样,《玉台新咏》总共保存了十九首中的十二首。《文选》与《玉台新咏》,是继孔子编辑《诗经》、刘向编辑《楚辞》之后,在魏晋南北朝时期出现的两部最重要的诗文选集。它们对于《古诗十九首》几乎同时的收录,使其在后世名声大震。

我们注意到,作为最早的研究者与整理者,钟嵘、刘勰、萧统、徐陵这四人,对《古诗十九首》的作者与时代,是颇有分歧的。因而造成《古诗十九首》研究史上的一大公案,可谓众说纷纭,莫衷一是,最是存疑。关于作者,钟嵘引曰"旧疑是建安中曹、王所制"(《诗品》卷上),事实上他自己并不确定。刘勰疑为枚乘所作,并断定"其《孤竹》一篇,则傅毅之词"(《文心雕龙·明诗》)。萧统均未题作者姓名。相较而言,徐陵最是大胆,他将八首径置于枚乘名下,另四首则不载名氏。至于唐代,学者李善在注《文选》时总结说:"五言并云古诗,盖不知作者,或云枚乘,疑不能明也。"(卷二十九)具体作者不能确定,作者所属的身份则可约略推知。上述提到的"曹、王",分别指建安时期的诗坛杰才曹植(192—232)与王粲(177—217),本书对他们的诗歌都有选录。枚乘(?—公元前140)也是文学史上的名家,为西汉淮阴(今江苏淮安)人,著有《七发》等辞赋九篇。《七发》对后世汉赋影响深远,以至于使"七"也成为一种特定文学体裁。刘勰《文心雕龙·杂文》评论曰:"自《七发》以下,作者继踵。观枚氏首唱,信独拔而伟丽矣。"傅毅(?—约90),为东汉辞赋家,著有《舞赋》《七激》等作品,《七激》便是"七"体文学系列作品之一。古代文学创作尚伪托、假托之风,常把作品假借为出自成名日久的名家之手来扬名。此处指为枚乘、傅毅、曹植、王粲四大文人的手笔,既是从扩大影响上着眼,显然也是对《古诗十九首》写作成熟的高度肯定。而从作品的实际描写看,多出现游子、思妇这样的形象,前如"思还故里闾"(《去者日以疏》)、"不如早旋归"(《明月何皎皎》),后如"与君生别离"(《行行重行行》)、"但感别经时"(《庭中有奇树》)等;多流露出对贫困生活的体验与感受,如"无为守贫贱,轗轲长苦辛"(《今日良宴会》)、"弃我如遗迹"(《明月皎夜光》)、"立身苦不早"(《回车驾言迈》)等。这说明作者当属于身处下层、生活不如意、经常在外漂泊的文人。

关于时代,钟嵘称"人代冥灭"(《诗品》卷上)、"古诗眇邈,人世难详",认为难于具体推定,然又推其文体,以为"固是炎汉之制,非衰周之倡也"(《诗品序》),从与《诗经》相区别的角度,指出乃是汉代的作品。刘勰推定为"两汉之作"(《文心雕龙·明诗》),亦未明确说出是西汉还是东汉。李善《文选》注，据"驱车上东门""游戏宛与洛"之句，认为"此则辞兼东都"。意思是说，基本上是西汉作品，也兼有东汉之作。其他的说法，还有建安说、梁代说等。至于明代，被誉为"三才子"之首的杨慎在《丹铅总录》中提出了一个折中的说法，即"非一人之作，亦非一时也"。这个观点比较符合十九首的写作事实，因而较为一般研究者接受。近代以来，有关其时代的考证与论述日夥，此处不再赘引。著名华裔学者、加拿大皇家学会院士叶嘉莹先生在《汉魏六朝诗讲录》中认为"都是东汉之作"，"很可能是班固、傅毅之后到建安曹王之前这一段时期的作品"。综合考虑，这应该是较为妥帖而接近历史真实的一个结论。

《古诗十九首》的内容主要有三类。一是抒写游子思妇之相思。从篇目上看，明显提到思妇的诗大概有十一首，提到游子的诗大概有十三首，而且相互交织者多，各自独立者少。写思妇的诗，情感较为单纯，主要抒发对离别夫君的殷殷思念。其中，有新婚离别之思，如《冉冉孤生竹》；有久嫁独守之思，如《孟冬寒气至》；有倡女作妇之思，如《青青河畔草》。当然，多数为良女嫁娶之思。因思妇类型的不同，思情表现亦有隐露之别。倡家女作荡子妇，发出了"空床难独守"的声音，历来颇受礼教之士的指责。思妇既以思夫为主，所以也可以说每一首思妇诗又都是游子诗，游子是站在思妇的前面的。写游子的诗，情感则较为多向。或有思念家中妻子之言，如《孟冬寒气至》《客从远方来》；或有浓烈思乡之意，如《去者日以疏》。二是抒写人生苦短的慨叹。有的因功名未立引起，如《回车驾言迈》云"人生非金石，岂能长寿考"；有的因夫妇离别引起，如《冉冉孤生竹》云"过时而不采，将随秋草萎"；有的因欢乐短暂引起，如《今日良宴会》云"人生寄一世，奄忽若飙尘"；有的因时物疾速变化引起，如《回车驾言迈》云"所遇无故物，焉得不速老"，《东城高且长》云"四时更变化,岁暮一何速";有的因死生对比引起,如《驱车上东门》云"人生忽如寄,寿无金石固"。三是抒写士子的内心焦虑。或是写对屈于贫穷落魄的内心不甘,如《生年不满百》;或是写友人高举、抛弃自己而引起的人情冷暖之虑,如《明月皎夜光》;或是写在追求功名利禄的道路上产生的困扰苦恼,如《今日良宴会》《回车驾言迈》;或是写富贵奢华的生活现象背后掩盖的无限精神空虚,如《青青陵上柏》。可见,虽然只有十九首古诗,但它们抒写的内容是十分丰富的,基本上把古代诗歌中所有主题都写尽了。

作为现存最早的文人五言诗,《古诗十九首》长于抒情,善用事物作烘托,寓情于景,情景交融,有力推动了古代抒情文学的发展。历代诗评家都予以极高评价。钟嵘《诗品》卷上称它"虽多哀怨,颇为总杂","亦为惊绝矣"。刘勰《文心雕龙·明诗》称它"结体散文,直而不野,婉转附物,怊怅切情,实五言之冠冕也"。元代陈绎曾《诗谱》称它"情真、景真、事真、意真,澄至清,发至情"。明代谢榛《四溟诗话》卷三称它"格古调高,句平意远,不尚难字,而自然过人矣"。明代胡应麟《诗薮·内编》卷三称它"兴象玲珑,意致深婉,真可以泣鬼神,动天地"。而评价最高者,莫如清代的陈祚明,他在《采菽堂古诗选》卷三中说:"《十九首》所以为千古至文者,以能言人同有之情也。"人同有之情有二,一曰"人情莫不思得志",二曰"人情于所爱,莫不欲终身相守"。"同有之情,人人各具","但人人有情而不能言,即能言而言不能尽";而且所谓"尽"又非指一览无遗,《十九首》的作者"惟含蓄不尽,故反言之,乃足使人思",所以特推以为"至极"。"千古至文"(《焚书》卷三《童心说》)是明代大思想家李贽提出的概念,用以指《史记》《杜子美集》《苏子瞻集》《水浒传》等皇皇巨著。陈祚明把《十九首》加入这个序列,无疑是对其价值的最高肯定。

二

乐府诗，指由乐府机关采集并演唱的歌曲。在汉代叫"歌诗"，是随着汉武帝建立乐府署而兴起的，故又简称"乐府"。据班固（32—92）《汉书·礼乐志》记载："（武帝）乃立乐府，采诗夜诵，有赵、代、秦、楚之讴。以李延年为协律都尉，多举司马相如等数十人造为诗赋，略论律吕，以合八音之调，作十九章之歌。"这里说明乐府有两大职能，一是负责到民间采诗，供给官府"夜诵"之用；一是选任专职人员，造诗赋、协音律，以备"郊祀之礼"。那些从民间采来的诗歌，如"赵、代、秦、楚之讴"，便是地道的民歌，即俗乐。而那些由西汉著名文人司马相如（约公元前179—约公元前118）等"数十人"所造的诗赋，便是高雅的文人诗，即雅乐。乐府诗就由这两种看似截然不同的诗体组成。

先看民歌。班固《汉书》中另有两条记载，值得注意。《艺文志》云："自孝武立乐府而采歌谣，于是有赵、代之讴，秦、楚之风，皆感于哀乐，缘事而发，亦可以观风俗，知厚薄云。"这里点出了采诗的范围，如赵、代在今河北、山西一带，秦在今陕西一带，楚在今湖北、湖南一带，几乎遍及黄河与长江两大流域，可谓地域广阔。又指出了诗的功用，诗感于情、缘于事，直接发出了普通人民的心声，从中可以反映各地风俗同异、民生好坏以及施政得失，是很好地了解社会、认识社会的一面镜子。《食货志》云："孟春之月，群聚者将散，行人振木铎徇于路，以采诗，献之大师，比其音律，以闻于天子。故王者不窥牖户而知天下。"这里指出了乐府民歌的采制过程，第一步是由掌号令的官员即"行人"到各地进行采集，第二步是由精通音律的乐官即"大师"进行必要的音乐加工，制成可以唱的"歌诗"，然后在饮宴等场合演唱给天子听，寓教于乐，使其足不出户，就能最大限度地感受民间疾苦，掌握社会发展的动态。民歌之用甚大，绝不可小觑。

再看文人诗。根据班固所记，文人为乐府机关创作诗赋，并不是完全自由的，有一个非常必要的限制就是能合"八音之调"，也即应追求音乐表达，做到真正的诗乐合一。因此，能否入乐、合乐，是文人乐府诗很重要的考量。如何做到合乐？途径之一是由李延年这样通晓音乐的"协律都尉"帮助润色修饰，途径之二乃是文人们应自觉地去向民歌学习，毕竟在刚一开始的时候采集到的民歌数量多、精品多，而且民歌离歌唱的距离更近一些。鲁迅说过："歌诗词曲，我以为原是民间物，文人取为己有。"（《鲁迅书信集·致姚克》）作为新建的统治机构，乐府就起到了激发文人取民歌"为己有"的作用，从而极大地促进了文人创作与诗体形式的创新。

乐府诗体的确立，具有重要意义。不仅促使乐府诗摆脱机构管理的束缚，获得独立自由的发展空间，而且有利于其发挥保存民歌的天然功能，有利于承传其促进民歌与文人诗互动发展的良性机制。因此，我们看到，尽管在历史上乐府的名称、职能与建制几经变化，如汉哀帝刘欣（公元前25—公元前1）曾"罢乐府"，去俗乐、留雅乐，东汉改建黄门鼓吹署，魏晋由于战争频繁，乐官形同虚设，采诗制度弃用，但都没有阻止乐府诗的持续成长与壮大。南北朝时已引起文人对乐府诗广泛注意，并在总集中着手进行收入，从而使其在口头传播、音乐传播、娱乐传播之外，获得了一种新的、更加长久可靠的传播方式。沈约（441—513）《宋书·乐志》中便载有56题95首乐府诗，数量甚夥。

乐府诗的发展，一直是民歌与文人诗两大分支之间的争奇斗艳。汉代由于重视采诗，故乐府诗的精华在民歌，尤其集中在"相和歌辞"中，如《陌上桑》《东门行》等都是名篇；次则为"杂曲歌辞""鼓吹曲辞"，分别诞生了《焦仲卿妻》《有所思》《上邪》等名篇。汉代文人诗的一大特色，是刘姓帝王家族多出写诗高手，高祖刘邦《大风起》、武帝刘彻《秋风辞》不必说，昭帝刘弗陵《黄鹄歌》、灵帝刘宏《招商歌》、赵幽王刘友《赵幽王歌》、广陵王刘胥《广陵王歌》以及部分女性成员如戚姬《戚夫人歌》、刘细君《乌孙公主歌》等，都值得一读，为后世很多帝王、诗人所不能及。他们的作品，都带有鲜明的民歌特点，显然与长期接受民歌的熏陶分不开。

魏晋乐府迥然一变，由于采诗不用，致使民歌数量锐减且缺乏佳作，反倒是文人诗成长为主流，让诗坛熠熠生辉。特别是建安时期，以曹氏父子（曹操、曹丕、曹植）为引领，出现了一大批才华横溢的诗人。在无法取得与时新民歌互动的情况下，他们转而把目光投向汉代乐府旧题，竞相仿效模拟，大量借旧题以制辞。当然，这些制作往往也无暇得到乐官的配乐。在这种情况下，乐府诗所必需的音乐体制被打破了，部分诗歌与歌曲分离，成为一种纯粹的新诗体。是故，魏晋以后，乐府诗既有配乐可歌者，又有无乐徒供吟赏者。

南朝乐府中，民歌既多，文人乐府亦众，一时略呈均势。受南方地理环境影响，民歌以吴声、西曲、神弦为主，清婉哀艳，几乎全是缠绵悱恻的爱情诗，如《西洲曲》《子夜歌》等自是名篇。文人乐府应该说数量虽多，但质量上不如民歌。模拟汉魏旧题者，处在建安之下，多滞板乏色；模拟吴声、西曲者，缺乏民间的纯质灵动，成为艳情之作。尤其是萧梁以后，"宫体诗"泛滥，连汉魏旧题古意之作也迷恋于艳情了，从而汉魏乐府的风骨精神丧失殆尽。其中，唯有鲍照（约414—466）能发出健壮高亢之音，一骑绝尘，成为南朝文人乐府擎旗手。

北朝乐府气象又改。一是民歌如繁星璀璨，文人乐府寥若晨星，发展失衡；二是民歌无论内容与风格皆与南朝判然有别。"艳曲兴于南朝，胡音生于北俗。"（沈约《宋书·乐志》）与南朝吴声、西曲专写缠绵恋情不同，北朝民歌主要是在戎马生涯中诞生的鼓角"横吹曲辞"，多展现广阔壮美的自然环境、频繁的战争惨况、艰辛的生活苦难，以及北方民族英勇豪迈的性格，且多为抒情短章，如《敕勒歌》等，长篇叙事诗《木兰诗》是极少的例外。

隋朝乐府是南朝、北朝乐府的延续与合流，并成为唐代"新乐府运动"兴起之前的过渡，略过不提。

总体上看，乐府诗代表着汉魏六朝诗歌的最高成就。它的突出特色之一，是"感于哀乐，缘事而发"，具有深厚的生活底蕴，广泛地反映了当时社会生活的全貌。爱情之作，不唯有青年人的爱情如《上邪》《子夜歌》之类，亦有人到中年时的爱情如《妇病行》《东门行》之类，更有老年人的爱情如《公无渡河》；不唯有南方人的爱情如《西洲曲》，亦有北方人的爱情如《地驱乐歌辞》等。战争之作，不唯有英雄的悲壮之歌如《力拔山操》，更有英雄的豪迈之歌如《大风歌》；不唯有将军的《武溪深行》，更有普通士兵的《十五从军征》；不唯有夸赞男儿的《企喻歌辞》，亦有歌颂女中豪杰的《木兰诗》；不唯有哀叹战士之死的《战城南》，更有哀叹普通百姓死亡的《蒿里》。突出特色之二，是风格质朴刚健，多针砭时弊之作，具有极强的现实性与针对性。不论是民歌还是文人诗，都能深刻地揭露当时社会的真实状况，堪称"诗史"之作。揭露人民生活痛苦与悲愤的，如汉代民歌《孤儿行》、阮瑀《驾出北郭门行》、王粲《七哀诗》等；揭露战争与徭役残害的，如左延年《从军行》、北朝民歌《紫骝马歌辞》、隋朝民歌《挽舟者歌》等；揭露社会黑暗、统治阶级极端腐朽堕落的，如汉代民歌《乌生》《蜨蝶行》《陌上桑》，辛延年《羽林郎》等。突出特色之三，是杰出的叙事才能。汉乐府叙事诗的成就超过了抒情诗，标志着中国古代叙事诗的成熟。具体表现为：一叙事整体感强，详略得当，繁简有法。尤其是对于长篇叙事诗的熟练驾驭让人叹为观止，《焦仲卿妻》情节跌宕起伏，扣人心弦；《木兰诗》富于戏剧性，让人击节叹赏。二注重场面、细节描写和情景烘托，逼真入神。如《战城南》描写将士死后的景象"水深激激，蒲苇冥冥"，以草地的死寂与悲凉寄托浓郁的哀悼之情；《陌上桑》对罗敷之美、其夫之美的极力夸饰，都增强了诗歌的气势与感染力。三塑造了一大批鲜明生动的人物形象。有名者如刘兰芝、焦仲卿、木兰、罗敷、胡姬、秦女休等，无名者如《东门行》与《妇病行》中的男子，一个刚强，一个软弱，让人过目难忘。

三

把《古诗十九首》与乐府诗合在一起进行评析，一方面乃因两者是汉代新诗型的代表。继《诗经》、《楚辞》之后，汉代出现的乐府诗和古诗，多为杂言体、五言体和七言体，尤其表现出五言与七言日渐稳定的趋势，对五言诗、七言诗的发展做出了重要贡献。后人在回顾这一段诗歌史的时候，常把两者放在一起进行讨论。如明代竟陵诗派的创始人钟惺在《古诗归》中说："苏李、十九首与乐府微异，工拙浅深之外，别有其妙。乐府能著奇想，著奥辞，而古诗以雍慕平远为贵。乐府之妙，在能使人惊；古诗之妙，在能使人思。然其性情光焰，同有一段千古常新、不可磨灭处。"另一方面两者概念有相互交叉，很多作品亦颇存相通之处。一些古诗是当时未被采录入乐、独立流传的，而乐府诗一旦脱离音乐、失去标题即可为古诗。乐府诗《饮马长城窟行》与十九首《行行重行行》，乐府诗《伤歌行》与十九首《明月皎夜光》《明月何皎皎》，无论是主旨思想还是词句表达，都存在很大的相似性。

全书共分《古诗十九首》与乐府诗选两大部分。乐府诗选按年代又分为两汉乐府、魏晋乐府、南朝乐府、北朝乐府、隋朝乐府。乐府诗皆先列民歌，后列文人乐府。每首选诗以下均按注释、赏鉴、辑评三部分进行编排。

书中所选乐府诗主要依据宋人郭茂倩《乐府诗集》，次者南朝梁萧统《文选》，少许不载者别选他本。选诗时，一是注意到各时期及各位诗人的分布，尽量避免一题多选和一人多选。诗人多选者唯曹操（5首）、曹植（7首）、鲍照（6首）三人，皆于乐府诗有开创与开拓之功，是魏晋六朝乐府诗的杰出代表。二是注意到读者的接受，多选能够深入反映社会生活的诗和歌咏爱情的诗，少选阐扬养生及佛道的哲理诗，以拉近与普通读者的距离。

诗歌的注释，除作字词诗句解释外，个别难读难认的字标以拼音，以便于阅读。对于一些长期存在争论、难于解释的诗句，尽量给出自己的理解。例如，《妇病行》中"思复念之""襦复无里"，余冠英《乐府诗选》（中华书局2012年版）认为第一个"复"通"服"，"复念"为"服念"，与"思"同义。本书认为是不正确的，"复"当作"又"解。第二个"复"，余冠英《乐府诗选》、曹旭《古诗十九首与乐府诗选评》（上海古籍出版社2011年版）等皆未作注，本书解为同"複"，有里的衣服，即夹衣。又如《蜨蝶行》中"雀来燕"，余冠英《乐府诗选》谓"未详"。本书解作"飞来飞往的尽是家雀和燕子"，意即蜨蝶被捉而来，自感来的不是地方，命可担忧。

诗歌的赏鉴，一是注重整首诗的完整性与一致性。例如《鸡鸣》，曹旭《古诗十九首与乐府诗选评》认为，全诗可分三段，"三段之间，缺少明确的有机联系"。本书则认为全诗首尾呼应，中间衔接紧密，是一个完整的整体。又如《西洲曲》，一反前人只重其抒情写景的评析，本书以为全诗的结构乃是分别以"忆梅""忆郎"引起两段，更一目了然。二是强调"诗情"重于诗理。主张情感上的统一性大于理绪的纷乱性,从而力图对于历来难解的诗歌提出新评。例如《陇西行》中起首八句,余冠英《乐府诗选》提出"拼凑成篇"说,多数选本也均以为不可解。本书则提出,前八句乃是以天上星象起兴对比,用拟人化的手法,写出天上女子持户的情景,以与下文人间女子持户作映衬,天上、人间,恰然成篇。三是注意本着最有利于艺术表现的原则。即努力从该诗如何才能最好地抒发情感、揭示社会现实问题的角度,进行赏鉴。例如《妇病行》中结尾"乱曰",前人有妇人之言、丈人之言、诗人之言三说,显然"丈人"说更能表现诗中的强烈之情。本书就解作丈人之言,认为乃是在抒写他的心声。

所辑评语,依时代顺序排列,同一时代则依生年先后排列。属于古代的,标注朝代,近现代人则不标。一般只取总评,字句评点解析之类,概不收录。而所辑也尽量力求精要,并不一味求多。至于少许选诗未列辑评,亦不以为憾,但望读者能体谅焉。

目　录

古诗十九首

行行重行行 3
青青河畔草 6
青青陵上柏 9
今日良宴会 12
西北有高楼 15
涉江采芙蓉 18
明月皎夜光 20
冉冉孤生竹 23
庭中有奇树 26
迢迢牵牛星 29
回车驾言迈 31
东城高且长 33
驱车上东门 36
去者日以疏 39

生年不满百 ………………………………………… 41

凛凛岁云暮 ………………………………………… 43

孟冬寒气至 ………………………………………… 46

客从远方来 ………………………………………… 48

明月何皎皎 ………………………………………… 50

乐府诗选

两汉乐府·民歌 …………………………………… 55

战城南 ……………………………………………… 56

有所思 ……………………………………………… 59

上邪 ………………………………………………… 62

十五从军征 ………………………………………… 64

公无渡河 …………………………………………… 66

江南 ………………………………………………… 68

东光 ………………………………………………… 70

鸡鸣 ………………………………………………… 72

乌生 ………………………………………………… 75

平陵东 ……………………………………………… 78

陌上桑 ……………………………………………… 80

长歌行 二首选一 ………………………………… 85

猛虎行 ……………………………………………… 87

塘上行 ……………………………………………… 88

善哉行 ……………………………………………… 91

陇西行 ……………………………………………… 94

西门行　本辞 …………………………………… 97

东门行　本辞 …………………………………… 99

饮马长城窟行 …………………………………… 102

上留田行 ………………………………………… 105

妇病行 …………………………………………… 106

孤儿行 …………………………………………… 110

艳歌何尝行 ……………………………………… 115

艳歌行　二首选一 ……………………………… 117

白头吟 …………………………………………… 120

梁甫吟 …………………………………………… 122

满歌行 …………………………………………… 125

蜨蝶行 …………………………………………… 128

悲歌 ……………………………………………… 131

焦仲卿妻 ………………………………………… 132

枯鱼过河泣 ……………………………………… 145

咄喑歌 …………………………………………… 146

淮南王歌 ………………………………………… 147

城中谣 …………………………………………… 149

后汉桓灵时谣 …………………………………… 150

古歌（高田种小麦）…………………………… 151

上山采蘼芜 ……………………………………… 152

古歌（秋风萧萧愁杀人）……………………… 155

艳歌 ……………………………………………… 157

两汉乐府·文人乐府 159

大风起　刘邦 160

力拔山操　项羽 162

戚夫人歌　戚姬 164

秋风辞　刘彻 165

与苏武诗　三首选一　李陵 168

苏子卿诗　四首选一　苏武 170

李延年歌　李延年 173

乌孙公主歌　刘细君 175

昭君怨　王嫱 177

怨歌行　班婕妤 180

武溪深行　马援 182

五噫歌　梁鸿 184

同声歌　张衡 185

羽林郎　辛延年 188

董娇饶　宋子侯 192

魏晋乐府·民歌 195

陇上歌 196

三峡谣 198

绵州巴歌 199

魏晋乐府·文人乐府 201

蒿里　曹操 202

短歌行　二首选一　曹操 204

观沧海 曹操	208
龟虽寿 曹操	211
苦寒行 曹操	212
驾出北郭门行 阮瑀	215
胡笳十八拍 蔡琰	217
饮马长城窟行 陈琳	224
七哀诗 三首选一 王粲	228
定情诗 繁钦	231
克官渡 缪袭	234
燕歌行 二首选一 曹丕	236
善哉行 四首选一 曹丕	239
薤露 曹植	241
野田黄雀行 二首选一 曹植	243
白马篇 曹植	245
鰕䱇篇 曹植	249
泰山梁甫行 曹植	251
名都篇 曹植	252
美女篇 曹植	255
秦女休行 左延年	258
从军行 左延年	260
伤歌行 曹叡	262
豫章行苦相篇 傅玄	264
王明君 石崇	267
猛虎行 陆机	270

扶风歌　刘琨 …………………………………………………… 272

挽歌　三首选一　陶渊明 ……………………………………… 276

南朝乐府·民歌 …………………………………………… 279

子夜歌　四十二首选九 ………………………………………… 280

子夜四时歌 ……………………………………………………… 284

　　春歌　二十首选二 ……………………………………… 284

　　夏歌　二十首选一 ……………………………………… 285

　　秋歌　十八首选一 ……………………………………… 285

　　冬歌　十七首选二 ……………………………………… 285

欢闻变歌　六首选二 …………………………………………… 288

前溪歌　七首选二 ……………………………………………… 289

懊侬歌　十四首选一 …………………………………………… 291

华山畿　二十五首选二 ………………………………………… 292

读曲歌　八十九首选七 ………………………………………… 294

青溪小姑曲 ……………………………………………………… 298

襄阳乐　九首选一 ……………………………………………… 299

三洲歌　三首选二 ……………………………………………… 300

采桑度　七首选一 ……………………………………………… 301

那呵滩　六首选一 ……………………………………………… 302

作蚕丝　四首选一 ……………………………………………… 303

西乌夜飞　五首选一 …………………………………………… 304

西洲曲 …………………………………………………………… 305

南朝乐府·文人乐府 ... 309

丁督护歌　五首选一　刘裕 ... 310
悲哉行　谢灵运 ... 311
东门行　鲍照 ... 313
放歌行　鲍照 ... 316
出自蓟北门行　鲍照 ... 319
行路难　十八首选三　鲍照 ... 322
怨诗行　汤惠休 ... 328
估客乐　四首选一　释宝月 ... 330
蒲生行　谢朓 ... 331
东飞伯劳歌　萧衍 ... 333
江南曲　柳恽 ... 335
乌栖曲　四首选一　萧纲 ... 337
玉树后庭花　陈叔宝 ... 339

北朝乐府·民歌 ... 341

企喻歌辞　四首 ... 342
琅琊王歌辞　八首选三 ... 345
紫骝马歌辞　六首选二 ... 347
雀劳利歌辞 ... 349
隔谷歌　二首 ... 350
捉搦歌　四首 ... 351
折杨柳歌辞　五首选四 ... 354
折杨柳枝歌　四首选一 ... 356

幽州马客吟歌辞　五首选一 ……………………… 357

　　慕容家自鲁企由谷歌 ……………………………… 358

　　陇头歌辞　三首 …………………………………… 359

　　高阳乐人歌　二首选一 …………………………… 361

　　木兰诗 ………………………………………………… 362

　　敕勒歌 ………………………………………………… 367

北朝乐府·文人乐府 …………………………………… 370

　　咏花蝶　温子昇 …………………………………… 371

　　渡河北　王褒 ……………………………………… 373

　　怨歌行　庾信 ……………………………………… 375

　　梅花落　江总 ……………………………………… 377

　　关山月　张正见 …………………………………… 380

隋朝乐府·民歌 ………………………………………… 382

　　挽舟者歌 ……………………………………………… 383

隋朝乐府·文人乐府 …………………………………… 385

　　从军行　卢思道 …………………………………… 386

　　昔昔盐　薛道衡 …………………………………… 390

古诗十九首

　　《古诗十九首》，是现存最早的五言组诗。这些诗"不必一人之辞，一时之作"（沈德潜《说诗晬语》），一般认为产生于东汉末年、建安诗歌之前，作者大都为中下层文人，吸收民歌精华创作而成。南朝梁时萧统编《文选》，从传世古诗中择选十九首编入，题为《古诗十九首》，遂传其名。受东汉后期政治腐败、社会动荡的影响，这些作品的思想内容复杂，表现主题多为闺人怨别、游子怀乡、仕宦无成、追求享乐等，流露出对人生易逝、时日如流的浓郁感伤与迷惘，反映出失意士子对于现实生活和内心诉求的矛盾与苦闷。艺术上善用比兴寄托，情景交融，浑然天成，用语浅近自然、不假雕琢，而又含蓄蕴藉，余味无穷，风格上颇为相近，因而常被后人视为一个整体。《古诗十九首》被刘勰誉为"五言之冠冕"，标志着汉代文人五言诗的成熟，对后来的婉约派诗词有一定影响。

行行重行行①

行行重行行,与君生别离②。相去万余里,各在天一涯③。道路阻且长,会面安可知④?胡马依北风,越鸟巢南枝⑤。相去日已远,衣带日已缓⑥。浮云蔽白日,游子不顾反⑦。思君令人老,岁月忽已晚⑧。弃捐勿复道,努力加餐饭⑨。

[注释]

①此诗收入《文选·杂诗上》。②重:又。生别离:永别离。古代常用语,如《楚辞》有"悲莫悲兮生别离"。有别后难以再聚之含义。③涯:边隅,边方。④阻:道路上的障碍。长:道路间的距离很远。安:焉,何。知:知晓、期待之意。⑤胡马:产于北地之马。越鸟:生于南方之鸟。巢:筑巢。⑥去:离别。日:日益,一天又一天,渐渐地。远:指时间长。缓:松弛。⑦浮云蔽白日:这里是用自然现象比喻社会现象。若用于君臣关系,则"白日"喻君,"浮云"喻谗佞之臣;若用于夫妇关系,则"白日"喻丈夫,"浮云"喻狐媚之女。游子:与上述比喻相对应,或指被逐之臣,或指远游在外的丈夫。不顾反:不回返。反:同"返"。⑧老:指因内心忧伤而使形体消瘦、仪容憔悴,而不是年龄变老。岁月:指眼前的时间。忽已晚:言时日流转之速。⑨弃捐:舍弃,丢下。勿复道:不必再说。加餐饭:当时用以安慰别人的习语。

[赏鉴]

全诗可分两层。前八句一层,写离别。以"生别离"为表现核心。

起笔五字，以两个"行行"扣一"重"字，显示出离别时步伐的缓慢、心情的沉重、感情的压抑，极不愿意分别离开，一步一回头、一步一瞻顾的情景。为什么会如此？接着给出了回答："与君生别离"。先言举动，再点事实，很具有吸引力。"君"是挚爱的人。"生"字有强迫、被拆开之意；更言再见无期，念想悠长。下二句紧承，以"万余里"虚写，强调空间距离上相隔之远，从此天各一方；以"阻且长"实写，形容道路迢迢、艰险难越，会面是不可能的了。接句比兴。想象北地的胡马、南地的越鸟，夜晚都要各自归宿。远行的游子，也应该像它们那样，会归来的吧？"胡马"，以其膘壮，似指男子；"越鸟"，以其纤弱，似指女子。"依"与"巢"，两个动词，写马与鸟归宿情景，各随其物，毕肖自然。

后八句一层，写相思。以"思君"为表现核心。以"相去"二字提起，与前文"相去"对应，前言空间，此言时间，从而使诗中表达的离愁别恨充盈了整个二维世界。"日已远"对"日已缓"，越"远"越"缓"，相为因果；用两个"日已"联结，更显承接之紧。"远"字本用来形容空间，却用以形容时间，有通感之妙。"缓"字更妙，形容人因相思憔悴、日见消瘦。入神！接写因思生疑。用自然天象作比，"浮云"极言物之轻巧，形容人善于媚惑；"白日"，其光辉照耀大地，用以形容爱人形象高大无比。据此猜测"游子"可能已经另有新欢，所以"不顾反"，从而委婉地对他提出了批判。接言相思的危害，"令人老"与"衣带日已缓"呼应，以重复手法再次表明离别的忧伤，确实对自己的心身带来了巨大打击，已经到了不能承受之重。眼看着时光飞速流逝，与其整日沉浸在思念的痛苦中，不如丢弃不想不说，好好照顾自己吧。末二句是安慰语，起到了对满纸忧愁的短暂舒解作用。

全诗语平意浓，深长隽永，节奏舒缓，一唱三叹，开创了古代离别诗的写作典范。

[辑评]

清王夫之《古诗评选》卷四：入兴易韵，不法之法。俱以浮云而蔽，哀哉，白日去矣！

清沈德潜《古诗源》卷四：起是俚语，极韵。

清张玉谷《古诗赏析》卷四：此思妇之诗。首二，追叙初别，即为通章总提。语古而韵。"相去"六句，申言路远会难，忽用马、鸟两喻，醒出莫往莫来之形，最为奇宕。"日远"六句，承上转落念远相思，蹉跎岁月之苦。浮云蔽日，喻有所惑。游不顾返，点出负心，略露怨意。末二，掉笔兜转，以不恨己之弃捐，惟愿彼之强饭收住，何等忠厚。

朱自清《古诗十九首释》：本诗有些复沓的句子。如既说"相去万余里"，又说"道路阻且长"，又说"相去日已远"，反复说一个意思；但颇有增变。"衣带日已缓"和"思君令人老"也同一例。这种回环复沓，是歌谣的生命；许多歌谣没有韵，专靠这种组织来建筑它们的体格，表现那强度的情感。只看现在流行的许多歌谣，或短或长，都从回环复沓里见出紧凑和单纯，便可知道。

叶嘉莹《汉魏六朝诗讲录》：每个人在一生中都有可能遇到悲哀和挫伤，如果你丝毫不作挣扎努力便自己倒下去，虽然你的遭遇令人同情，可是你的态度并不引起人们尊敬；但如果你在最大限度地尽了人力与命运争斗之后，即使你倒下去，也给人类做出了一个榜样。何况，万一真的由于你的努力而实现了那个本来好像不可能实现的愿望，岂不更是一件意外的喜事！"弃捐勿复道，努力加餐饭"就隐然流露出这么一种可贵的德操。我以为，对于具有这种德操的人，无论是逐臣还是弃妇，是居者还是行者，抑或是任何一个经历过这样的离别却仍然一心抱着重逢的希望不肯放弃的人，这首诗所写的情意都有它永恒的真实性。

青青河畔草①

青青河畔草，郁郁园中柳②。盈盈楼上女，皎皎当窗牖③。娥娥红粉妆，纤纤出素手④。昔为倡家女，今为荡子妇⑤。荡子行不归，空床难独守。

[注释]

①此诗收入《文选·杂诗上》。②青青：茂盛的样子。河畔：河边。郁郁：浓密茂盛的样子。③盈盈：形容姿容美好。皎皎：形容皮肤洁白。当：临。牖（yǒu）：窗户。④娥娥：美丽娇艳的样子。红粉：胭脂之类饰物。妆：化妆。纤（xiān）纤：形容手指细长。素：洁白。⑤倡家女：歌伎。倡：俗作娼，指从事歌舞的女艺人。荡子：游子，即长期出行在外，游宦异乡的人。妇：妻室。

[赏鉴]

全诗运用第三人称，采取由远及近，由下及上，由物及人，实虚结合的手法，塑造了一个渴望爱情、愿意终相厮守的闺妇形象。全诗第一个特点是连用六个叠词，铺垫女子的出场。既形成了声调上重沓悠扬、婉转动人的艺术效果，又分别从色、形、态等多个方面，细腻描摹出了女子的鲜艳美丽。"青青""郁郁"言女子正当青春年少，"盈盈"言体态美，"皎皎"言光彩照人，"娥娥"言姿容美好，"纤纤"言手指修长娇嫩。第二个特点是聚焦式写法。先用景物聚焦，由"河"而"园"，园是河畔之园；由园而"楼"，楼是园中之楼；由楼而"窗"，窗是楼上之窗。次用事件聚焦，由窗而"妆"，妆是在窗边化妆；由妆而"手"，手是化妆之手。如此，从草遍地、柳成林，到楼一座、女一人，层层暗示，不露痕迹，写出了女子独守的意旨。"手"谐音"守"，一者女子化妆，夫婿不在旁边，故此只见"素手"；二者女子独自用手化妆，与尾句"守"字隐隐构成呼应，从而使文脉一气相成。第三个特点是此女乃倡女从良，与一般思妇诗中的闺妇有所不同。诗中对这一点毫不避讳，而是以"昔为"对"今为"，直接举出，干脆利落，绝不遮掩，体现了这位女子的大胆与率直。下文再次直语，不仅批判男子久行"不归"是不对的，与一些闺妇一味哀哀怨怨大有区别，而且不避世俗，坦白地说出"空床难独守"如此赤裸情热的话语，具有极为鲜明强烈的个性。

[辑评]

宋严羽《沧浪诗话》："青青河畔草……纤纤出素手。"一连六句，皆用叠字，今人必以为句法重复之甚。古诗正不当以此论之也。

明胡应麟《诗薮·内编》卷二：《青青河畔草》，相传蔡中郎作。中郎文远逊西京，而此诗之妙，独绝千古。语断而意属，曲折有余而寄兴无尽，即苏、李不多见。

明胡应麟《诗薮·外编》卷二："青青河畔草"一章，六用叠字而不觉，正古诗妙绝处，不可概论，然亦偶尔，未必古人用意为之。

清王夫之《姜斋诗话》卷一：用复字者，亦形容之意："河水洋洋"一章是也。"青青河畔草，郁郁园中柳"，顾用之以骀宕。善学诗者，何必有所规画以取材？

清王夫之《古诗评选》卷四：前六句惊魂动魄，后四语居要扼人。前言时，后述事，通首共绘一情事，当之者众，知之者鲜。

清沈德潜《古诗源》卷四：用叠字，从《卫·硕人》"河水洋洋，北流活活"一章化出。

清张玉谷《古诗赏析》卷四：此见妖冶而微荡游之诗。首二，以草柳青青郁郁，兴起芳年之女。"盈盈"四句，就所见之女，叙其不耐深藏，艳妆露手，已为末空床难守埋根。连用叠字，从《卫·硕人》末章化出。后四，点明履历，而以荡子不归，坐实空床难守。其为既娶倡女，而仍舍之远行者，致微深矣。

清魏源《诗比兴笺》稿本卷一：倡女者，未嫁之名，以譬己未遇时。荡子行不归，则譬仕吴不见用也。难独守者，行云有反期，君恩傥终还也。

王国维《人间词话》："昔为倡家女，今为荡子妇。荡子行不归，空床难独守。""何不策高足，立登要路津？无为守贫贱，轗轲常苦辛。"可谓淫鄙之尤。然无视为淫词、鄙词者，以其真也。

朱自清《古诗十九首释》：这显然是思妇的诗；主人公便是那"荡子妇"。"青青河畔草，郁郁园中柳"是春光盛的时节，是那荡子妇楼上所见。荡子妇楼上开窗远望，望的是远人，是"行不归"的"荡子"。她却只见远处一片草，近处一片柳。那草沿着河畔一直青青下去，似乎没有尽头——也许会一直青青到荡子的所在罢。……汉人既有折柳赠别的风俗，这荡子妇见了又"郁郁"起来的"园中柳"，想到当年分别时依依留恋的情景，也是自然而然的。再说，河畔的草青了，园中的柳茂盛了，正是行乐的时节，更是少年夫妇行乐的时节。可是"荡子行不归"，孤负了青春年少；及时而不能行乐，那是甚么日子呢！况且草青、柳茂盛，也许不止一回了，年年这般等闲的度过春光，那又是甚么日子呢！

叶嘉莹《汉魏六朝诗讲录》：《西北有高楼》的那个女子是矜持的、高洁的，她所追求的乃是一种理想；而这首诗中的女子是炫耀的、世俗的，她所追求的仅仅是一种感情。在这个世界上，有的人只追求感情上的满足，而有的人宁可忍受感情上的孤独寂寞，所要追求的乃是理想上的满足。这话很难讲，可事实上确实有这两种不同类型的人。

青青陵上柏①

青青陵上柏，磊磊磵中石②。人生天地间，忽如远行客③。斗酒相娱乐，聊厚不为薄④。驱车策驽马，游戏宛与洛⑤。洛中何郁郁，冠带自相索⑥。长衢罗夹巷，王侯多第宅⑦。两宫遥相望，双阙百余尺⑧。极宴娱心意，戚戚何所迫⑨？

[注释]

①此诗收入《文选·杂诗上》。②陵：高土山。磊磊：石块累积貌。磵，通"涧"，山间的溪流。③忽：迅疾状。④斗酒：少量的酒。斗：酒器。聊：姑且。薄：言其少，与"厚"相对。⑤策：鞭策。驽马：劣马，行动迟钝的马。戏：嬉戏。宛：宛县，东汉时南阳的郡治，人称南都。洛：洛阳的简称，为东汉都城，人称东都。⑥郁郁：形容京城洛阳繁华热闹。冠带：指身着高冠博带的官宦。自相索：自相来往，不与外界相通。索：求。⑦衢：大街。罗：排列。夹巷：夹在大街两旁的小巷，里巷。第宅：皇帝赐给大臣的住宅，因有等级之分，故曰"第"。⑧两宫：指洛阳城内的南北两宫。阙：宫门前的望楼，又称"观"。百余尺：极言其高而显赫。⑨极宴：穷极奢靡的宴会。戚戚：忧愁，忧思。迫：逼迫。

[赏鉴]

此诗咏叹生命短促。首二句以柏、石起兴。"青青"写颜色，"磊磊"写形体，"陵上"对"磵中"，十分工整。这些自然事物可以长生长存，为什么同样生长在天地之间的人，就不可以呢？作者通过联想对比，不禁发出了深沉的感叹。三、四句中,"忽"字极言迅疾,与天地、石、柏、山等的永恒,构成强烈对比;"远行客",以过客的意识强调因时间太为短促,人虽生于天地间,但天地究竟并不属于人。经过这样一番沉思、参悟,作者认识到,人生的本质在于生命的自由状态,因此必须要超越自身的限制以及现实的束缚。表现在具体行动上,"斗酒"即可"娱乐",不必以"薄"不如"厚"为耻、为不满足;"驽马"即可驰驱,并进入大都市尽情"游戏",不必在意他人的指点与耻笑。九、十句以"洛"字顶针,紧接着写洛中所见的生活情景。诗中以两个"何"字总绾,前后对比贯穿,前者慨叹繁华,后者咏叹忧伤。"郁郁",总括繁华之状。以下冠带写人,即到处可见达官显贵;长衢、夹巷写道路,纵横交织,车水马龙,让外来人一时难以辨识;第宅、双阙写建筑,而以第宅为轻,双阙为重,高大巍峨、金碧辉煌、连绵起伏,让人叹为观止。洛中人物如此之盛,他们的生活状态怎么样呢?在连续六句铺陈之后,作者于末二句一语透出。"极宴"乃举一生活细节,与前文"斗酒"相衬。"娱心意"与"娱乐",看似含义相同,然特特点出"心意"二字者,乃暗写尽管生活在鼎盛繁华、锦衣玉食之中,物质上的享受算是足够了,但精神上总是不得满足,所以要借"极宴"来达到娱乐"心意"的目的。"极"字,写尽饮宴之奢华,更衬托出王侯们精神上的空虚。最后以"戚戚"二字落脚,言明他们经常忧戚满怀、悲伤满心,与"郁郁"构成强烈对比。如此一总一结,十分巧妙地展现了讽刺与批判的意味。

　　一番游览之后,作者未陈余言。其实道理已经隐含在里面了,即宛洛中的那些富贵者,他们的生活条件很优越,但他们并未参透生命的本质,所以活得并不快乐。于是,看到这些,"我"的内心更加释然了,更加坚定了自己对人生本质的理解,即无论贫与富,无论乡村与城市,无论人身处哪里,如不以内心之自由为念,所有外在的一切都是空谈,都会成为徒增忧愁的客观因素。

[辑评]

  明王世贞《艺苑卮言》卷二：钟嵘言《行行重行行》十四首"文温以丽，意悲而远。惊心动魄，几乎一字千金"。后并《去者日以疏》五首为十九首，为枚乘作。或以"洛中何郁郁""游戏宛与洛"为咏东京，"盈盈楼上女"为犯惠帝讳。按临文不讳，如"总齐群邦"，故犯高讳，无妨。宛洛为故周都会，但王侯多第宅，周世王侯，不言第宅；"两宫""双阙"，亦似东京语。意者中间杂有枚生或张衡、蔡邕作，未可知。谈理不如《三百篇》，而微词婉旨，遂足并驾，是千古五言之祖。

  清王夫之《古诗评选》卷四："驱车"以下俱劝勉之词，知此方知结构。

  清沈德潜《古诗源》卷四：起言柏与石长存，而人异于树石也。

  清张玉谷《古诗赏析》卷四：此游宛洛以遣兴之诗。首四，以柏、石常存，反兴人生如远行之客，不可久留，即引起及时行乐意。"斗酒"四句，以饮酒固乐，陪起车马出游，随点清出游之地。"洛中"六句，铺叙洛中冠带往来，第宅宫阙之众多壮丽，色味敷腴。末二，点清行乐，即掣笔将他人不知行乐之非，反扑作收，矫健之甚。

  清魏源《诗比兴笺》稿本卷一：首以柏、石之可久，反兴人生之如过客。以斗酒之足乐，反刺富贵者之无厌求。故推之冠带，又推之王侯，又推之两宫、双阙，莫不盛满荣华，穷娱极宴，而我乃独为忧戚于其间，果何所迫而云然乎？毋亦狂且愚乎？

  朱自清《古诗十九首释》：本诗主旨可借用"人生行乐耳"一语表明。"斗酒"和"极宴"是"娱乐"，"游戏宛与洛"也是"娱乐"；人生既"忽如远行客"，"戚戚"又"何所迫"呢？《汉书·东方朔传》："销忧者莫若酒。"只要有酒，有酒友，落得乐以忘忧。极宴固可以"娱心意",斗酒也可以"相娱乐"。极宴自然有酒友,"相娱乐"还是少不了酒友。斗是舀酒的器具,斗酒为量不多,也就是"薄",是不"厚"。极宴的厚固然好,斗酒的薄也自有趣味——只消且当作厚不以为薄就行了。

今日良宴会①

今日良宴会,欢乐难具陈②。弹筝奋逸响,新声妙入神③。令德唱高言,识曲听其真④。齐心同所愿,含意俱未申⑤。人生寄一世,奄忽若飙尘⑥。何不策高足,先据要路津⑦。无为守贫贱,轗轲长苦辛⑧。

[注释]

①此诗收入《文选·杂诗上》。②良宴会:热闹而难忘的宴会。具陈:一一描述。③筝:古代一种瑟类乐器。奋:起。逸响:非凡的声响。新声:指当时最流行的曲调。入神:出神入化。④令德:有美好德行的歌者。令:美好,善。唱:同"倡",带头发出,领唱。高言:高妙的歌辞。识曲:知音的人。真:指歌中真谛。⑤申:表达出来。⑥奄(yǎn)忽:急遽。飙(biāo)尘:狂风卷起的尘土。⑦策:鞭马使前进。高足:良马,快马。要路津:本指路津的关隘之处。这里用于比喻仕宦们的高位显职。路:路口。津:渡口。⑧无为:用不着。无:通"毋"。为:语助词,无义。轗(kǎn)轲(kě):即"坎坷"。

[赏鉴]

此诗抒写参加一次宴会的见闻与感受。前八句写见闻,后六句写感受，自首至尾一气呵成，了无滞碍。起笔直入主题，"今日"言时间，"良"言宴会盛况。"欢乐"言总体感受，是全诗欲表现的中心。"难具陈"，是概述、粗写，也是一般人们描述宴会时的常用说法。即使难以一一描述，也还是要描述的。所以，紧接着举了一个最令人难忘的例子、一个最典型的细节，就是一位德艺双馨的歌唱家的演唱。诗人采取了未出其人、先出其声，未闻其声、先闻其乐的写法，笔笔推进，铺陈其演唱的高妙。当然，这也是一首歌曲之演唱过程的展现。"奋逸响"，极言伴奏的筝声一起，高亢入耳，清清泠泠，令人顿觉忘尘拔俗。"新声"言曲调一出，焕然一新，与众不同，不落俗套，一下子让现场所有观众都全神贯注起来。"高言"指歌辞典雅高贵，俊朗飘逸，沁人心脾。"识曲"指演唱的水平非常高，歌辞与曲调配合得天衣无缝，曲以辞见意，辞以曲达情，只有真正的知音者才能听得出其中蕴含的真义。"齐心"言这首歌曲唱出了广大听众的心声，表达了大家一直未能表达出来的意思，因此获得了大家情感上的共鸣，一唱百和，赢得了经久不息的掌声，让人过耳难忘，久久不能释怀。参加了这次宴会，听了这首歌有什么想法呢？最大的感触就是人生苦短，当及时行乐，与前文"欢乐"形成照应。"若飙尘"，一言人生之渺小、微不足道，一言人生之迅捷，连一眨眼的工夫都没有，以此高度夸张人生难以捕捉，难以预料。但诗人并不主张自暴自弃，自甘沉沦，一味纵情声色以享乐。"何不"以反问的形式，自我勉励，表达自己不甘"穷贱"与"苦辛"，定要积极进取，快马加鞭，向更高的社会地位迈进。我们可以指责诗人功利心重，向往荣华富贵，得到更高的地位就是为了获得更好的欢乐与享受。但这只是在一次宴会中、听了一曲高歌之后的感受啊，诗人没有必要掩饰自己，说出最真实的想法就是最好的诗歌。何况，人往高处走，这是社会的自然规律。"策高足"，也是一种积极心态，并不消极；"守贫贱"，也并不是一个社会高度发展的体现。只要诗人在通向"要路津"的过程中，不投机取巧，钻营奔竞，而是凭借自己的能力与努力赢得一切，我们就应该予以承认和肯定。

[辑评]

　　清王夫之《古诗评选》卷四："齐心同所愿，含意俱未伸"，一章深意，于此仿佛。

　　清沈德潜《古诗源》卷四：据要津乃诡词也，古人感愤，每有此种。

　　清张玉谷《古诗赏析》卷四：此闻豪华之曲，而自嘲贫贱之诗。首四，以得与宴会，乐听新声直叙起。弹筝逸响是陪笔，新声指曲，乃主笔也。令德四句，即闻曲暗引富贵可欲，却以人虽贵德跌入，又以人心皆然剔醒，曲甚幻甚。后六，顶上两句，将人生不久，乐富贵厌贫贱，普天下所齐心含意者，尽情倾吐，感怀自嘲，不嫌过直。

　　清魏源《诗比兴笺》稿本卷一：前八句皆合乐之通词，其寄意在后六句。故曰"识曲听其真"，恐听曲者但知声词，不知其心意也。后皆反言之而益明，乃代齐心者申含意也。杜子美诗："长安卿相多少年，富贵应须致身早。"子美岂羡富贵者哉？反言若正，则言之者无罪，此所望于识曲者之难也。

　　朱自清《古诗十九首释》：诗中人却并非孔子的信徒，没有安贫乐道"君子固穷"等信念，他们的不平不在守道而不得时，只在守穷贱而不得富贵。这也不失其为真。有人说是"反辞""诡辞"，是"讽"是"谑"，那是蔽于儒家的成见。

　　叶嘉莹《汉魏六朝诗讲录》：这首诗一直是飞扬的、追求的。可是现在，他们失望了；因为他们这一群人虽然有着共同的美好愿望和理想，可是却没有一个人能够完成这种理想。这真是一种典型的"衰世之音"——战乱还没有兴起，生活还相对安宁，所以这些读书人还可以有自己的理想，还可以追求自己的理想；但社会正一天天走向下坡，任何美好的理想都无法实现。而且,不是你一个人没有实现,也不是我一个人没有实现,而是我们这些"弹筝奋逸响,新声妙入神"的人都没有办法实现那些理想。那么,这就是一个社会问题了!所以,你不要看到他写的都是宴会、弹筝、唱歌等,就以为这首诗只写及时行乐。其实,他写到了社会,也写到了人生。

李泽厚《美的历程》:在表面看来似乎是如此颓废、悲观、消极的感叹中,深藏着的恰恰是它的反面,是对人生、生命、命运、生活的强烈的欲求和留恋;而它们正是在对原来占据统治地位的奴隶制意识形态——从经术到宿命,从鬼神迷信到道德行操的怀疑和否定基础上产生出来的。正是对外在权威的怀疑和否定,才有内在人格的觉醒和追求。也就是说,以前所宣传和相信的那套伦理道德、鬼神迷信、谶纬宿命、烦琐经术等规范、标准、价值,都是虚假的或值得怀疑的,它们并不可信或并无价值。只有人必然要死才是真的,只有短促的人生中总充满那么多的生离死别哀伤不幸才是真的;既然如此,那为什么不抓紧生活,尽情享受呢?为什么不珍重自己珍重生命呢?所以,"昼短苦夜长,何不秉烛游""不如饮美酒,被服纨与素""何不策高足,先据要路津"说得干脆、坦率、直接和不加掩饰。表面看来似乎是无耻地在贪图享乐、腐败、堕落,其实,恰恰相反,它是在当时特定历史条件下深刻地表现了对人生、生活的极力追求。

西北有高楼①

西北有高楼,上与浮云齐。交疏结绮窗,阿阁三重阶②。上有弦歌声,音响一何悲③!谁能为此曲?无乃杞梁妻④。清商随风发,中曲正徘徊⑤。一弹再三叹,慷慨有余哀⑥。不惜歌者苦,但伤知音稀⑦。愿为双鸣鹤,奋翅起高飞⑧。

[注释]

①此诗收入《文选·杂诗上》。②交疏:横竖交错貌,形容窗户制作之精致。结:张挂。绮:有花纹的丝织品。阿(ē)阁:四阿之楼阁。即四面有曲檐的楼阁,是古代宫廷建筑的典型式样。阿:"四阿"的省称,即指这种四面均有曲檐的宫殿样式。阶:台阶。③弦歌声:弹琴唱歌的声音。弦:用生丝制成的绳,用在乐器供发声之具,琴、瑟、筝、琵琶一类乐器都用。④无乃:大概,揣测语气词。杞梁妻:琴曲名。本指春秋时一女子,相传名为华周,为齐国大夫杞梁之妻。据《左传·襄公二十三年》、刘向《列女传》等书记载,杞梁出征莒国,战死在莒城下。其妻华周至城下伏尸痛哭十昼夜,莒国城墙为之坍塌。事类孟姜女哭长城的传说。⑤清商:一种短歌曲名,系胡乐,为汉代民间流行之乐调,声音低回婉转,适于表现哀思愁怨之调。商:五声之一,为五行之金声,属四时之秋季,其声哀怨缠绵。发:发散,传播。中曲:"曲中"之倒文,指乐曲的中段,多为情感传达之高潮处。徘徊:形容曲调往复回旋。⑥一弹:指奏完一曲弦歌。再三叹:指歌词复沓,和以泛声之曲调,反复抒发歌中之情。叹:和声。慷慨:此指歌者不得志之心。余哀:悲哀的意绪,感人至深,曲终而不止。⑦惜:怜惜。苦:指曲调哀怨缠绵。知音:精通音律且能体会歌曲内在情感及歌者之心情的人,引申为知己。语出《列子》:"伯牙善鼓琴,钟子期善听。伯牙鼓琴,志在高山,钟子期曰:'善哉!峨峨兮若泰山。'志在流水,钟子期曰:'善哉!洋洋兮若江河。'伯牙每有所念,钟子期必得之。"⑧高:远。

[赏鉴]

这是一首感叹怀才不遇的诗。全诗未从正面着笔，而从侧面描写了生活中的一个片段，即听曲。前四句写乐曲演奏的地点。"西北"点方位，"浮云"极言高楼之高，高耸入云。"交疏"句言高楼之壮丽，木镂花纹，窗格成绮，阁檐高翘，台阶重重，庄严华贵。突出"高楼"的气象非凡，乃烘云托月之意，即为下文的"弦歌"与歌者作衬托。先出弦歌，"上"字紧承高楼。发源地不同凡响，发出的声音自是绝调。而自古绝调多悲音，"一何"，极写悲哀之程度。后出歌者，以"谁能"发问，自然引出。"无乃"，是猜测，是类比。引用杞梁妻的历史典故，衬写此歌者可能是一位女子，并且可能遭遇到了巨大的不幸。接写音乐的表现过程，一开始是清切忧伤的商声，中间变为舒徐迟缓之调，结尾又发为慷慨激昂之音。如此复沓重叠，感情抒发透彻无遗，令人听后唏嘘悲叹，不能自已。末四句写听者即"我"的感受，以"不惜""但伤"对比，点明只有"我"是歌者的"知音"，有同样不幸的生活遭遇，故能深入到歌者的内心，而不是仅仅停留在歌词所表达的表面的痛苦里。"愿为"是抒情，表现出超脱之意，想象自己能与歌者化成鹤鸟，奋翅高飞，脱离这苦痛的深渊。落笔在"高飞"，正与起笔"浮云"构成对应。如此，全诗先见高楼，次见歌者，再见听者，将一次听音识心之旅，表现得层次分明，清晰完整，而又紧凑充分，具有很强的艺术性，颇值得称道。

[辑评]

清王夫之《古诗评选》卷四：来端不可知，自然趋赴，以目视者浅，以心视者长。

清沈德潜《古诗源》卷四："但伤知音稀"，与"识曲听其真"同意。

清张玉谷《古诗赏析》卷四：此忠言不用，而思远引之诗。通首用比。首四，以"高楼"比君门，君门西北，故曰"西北"。"结窗"、"重阶",有逶陷蔽明意。中八,以悲曲比忠言,孤臣寡妇正是一类,故以杞妻为喻,叙次委曲。末四,以"歌苦"、"知稀",点醒忠言不用,遂以愿为黄鹄高飞,收出不得已而引退之意,总无一实笔。

朱自清《古诗十九首释》:本诗的主人公是那听者,全首都是听者的口气。"不惜"的是他,"但伤"的是他,"愿为双鸣鹤,奋翅起高飞","愿"的也是他。……唯其那歌者不能奋飞,那听者才"愿"为鸣鹤,双双奋飞。不过,这也只是个"愿",表示听者的"惜"的"伤",表示他的深切的同情罢了,那悲哀终于是"绵绵无尽期"的。

叶嘉莹《汉魏六朝诗讲录》:这首诗之写得好还在于它的表现方法。从表面上看,这首诗的句法很简单,叙述也很直接,外表是很朴实的,但实际上它有好几种表现方法用得非常好,例如背景的形象、感受和气氛、象喻的联想、若隐若现的人物等。从"西北有高楼"到"阿阁三重阶"这四句,没有一个人物出现,整个是写背景,但从这些背景的形象中就渲染出一种气氛,给你一种感受。这是很重要的,好诗和坏诗的区别往往就在这里。

涉江采芙蓉①

涉江采芙蓉,兰泽多芳草②。采之欲遗谁?所思在远道③。还顾望旧乡,长路漫浩浩④。同心而离居,忧伤以终老⑤。

[注释]

①此诗收入《文选·杂诗上》。②涉江:跋涉过河。芙蓉:荷花的别

称，亦作夫容、芙蕖、菡萏。兰泽：生长兰草的沼泽地。泽：低洼有水的地方。芳草：泛指散发着各种香气的草。③遗（wèi）：赠送。所思：所思念的人，此指远离家乡的丈夫。语出《楚辞·九歌·山鬼》："折芳馨兮遗所思。"④还顾：回头看。旧乡：故乡。漫浩浩：漫漫浩浩，形容路途广阔无边。⑤同心：指夫妻感情融洽。语出《诗经·邶风·谷风》："黾勉同心，不宜有怒。"离居：异地而居，未能厮守一处。语出《楚辞·九歌·大司命》："将以遗兮离居。"

[赏鉴]

　　这是一首相思诗。描写夫妻双方因离别而产生的无尽思念。首句言"采"，用比兴。"芙蓉"谐音"夫容"，点出采摘者是一位女子。二句之"芳草"指兰草之香。此处芙蓉、兰草均带有象征意义，一指女子之贞洁，忠于爱情，一指女子之高洁，品德高尚。"涉江"与"泽"，均言不避水路之艰险，暗示自己为了爱情和品德，可以不惜一切代价，跨越种种困难与障碍。三句言"遗"，用疑问。"采"字紧承上句，采了送给谁呢？采了有什么用呢？四句之"所思"，点出男子不在家中，远游在外。意即采了这些花带回家中也没用，没人欣赏，没人品评。只有自己孤独一人，对花自哀。"在远道"，指男子离家道远，以此距离上的远隔，暗暗衬出自己相思之深。

　　五句言"望"，用直写。紧承上句，写男子在游居之地，亦时时登高望远，怀念自己的故乡，想念自己的妻子。六句"长路"，与"远道"对应，言回家之路长；并以"漫浩浩"形容，极言思乡之情重。末二句言"伤"，用抒情。顺势而下，表达自己的志向。即自己与妻子同心同德，却遭遇"离居"的不幸现实，忧愁感伤，以至"终老"；但"老"亦绝不变心，对妻子的爱矢志不渝。

　　前四句从女子角度透出，后四句从男子角度透出。视角大转换，空间大挪移,人物大换位,诗句虽不多,却以这样的异样结构,写出了男女两人对爱情的坚贞,无愧为艺术珍品。

[辑评]

清张玉谷《古诗赏析》卷四:此怀人之诗。前四,先就采花欲遗,点出己所思在远。"还顾"二句,则从对面曲揣彼意,言亦必望乡而叹长途。后二,同心离居,彼己双顶,忧伤终老,透笔作收。短章中势却开展。

朱自清《古诗十九首释》:采莲采兰原为的送给"远者","所思"的人,"离居"的人——这人是"同心"人,也就是妻室。可是采芳送远到底只是一句自慰的话,一个自慰的念头;道路这么远这么长,又怎样送得到呢?辛辛苦苦的东采西采,到手一把芳草;这才恍然记起所思的人还在远道,没法子送去。那么,采了这些芳草是要给谁呢?不是白费吗?不是傻吗?古人道:"诗之失,愚。"正指这种境地说。这种愚只是无可奈何的自慰。"采之欲遗谁?所思在远道。"不是自问自答,是一句话,是自诘自嘲。

本诗主人在两层失望之余,逼得只有直抒胸臆;采芳既不能赠远,望乡又茫无所见,只好心上温寻一番罢了。这便是"同心而离居,忧伤以终老"二语。由相思而采芳草,由采芳草而望旧乡,由望旧乡而回到相思,兜了一个圈子,真是无可奈何到了极处。所以有"忧伤以终老"这样激切的口气。

明月皎夜光[①]

明月皎夜光,促织鸣东壁[②]。玉衡指孟冬,众星何历历[③]。白露沾野草,时节忽复易[④]。秋蝉鸣树间,玄鸟逝安适[⑤]。昔我同门友，高举振六翮⑥。不念携手好，弃我如遗迹⑦。南箕北有斗，牵牛不负轭⑧。良无盘石固，虚名复何益⑨？

[注释]

①此诗收入《文选·杂诗上》。②皎：洁白。促织：蟋蟀的别名。③玉衡：星名，即北斗七星中第五星，此处指杓而言。孟冬：冬季的第一个月，即夏历十月。历历：指星星行列清楚，分明可数。④白露：二十四节气之一，在夏历七月或八月。易：变换，变化。⑤蝉：俗称知了，夏秋之际生长的一种昆虫，雄蝉能以腹部鼓膜的振动发出鸣叫声。玄鸟：本指神话传说中的神鸟，此指燕子。玄：黑色。逝：飞往。安：何。适：之也，即往至。⑥同门友：在同一师门受学的朋友。振：奋也。六翮（hé）：指鸟的翅膀。翮：羽茎。⑦携手好：表示亲密好友的意思。遗迹：行路所留下的踪迹。⑧南箕：星名，即箕宿星。由四星构成梯形，状如簸箕，夏秋之间见于南方，故称。斗：北斗星。牵牛：牵牛星。轭（è）：车辕前端，可套在牛马颈上的曲木。⑨良：确实，诚然。盘石：即磐石。

[赏鉴]

这是一首描写友情的诗。前八句写秋景，全用比兴。首二句点明时间，即秋天的夜晚。"皎夜光"，形容秋月如明灯高照，即使漆黑的夜晚也亮如白昼，使一切宵小之辈都无从隐迹。"促织"是实写，也是比喻。它在东墙壁下鸣叫，听起来像是自鸣得意。"东壁"，固是写实，也可以象征不屑之徒所能找到的靠山。看来，在这样的夜晚，诗人因心事重重睡不着，遂在院子里踱起步来。三、四句写天象，玉衡星的指向，预示着天气即将转冷。"历历"，言天上辽阔高远，在月光的照射下，众星更加灿烂耀眼，从而使众星捧月之状清晰在目。此处星沾月光，有比喻"我"如明月、宵小如星，"我"之才华能力超越众人的意思。五、六句写时节，用"野草"喻小人，野草受白露之"沾"，遂由青绿变成枯黄，外表、内心全为改易，比喻小人心胸狭隘，经受不住磨难的考验，因而极易变节。"忽复易"，夏忽易为秋，秋忽易为冬，以时节之易变，比喻友情之易变。七、八句言变化，"鸣"字照应二句，指秋蝉爬在树上，自以为攀得高、传得远，肆意喧闹夸耀，比喻小人不知天高地厚，一得志便忘形。秋天燕子南飞，是物候之变。然此处特以"玄鸟"称之，明明是比喻自己之高贵；"逝安适"，以问句表示出自己志向未遂，仕途不顺。

在前面充分比兴的基础上，中四句遂过渡到友情，纯用写实。"同门友"，言友情极为亲密。"振六翮"，形容"高举"之状，直入青云，一下子就被提拔到很高的职位，极有可能属于朝堂之上的要职，从而暗示出必有极高的靠山，否则单靠学业不可能一举冲天。"携手好"，言两人同窗共读时感情极为亲近。"如遗迹"，极言负弃之绝，犹如行人遗弃的脚印一样，不以为意、不为之顾、毫不在惜。这四句都以二字加三字句式组成，一气道出，对比明显，极具气势，显见无比愤怒之状。

后四句联系现实，意在抒情。用南箕星、北斗星、牵牛星这些星辰作比兴。并用"不负"二字，质问它们统统都是有名无实的，挂在那高高的天上有什么用呢？不觉得羞耻吗？这里，有同于嘲笑"促织""秋蝉"的意思，然讽刺意味更浓。同时，指责牵牛星等徒有虚名，乃意在批判"同门友"毫无学问，靠钻刺才谋取到了要职。末二句又用"盘石"作比，感叹再好的友情也不牢固，难以抵挡利益的冲击。"复何益"，一言小人沽名钓誉，虽如在天上居高位，也没有什么用，表达了自己的蔑视；一言自己要与势利小人、龌龊之徒断交绝交，表达了各走各的道路的坚决意志。

[**辑评**]

清王夫之《古诗评选》卷四：当知作者亦即时即事，正尔情深，徒劳后人索其影射。直不必较。

清沈德潜《古诗源》卷四："南箕"二语，言有名而无实也。此兴意与"玉衡指孟冬"正用者自别。

清张玉谷《古诗赏析》卷四：此刺贵人不念旧交之诗。首八，就秋夜景物叙起，然时节忽易，已暗喻世态炎凉。蝉犹鸣，燕已逝，又暗喻己与友出处不同也。中四，点明友之贵而弃我，作诗之旨，至此始揭。末四，意谓朋友之交，当同磐石，今则虚有其名，真无益也。然直落则气太促，亦无意味，妙在忽蒙上文众星历历，借箕斗、牵牛有名无实，凭空作比，然后拍合，便顿觉波澜跌宕。

清魏源《诗比兴笺》稿本卷一：则诗作于汉武太初以前未改秦朔时。既在苏李以前，当与枚叟同辈。……秋蝉、玄鸟，托兴深微。寒苦者留，就暖者去。玉衡、众星，赋也。箕斗、牵牛，比也。交无磐石之固，名同箕斗之虚矣。实用枵然，何益之有？

朱自清《古诗十九首释》：本诗只开端二语是对偶，"秋蝉"二语偶而不对，其余都是散行句。前书描写景物，也不尽依逻辑的顺序，如促织夹在月星之间，以及"时节忽复易"夹在白露跟秋蝉、玄鸟之间。但诗的描写原不一定依照逻辑的顺序，只要有理由。……再说从大处看，由秋夜见闻起手，再写秋天的一般景物，层次原也井然。

冉冉孤生竹①

冉冉孤生竹，结根泰山阿②。与君为新婚，兔丝附女萝③。兔丝生有时，夫妇会有宜④。千里远结婚，悠悠隔山陂⑤。思君令人老，轩车来何迟⑥！伤彼蕙兰花，含英扬光辉⑦。过时而不采，将随秋草萎。君亮执高节，贱妾亦何为⑧！

[注释]

①此诗收入《乐府诗集·杂曲歌辞》。②冉（rǎn）冉：柔软下垂的样子。结根：扎根。泰山：大山。泰：同"太"，大也。阿：山坳。③兔丝：一种蔓生植物，属旋花科，常需攀附其他植物生长。女萝：一种地衣类蔓生植物，需依靠他物生长。④时：季节。会：相聚，在一起。宜：指适当的时间。⑤悠悠：忧愁思虑貌。陂（bēi）：同"坡"，即山坡。⑥轩车：有屏障的车，为士大夫所乘。这里应指远游在外的丈夫乘车归来。⑦蕙兰花：泛指兰花。含英：含苞欲放。含：尚未完全发舒。英：花瓣。扬光辉：焕发出绚丽的色彩。⑧亮：同"谅"，料想。一说信也。执：持。高节：高尚的节操。贱妾：女子的谦称。

[赏鉴]

这是一首思妇诗。前八句写新婚而别。首二句以"竹"比兴，"冉冉"形容女子柔弱之状，"孤生"言孤独状。"结根"，形容女子对男子的依赖之深。"泰山"，形容男子高大之状，既言其身体健硕，又言可以顶门立户；"阿"言男子胸怀宽广，可以依靠。三、四句直言两人新婚，感情浓热。"兔丝附女萝"，以女子视角言新婚夫妇缠绵之状，用比喻手法，委婉生动。五、六句言分别，"生有时"，以欢合时间之短暂，暗点男子已经出家远游。"会有宜"，言分别之际，男子答应不久将归，自己内心满怀希望。七、八句言乍别，"远结婚"，点出自己是远嫁而来，照应前文"孤生"之意，在此地没有其他的亲人，所以一旦男子离开，便会倍感寂寞孤独。"悠悠"点出惆怅渐生。"隔山陂"，因分别时间不长，感觉还未离开身边，所以用好像隔了一道山坡作比喻，并与前文"泰山阿"对应。

后八句写别后相思。随着分别日久，思念日浓。九、十句直写相思之苦，茶饭难进，日渐消瘦，日子难熬。"来何迟"，对应前文"会有宜"，感叹与质问交加，点出已经超过了许诺的时间期限，所以渐生烦躁不安、哀怨忧伤之感。下二句紧承并着一"伤"字，以"蕙兰花"自比，形容自己颜色亮丽，楚楚动人，却无人欣赏，不免感觉可怜。接着又延伸联想，思绪由春入秋，呼告男子赶紧回来，不要"过时"；否则，自己将像"秋草"一样，枯萎凋零，不足以待君，又流露出悲哀之意。末二句表明心志。"执高节"，是自己对男子的期望，言"君"既已山盟海誓，计料在外也不会变心。"亦何为"，表达自己对爱情矢志不渝的坚决态度。

全诗以心理变化为主线，娓娓道来，平平无奇，却刻画入微，形象生动，别是一番滋味。

[辑评]

南朝梁刘勰《文心雕龙·明诗》：古诗佳丽，或称枚叔，其《孤竹》一篇，则傅毅之词，比采而推，两汉之作乎？观其结体散文，直而不野，婉转附物，怊怅切情，实五言之冠冕也。

清王夫之《古诗评选》卷四：《十九首》多承《国风》，此尤嫡缵三卫，唐张子寿又以禘此为自出。

清沈德潜《古诗源》卷四：起四句比中用比。"悠悠隔山陂"，情已离矣，而望之无已，不敢作决绝怨恨语，温厚之至也。

清张玉谷《古诗赏析》卷四：此自伤婚迟之诗，作不遇者之寓言亦可。首四，以竹生泰山，兔丝附萝，为结婚两层比起。然孤竹结根，有不移意，直贯章末。丝萝则为及时作引。"兔丝"六句，接兔丝指出夫妇之会有宜，点清路远婚迟，令人老，又暗引下意。"伤彼"四句，顶婚迟来，伤盛年易逝也。然正说无味，妙就蕙兰凭空比出，是为实处能虚。末二，代揣彼心，自安己分，结得敦厚。

清魏源《诗比兴笺》稿本卷一：刘勰谓《孤竹》一篇，傅毅之词。《后汉书》言毅少作《迪志诗》，又以显宗求贤不笃，士多隐处，作《七激》以讽，此诗犹是旨也。孤竹托根泰山，自植之高也。生有时，会有宜，宜以礼也。阳不昌则阴不和，上不求则士不往，轩车不来则会好无期。《楚辞》曰："恐鹈鴂之先鸣兮，使夫百草为之不芳。"又曰："惟草木之零落兮，恐美人之迟暮。"过时不来，将随草萎之谓也。怨思切矣，而犹曰君谅高节，慎重之，又迟难之耳。然则余之，迫不可待，亦何为哉？不谓《三百》，吾不信也。

朱自清《古诗十九首释》：那女子口里尽管说"君亮执高节"，心里却在惟恐他不"执高节"。这是一句原谅他，代他回护，也安慰自己的话。他老不来，老不给成婚的信儿，多一半是变了心，负了约，弃了她；可是她不能相信这个。她想他，盼他，希望他"执高节"；惟恐他不如此，是真的，但愿他还如此，也是真的。轩车不来，却只说"来何迟"！相隔千里，不能成婚，却还说"千里远结婚"——尽管千里，彼此结为婚姻，总该是固结不解的。这些都出于同样的一番苦心，一番希望。这是"怨而不怒"，也是"温柔敦厚"。

庭中有奇树[①]

庭中有奇树，绿叶发华滋[②]。攀条折其荣，将以遗所思[③]。馨香盈怀袖，路远莫致之[④]。此物何足贵，但感别经时[⑤]。

[注释]

①此诗收入《文选·杂诗上》。②奇树：珍奇美好的树木。发：生

长。华：同"花"。滋：茂盛。③攀：拉。条：树枝。荣：花，即上句之"华"。遗：赠送。所思：所思念的人。④馨香：芬芳的香气。盈：满。怀袖：怀抱。致：送达。⑤贵：珍贵。经时：经历很长的时间。时：时日。

[赏鉴]

　　这是一首思妇诗。首二句无意而为。"奇树"，不知何时栽之，不知其名为何，不知何以奇之。大概女子虽日日所见，亦不知其名，否则就会直接称之了。一"奇"字，尽写无端而来、无意出之之状。"绿叶"，写出春天来临，叶长花开，满树枝繁叶茂、花繁锦簇，使人不觉愈以为奇。三、四句写攀折举动，乃因其"奇"而致之。不奇不会让人心动。一心动遂欲"攀条"，一攀条遂欲嗅花，一嗅花感到芬芳无比，十分喜爱，遂欲"折其荣"。对于一个好奇心强、又爱美喜欢美的女子来说，这都是很平常的举动。但紧接"折"字，问题来了。折花做什么？是用来闻嗅吗？是戴在头上吗？是插在花瓶中吗？是想送给什么人吗？一念到后者，女子方想起自己日思夜想的人漂游在外，不如就拿来送给他吧！"将以"，写出寻思计较之状。五、六句写欲致不能致，这是一种痛苦的醒悟。女子一想到欲将花寄送自己远游的爱人，顿时满心欢喜，胜过了采花之状。遂高高兴兴地先将花拢在袖子里，以防其馥郁的芬芳过早流失。这一举动，明明写出一位爱美懂美、天真可爱、活泼好动的女性形象。"盈"字，点出花香之浓烈，暗以"奇花"许之，以照应"奇树"。但是转念一想，问题来了。两人相隔的路太远了，像这样的一朵鲜花，用什么方式寄过去呢？即便能寄过去，寄到的时刻它还能芬芳满怀，并借此表达出自己浓浓的爱意吗？显然无由得寄，即使寄去也会枯萎的。重重疑虑，顿上心头，不禁使女子打消了"遗"花的念头。末二句表明情感。"贵"字，照应"奇树"。言自己一开始只是因其树"奇"而贵之，究竟不过一朵鲜花而已，也没什么可以值得珍贵的。自己之所以想着"遗所思",乃是因为分别有一段时间了,十分想念,有些感伤,所以才偶尔有了这一冲动。全诗由"奇"而发,因不"足贵"而结束,突如其来,倏忽而去,把一种偶然的思绪写得穷形毕肖,极为惹人。

[辑评]

清王夫之《古诗评选》卷四:每一回笔,如有千波,而终平激。古人之力其神乎?

清沈德潜《古诗源》卷四:"何足贵",《文选》作"何足贡",谓戏也。较有味。

清张玉谷《古诗赏析》卷四:此亦怀人之诗。前四,就折花欲遗所思引起。"馨香"二句,即馨香莫致,醒出路遥。末二,更即物不足贡,醒出别久,层折而下,含蓄不穷。

清魏源《诗比兴笺》稿本卷一:此亦同上诗之旨。非所贻之不纳,乃路远莫致也。非此物之果贵,聊以明思也。情弥迫而词弥缓,非风人其孰能之?曰别经时,知去吴已久也。

朱自清《古诗十九首释》:诗中主人也是个思妇,"所思"是她的"欢友"。她和那欢友别离以来,那庭中的奇树也许是第一回开花,也许开了不止一回花;现在是又到了开花的时候。这奇树既生在庭中,她自然朝夕看见;她看见叶子渐渐绿起来,花渐渐繁起来。这奇树若不在庭中,她偶然看见它开花,也许会顿吃一惊:日子过得快呵,一别这么久了!可是这奇树老在庭中,她天天瞧着它变样儿,天天觉得过得快,那人是一天比一天远了!这日日的熬煎,渐渐的消磨,比那顿吃一惊更伤人。诗里历叙奇树的生长,便为了暗示这种心境;不提苦处而苦处就藏在那似乎不相干的奇树的花叶枝条里。这是所谓"浅貌深衷"。

迢迢牵牛星^①

迢迢牵牛星，皎皎河汉女^②。纤纤擢素手，札札弄机杼^③。终日不成章，泣涕零如雨^④。河汉清且浅，相去复几许^⑤！盈盈一水间，脉脉不得语^⑥。

[注释]

①此诗收入《文选·杂诗上》。②迢迢：遥远。牵牛星：民间称牛郎星，在银河南面。河汉：即银河。女：即织女星，在银河北面，与牛郎星遥遥相对。③纤纤：形容细长柔美。擢（zhuó）：举起，摆动。素手：洁白的手指。札（zhá）札：织机声，象声词。机杼（zhù）：织布机。杼：织梭。④终日：指长时间，并非一整天。章：布匹上的经纬纹理，此代布匹。零：落。⑤几许：犹言几何，谓相距之近。⑥盈盈：水清浅貌。水：指银河。脉脉：指含情脉脉，彼此相视。

[赏鉴]

这是一首思妇诗。前六句叙事。首二句以天上的牵牛星、织女星作比兴，以民间关于两人的凄美的神话爱情传说引起。"迢迢"言天上距人间之远，比喻自己与丈夫分别距离之远；"皎皎"言织女星之明亮，亦形容自己在皎洁的月光下，因思念之深而不能成寐。接句紧承，由天上转到人间，由神话转为现实，以传说中的织女织布，引出自己夜晚无法入睡，干脆起来埋头于织布劳作的情景。"纤纤"，以手代人，写出女子之美。以"素手"对"机杼"，含有以有情对无情的意思，暗点两人的分离当因强大的外在压力、阻力所致，非是夫妇感情问题。"札札"，以机杼之有声，衬托自己无声而织，略见出内心苦痛。承句写织布之辛苦，很长时间也没有织出多少来，形容自己本心在思夫，而不在于织布。因思夫而致神思恍惚，操作迟缓，或致错误，不停地返工重复，故此不能成匹。睡觉睡不着，织布织不成，相思的折磨实在是太痛苦了，因此织着织着，忍不住泪落如雨，打湿了未成的布匹。"泣涕零如雨"五字，透出两人感情极其深厚，而相思极为悲深，令人几欲罢读。

后四句抒情。思绪又由人间转到天上。转句言分别的距离，指出牵牛、织女相距并不遥远，甚至"清且浅"，似乎是可以跨越的。既然河面不宽，河水又清又浅，为什么却不跋涉过去私自相见呢？无非阻力过于强大所致，使得二人不敢去这样做，而非不为也。"不得语"，又写连说话、通信的权利都被剥夺了，不允许二人互诉情思，极言怨望之深。并以"脉脉"对"盈盈"，衬出怨望之情有如一河之水，无尽无头。

全诗想象丰富，言浅意深，思绪跳跃，境象奇特，叠语连绵，勾勒出一幅清冷凄伤的画面，可视为思妇之压卷之作。

[辑评]

清王夫之《古诗评选》卷四：终始咏牛、女耳，可赋可比、可理可事可情，此以为《十九首》。全于若不尔处设色。

清沈德潜《古诗源》卷四：相近而不能达情，弥复可伤。此亦托兴之词。

清张玉谷《古诗赏析》卷四：此怀人者托为织女忆牵牛之诗，大要暗指君臣为是。诗旨以女自比，故首二虽似平起，实首句从对面领题，次句乃点题主笔也。中四，接叙女独居之悲。既曰织女，故只就织上写。末四，即顶河汉写出彼边可望而不可即之意，为泣涕如雨注脚，即为起手迢迢二字隐隐兜收，章法一线。

梁启超《中国之美文及其历史》：即如《迢迢牵牛星》一章，不是凭空替牛郎织女发感慨，自无待言，最少也是借来写男女恋爱。再进一步，是否专写恋爱，抑或更别有寄托而借恋爱作影子，非问作诗的人不能知道了。虽不知道，然而读起来可以养成我们温厚的情感，引发我们优美的趣味，比兴体的价值全在此。

回车驾言迈①

回车驾言迈，悠悠涉长道②。四顾何茫茫，东风摇百草③。所遇无故物，焉得不速老④？盛衰各有时，立身苦不早⑤。人生非金石，岂能长寿考⑥？奄忽随物化，荣名以为宝⑦。

[注释]

①此诗收入《文选·杂诗上》。②回：转。言：语助词，无义。迈：远行。悠悠：远而未至之貌。涉：跋涉。③何：多么。茫茫：无边无际之状。东风：指和煦的春风。摇：吹拂。百草：各种新生长的草。④故物：旧时之景物。焉：何。⑤立身：建立一生的事业。古人有立德、立言、立功"三立"之说。苦：患于。不早：不及时。⑥长寿考：意即永远长寿。考：老也。⑦奄忽：急遽。随物化：形体化为异物，指死亡。语出《庄子·刻意》："圣人之生也天行，其死也物化。"荣名：荣誉与声名。

[赏鉴]

此诗抒写一次旅程中的感受。前六句叙事。首二句直接入题。"回车"，盖言此时处于一个歧路口，是朝哪个方向走，诗人一时犹疑不定。

或者已经向旁边转了一点，但最终决定还是朝前直走。像这样的景象，对任何一个出门远行而对道路不太熟悉的人来说，都是极为常见的。"悠悠"，极言道路之长，行程无期，内心不免有些焦躁不安。三至六句言路上所见。"四顾"，写出孤单寂寞的感觉。"茫茫"，极言道路越走越长，空无所见，只有自己一人不停地奔驰。"东风"，点明时节。"摇"字，颇具动感，言春风一吹，百草疯长，铺满大地，放眼望不到边际，而更增愁思。"无故物"，乃言这条路此前曾经走过，以此回应前文"回车"，算是"回"对了，没有走错。但是一路所见，万物皆新，又使"我"不再怀疑路了，开始怀疑起了人生。"焉得"，以反问带出自己确实已经不再年轻了。

后六句抒情。七、八句紧承，感叹人生盛衰有时，应该趁年轻时及早打牢事业基础。"苦"字，透露出诗人事业尚未确立，所以至今还在道路上苦苦奔波，不免产生了深深的后悔自责之情。九、十句感叹人的生命脆弱，寿命有限，意思是活的时间长了可能还有建功立业的机会，活的时间短了就根本没有机会了，自责之情进一步加重。末二句总结言志，指出虽然事业未立，虽然生命有限，虽然随时都有"物化"的可能，但也绝不会牺牲自己的荣誉与名声，损害志节，而不择手段地去走歪门邪道获得一些东西。"我"宁愿"涉长道"，不辞辛苦地去努力争取，即使老而无成，也在所不惜，从而表达出了坚强的人生意志与保持独立人格的决心。

全诗由旅程中的道路如何走，转而思考人生道路如何走，最后又回应到"涉长道"的主题。由一个常见的短暂的瞬间引起，而能回环往复，紧凑自然，不枝不蔓，是为佳构。

[辑评]

南朝宋刘义庆《世说新语》：王孝伯在京，行散至其弟王睹户前，问："古诗中何句为最？"睹思未答。孝伯咏："'所遇无故物，焉得不速老',此句为佳。"

明王世贞《艺苑卮言》卷二:"东风摇百草","摇"字稍露峥嵘,便是句法为人所窥。"朱华冒绿池","冒"字更掭眼耳。"青袍似青草",复是后世巧端。

清王夫之《古诗评选》卷四:此直赋情事,陶令亦效此,乃相去若何?

清沈德潜《古诗源》卷四:不得已而托之身后之名,与托之游仙、饮酒者同意。

清张玉谷《古诗赏析》卷四:此自警之诗。前六,即出游所见,触起人生易老。"所遇无故物"句,真足感人。中二,承上作转,言老固难辞,但苦立身不早,点清诗旨。末四,又承上申明所以必老之故,直就身后荣名可宝,缴醒立身当早意收住,劲甚。

清洪亮吉《北江诗话》卷三:诗除《三百篇》外,即《古诗十九首》亦时有化工之笔,即如"青青河畔草"及"四顾何茫茫,东风摇百草",后人咏草诗,有能及之者否?

东城高且长①

东城高且长,逶迤自相属②。回风动地起,秋草萋已绿③。四时更变化,岁暮一何速④!晨风怀苦心,蟋蟀伤局促⑤。荡涤放情志,何为自结束⑥?燕赵多佳人,美者颜如玉⑦。被服罗裳衣,当户理清曲⑧。音响一何悲,弦急知柱促⑨。驰情整中带,沉吟聊踯躅⑩。思为双飞燕,衔泥巢君屋⑪。

[注释]

①此诗收入《文选·杂诗上》。②东城：此处指洛阳城的东城墙。逶(wēi)迤(yí)：曲折绵长貌。相属：相连。③回风：旋风。动地起：形容风力强劲。萋：通"凄"。④四时：四季。更：更迭。岁暮：指秋冬之季。⑤晨风：鸟名，即鹯鸟，常常在早晨鸣叫求偶。语出《诗经·秦风·晨风》："鴥彼晨风，郁彼北林。未见君子，忧心钦钦。"蟋蟀：虫名。一年一生长，成虫只能活三个月左右，于深秋死去。语出《诗经·秦风·蟋蟀》："蟋蟀在堂，岁聿其莫。今我不乐，岁聿其除。"局促：不得伸展。此喻人生短暂。⑥荡涤(dí)：扫除。放：驰骋。何为：何必。结束：犹拘束。⑦燕赵：战国时代的两个国家。燕都在今北京南部大兴区，赵都在今河北省邯郸市。佳人：美人。颜：脸色。如玉：形容肤色洁白。⑧被服：穿着。被：披也。裳衣：衣裳之倒文。古时在上曰衣，在下曰裳。理：练习弹奏。清曲：清商曲的调名，包括清调曲、平调曲和瑟调曲三类，是当时最流行的乐调。⑨弦急：指弹奏的乐器如瑟上丝弦紧绷，声响激越，情感激动。柱：筝、瑟等乐器上固定丝弦的木柱。⑩驰情：驰骋想象。整：整理。巾带：衣带。沉吟：沉思吟咏。聊：且。蹢(zhí)躅(zhú)：徘徊不前。⑪巢：筑巢。

[赏鉴]

这是一首士子言志诗。前十句写实。言自己求仕到京城，苦于不得志，遂因时感怀。首二句写城墙。以"高且长"喻示自己似乎难以登攀，以"逶迤"比喻自己来到以后所遇到的困难一个接着一个，极言艰难阻碍之多。次二句写秋风。"动地起"，极言秋风之疾劲，给大地带来的震动之大，来得十分突然，颇出人意料。"萋已绿"，言春生夏长之草经秋风一吹，瞬间由绿变黄，给人平添了几分凄凉之感。五、六句感叹时节变化之速。"岁暮",点出自己在洛阳,转眼又待了一年,碌碌无成,难以释怀。七、八句言感伤。以晨风鸟和蟋蟀作比,一个"苦心"求偶,一个悲鸣生命短促。由此反观自己,一来志向未遂,二来家室未定,三来人生蹉跎,不禁难以自抑,满脸泪痕。九、十句写无奈。触目所见,满是悲伤。既然如此,不如涤除烦忧,放纵情志。"自结束",言不必自作茧缚,亦不必自寻烦恼。这是自我安慰、自我解脱,而适见作者之内心矛盾痛苦。

后十句写虚。紧承"放情志"一语,作者构想了一个美人加音乐的世界。恍惚中,来自燕赵的佳人登场,她貌美如玉,身披柔薄的罗裳,端坐在"我"家门口,整琴奏曲。乐曲由缓入急,慷慨激越,内含无限悲伤,正应和了"我"当前的感受。大概是因悲所感,佳人停止了弹奏,陷入沉思。忽而起身整理衣带,流露出欲说又止、迟疑犹豫之状。终于鼓足勇气,打破羞容,上前对"我"言说。末二句是想象中佳人所说的话,也吐露出诗人自己的心声。"双飞燕"可喻男女谐和,又指君臣契合。衔泥筑巢,固言共筑爱巢、结为连理之意。而其中的"君"字,亦明明点出了作者渴望得到君上垂恩,建立一番功名事业的志向。

全诗实虚结合,沉抑含蓄,情景交融,深挚感人,有力塑造出了一位不得志士子的形象。

[辑评]

　　明胡应麟《诗薮·内编》卷二:东、西京兴象浑沦,本无佳句可摘,然天工神力,时有独至。搜其绝到,亦略可陈。……"东城高且长,逶迤自相属。回风动地起,秋草萋已绿"等句,皆千古言景叙事之祖,而深情远意,隐见交错其中。且结构天然,绝无痕迹,非大冶熔铸,何能至此?

　　清王夫之《古诗评选》卷四:微觉汗漫,遂令盲人疑非一首。然浸更相收放,令盲人不疑为一首,则愈下矣。

清张玉谷《古诗赏析》卷四：此伤年华易逝，未得事君之诗，至篇末始揭作意，极难索解。首六，即望中时物变迁，引起年华易逝意。"晨风"四句，赋中带比，落出"荡涤"胜于"结束"来，作开笔曲笔。"燕赵"六句，意转合到学优不仕之可惜，然不便显言，特借燕赵佳人美颜华服、理瑟音悲作一比拟，意境最超。弦急柱促，又隐为岁暮何速一兜。末四，遥接"荡涤"二句，收清思出事君，巾带既整，犹复沉吟，何等详慎，点逗本意，却又借燕为比，总无实笔，故佳。

叶嘉莹《汉魏六朝诗讲录》：有的人认为从"东城高且长"到"何为自结束"是一首诗，从"燕赵多佳人"到"衔泥巢君屋"是另外的一首诗，一共是两首诗，我不赞成这种说法。因为他们只看到这首诗的前半首和后半首写的是两件事情，就以为是两首诗，却没有看到，这首诗的好处，也正在于它的转折变化。

驱车上东门①

驱车上东门，遥望郭北墓②。白杨何萧萧，松柏夹广路③。下有陈死人，杳杳即长暮④。潜寐黄泉下，千载永不寤⑤。浩浩阴阳移，年命如朝露⑥。人生忽如寄，寿无金石固⑦。万岁更相送，圣贤莫能度⑧。服食求神仙，多为药所误⑨。不如饮美酒，被服纨与素⑩。

[注释]

①此诗收入《乐府诗集·杂曲歌辞》。②上东门：洛阳东城三门中最

近北的城门。郭北墓:洛阳城北的北邙山。郭:外城城墙。古代城墙分内外,内称"城",外称"郭"。③白杨、松柏:古代墓地多植白杨、松柏以为标志。萧萧:萧瑟,即风吹木叶发出的悲音。广路:宽广的墓道。④陈死人:久死之人。杳(yǎo)杳:幽暗貌。即:趋于。长暮:长夜,即墓中长暗之意。⑤潜:隐藏起来。寐:睡也。黄泉:指深入到有泉水之地下的墓穴,亦指阴间。寤(wù):醒来。⑥浩浩:形容时间流逝犹如水流的样子。阴阳:犹四时。古人以春夏为阳,秋冬为阴。移:变迁。年命:寿命。朝露:喻人生短暂。⑦忽:迅疾。寄:旅居。金石:金和美石之属,常比喻事物的坚固。⑧更相送:谓生死更迭,一代又一代,永无了时。度:通"渡",超越。⑨服食:饮药,常指道家服用长生不死之药,以求得道成仙。⑩纨(wán)与素:洁白精致的细绢。纨:很细的丝织品。素:洁白的生绢。这里代指华美的服饰。

[赏鉴]

此诗是围绕生死、生命所作的思考。但不是一味地空谈哲理,而是从一个事件开始。首二句言"驱车",有人有事有行动,乍看似与主题无关。"上东门",做何事未说,就在去的路程中,因驾车故,人在车上视野开阔,看得远,不经意间一下子望见了城北的邙山墓葬群。次二句写墓地之景。古人墓地多植白杨和松柏。白杨树木高大,枝叶繁茂,经风一吹,发出"萧萧"之声,有似活人哭死人时的悲音。松柏树矮,然其夹路生长,长长一溜,自山下至山上,所以能从东门附近望见。"广路",则暗示出死人之多,显见是为方便亲友来往送葬祭奠,故将路拓宽了。下四句联想,由墓地、墓地之树自然而及于墓中之人。"陈死人",造语生新,言历朝历代的都有,墓中尸体堆积,简直数都数不过来。"杳杳",想象墓中之黑暗。"潜寐""不寤",写"陈死人"在阴间地狱长眠,再也没有转世生还的可能了。这里,以墓地所见的事实,坚实有力地批驳了当时社会上流行的佛教"转世"说及民间"还魂"论,是一种思想的廓清,具有进步意义。

"浩浩"以下八句,作者又延伸开来,由写实转为议论,由现实世界转为哲理世界。从阴阳变化、四时运行谈起,谈到人寿命的短暂,谈到古往今来人莫有不死的事实。"浩浩",极言时光流逝之快。"如朝露""忽如寄",极言人生在世存活时间有限。"金石",又用以反衬人生的短暂。"更相送",指出人之生死代谢,是自然规律,也是历史规律,任何人都不能逃脱。可笑的是,当时的道教竟违背这一事实与规律,提出了长生不死、服食求仙的说法,结果很多修炼的道士都误食丹药而死。不过,这也从反面提供了血的教训,可以让人们坚信人之必死的自然事实。

末二句又转入到现实之中,提出了一种人生观。即饮美酒、被华服,以求欢乐。至此,又与开头的"驱车"照应联系在一起。驾着马车出行,应该会穿上华丽的衣服吧?上东门游逛,应该有去品尝美酒的意图吧?这就是欢乐的事情呀!这可以实现对有限生命的暂时超越和对死亡的有效规避呀!

全诗乐中思悲,由生见死,能把生死的哲理吟诵得如此低回哀婉、沉痛自然,实在并不多见。

[**辑评**]

明王世贞《艺苑卮言》卷三:"奄忽随物化,荣名以为宝。"不得已而托之名也。"千秋万岁后,荣名安所之?"名亦无归矣。又不得则归之酒,曰:"使我有身后名,不如且饮一杯酒。""服食求神仙,多为药所误。"亦不得已而归之酒,曰:"不如饮美酒,被服纨与素。"至于"被服纨素",其趣愈卑,而其情益可悯矣。

清张玉谷《古诗赏析》卷四:此警妄求长生之诗。首八,即出门所见墓田,景象萧飒,以明人死不能复生,原自可怜。中六,承上递落,反覆申明人必有死之理。末四,点清痴想求仙,俱为药误之有损无益,一诗之骨,而以不如甘饮华服,取适目前收足之。

清魏源《诗比兴笺》稿本卷一:其意盖疾没世而名不称,而无一语正言其意,故一推之圣贤莫能度,再推之神仙不可求,三推之酒食聊快意。夫既知命如朝露,寿无金石固矣,则美酒纨素,果足乐乎?盖言放志达观,无复念此,其勿复念此者,正不能不念也,正言若反。

去者日以疏①

去者日以疏,来者日以亲②。出郭门直视,但见丘与坟③。古墓犁为田,松柏摧为薪④。白杨多悲风,萧萧愁杀人⑤。思还故里闾,欲归道无因⑥。

[注释]

①此诗收入《文选·杂诗上》。②去:逝去。日以:一天又一天、一天天地。形容因时间拉长而使程度加深。来:到来。③郭门:外城的城门。直视:放眼望去。丘与坟:指坟墓。土阜为丘,聚土为坟。④犁:一种耕地的农具,这里用作动词,指用犁耕地。摧:折,砍伐。⑤萧萧:寒风之声。杀:煞也。⑥里闾:乡里。因:理由。

[赏鉴]

这是一首游子思乡诗。首二句写人生体悟。"去者日以疏",言离乡日久,与家乡人的感情日渐疏远。"来者日以亲",言客居异地,反与周围人的感情日渐亲热。"疏"对"亲",以不同范围内人与人之间情感的显著变化,写出了久居他乡之人内心的痛苦与矛盾。如何处理"疏"?欲经常回去，显然是不可能的。如何处理"亲"？欲与家乡人一样对待，看来也是不可能的。平平十字，刻画流落异乡的无比孤独与凄寂，传神入理。内中所蕴含的痛彻之感，恐非有切身经历者不能知。读来令人泪下！中六句写墓地所见。为何要"出郭门"？诗人未直说。大概整日处在亲者变"疏"、疏者变"亲"这种对细致微妙关系难以把握的煎熬中，百无聊赖，无以排舒，故借踱步出城门以遣散。谁知，出去城门所见的一切，更增添了他的忧愁。"直视"，是想寻找一个事物视点，可以遣心散志。"但见"，则强调触目尽是坟丘。"犁为田""摧为薪"，无情地揭示出墓地上的一种"去者"与"来者"的变化。逝去的人葬身墓中，以为有了神圣不可侵犯的归宿；活着的人却犁地为田，为着再日常不过的饮食作打算。唉！风吹白杨，树叶的声响入耳竟成悲音。此情此景，着实愁煞人。末二句方明点主题，写思归故里之心。相较"来者日以亲"，大概"去者日以疏"让诗人感到非常愧疚，时常想着能回去看看，对"里闾"之情有以补偿。然不言"归"则罢，言归当以何为归？"无因"，写出受荣归故里观念的影响，诗人认识到虽多年出游在外，自己却无所成就，一旦回去，恐无颜见家乡父老。犹豫不决，痛苦越深。假如说不回去呢，则定会老死异乡，葬身在这"郭门"外边，魂灵无依……一想到这里，诗人顿时不寒而栗。

[辑评]

南朝梁钟嵘《诗品》：其外《去者日以疏》四十五首，虽多哀怨，颇为总杂，旧疑是建安中曹王所制。

宋张戒《岁寒堂诗话》卷上：古诗"白杨多悲风，萧萧愁杀人"，"萧萧"两字，处处可用，然惟坟墓之间，白杨北风，尤为至切，所以为奇。

清王夫之《古诗评选》卷四："白杨多悲风"，一"多"字或以为率然，或以为生新，孰知体物固然。

清张玉谷《古诗赏析》卷四：此客中经过墟墓，有感而思归之诗。首二，逆探下意，双提而起，笔势耸拔。言死而去世者，固宜日疏，若生而与我相接者，则宜日亲也。中六，申写所见丘墓摧残悲秋之况，本是触绪之端，却恰作日疏印证。末二，点清欲归不得，作诗之旨又恰从日亲转落，言何以宜亲而不能亲，是可慨也。转接处纯以神运，无怪乎阅者目迷。

生年不满百①

生年不满百，常怀千岁忧②。昼短苦夜长，何不秉烛游③？为乐当及时，何能待来兹④。愚者爱惜费，但为后世嗤⑤。仙人王子乔，难可与等期⑥。

[注释]

①此诗收入《文选·杂诗上》。②生年：人生在世的年岁。不满：不超过。百：百岁。千岁忧：十倍于人生百岁的忧虑，极言忧虑之多，特别指功名利禄及子女等方面的忧虑。③秉烛：以手持着蜡烛。游：游宴。④来兹：来年。兹：本义为新生草，因草一年生一次，故引申为年。⑤费：费用，钱财。嗤：嘲笑。⑥王子乔：古代传说中的著名仙人。刘向《列仙传》载："王子乔者，周灵王太子晋也。好吹笙，作凤凰鸣。游伊洛之间，道士浮丘公接以上嵩高山，三十余年。"等：相同的。期：期待，期盼。

[赏鉴]

这是一首劝人及时行乐的诗，表达了汉魏时期一种流传较广、较为普遍的社会观念。全诗以"为乐当及时"为核心，批驳了三种人生观。一是庸人的自忧，本来人生有限，不过百年，但这些人却整天担心这、担心那，怨天嗟人，愁容满面，实在是杞人忧天，完全没有必要。一是愚者的吝啬，"爱惜费"舍不得花钱，不知道吃，也不知道穿，只是拼命积累财富，不知道享受生活的乐趣，他们死后必将为后人所嗤笑。一是修仙的妄想，把梦想寄托在修道升天上，寄望于成仙之后品佳酿、食仙果，尽情享受快乐。但是，像传说中王子乔那样的成仙故事，其实是根本不可能的，是与现实生活相违背的。那么，应该如何及时行乐呢？作者也并没有直写，只是从侧面举了一个例子。就古代的社会现实看，由于交通不便、照明设施落后等因素，行乐自是只适宜于白天进行。但若是想着及时行乐，感觉白天的时间很不够用，就可以把夜晚的时间也加上，故而"秉烛游"，在烛光的照耀下，继续进行一切享乐活动。诗人的这一想法，可谓异想天开，趣味十足，充分表达出了"何能待来兹"的享乐精神。这个想法在我们今天很容易实现，但在两千年前，却是很花费钱财的事，首先会遭到愚者的坚决反对，其次庸人也不会同意，至于仙人——也只有等他们"成仙"之后才能考虑执行。所以，"为乐当及时"的思想，与这三种人生观是根本对立的。全诗用平常语，却鲜明地突出了主旨，成为此类诗歌的代表作。

[辑评]

　　清王夫之《古诗评选》卷四：三诗洞达以英气，见英气自是生物，首尾筋络，正不可绳尺相寻。

　　清张玉谷《古诗赏析》卷四：此刺贪夫戚戚之诗。首四，突然将人生年促忧长，为痴妄者当头棒喝。随就光阴宜惜，指出夜游良策来。中四，承上二句，申明行乐所以贵乎及时，以来兹岁月，为数难知，不能待耳。而愚者昧昧，不知为乐，盖惜费是其病根，受嗤乃其明验。诗旨已揭。末二,更以仙人难期,破其迷惑,兜应首句,及"何能待"句作收,不重仙不可求意。

清魏源《诗比兴笺》稿本卷一:专破富贵者之惑也。富贵之人,惟患一死。患死有二:一则爱惜费,为子孙千岁之忧。秦皇欲传二世,以至千万世,王莽推三万六千岁策是也。一则求仙享不死之乐,秦皇、汉武一辙也。苟如二者之皆妄,则富贵不足恃,而可进之于道德,恢之于达观已。故前章"荣名以为宝",后章"为乐当及时",异趣而同归。

凛凛岁云暮①

凛凛岁云暮,蝼蛄夕鸣悲②。凉风率以厉,游子寒无衣③。锦衾遗洛浦,同袍与我违④。独宿累长夜,梦想见容辉⑤。良人惟古欢,枉驾惠前绥⑥。愿得常巧笑,携手同车归⑦。既来不须臾,又不处重闱⑧。亮无晨风翼,焉能凌风飞⑨?眄睐以适意,引领遥相睎⑩。徙倚怀感伤,垂涕沾双扉⑪。

[注释]

①此诗收入《文选·杂诗上》。②凛凛:寒气凛冽。岁云暮:年岁将暮。云:语助词,无义。蝼(lóu)蛄(gū):虫名,也叫蜡蜡蛄,喜夜鸣,喜就灯光。③率:疾急貌。厉:猛烈。④锦衾(qīn):锦被。衾:大被。遗:与,给。洛浦:洛水之滨。浦:水边。同袍:同衾共枕。违:背离。⑤累:经历,亦言累次、无数次地。容辉:容颜,此处形容丈夫风采神逸。⑥良人:古代妇女对丈夫的敬称。惟:思念。古欢:旧日的恩爱之

情。枉驾：屈尊驾车前来。惠：赐予。绥：挽人上车的绳索。《礼记·昏义》："出御妇车，而婿授绥，御轮三周。"⑦巧笑：女子迷人的笑。携手：指夫妇相亲相爱之景。⑧来：此指良人入梦来。须臾：一会儿。重闻：深闺。⑨亮：信也。翼：翅膀。凌风：乘风，驾风。⑩眄（miǎn）睐（lài）：顾盼，目光左右环视。适意：遣怀。引领：伸长脖子，远远相望状。睎（xī）：眺望。⑪徙倚：徘徊，彷徨。沾：濡湿。扉：门扇。

[赏鉴]

这是一首思妇诗。全诗以思妇之"梦"为中心，分别写了梦前、梦中、梦后。前六句为梦前。首句点明时节，乃在冬季。"凛凛"，极言寒冷。引出下文寄送"锦衾"，由"锦衾"过渡到"独宿"，由宿而进入梦，一气贯注，条理清晰。古人远游，一般在年末返家。故至岁暮，相思更重。次句"夕"字，点出时间，乃在晚上。蟋蟀鸣叫，暗写因为相思，久久难以入睡，夜深人静之时，其声格外入耳扰人。"鸣悲"，这是民间的一种看法，言物伤其类之意，冬季百虫非死即藏，故曰蟋蟀之鸣含悲。当然，这里也是以物之悲，写出人之悲。三、四句写风，"率以厉"，见出寒冷加深，顺势点出对游子"寒无衣"的担心。五、六句写猜测，由游子岁暮不归，怀疑他已有外遇。"锦衾"，可视作思妇寄出，显出疼爱之情。"与我违"，游子独自一人被下孤寝尚可，倘若被下有同寝之人，那不免让"我"产生怨恨了。"我"思君寄被，君既不思"我"、归家，反以"我"被覆他人，此情孰难忍受。

中六句为梦中。七、八句写进入梦境的景状。"独宿"凄冷，"长夜"难挨，悲鸣不绝，翻来覆去，仰面倾侧，终于有点迷迷糊糊要睡着了，所思之人却恍然入梦。"容辉"，极言在自己心目中，男子形象的完美高大。虽离别日久，然"容辉"不减，见出"我"之爱意深沉，并未因离别生怨而褪色。而梦中的夫君，亦对"我"爱意依旧。朦朦胧胧中，"我"又看到他骑着高头大马，引着轿车，前来迎娶"我"的情景。"惠前绥"，是一典型细节表现，衬出男子恩爱如初，令我甜蜜无比。初恋是最美好的，初婚是最幸福的。"我"愿意永远沉浸在这幸福的欢笑中，与你"携手同车归"。以"同车"对"同袍"，写出女子的情感由现实之疑到梦中之蜜，寄托了对美好生活的无限期望。

后八句为梦后。"不须臾"，写出梦境瞬间消散之状。好不容易千里入梦，"既来"之而不既安之，且"又不处重闱"，不在闺房里待着与"我"亲近，这是多么令人懊恼的事啊。以梦中无"处"，再次点出对游子现在的心理不能掌握，极度担忧之情。"亮无""焉能"，应看作女子的一种疑问。梦境刚消，男子倏忽不在，你跑到哪里去了？为何跑得这么快？你应该没有鸟儿的翅膀啊，不可能一下子就乘风飞走吧？写尽女子梦醒之后，左右环顾、内外寻视不得的无比惆怅不满之状。"晨风"，以鸟之名，暗写一梦已是清晨，则一晚未睡可知。接用"眄睐""引领"，分明写出女子仍在尽力找寻的样子。"眄睐"，言男子可能藏在了屋内某一个地方，故左右环视观之。"引领"，言男子可能到了窗外，故欠身凝神眺之。然而，都没有，也根本不可能有。是故，末二句抒情，极写感伤之状。"徙倚"，言一宿没睡着，干脆起来了。"沾双扉"，又到门口找寻、远望，皆不见人影。"垂涕"，写尽女子寂寞凄苦哀怜之状，而与开篇"悲"字相应。

[辑评]

清王夫之《古诗评选》卷四：好色不淫，怨诽不伤，犹于此见之。深练华赡，自班、张诸本色。"既来"二语故动人，《国风》无此，当由《楚辞》。结语朴野过甚，古人之类句如此。

清沈德潜《古诗源》卷四：此相见无期，托之于梦也。"既来不须臾"二语，恍恍惚惚，写梦境入神。

清张玉谷《古诗赏析》卷四：此亦思妇之诗。首六，就岁暮时物凄凉叙起，随以彼之无衣御寒，引入己之有衾空展，曲甚。中八，蒙上锦衾，点明独宿，撰出一初嫁来归之梦。叙得情深义重，惚恍得神，中腰有此波澜，便增多少气色。后六，则醒后实境也。即不能身到彼边，而又望之不至，无聊无赖，徙倚涕垂，真写得相思苦况出。

孟冬寒气至①

孟冬寒气至，北风何惨栗②。愁多知夜长，仰观众星列③。三五明月满，四五詹兔缺④。客从远方来，遗我一书札⑤。上言长相思，下言久离别⑥。置书怀袖中，三岁字不灭⑦。一心抱区区，惧君不识察⑧。

[注释]

①此诗收入《文选·杂诗上》。②孟冬：冬季的第一个月，即初冬。惨栗（lì）：寒风冻得人发抖。栗：颤抖。③众星：天上的星星。④三五：指阴历每月十五。四五：指阴历每月二十。詹兔：即蟾兔，月亮的代称。詹：通"蟾"。古人将蟾蜍与兔子看作"月精"，两者的精气消长决定月亮的盈缺。缺：亏损。⑤书札：书信。札：即木简，古代曾以文字写在木简上。⑥上、下：分别指书信的开始与末尾。⑦灭：磨灭。⑧区区：即拳拳，诚恳坚定之意。

[赏鉴]

这是一首思妇诗，可分两层。前六句为第一层，写景，景中有情。起笔便觉"寒气"袭人,一个"至"字,点明时移节变,如今已是十月,一年四季又来到末尾时。"惨栗",极言风吹人身之痛。这一年中,人们经历了春风的阳气、夏风的热气、秋风的凉气,十月寒风乍吹,一开始极不适应,故以"惨栗"形容。接笔即言"愁",则知此愁已经过了春、夏、秋三季的积累,不能不"多"。正因愁多,使人消瘦,所以才禁不住北风之吹。而正因愁多,也才体会到冬夜漫长之难熬。"知"字妙,写出由心理之感透入物理之悟的变化过程。"仰观",暗示因愁睡不着,起身徘徊庭院,仰观星象之状。"列"字,透出众星都在,排列有序,从而衬出唯我一人,失序无列,睹物伤怀,又增其愁。"三五""四五"句虚写,特特点出月之满、缺变化,以月之变暗示年之变,形容自己由以前的"满"到现在的"缺",亦有多年了。"明月""詹兔",同义不同词,同指不同语,有变化之妙。且传说中,"詹兔"只是月宫中的一部分,并非月之全部,暗示自己家庭有缺,孤独难处。

后八句为第二层,言事,事中见情。所言乃游子托归客给"我"捎书信之事。"一"字,言少。如果对应"三岁"来看,三年寄一封信,确实少得可怜,暗点男子之无情。"上言""下言"句,写信之内容简单,除了"长相思""久离别"这些必要的话,其他的并没有几个字。显见男子并不在意,草草几笔应付了事,其情之淡薄可知。但尽管是"一书札",我却珍之藏之,随身携带。"字不灭",写出小心翼翼保管保护之状。这样做,当然是为了表达我对爱的坚贞。"一心抱",三字犹如万钧之重。"不识察",则如尘下之轻。又着一"惧"字,透过两两对比,露出浓浓的忧惧与哀伤。

[辑评]

清王夫之《古诗评选》卷四:此与"行行重行行"亢坐,余首犹亚旅也。

清沈德潜《古诗源》卷四:"置书怀袖",亲之也。三岁不灭,永之也。然区区之诚,君岂能察识哉?用意措词,微而婉矣。

清张玉谷《古诗赏析》卷四:此亦思妇之诗。首六,只就冬夜之景叙起。"愁多"二字,已引诗情,月圆月缺,又隐为昔合今离作比。中四,忽追念彼边曾有书来,其意可感,将远方久别长思,借点明白。末四,递落己边得书实重,终恐区区之诚不蒙识察收住。"三岁"句,用笔最妙。盖置书怀袖,至三岁之久,而字犹不灭,既可以作区区之证;而书来三岁,人终不归,又何能不起不能察识之惧。古诗佳处,一笔当几笔用,可以类推。

清魏源《诗比兴笺》稿本卷一:孟冬而北风惨栗,则非七月矣。此汉武已改秦朔用夏正后之诗乎……既有书札,且言相思,则彼此同情,何又言惧不识察乎?寄托之词也。北风,时气衰变也。众星,小人在列位也。蟾兔盈而忽缺,君道亏于中路也。设使君思旧见召,心衔恩遇,而亦惧谗谤之及矣。今虽不敢凿以事实,而要君臣夫妇皆可通之,不可以交游问讯之恒词蔽是诗也。

客从远方来①

客从远方来,遗我一端绮②。相去万余里,故人心尚尔③。文彩双鸳鸯,裁为合欢被④。著以长相思,缘以结不解⑤。以胶投漆中,谁能别离此⑥?

[注释]

①此诗收入《文选·杂诗上》。②遗:赠送。这里有捎带的意思。一

端：即半匹，长二丈。③故人：有交情的友人。这里指久别归家的丈夫。尚尔：犹如此。④文彩：绮上所织的花纹。合欢：植物名，又称合昏、夜合。夜晚时其相对的两片小叶即合在一起，故名。⑤著：往衣被中填丝、棉。缘：在被的四边补缀丝缕，起到结而不解的作用。结：缔结，乃言两情之契合，犹如解不开的结。⑥胶、漆：指两种黏性物质。这里比喻情投意合的夫妻。

[赏鉴]

　　这是一首思妇诗。起二句直叙，无比无兴，突兀入题。"客"为归客。"远方"，言离别之远，见出相思日久。"遗我"，既是归客送给我，又带出丈夫给自己的殷殷嘱托，出我意料之外，顿感十分惊喜。"一端绮"有深意。"一端"，言此一端送我，丈夫手执另一端。两端合为一匹，寓夫妇和合之意。所以，"一端"乃暗写丈夫对自己的相思之情。"绮"，为上等丝织品，含珍贵之意，借以寄托夫妇两人都要彼此珍惜对方的爱意。三、四句直抒，极写我内心惊喜之情。用很直白的话写出：相隔万里之遥，夫君心里还想念着我，这是多么深厚的爱啊！"心尚尔"，以口语写出女子活泼可爱，以及内心无比激动之情。接四句写"绮"之用，即做被子的过程，见出女子心灵手巧。"文彩"，承接"绮"。"双鸳鸯"，明点丈夫寄绮传爱的含义，并暗暗写出，自己马上动手用绮来做被子，很可能也出自于丈夫的嘱托。而在这嘱托中，很可能也含着他不久就要归来的信息，否则，为什么会买这种图案的绮来做被子呢？所以，整个做被子的过程，女子完全是欢天喜地，沉浸在一片喜悦之中。"合欢被"，再次暗示此被的用意。"长相思"，以情代物，被子里需要填充很多丝绵，丈夫此时又离家在外，此绮又是丈夫寄来的，故言"长相思"。"结不解"，以丝缕补缀之结，比喻两人爱之结。末二句是想象。被子做完了，看着这么漂亮的被子，自己想象与丈夫同被同眠，如胶似漆，恩爱异常，将来再也不会分离了。"谁能"，既然已经有了丈夫捎过来的许诺，所以自己才说得如此坚定。全诗自始至终充满喜气，与"一端""鸳鸯""合欢""结""胶""漆"等寓象完美结合，一脉直下，成为思妇诗中极为难得的一首喜诗。

[辑评]

南朝梁钟嵘《诗品》：《客从远方来》《橘柚垂华实》，亦为警绝矣！人代冥灭，而清音独远，悲夫！

清王夫之《古诗评选》卷四：无数婉娈，但一直写之。

清张玉谷《古诗赏析》卷四：此亦思妇之诗，通首只就得绮作被一事见意。首四，以客来寄绮直叙起，即就路远心诚，深致感激。十字中能写出无穷惊喜之意。中四，因绮文想到裁被，并将如何装绵，如何缘边之处，细细模拟。嵌入"合欢""长相思""结不解"等字面，着色敷腴。末二，更算到同眠此被，永不相离之乐，而望其归来意绝不少露，已在其中。解此正笔反用，自然意境空灵。说到同眠，易于伤雅，以胶投漆中比出，亦极蕴藉。

清魏源《诗比兴笺》稿本卷一：君子之交难遘也。心尚尔者，不易尔也。著以长相思，缘以结不解，久要不忘之谊也。果若胶漆，则谁能离之矣；果非胶漆，则谁能合之矣。

明月何皎皎①

明月何皎皎，照我罗床帏②。忧愁不能寐，揽衣起徘徊③。客行虽云乐，不如早旋归④。出户独彷徨，愁思当告谁⑤？引领还入房，泪下沾裳衣⑥。

[注释]

①此诗收入《文选·杂诗上》。②何：多么。皎皎：形容月光明亮。罗床帏：用绮罗制成的帐帏。罗：轻软而有疏孔的丝织物。帏：帐。③寐：入睡。揽衣：披衣。④旋归：回转归来。⑤彷徨：与上文"徘徊"同义，指心意不决，犹疑不定。⑥裳衣：即衣裳。

[赏鉴]

　　这是一首游子思乡诗。首二句直写，由上到下，写出皓月当空，四周皎洁一片；又由外到内，聚焦到屋里的一张床上，"照我"，突出"我"在床上与月光互视之状，暗写孤独难眠。次二句紧承，即点出"忧愁"的主题，"不能寐"见出忧愁之深，以至竟让人睡不着觉。既然无法入睡，索性披衣"起徘徊"，极言心事之沉重。这两句写忧愁孤独难眠入神，但何以忧愁仍未明点，引起悬念。五、六句才释此疑团，点明事实，即因客居异地之故。"虽云乐"，又宕开一笔，点出在此处客居，各方面还是颇让人满意并快乐的。但这些异居之乐，根本无法消解思乡的忧愁，而且还每每勾起我对家居之乐的回忆。所以，尽管有乐，"不如早旋归"，还是早点回去的好。与其他思乡诗相比，这里并未完全否定"客行"的景况，而是承认有其快乐之处，是一大区别之处。末四句又写月下彷徨，以"出户"对"入房"，点出彷徨时间之长，所躞步范围之广。从"出户"看，此诗的相思主体确为男子，古代女子是不可能出户的，尤其是在夜间。"独"字，点出远行无亲的事实。"当告谁"，写出客居欢乐可能还有人告，愁思则无人可诉，越发见出愁思之深。"引领"，写眺望家乡之意。即使月光皎洁，毕竟还是在晚上，竟然有此动作，则知于白天不知已眺望过多少遍。"泪下沾裳衣"，因思生泪，因愁下泪，泪下如雨，沾湿衣裳，写客居思乡之情，尽在此五字中。

全诗紧扣"忧愁"二字，忧中有乐，以乐衬忧，层层深入，浅俗平易，刻画出一个离乡游子欲归不得的痛苦心理，极为生动感人。古人有以此诗为思妇诗，实当为思乡诗。

[辑评]

清王夫之《古诗评选》卷四：大端言情，风雅正系。

清沈德潜《古诗源》卷四：清和平远，不必奇辟之思、惊险之句，而汉京诸古诗皆在其下。五言中方员之至。

清张玉谷《古诗赏析》卷四：此亦思妇之诗。首四，即夜景引起空闺之愁，中二，申己之望归也，却反从彼边揣度，客行虽乐，不如早归，便觉笔曲意圆。末四，只就出户入房徬徨泪下，写出相思之苦，收得尽而不尽。

乐府诗选

  乐府诗是在由官署之名向诗体之名演变过程中形成的，是对两者的并称。作为官署之名，是对周代采诗之风的继承，自汉代设立，经魏晋、南北朝以迄于隋。因一机构而成为一种诗体，这是它的极为特殊之处。就诗体而言，乐府诗又是民歌与文人诗的组合体。两汉时民歌发达，文人诗多向民歌学习；魏晋时因战乱等因素，民歌衰落，文人诗歌兴盛，推动乐府诗的表达形式与内容逐渐趋于定型，由此确立了乐府诗在中国诗体发展史上承前启后的作用。

两汉乐府民歌

  汉代乐府民歌指当时流传在赵、代、秦、楚等各地的民间歌曲。汉武帝时设立乐府机构采集民间歌谣，入乐歌颂，遂成为汉乐府诗的一部分。《汉书·艺文志》云："自孝武立乐府而采歌谣，于是有代赵之讴、秦楚之风，皆感于哀乐，缘事而发，亦可以观风俗，知厚薄云。"现存乐府民歌大都是东汉时期的作品，远非当时民歌的全部，多数由乐府机关写定，也有少数作品起初只在民间口耳相传，引起后代文人注意而被记录下来。除入乐的民歌外，亦有不少未经乐府机构采集、不曾入乐的徒歌和谣谚。

  民歌来自民间，抒发的都是人民自己的声音，因而具有很强的人民性，反映了广阔的社会现实。如对底层民众生活艰辛与痛苦的描写，对普通人追求幸福婚姻爱情的讴歌，对皇权的大胆批判和对穷兵黩武的揭露，以及对生命短促、人生无常的忧伤等。艺术上能即事抒情，人物塑造性格鲜明，善用拟人化手法，形式活泼自由，既闪耀着《诗经》面向现实的光芒，又充满奇特的想象，富于浪漫奇丽色彩。汉乐府民歌对后世的建安诗歌、唐代杜诗与元白"新乐府"都产生了深刻而长远的影响，至今仍受到人们的喜爱。

战城南①

战城南,死郭北,野死不葬乌可食②。为我谓乌:"且为客豪③!野死谅不葬,腐肉安能去子逃④?"水深激激,蒲苇冥冥⑤。枭骑战斗死,驽马徘徊鸣⑥。梁筑室,何以南?何以北⑦?禾黍不获君何食⑧?愿为忠臣安可得⑨?思子良臣,良臣诚可思:朝行出攻,暮不夜归⑩!

[注释]

①此诗收入《乐府诗集·鼓吹曲辞》。②郭:外城城墙。野死:在野地里死去。乌:乌鸦。③我:死者的代称。客:指死者,因战死在外地,故称"客"。豪:同"嚎",大声哭叫。④谅:当然。安:怎么。去:离开。⑤激激:形容水清澈之状。冥冥:形容水草葱郁呈暗绿状。⑥枭(xiāo)骑:骁勇善战的战马。枭:通"骁",勇敢。驽(nú)马:劣马。⑦梁:表声字。筑室:建筑宫室。何以:为何。⑧禾黍:泛指粮食。食:吃饭,动词。⑨忠臣:这里指为国事而牺牲的战士。⑩思:想念。子:古代对男性的尊称。良臣:是对战死在野外的士兵的美称。诚:确实。出攻:行兵外出去战斗。

[赏鉴]

这是一首揭露统治者残暴统治的诗,写出了统治者穷兵黩武,及战争之惨烈。开篇直入主题,以"战""死"及"野死"引出,分明写出战争即死亡,即需死在野外。又以"城南""郭北"互文见义,指出到处都是因战争而死的人，果真尸横遍野、血流成河。尸体堆积，来不及埋葬，骨肉腐烂，引来一群一群的乌鸦争相抢食。这是多么悲惨恐怖的景象啊！五、六句接笔设想奇妙，假托一具死尸，将之拟人化，让它出场和乌鸦讲话：你们别争别争，别抢别抢，在吃我的死肉之前，请先替我哀嚎几声，以表示对我的祭奠，我已死在野外，肯定无人收葬，暴尸野外，任由你们享用，那些腐烂的人肉，是不会为了不让你们吃，而逃走避去的。以尸"谓乌"，真乃千古未有之声，写出了士卒的深重苦难与无助。但是，乌鸦没有回答，旷野更显一片死寂。"水深"二句，写远方只传来河水流动的声音，循声望去，河边蒲草、芦苇丛生，一片暗绿葱郁。这是以景衬情，以自然写人，水流、草绿，都是活的，人却都死去了。接二句写在无边的沉寂与昏暗中，突然传来驽马的悲鸣声。枭骑战死，驽马受伤。死者已死，伤者亦无以救治，只有痛苦地躺在野外慢慢等死。这里，是实写，也有比喻。以马比士兵，写出死伤无数。死者固已无痛苦，伤者还在因流血而哀痛。伤员无以抢救的景状，更觉刺痛人心。

"梁筑室"五句写统治者大兴土木，不顾人民死活。一边是战争，一边是劳役。以"南""北"两两相对，再次写出劳役遍地。这造成的后果，就是青壮年男子都被统治者征遣调用了，不能去参加农业生产劳动，粮食收成得不到保障。于是，诗人由衷发出了质问：没有粮食，你们吃什么呢？全国闹饥荒，百姓怎么会拥护你们的统治呢？没有粮食，我们也不能出征作战，想做保家卫国的忠臣也不可能啊！"忠臣"一词，又使其意与前文联系在一起。

最后四句表达哀思，又回到战争上。以"良臣"紧承"忠臣"，并作顶针，又以"思""诚可思"重复，强烈呼告：思念那些忠勇可爱的将士们啊，早上出去打仗，夜晚就没有回来！尾句八字，斩钉截铁，痛快淋漓地表现出了良臣们英勇无比、视死如归的精神。然而，值得深思的是，是什么原因导致无数将士为国捐躯呢？联系上文，统治者挥霍过度，国库空虚，从而缺乏充足的粮草供应，恐怕是直接原因。如此，全诗的批判矛头就指向了最高统治者。

[辑评]

明胡应麟《诗薮·内编》卷一：《铙歌》如……《战城南》三篇，皆首尾一意，文义了然，间有数字艰诘耳。

清王夫之《古诗评选》卷一：铙歌杂鼓吹，谱字多不可读，唯此首略可通解。所咏虽悲壮，而声情缭绕，自不如吴均一派装长髯大面腔也。丈夫虽死亦闲闲尔，何至赪面张奉？

清沈德潜《古诗源》卷三：太白云，"野战格斗死，败马嘶鸣向天悲"，自是唐人语。读"枭骑"十字，何等简劲。末段思良臣，怀颇、牧之意也。

清张玉谷《古诗赏析》卷五：此伤用人不当，使太平良佐徒死于战之诗。旧解支离，都无是处。首三，叙战死不葬事直起。"为我"四句，顶第三句申写野死之惨，作晓乌语，痛极奇极。"水深"四句，插叙战场苦景，宽以养局，而战斗死已补出效命之勇，"徘徊鸣"又引下惋惜意。以上俱属铺叙题面。"梁筑室"以下，皆致已惋惜之意。"梁筑"三句，惜用时之君不明也。"禾黍"句，惜死后之君无倚也。两层比喻，正反递落。良臣可思意已隐隐逗起。"愿为"句，复就死者欲忠不得，推原其心，恰好以忠臣跌出良臣。"思子"二句，点明良臣，深致景慕。末二，收转用违其才，以致败亡，兜应篇首，截然竟住。五层意思都在空处折旋，且多以比喻出之，古诗岂易读哉！

清魏源《诗比兴笺》稿本卷一：此塞上屯戍之士，且耕且战，痛死亡之苦而思良将帅也。其武帝取匈奴河南地，筑朔方，缮故塞，匈奴数大入杀掠、屯戍之时乎？

梁启超《中国之美文及其历史》：此诗代表一般人民厌恶战争的心理，好处在倾斜胸膈，绝不含蓄。……写军中实感，虽过于悲愤，亦含有马革裹尸的雄音。

有所思①

有所思，乃在大海南②。何用问遗君③？双珠玳瑁簪，用玉绍缭之④。闻君有他心，拉杂摧烧之⑤。摧烧之，当风扬其灰。从今以往，勿复相思⑥！相思与君绝⑦！鸡鸣狗吠，兄嫂当知之⑧。妃呼狶⑨！秋风肃肃晨风飔，东方须臾高知之⑩。

[注释]

①此诗收入《乐府诗集·鼓吹曲辞》。②所思：所思念的人。③何用：用何，倒装句。问：语义同"遗"，为反复手法。君：你，对所思念的人的敬称。④簪：古人用来连接发髻和冠的针状饰物，横穿髻上，两端出冠外。绍缭：缠绕。⑤拉杂：折断。摧烧：摧毁焚烧。⑥以往：以后。⑦绝：断绝情感关系。⑧吠：狗叫。⑨妃呼狶（xī）：表声字，无实义。⑩肃肃：风声。飔（sī）：凉。这里形容晨风之鸟鸣叫有忧戚之意。须臾：一会儿。高（hào）：同"皓"，指天亮。

[赏鉴]

这是一首经典的爱情诗。写一位热恋中的女子的感情变化，忽热忽冷忽犹豫，忽激动忽悲痛忽搁置，大起大落，跌宕波折，细致入微。全诗可分三层。前五句为一层，写爱之深。起笔以"思"字带出，用静写。"大海南",点明了情人居住的地理位置,但又非常模糊,不是十分确定。则知"大海"一语,亦有形容所爱之深广的意思,显出两人早已有过山盟海誓了。"问遗君",是在斟酌考虑,赠送一个什么样的定情信物合适,十分郑重其事。"双珠玳瑁簪",装饰有珍珠和玉环的簪,乃是以物之名贵,表达爱意之重的意思。应该是自己最爱惜的一个饰品,所以想拿出来送给最亲爱的人。

中七句为一层,写恨之切。感情突然为之一变,由爱转恨,语势遂迅疾如疾风骤雨。以"闻"字带出,用动写。"有他心",言男子可能移情别恋,对自己负心了。于是,一"闻"便怒,不管是不是真的,也不去核实一下,就开始发起火来。男子自是不在身边,那个定情信物就遭了殃。以下连用三组动词"拉杂""摧烧""扬",表现女子的愤怒之情。又连用重复手法,"摧烧"重复一次,"相思"重复一次,表现出女子的决绝态度。最后落笔在一个"绝"字,使女子之怒火达到最顶端,爱情则沉入到最低端。这一层用语不多,却通过特有的句式,很好地描写出女子因气极而说话快、语速快、动作快,而又反复说、重复说的情景,极为生动有趣。

后五句为一层,写迟疑不决。大概是发泄得累了,在转念一想的那一刻,女子突然意识到,自己以前与男子约会,每每定在夜深人静之时,男子虽出入谨慎,亦曾惊起过鸡鸣狗吠,兄嫂肯定是知道了自己的隐情。哎!这该怎么办呢?这该如何是好?要是嫂嫂问起来,该如何回答呢?……一时又急如热锅上的蚂蚁,六神无主,坐卧不宁,沉浸在深深的羞愧与自责中。"秋风",点时节,言在秋天。"晨风飔",以物象点出时间,言在清晨。也就是说,以上女子的所思、所闻、所虑,这样的思绪万千,可能都是发生在一个晚上。"东方须臾",则点明女子因为爱情的折磨,整宿都没睡着觉,天亮了都没有想出解决的办法来。没奈何,只好尽量安慰自己，再等等，再等一会儿，天亮了我就知道该怎么办了。——至于她究竟能不能找到解决办法，这个疑问，读者只能结合自己的生活体验去回答了。

全诗三言、四言、五言、七言错杂，随情感变化脱口而出，描绘出一个心直口快、爽绝麻利、敢作敢当的青年女子形象。

[辑评]

清沈德潜《古诗源》卷三：怨而怒矣，然怒之切，正望之深。末段余情无尽。〇此亦人臣思君而托言者也。"鸡鸣"二句，即《野有死麕》章意。

清张玉谷《古诗赏析》卷五：此诗极写相思变态，末仍收到不忍轻绝意，是为变不诡正，忠厚之遗。篇分三截看。首五，从平日相思追叙起，点清地远，即为下"闻"字伏根。商量问遗寄意，就一簪上写得有加无已，悃款交至，跌起中截，欲开先合也。中六，突接闻有他心，顿生怨恨，即借欲遗之物摧烧扬灰，写出女儿刻毒性情。以从今勿思顿住，一层伸一层，都作十成死句，尽力一开，又恰以跌起下截之余情不尽。末六，"相思与君绝"，双承上两截来，虽贴己边说，而着一"相"字，已拖彼边在内。言我实思君，而今与君绝者，以君有他心故；君亦尝思我，而今与我绝者，岂亦疑我之有他心乎？五字中有按定细想，代揣彼心，自问己心意，因接"鸡鸣"二句，证我之心于人。又伸"妃呼"三句，证我之心于天，截然竟止，绝不抱转思彼。不与彼绝，而意已跃然言下，盖全在"相思"五字虚转得力也。

梁启超《中国之美文及其历史》：这一首恋歌，正是"温柔敦厚""怨而不怒"的反面，赌咒发誓，斩钉截铁，正见得一往情深。后代决无此奇作，专门诗家越发不能道其只字。

闻一多《乐府诗笺》：细玩两篇，不见问答之意，反之，以为皆女子之辞，弥觉曲折反覆，声情顽艳。

上邪①

上邪②！我欲与君相知③，长命无绝衰④。山无陵⑤，江水为竭⑥，冬雷震震⑦，夏雨雪⑧，天地合⑨，乃敢与君绝⑩！

[注释]

①此诗收入《乐府诗集·鼓吹曲辞》。②上：上天，太阳。邪（yé）：表示感叹的语气词。③相知：指知己之爱。④长：永远，永久。命：同"令"，使。衰：衰减，断绝。⑤陵：山峰。⑥竭：干涸。⑦震震：雷鸣声。⑧雨（yù）雪：下雪。雨：名词用作动词。⑨合：闭，对拢。⑩乃敢：才敢。敢：表委婉语气。

[赏鉴]

这是一首优秀的爱情短章。全诗用誓词，两言一句、三言三句、四言两句、五言两句、六言一句，错落有致，铿锵有力，斩钉截铁，气势雄放，震撼人心，表达出对爱情的不可阻挡的决绝追求，塑造出一位决心冲破重重封建束缚，大胆追求美好爱情的青年女性形象。

起笔对天呼告，突兀不凡，发出强烈感叹，力沉万钧：上天啊！接笔写呼告的内容，即对爱情的表白，一气呵成，节节提升。先总览一句，以"我"字引起，突出"我"的主观性与积极性：我想和您相爱，白头偕老，到死也不断绝。以下连用五种自然现象，对之盟誓，以排山倒海之势，衬托出自己的决绝之心。在古代，这些现象都是根本不可能发生或者实现的，如群山消失、江水枯涸，冬天打雷、夏天下雪，天地混合。显然，其不可能发生或者实现的程度与难度，也是一步比一步加深、加重的。在手法上，这五种现象，山与水并起相对，冬与夏并起相对，而独以天地一总，显得层次清楚，有理有序，绝不错乱。最后一句，以"乃敢"委婉地表达心意，又以"与君绝"终笔，回应前文所言"与君相知""无绝衰"之意，从而将爱情长存、永不变心的意志抒写得淋漓尽致，摄人心魂。

世易时移。倘若放在当下的语境中，诗中所表现的一切，很多都是可以改变的："靠山吃山"的观念，引发对大山的资源掠夺，在现代机械化的助力下，很多山体都"无陵"了；因环境恶化，成百上千条河水断流了；全球变暖，气候变化，有时甚至冬天也能听到轰隆隆的打雷声，而夏天尤其是初夏的时节也会莫名其妙地下起雪来。当然，"天地合"这三个字，至今仍未变。就是说，诗中举出的自然条件，可能会受时空变化等因素影响，有些不太"符实"。但是，诗歌是情感的产物，本质上就是超越现实的。现在的这些自然变化，不会阻碍我们对诗中爱之真意的理解。活在时下的我们，甚至更应该加倍珍惜古代诗歌中自然与情感完美融合的那一幅幅画面。

[辑评]

明胡应麟《诗薮·内编》卷一：《上邪》言情，《临高台》言景，并短篇中神品，无一字难通者。"妃呼狶""收中吾"二句，或是其音，当直为衍文，不害全篇美也。

清沈德潜《古诗源》卷三："山无陵"下共五事，重叠言之，而不见其排，何笔力之横也。

清张玉谷《古诗赏析》卷五：此陈忠心于上之诗。首三，正说，意言已尽。后五，反面竭力申说，如此然后敢绝，是终不可绝也。叠用五事，两就地维说，两就天时说，直说到天地混合，一气赶落，不见堆垛，局奇笔横。

清魏源《诗比兴笺》稿本卷一：忠臣矢心许国，其被谗自誓之词欤？廪廪然，烈烈然，而庄氏谓男慰女之词，为不称矣。

十五从军征①

十五从军征，八十始得归②。道逢乡里人："家中有阿谁？"③"遥看是君家，松柏冢累累。"④兔从狗窦入，雉从梁上飞⑤。中庭生旅谷，井上生旅葵⑥。舂谷持作饭，采葵持作羹⑦。羹饭一时熟，不知贻阿谁⑧。出门东向看，泪落沾我衣⑨。

[注释]

①此诗收入《乐府诗集·横吹曲辞》。原为《紫骝马歌辞》（六首）的后四首。今合四首为一。②始：才。③阿（ē）：语气词，无实义。④遥看：远望。冢：高坟。累累：同"垒垒"，重积貌。⑤窦：洞穴。雉：野鸡。⑥中庭：房屋前的院子。旅：旅生，未经播种而野生。⑦羹：用菜叶做的汤。⑧一时：一会儿。贻：送给。⑨沾：浸湿。

[赏鉴]

这是一首揭露兵役严苛的诗。起笔直入主题。以"十五""八十"作对比，言应召从军征战达六十五年，人生中有四分之三的时间在兵营中、战场上度过，这是一个多么可怕的事实啊！走时是总角少年，归时已是白发斑斑。强烈的反差，构成了对兵役残酷的最强有力的控诉。"始"字极妙，言无时无刻不想归家，却始终不能、不允许回家，从而道出无限的艰辛、悲怨与相思。"道逢"，指通往村中的路上。"乡里人"，未点名姓、老少，极妙。言一路上悬悬不安、急不可耐，刚进村口，碰到一个人，就赶紧问起家里的情况。"家中有阿谁"，不问其他，直接问人，显出这六十多年以来，一直与家中失去联系，家中状况一概未知，又暗衬出战事之频繁，往来驰驱不定，难于通信。同时，隐约露出内心中是希望有很多人的，父母、兄弟姐妹以及侄孙辈，一大群人团团围坐在一起，欢迎自己回家，渴望家人团圆之愿望分外强烈。"遥看"，点出数十年来村落的布局，受各种因素影响发生了很大的变化，原来住人的地方现在久已无人生活了。"冢累累"，透出一片荒凉所在。昔日的家院，为何变成了座座坟茔？诗中未明言，但由"从军征"三字猜想可知，大概村中也经过了惨烈的兵燹，家人们来不及逃跑，全部被乱兵杀死在家中了。残余的亲友乡邻不得已就地掩埋，这才出现了"松柏冢累累"的景象。接写老兵走到家中所见，尽是野生的动物、植物，不见一点人烟。院子里野兔出没，大概是从狗窦里钻进来的吧，屋梁上野鸡栖息，一只家燕也没有了。"中庭"，村居房屋前的院子，一般都比较平坦，经常用作打粮食、晒粮食的场所，难免会掉几颗谷粒，无人居住，日久滋生，所以到处生长。"井上"，水井周围，因水多地湿，故适于野菜遍地生长。唉！遥想幼时在家，狗在院中跑，燕子绕梁飞，一家人和和美美地在一起生活。如今，从军归来，竟然只剩下了自己一人！言外之意，从军者未受到损坏，家人却全部死于兵乱。这一极大的反差，讽刺性十足，无疑极大地增强了诗歌的批判力量。自己回家了，要在自己家里吃饭啊。没有人，没有陈米，没有菜蔬。讽刺的是，院中反而有现成的野谷，井边反而有现成的野菜。自己找来做饭、做羹的锅，从井中汲水刷一刷，就开始自己煮饭、熬羹。"春谷"，谷子一般七月成熟，点出老人乃是在这一年的秋天回到了家中，秋之萧条又增悲意。自己独自一人，忙忙碌碌，出出进进，不一会儿把饭羹做好了。

"不知贻阿谁",有谁能出来与自己一块吃呢,再次点出亲人凋零的悲哀。饭羹做得多,侧面点出院中的野生谷、菜长势极为茂盛,反衬出人烟人气之衰。难道家中真的就没有一个人了?难道就自己一个年迈的老兵在家里孤零零地吃饭吗?"出门东向看",极言心绪不平,渴望哪怕是有一位家人能蓦地从外边走进来。然而,看来看去,到底竟无一人。"泪落沾我衣",极言内心凄惨之状。最后结一"我"字,以"我"之孤孑,写出老兵由满怀期待到满腹痛苦的巨大心理落差,使全篇的批判力量达到最高。

[辑评]

清王夫之《古诗评选》卷四:苦甚迫甚,而发意出手自有余闲,不似"幸有齿牙存,所悲骨髓干",逼真作净丑语。

清沈德潜《古诗源》卷四:"遥望"二句,乃乡人答词,下从征者入门之词,古人诗每灭去针线痕迹。〇通章用支微韵,而"烹谷持作饭,采葵持作羹"二句,不入韵中。最是摇曳之至。非古人不能用韵也。

清张玉谷《古诗赏析》卷四:此伤久从征役,归家无人之诗。首四,从幼役老归直叙起,问有阿谁,已极凄惨。"遥望"二句,乡人答辞,但云多冢,已答无人,用笔灵动。"兔从"四句,接写到家后空室无人之景,两就动物说,两就植物说。后六句,即借谷葵作饭作羹,逗出贫苦,随以熟无所贻,望冢泪落,收足无人之痛,音节亦近乐府。

梁启超《中国之美文及其历史》:全首风格朴茂,可以认为汉作,至其词之沈痛,又在杜老《三别》之上。

公无渡河①

公无渡河②,公竟渡河③!堕河而死④,将奈公何⑤?

[注释]

①此诗收入《乐府诗集·相和歌辞》。原名《箜篌引》。②公：本指公、侯、伯、子、男五种爵位之一，后演变成对男子的美称。无：同"毋"，不要。③竟：终究。④堕：掉入水中。⑤奈：如何，怎样。

[赏鉴]

这是一首叙事诗，讲述了一个真实感人的故事。故事的内容即"事面"并没有在诗中呈现，摆在我们眼前的只是故事中的一句话，大致是故事结尾时一位当事人所说的话。以一句话，高度浓缩出一个故事，这是此诗最高妙之处。而这个故事是极为感人的，因此是可以传递的。本事中，故事的演绎者是一对老年夫妻，传递者是一对中年夫妻，再传者则是一位青年女子。这一代一代的传递，既是后辈对前辈敬慕之情的最好诠释，亦高度张扬了以死殉情的爱之精神的伟大。

诗中的画面大概是这样的：一位白发老人，遇到了极不顺心的事，借酒消愁以至于醉，提着酒葫芦到处奔走，疯疯癫癫，举止错乱，不小心走进了湍急的河流之中。他同样白发的妻子，一直跟在他后面呼唤、叫喊：咱们赶紧回家啊，不要乱走啊，那是大河啊，再走就要走到水里去了，赶紧上来啊……然而，自己既不能阻止他，又无力救他，只好眼睁睁看着自己的老伴，一步一步往河里走，一点一点被河水吞噬。世间有什么事会比眼看着最挚爱的人无端走向死亡，没入黑暗的深渊更为悲痛的呢？老妇人痴立岸边，眼望河水，悲恸欲绝，发出了呼天告地的喊声：老头子，你不要过河啊，你偏不听，你非要过河，一下子掉在河里给淹死了，你死了之后，我该怎么办呢？歌声既绝，河水幽咽，老妇人忍不住悲伤，也纵身跳入河中！

凄美的爱情故事，不止属于青年人，老年人的相扶将、共患难、同生死,其怆然悱恻的程度更为深重。全诗以一普通老妇人语出之,简促直切,一洗婉转铺排之病,极易记诵,过目难忘,真堪绝唱。

[辑评]

晋崔豹《古今注》卷中:《箜篌引》,朝鲜津卒霍里子高妻丽玉所作也。子高晨起,刺船而棹。有一白首狂夫,被发提壶,乱流而渡。其妻随呼止之,不及,遂堕河水死。于是援箜篌而鼓之,作《公无渡河》之歌。声甚悽怆,曲终,自投河而死。霍里子高还,以其声语妻丽玉,玉伤之,乃引箜篌而写其声,闻者莫不堕泪饮泣焉。丽玉以其声传邻女丽容,名曰《箜篌引》焉。

清沈德潜《古诗源》卷三:缠绵凄恻。《黄牛峡谣》音节相似。

清张玉谷《古诗赏析》卷六:逐句停顿,一气旋转,尤妙在末四字,拖得意言不尽。

梁启超《中国之美文及其历史》:这歌不用一点词藻,也不著半个哀痛悲怆字面,仅仅十六个字,而沈痛至此,真绝世妙文!

江南①

江南可采莲,莲叶何田田②!鱼戏莲叶间③。鱼戏莲叶东,鱼戏莲叶西,鱼戏莲叶南,鱼戏莲叶北。

[注释]

①此诗收入《乐府诗集·相和歌辞》。②何:多么。田田:莲叶茂盛的样子。③戏:嬉戏。

[赏鉴]

  这是一首采莲图,以清新活泼、欢快愉悦的笔调刻画了江南渔家生活的生动情景。首二句陈述事实,是总写,是提引。言夏秋时节,荷莲生长,莲子成熟,水田中,放眼望去,一株株荷茎挺拔秀气,一片片荷叶硕大无比。以下几句描写采莲的活动,"鱼戏莲叶间"是总写,"东""西""南""北"句是分写。笔触也由水面之上延伸到水面之下,重点摹画"鱼戏"的景象。本来是"采莲",为何又转笔写"鱼戏"呢?就采莲的行动来看,人在采莲时必然会看到鱼儿在莲下游动,这是实景实情。即是说,观赏鱼戏是由采莲衍生出来的一种行动,两者是紧紧连在一起的。就江南民间文化的内涵看,采莲多是女子的劳作,莲通"恋",喻所恋之人、心上人。莲之茎叶长得茂盛挺拔、秀美鲜碧,一如青年女子心中初长成的帅帅的小伙子,眉目清秀,一见便惹人爱恋。鱼通"余",即我也。因此,鱼莲相戏,乃暗喻余与恋人相爱。由此可知,诗中反复抒写"鱼戏莲叶",乃是比喻青年男女经过不断的相互试探与游戏,恋情逐渐发展成熟,其重要标志就是两人约会的地点遍布村落的东西南北,无所不去,而不必怕人看见。这就是说,诗中"东""西""南""北"之句,不仅仅是运用了重复排比或多人唱和的艺术手法,也是用来象征男女恋情日趋热烈稳定,从而可以无拘无束了。

[辑评]

  元左克明《古乐府》卷四:盖美其芳晨丽景,嬉游得时也。若梁简文"桂楫晚应旋",唯歌游戏。又有《采菱曲》等,疑出于此。

  清张玉谷《古诗赏析》卷五:此采莲曲也。前三,叙事,不说花,偏说叶,叶尚可爱,花不待言矣。鱼戏叶间,更有以鱼比己意,诗旨已尽。后四,忽接上"间"字,平排衍出"东""西""南""北"四句,转见古趣。

  清魏源《诗比兴笺》稿本卷一:刺游荡无节,宛丘东门之旨也。言之不足，故长言之；长言之不足，故永叹之。孔子曰："书之重，词之复，呜呼！不可不察，其中必有美者焉。"是之谓也。

叶嘉莹《汉魏六朝诗讲录》：后边四句听起来像废话，是不是？但正因如此，它才是民间的歌谣。这是江南的女孩子们一边采莲一边唱的，她们看见什么就唱什么，既不像文人作诗那样雕饰语句，也不像刘邦的《大风歌》和项羽的《垓下歌》那么激动感慨。可是在这种似有心似无心、似有意似无意之间，就产生了一种质朴的美。……对于质朴的民歌，你就要欣赏它的质朴，这正是它的特色所在。

东光[①]

东光乎[②]？苍梧何不乎[③]？苍梧多腐粟，无益诸军粮[④]。诸军游荡子，早行多悲伤[⑤]。

[注释]

①此诗收入《乐府诗集·相和歌辞》。②东光：东方天发亮，即天明。③苍梧：又作仓梧。地名，在今广西梧州一带，潮湿多雾。汉初有南越国，其宗人赵光封苍梧王。不：同"否"。④腐粟：陈积多年已腐烂的粮食。益：助。诸军：指参与讨伐的各路士兵。⑤游荡子：远离家乡、漂游在外的人。早行：清早出征。

[赏鉴]

这是一首厌战诗。作为一名普通士卒，不愿意去打仗的理由有很多。但是，如何能找到一个恰当的临界点，把这些理由一股脑地都发泄出来，又不多言，做到干净利落呢？诗人起笔之前，必须要认真斟酌。此诗选定的是特殊地域的特殊气候条件。"苍梧"，写出出征已远，临近汉朝与南越的边界，则远征之辛劳可以窥知。"何不乎"，言东方天明了，苍梧这个地方却还未亮。什么原因？乃在其地多瘴雾的特殊气候。诗中未明提，是力存含蓄，不欲过于直露。接笔写军粮，这被视为远征军最大和最头疼的问题。很多能征惯战的部队，最后都因接济不上而失败了。"多腐粟"，以"腐"字极言粮草储备之充足，明点在此并不存在这一致命问题。"无益"，暗写由于士兵内心不愿意参加这次战争，粮草再多、待遇再好、赏赐再多，也是没有任何效用的。从而指明，战争首要的是凝聚军心，军心不齐会直接导致战争的失利。结笔写士兵的精神状态。"游荡子"，点出都是远离家乡，由北方被迫千里迢迢来到这里，思乡之情特别浓厚。"早行"，照应"东光"，早晨苍梧一带潮湿多雾。一大早就出兵，冒着中毒致病的生命危险。"多悲伤"，点出军队的战斗热情极为低下，有对前面诸事进行概括与总结的意思。全诗写实，并未刻意抒情，然语语透露出不满，且层层加深，具有很强的批判力量。

[辑评]

清朱乾《乐府正义》卷五：临军瘴地，军士苦早行而作。乾按，汉武以元鼎五年，遣伏波将军路博德等击南越，下濑将军甲下仓梧，于时列侯以百罪，皆莫求从军击越，至以金夺爵者百有六人。卜式上书请往，爵关内侯，而天下莫应，则其时之民之不欲可知也。虽有九郡之置，而孤人之子，寡人之妻，穷兵远方，籍此无用之地，亦独何哉！此诗所谓"仓梧多腐粟，无益诸军粮"也。"东光"者，东方明也。梁简文诗："鸡鸣天尚早，东乌定未光。"言东方明乎？而仓梧何不明乎？盖早行触瘴，朝不见日，故接云"早行多悲伤"。宋赵宗德《浮金亭》诗："瘴云不雨烟蒙溟。"《寰宇记》云："民多架木为巢，以避瘴气。"是其证也。

鸡鸣①

鸡鸣高树巅，狗吠深宫中②。荡子何所之？天下方太平③。刑法非有贷，柔协正乱名④。

黄金为君门，璧玉为轩堂⑤。上有双樽酒，作使邯郸倡⑥。刘王碧青甓，后出郭门王⑦。舍后有方池，池中双鸳鸯⑧。鸳鸯七十二，罗列自成行⑨。鸣声何啾啾，闻我殿东厢⑩。兄弟四五人，皆为侍中郎⑪。五日一时来，观者满路傍⑫。黄金络马头，颎颎何煌煌⑬！

桃生露井上，李树生桃傍⑭。虫来啮桃根，李树代桃僵⑮。树木身相代，兄弟还相忘⑯！

[注释]

①此诗收入《乐府诗集·相和歌辞》。②树巅：树的顶部。深宫：深巷。③荡子：指游手好闲、钻营求进的人。④贷：宽恕。柔协：用宽柔的政策安抚人。乱名：犯上作乱的罪名。⑤璧玉：上等美玉。一同"碧玉"。⑥樽：酒杯。作使：役使。邯郸倡：来自赵国国都邯郸的女乐。⑦刘王：刘姓诸侯王。甓（pì）：砖。后出：指后来者对前者的仿效。郭门：诸侯宫室的外门。⑧舍：房屋。方池：大池。⑨七十二：极言其多，非确指。⑩啾啾：鸟鸣声，象声词。殿：大堂。厢：正房前面位于两旁的房屋。⑪侍中郎：官名。西汉为加官，受此封者可入宫侍从皇帝左右。⑫五日：汉代朝官每五天回家休整一次，称"休沐"。一时：同时。傍：同"旁"。

⑬络：缠绕。炯（jiǒng）炯：同"炯炯"，光亮貌。煌煌：光彩夺目貌。
⑭露井：无盖的井。⑮啮（niè）：咬。僵：枯死。⑯树木：指上文的桃树、李树。

[赏鉴]

  这是一首讽刺政治投机的诗。全诗可分三层。前六句为一层。首二句比兴，"鸡鸣""狗吠"是比喻无德无能、卑微低下的鸡鸣狗盗之徒。"高树""深宫"，则暗喻最高统治者。上于其"巅"、入于其"中"，暗写这些无耻之辈极力投机钻营，攀龙附凤，出入宫廷，企图攫取高官厚禄。"何所之"，乃明知故问，意欲苛责、警告这些无法无天的荡子，不要破坏天下太平、政治清明的大好环境。接着特意举出国家刑法及"柔协"的政策，告诫荡子们不要胡作非为，犯上作乱。

  "黄金"十八句为一层。着力描写荡子一时得志，所表现出来的嚣张气焰，构成批判的主体。内容包括：一写宫室的奢华，用黄金做门，用璧玉筑堂，用琉璃砖砌外墙，并模仿汉初刘姓诸侯王所用过的式样；二写生活的腐朽，花天酒地，乐伎美女，歌舞喧天，宾客盈门，没日没夜；三写庭园的瑰丽，园中建有很大的池塘，池中蓄养着无数珍禽；四写出行的威武，用黄金做马笼头，车马服饰光彩鲜艳。此层均不用细笔刻画，而用粗笔勾勒，只拣择最突出、最能揭示事象本质者举出。如写"方池"，为衬托其大，极言里边鸳鸯之多，并以"啾啾"鸣声，以动衬静，与前后的静物构成对比。又如写出行的场面，先点出"兄弟四五人"皆居高官显爵，每逢散朝，同时出入，排排列列，可以说写尽了他们飞扬跋扈、耀武扬威的样子。这一层字里行间还透露出前文所暗示的非法及"乱名"问题。金玉为堂是僭越皇宫，模仿刘姓诸王是隐隐以"皇家"自居，"皆为侍中郎"则写出其势力之强大，假如他们图谋不轨，恐怕连皇上都压制不住，是极为危险的，因此势必会引起忌惮与戒备，一旦发现蛛丝马迹，就会披上欺君犯上之罪名。

后六句为一层。以桃李作比,桃树、李树同生井旁,受到侵害时李树能代桃僵。但这几个兄弟果真身犯罪名,却不会彼此"身相代",而是"还相忘",树倒猢狲散,各自逃之夭夭。结尾指明荡子的惨淡下场,固是他们恶劣的本质及狂妄的行为举动使然,同时亦有力回应了开头的"贷"与"正",使全诗构成一个整体。

[辑评]

清沈德潜《古诗源》卷三:此曲前后辞不相属,盖采诗入乐,合而成章,非有错简紊误也。后多仿此。

清张玉谷《古诗赏析》卷五:此警荡子乱名干法,将贻累兄弟之诗。首六,以"鸡鸣""狗吠"各安其所,反兴起荡子舍家远出。诘其何之,随点醒世方太平,刑法不贷乱名之辈,为荡子棒喝正文。下三段,乃就其所处地位,历论其尽可不为荡子也。"黄金"六句,叙其宫室供具使令之美盛,可不为荡子者一。"舍后"六句,抽叙方池鸳鸯,即隐喻妻妾众多,可不为荡子者二。"兄弟"六句,叙其兄弟之富贵赫奕,可不为荡子者三。平排养局,总就荡子身上,斥其不知安分,乱名干法之非。末六,引喻脱接,独侧到兄弟,言他即勿论,汝为荡子,乱名干法,兄弟必受其累。是犹桃旁生李,李代桃僵,人岂可不鉴于树木之相代,而伤残一本,甘心为荡子耶?曲曲唤醒,收得恻然。

清魏源《诗比兴笺》稿本卷一:此刺王氏五侯奢僭,及莽迫杀红阳立、平阿侯仁之事也。郭门之王,斥其姓也。"兄弟四五人""兄弟还相忘",述其事也。《汉书·元后传》,王氏五人同日封,世谓之五侯。五侯群弟,争为奢侈,后庭姬妾各数十人,僮奴以千百数,罗钟磬,舞郑女,作倡优,狗马驰逐;大治第室,起土山为渐台,洞门高廊,阁道连属相望。百姓歌之曰:"五侯初起,曲阳最怒,坏决高都,连竟外杜,土山渐台连白虎。"卒以此见怒成帝，几致诛废。及新都侯莽得志，以红阳侯立莽诸父，平阿侯仁素致诛废。莽内惮之，奏遣就国，遣使者迫立、仁，令自杀。此篇首言天下太平，鸡犬桑麻，各安其所，乃荡子欲何之乎？此时欲纵侈为非，则刑罚不汝贷也。汉制：非刘氏不得王。故惟宗室王家得殿砌青甓，而僭效之者，则郭门之王氏也。郭门，其所居之地。"鸳鸯七十二"，言其姬伎之盛也。莽于立则诸父，于仁则兄弟，而骨肉残害，无复人心，曾草木之不若，是可忍也，孰不可忍也。

乌生①

乌生八九子，端坐秦氏桂树间②。唶我③！秦氏家有游遨荡子，工用睢阳强，苏合弹④。左手持强弹两丸，出入乌东西⑤。唶我！一丸即发中乌身，乌死魂魄飞扬上天⑥。

阿母生乌子时，乃在南山岩石间⑦。唶我！人民安知乌子处⑧？蹊径窈窕安从通⑨？白鹿乃在上林西苑中，射工尚复得白鹿脯⑩。唶我！黄鹄摩天极高飞，后宫尚复得烹煮之⑪。鲤鱼乃在洛水深渊中，钓钩尚得鲤鱼口⑫。唶我！人民生各各有寿命，死生何须复道前后⑬？

[注释]

①此诗收入《乐府诗集·相和歌辞》。②乌：乌鸦。端坐：安然栖息。③唶（jiè）我：乌鸦的哀鸣。可译为"悲哀啊，可怜啊"。④游遨荡子：即荡子。工：擅长。睢（suī）阳强：指宋国产的强弓。睢阳：古代宋国都城，在今河南商丘。《阙子》载："宋景公使弓工为弓，九年未见。

公曰：'为弓亦迟。'对曰：'臣不得见公矣。臣之精尽于工矣。'献弓而归，三日而死。公张弓登台，东面而射，矢逾孟霜之山，集彭城之东，其余力逸劲，饮羽于石梁。"苏合弹：用苏合香和泥做成的弹丸。苏合：西域香名。⑤出入：俗言转悠。东西：此指前后左右。⑥发：射出去。中：射中。⑦南山：这里指终南山。⑧人民：人类。安：表疑问，哪里。处：巢居之所。⑨蹊（xī）径：狭窄的小路。窈窕：曲折幽深貌。通：通行，走得过去。⑩射工：工于射箭的人。上林：汉代皇家苑囿名，供天子射猎游玩。故址在今西安。白鹿脯（fǔ）：用白鹿肉制成的肉干。⑪摩：触及。后宫：指皇后及妃嫔居住之所。尚复：仍且再度。复：重，再度。得：得以，能够。烹煮：烹饪方法之一，将食物放在大锅烧开的沸水中煮熟。⑫洛水：即今洛河。自陕西洛南县流经洛阳，汇入黄河。⑬何须：何必，何用。道前后：说前道后。

[赏鉴]

这是一首寓言诗。诗中以一位初为母亲的乌鸦的不幸遭遇，控诉了上流社会的黑暗与罪恶。可分为两层。由"乌生"句到"乌死"句是第一层，为叙事。由"阿母"句到"死生"句是第二层，为抒情。

诗之一开始，是比较欢快的。"乌生八九子"，作为母亲生了孩子，尤其是这么多孩子，是非常高兴的，体现了母亲的价值与伟大。在哪里抚养这些孩子呢？"秦氏桂树间"，秦氏应该是汉末较为显贵的一个姓氏，如《陌上桑》等许多诗歌都提到了秦氏。桂树具有象征意义，桂谐音"贵"，言其生活在一个极为高贵的环境里。所以有"端坐"一词，暗示出这只乌鸦不禁一时骄傲自大起来，生了这么多孩子，又带它们生活在富贵繁华的所在，你们（其他的乌鸦）谁能跟"我"比呢！遂流露出得意忘形、无忧无虑之状，开始疏于防范了。但不幸就在这一刻降临。它还没有高兴地"喳喳"叫几声，便发现所栖身的秦氏家的孩子，拿着极为精良的弹弓、弹丸，在树下逡巡窥伺。还没等它醒悟警觉过来，就被那孩子一发弹丸射死了。"魂魄飞扬上天"，写尽事发突然，蕴含无限悲哀。这里，"工用"句是补叙，点出射术娴熟，反衬这位贵公子整日游荡、无所事事，是一位名副其实的"荡子"。而叙荡子玩具之豪奢，又暗衬其家势之非凡，与"桂树"的寓意相对应。母鸦死了，刚生下来的"八九子"怎么办呢，由谁来抚养长大呢？突然死亡的母鸦根本没顾得上考虑这个问题。由此引起悬念，其实也可以猜测得到，八九只小小的雏鸦不是饿死，就是仍然葬身荡子之手！此前母子情深的场面，瞬间变成了母子皆亡的惨痛悲剧，是谁之过欤？荡子固然可恶，是悲剧的制造者，恐怕根本责任还得由这只母鸦来担负。

于是，已死的母鸦回忆起她的母亲生育自己时的情景。"阿母"言其母，"乌子"指小时候的自己。"南山岩石间"，极为自然，乃乌鸦当处之处，暗喻处境贫寒。"安知"，藏处没人知；"安从通"，道路曲折难走。两句反问，写出当时生活得很安全，很自在，没有任何生命危险，所以自己才顺利成长。可是，当自己做母亲时为什么嫌贫爱富，偏偏迁移到富贵人家居住呢？假如还在岩石间居住，不就不会发生这样母子均死于非命的惨剧了吗？这真是一个尖锐的讽刺呀！母鸦又推己及人，思绪进一步扩展。皇家花园里的白鹿，后宫里饲养的黄鹄，皇城洛水中的鲤鱼，它们居处的环境比"我"的更加高贵啊，并且它们或跑得快、或飞得高、或游得深，能力都比"我"高强啊，但是最终无一例外不是都被捕获，制成各种食品，落入统治者们的口中了吗？跟它们相比，"我"的死又有什么？唉，人的寿命各有别。自己既然选择了贪恋荣华富贵这条路，为此而被贵人们害死，也是咎由自取、自食恶果，有什么好絮叨抱怨的？又何必后悔自责呢！

全诗由母鸦现身说法，真实性强，托物喻人，形象生动，反映出汉末贫贱者的艰辛与血泪。连用五个"嗟我"进行感叹，并于结尾处特点"白鹿脯""烹煮之"，深刻地揭露出了下层人民的深重苦难以及统治者吃人的本质。

[辑评]

明胡应麟《诗薮·内编》卷一：《铙歌》十八章，说者咸谓字句讹脱及声文混淆，固然。要亦当时体制，大概如此。如……乐府《乌生八九子》等篇，步骤往往相类，岂皆讹脱混淆耶？

明胡应麟《诗薮·内编》卷二：乐府至诘屈者，《朱鹭》《临高台》等篇；至峻绝者，《乌生》《东门行》等篇。然学者苟得其意，而刻鹄临摹，则亦无大相远。故曹氏父子，往往近之。

梁启超《中国之美文及其历史》：此歌大旨言世路崎岖，祸机四伏，难可避免。因睹乌子而触发，故详叙其事而述所感，复推想到白鹿黄鹄鲤鱼作陪以广其意，末二句点出实感。

平陵东①

平陵东，松柏桐，不知何人劫义公②。劫义公，在高堂下，交钱百万两走马③。两走马，亦诚难，顾见追吏心中恻④。心中恻，血出漉，归告我家卖黄犊⑤。

[注释]

①此诗收入《乐府诗集·相和歌辞》。②平陵：汉昭帝墓所在地，位于今陕西咸阳。松柏桐：这里代指墓地。劫：抢劫，绑架。义公：善良的

大好人。一说指一位姓义的人。③高堂：高门大堂，代指官府衙门。走马：善于奔跑的良马。走：跑。④顾见：回头看见。追吏：追索财物的官吏。恻：悲痛。⑤漉（lù）：渗出。黄犊（dú）：小黄牛。

[赏鉴]

　　这是一首叙事诗。首三句写事件的发生。"平陵东"是地点，即平陵墓地的树林中。墓地阴森，树林隐蔽，适合盗贼出没，为下文的抢劫事件营造了恰当的环境。"不知何人"，乃故作疑问，特意不说破，从而加重批判语气。"劫义公"，见出抢劫的非正义性质。"义公"，应该是去汉昭帝墓祭奠凭吊的人。汉昭帝有使汉朝中兴稳定之功，则见出"义公"确是一位良民、好人。次三句写事件的发展。"高堂"，点明抢劫者竟是府衙中的官吏。官吏如盗，极写汉末社会的黑暗。而用"劫"不用"捕"，愈发衬出义公乃无端受罪、突然遭受牢狱之灾，是极不公平的。并且，这些官吏竟敢公然把拜谒汉昭帝墓的平民劫走，见出汉末已经到了无国无法、官盗竞相猖乱的深渊。为什么"劫"？答案只有一个字，"钱"。"交钱"就可以放人。"百万""两走马"，极写官府的贪欲。下六句写事件的结局。言义公实在交不出那么多钱，面对官吏的追逼勒索，又毫无办法，只好说要把家里的小黄牛卖掉，前来赎身。"顾见"，写出官吏要钱如蝇之吸血。"心中恻，血出漉"，写出官吏的残暴凶狠，不把善良无助的平民百姓逼迫到家破人亡不罢休，同时又写出义公内心的极度痛苦，不交钱必受毒打、判刑入狱，若交钱则必将家破人亡。"卖黄犊"，农耕时代，牛是农民的至宝，一切农活全要依赖牛来做。卖掉黄牛，意味着农活没有保证，必将导致歉收，从而陷入贫困的境地。

　　全诗以抢劫、勒索、交钱、卖牛为线索，并别出心裁地运用顶针的艺术手法，重复"劫义公""两走马""心中恻"之语，结构紧凑，叙事与抒情相结合，对当时社会的黑暗与残暴提出了强烈控诉。

[辑评]

清朱乾《乐府正义》卷五：汉室将倾，翟公义以父子受国厚恩，称兵讨贼，此岂有劫之者？身守东郡，军资亦何止百万钱？勒其车骑材官，募部中勇敢，部署将帅，亦何止两走马？于时奉刘信为天子，身号大司马，移檄郡国，鼓行而西，北至山阳，众十余万，三辅豪杰起而应之，亦众至十余万，此岂畏追吏者？一时门人胁于王莽之威，不敢声言大义，明知一郡孱弱之旅，不足以敌奸莽百万之众，悲其事之无成，而哀其死之莫测，既不能救，则欲薄其罪名，以保其族诛之惨。其曰"劫义公"，明非有称兵讨逆之心也。曰"交钱百万"，明非有仓廪府库之资也。曰"两走马"，明非有甲兵车马之利也。曰"见追吏，心中恻"，则不必孙建七将军，固已无不立致死地，皆所以明义公之特出于劫，而非其有意为逆，冀莽之宥之也。卖犊以葬，知义公之必死矣。平陵者，扶风县名，昭帝陵邑也。平陵松柏，以比三辅豪杰，言此三辅豪杰所为，非东郡之故，当时之畏莽威如此。夫春秋之义，乱臣贼子人人得而诛之，即无百万钱与两马之力，一夫倡义，不克遂死，乌食蚁藏，旋葬无日，万世而下，知巍巍大汉有一翟公也，岂不伟哉，岂不伟哉！然则翟公门人所云，亦可悲也已。"两走马"，指信与义也。

北京大学中文系中国文学史教研室《两汉文学史参考资料》：从诗意看，本篇系控诉官吏压榨良民，竟至用"绑票"的方式，使无辜的受害者破家荡产，反映了极其尖锐的阶级矛盾。

陌上桑①

日出东南隅，照我秦氏楼②。秦氏有好女，自名为罗敷③。罗敷喜蚕桑，采桑城南隅④。青丝为笼系，桂枝为笼钩⑤。头上倭堕髻，耳中明月珠⑥。缃绮为下裙，紫绮为上襦⑦。行者见罗敷，下担捋髭须⑧。少年见罗敷，脱帽著帩头⑨。耕者忘其犁，锄者忘其锄⑩。来者相怨怒，但坐观罗敷⑪。

使君从南来，五马立踟蹰⑫。使君遣吏往，问是谁家姝⑬？"秦氏有好女，自名为罗敷。""罗敷年几何⑭？""二十尚不足，十五颇有余⑮。"使君谢罗敷⑯："宁可共载不⑰？"

罗敷前置辞⑱："使君一何愚⑲！使君自有妇，罗敷自有夫。东方千余骑，夫婿居上头⑳。何用识夫婿㉑？白马从骊驹㉒。青丝系马尾，黄金络马头㉓。腰中鹿卢剑，可直千万余㉔。十五府小吏，二十朝大夫，三十侍中郎，四十专城居㉕。为人洁白皙，鬑鬑颇有须㉖。盈盈公府步，冉冉府中趋㉗。坐中数千人，皆言夫婿殊㉘。"

[注释]

①此诗收入《乐府诗集·相和歌辞》。陌：田间东西向的小路。②隅：角落。③好女：漂亮的女子。自名：名字叫作。罗敷：汉代对女子通称之一。④喜：喜欢。含擅长意。蚕桑：名词作动词，采桑养蚕。⑤青丝：黑色的丝。笼：采桑用的篮子。系：缠绕篮子以便挑提的络绳。⑥倭堕髻：又名堕马髻。为东汉流行的一种女子发式，发髻偏在一边，呈欲坠之状。明月珠：一种贵重的珠宝饰物。明月：形容珠子又大又亮。⑦缃：浅黄色。襦：短衣，短袄。⑧行者：带着行李出行的人。捋（lǚ）：抚摩。髭须：胡子。唇上曰髭，唇下为须。⑨少年：古代称青年男子。著：显露。帩（qiào）头：古时男子束发用的纱巾。⑩犁、锄：指犁地、锄地。⑪但：只是。坐：因为。⑫使君：汉代对太守、刺史的通称。五马：汉时

太守乘坐的车用五匹马驾辕。踟蹰：徘徊不前。⑬姝：美女。⑭几何：多少。⑮尚：还。⑯谢：请问。⑰宁可：情愿。共载：同车而归，指嫁给使君。不：表疑问，通"否"。⑱前：上前。置辞：答话。⑲一何：多么。⑳东方：指罗敷自称其夫居官之地的方向。骑：一人一马。上头：前列，前端。㉑何用：倒装句，"用何"，即用什么。㉒白马：以从属物借指人，即骑在白马上的人。骊（lí）：纯黑色的马。驹：少壮的骏马。㉓系：动词，拴。络：兜住，笼罩。㉔鹿卢剑：剑把镶饰成鹿卢形的宝剑。鹿卢：即辘轳，从井中汲水的用具。直：同"值"，价值。㉕十五、二十、三十、四十：指年龄，然并非确指。小吏：职位低微的官吏。大夫：汉代官制有太中大夫、谏大夫等。侍中郎：皇帝的侍从官，可出入宫禁。专城居：专居一城，即为太守一类官职。㉖白皙：面容白净。鬑（lián）鬑：须发稀疏貌。㉗盈盈：形容仪态雍容。公府步：在官府中踱着方步走。冉冉：形容姿态轻柔。趋：急走。㉘殊：与众不同。

[赏鉴]

这是一首杰出的民间叙事诗，塑造了一位勤劳美丽、坚贞机智、敢于反抗的女子形象。全诗分三段。第一段极写罗敷的美丽。"日出"，点出事件发生的时间，也是最适合于采桑的时间。日出而起，出门去劳作，写出罗敷的勤劳；"喜蚕桑"，有善于养蚕、勤于养蚕之意，写出罗敷能吃苦、能干，具有劳动人民的优秀品质。由"日出"而"照我"而"好女"，一气连贯，含有形容罗敷光彩照人、美丽无比之意；"我"字、"好"字，点出罗敷自尊而自信。以下运用烘托手法，描写罗敷的美。先言采桑的篮子，"青丝""桂枝"，极衬篮子的名贵，非同一般，亦是爱美之心的显现。不见其人，只见其篮。篮子不一般，主人当非寻常。次写穿戴装饰，"头上""耳中""下裙""上襦"，指代明确，突出了可视性，"倭堕髻""明月珠""缃绮""紫绮"，极写珍贵华丽，炫目耀眼，非常人可比。再言观者的感受，"少年"，是路上经过的人，"耕者""锄者"为壮年，是在田地里辛勤劳作的人，突出观者的覆盖面全而广泛，一刹那间目光全被罗敷吸引住了。"脱帽"，有示好、吸引罗敷注意之意；"忘""相怨怒"，则是全被罗敷吸引。二者心意有别，持续时间有短长，充分表现出罗敷的无穷魅力。

第二段写使君的调戏。"从南来"，照应采桑"城南"，方位丝毫不差。"五马"驾辕并驰，极言使君出行派头十足。"遣吏往"，点出随从众多，官家将一副耀武扬威之象尽显无遗。使君自恃为官，又人多势众，见了在路上行走的一位美貌女子，便顿起不良之心。以下由"遣"而"问"而"共载"，且是反复问，厚颜无耻地当众提出"共载"的要求，揭露出使君以威势压人、强取豪夺，以及他卑鄙肮脏的灵魂。此处罗敷的两句回答，有礼有节，不亢不卑。以"秦氏"句回应前文，作两次重复，着重点出罗敷自以出身为傲，绝不希图荣华富贵的坚定意志。

第三段写罗敷的拒绝。"前"字对"往"字，写使君一开始派随从过来问的时候，罗敷虽然很生气，但还是很礼貌地一一作了回答，而最后听到使君"共载"的无耻要求，气愤至极，实在忍不住，就勇敢地直接走到使君面前说理。开言绝不避讳，大胆指斥使君"一何愚"，恰似兜头给他泼了一盆冷水，有力打击了他的嚣张气焰。"使君自有妇，罗敷自有夫"，点出世间人各有爱的基本道理，提醒使君不要贪得无厌、强抢人妻。接着，罗敷自豪地说起了自己的夫婿。"东方"，夫婿在东，使君从"南"来，方位的变化显示出以东压过南的意思。东方是日出的方向，古代文化中多以东为贵。"千余骑"，言随从之多，对应使君之"遣吏"。"上头"，极言夫婿权势大、地位高，倍受人尊重。"何用"是设问。"白马""骊驹"，都是宝马、骏马，对比使君之"五马"，让之自惭形秽。"青丝"二句中，有意以"系马尾"对前之"为笼系"，又以"黄金"对

"桂枝"。"腰中"二句中，有意以剑之名贵对前之穿戴装饰，都是欲把夫婿的描写和自己的描写作对应，点出两两匹配，出身不凡。"十五"四句，写夫婿随年龄增长，仕途步步晋升，由低到高，显示出能力极强，是一位正派官员，并不是靠钻营谄谀而上位。"白皙""鬑鬑"，写威仪赫赫之相貌。"盈盈""冉冉"，写雍容优雅之状。"坐中""皆言"，写出威望之高、德才兼备。这段文字，从各个方面将夫婿与使君比对，暗中贬斥使君无论地位、能力、相貌、品德，都无法与夫婿相比，如此便使其不敢再有非分之想，断绝了霸占的念头。

[辑评]

清王夫之《古诗评选》卷一：乐府诸曲，多采之民间，以付管弦、悦流耳。即裁自文士，亦必笔墨气尽，吟咏情长。古体固然有如此者。虽因流俗之率尔，而裁制固自纯好。使不了汉为此，于"皆言夫婿殊"之下，必再作峻拒语，即永落恶道矣。苏、曾之于古文，王、唐之于制艺，曾不足以供夕堂之一哂，惟此而已。当代乐推益，兹三叹。

清沈德潜《古诗源》卷三：铺陈秾至，与辛延年《羽林郎》一副笔墨，此乐府体别于古诗者在此。○"但坐观罗敷"，"坐"，缘也，归家怨怒室人，缘观罗敷之故也。○"谢使君"四语，大义凛然。末段盛称夫婿，若有章法，若无章法，是古人入神处。

清张玉谷《古诗赏析》卷五：一解，总述罗敷美好，分四层写，为二解使君思载引端，即与三解盛夸夫婿遥对。首四，叙明姓名，以朝日发端，即有暾日明心之意，总冒通章。"罗敷"四句，叙其出采，遇使君之由也。先就桑具着色。"头上"四句，详其服饰。"行者"八句，意在叙其容貌之美也，却偏不一句正写，只历叙见者莫不神魂颠倒如此，而其美自见，且即以衬出使君，神来之笔。二解，正叙使君之犯，罗敷之拒。"使君"十一句，顺叙使君见之踟蹰，邀与间载，中插遣吏往问姓名一层问答，应笔也。又插问年一层问答，补笔也，委曲明划。"罗敷"四句，正叙御暴，开口下一"愚"字，中有暗于理、昧于势二义。"有妇""有夫"，先斥其暗于理，已足使使君语塞。三解，皆罗敷之语，蒙上"自有夫"来，极夸夫婿之美好尊贵如此，意谓尔即不顾伦理，就势而言，亦何可以丐夺。总以晓其愚也，而着意铺张，又恰与首解两相辉映。"东方"二句，以夫婿之高显提起。"何用"六句，详其服饰。"十五"四句，详其历官。"为人"四句，详其容貌仪表。末二，以人皆艳羡作结，竟不兜缴使君，而使君之惭愧而去可知矣，妙绝。〇前后同一铺陈浓至，然前属作者正写，后乃就罗敷口中说出，故不觉堆垛板重。

梁启超《中国之美文及其历史》：我感觉最有趣的是第三解，没头没脑的赞他夫婿，大吹特吹，到末句戛然而止，这种结构，绝非专门诗家的诗所有。

长歌行[①]　二首选一

青青园中葵，朝露待日晞[②]。阳春布德泽，万物生光辉[③]。常恐秋节至，焜黄华叶衰[④]。百川东到海，何时复西归[⑤]？少壮不努力，老大徒伤悲[⑥]。

[注释]

①此诗收入《乐府诗集·相和歌辞》。原载二首，今选一首，为原诗第一首。行：古代一种诗歌体式，通称"歌行体"。②葵：即葵菜，我国古代重要的蔬菜品种。晞（xī）：干。③阳春：温暖的春天。布：布施，

给予。德泽：恩惠。④秋节：秋天。焜（kūn）黄：枯黄。华：同"花"。⑤百川：河流。⑥少壮：年轻的时候。老大：年老的时候。徒：白白地。

[赏鉴]

　　这是一首咏叹人生短暂的诗。起笔用"葵"作比兴。"青青"，形容葵菜色泽鲜嫩，郁郁葱葱，茁壮成长之貌。言"园中"而不云田野，因园圃中有专人负责，精心栽培侍弄，长势十分茂盛。"朝露"，写自然水气对葵菜的哺育，又以"日晞"暗点其存留之短。接笔由葵菜而及"万物"，写春天到来，万物蓬勃生长，一片生机盎然。"阳春"，写春天阳光和煦，暖意融融，特别适合万物生长。对万物来说，这不啻自然最博爱无私的一种恩赐，故言"布德泽"，愈发生出要在春天里努力生长、尽快成长，珍惜每一缕阳光的照射，绝不辜负大好春光之意。"生光辉"，写出漫山遍野到处一派欣欣向荣。"光辉"，万物自身并不带光芒，因此这种光辉乃极言生命力量之伟大，使自身焕发出无限光彩，可以感染映照他者。又笔突转直下，由春天到秋天，情绪为之一落，写出了生命体普遍存在的一种担忧，仍以葵菜为例，即秋来叶黄枯萎死亡。"常恐"，用拟人手法，葵菜等万物是不会产生心理忧惧的，用这个词语，意在激励、提醒每一个生命体，务必要在春夏间全力成长，以免给自己留下不可挽回的遗憾。再笔笔势一宕，由物之成长转为河水流逝，形容生命之河有如滔滔东水，汇到大海不复西回。这个道理再浅显不过，有谁不知不明？以反问加强语气。于是，末笔顺势过渡到本诗的主题，即人生问题。"少壮"与"老大"相对，分别照应前面的"青青""焜黄"，强调乃由葵菜一路譬喻而来，绝无突兀冷涩之迹。又以"不努力"对"徒伤悲"，表达出应该珍惜光阴、奋发努力、切莫虚度的哲理。此诗浑厚有力，含蓄深沉，如洪钟长鸣一般敲打在每一个读者的心上，足可警策万世，因而成为家喻户晓、妇孺皆知的名篇。

[辑评]

元左克明《古乐府》卷四：言芳华不久，当努力为乐，无至老大乃伤悲也。

清王夫之《古诗评选》卷一：欲以警人，故音亦危迫。乃当其急，敛抑且推荡，迫中之促，无可及也。

清张玉谷《古诗赏析》卷五：此警废学之诗。首六，以园葵比少壮之易成老大，"布德""生光"，正形容及时绩学，不可怠荒。"百川"二句，以百川比老大之难复少壮。末二，点清勉励本旨，可当晨钟。

猛虎行①

饥不从猛虎食，暮不从野雀栖②。野雀安无巢，游子为谁骄③？

[注释]

①此诗收入《乐府诗集·相和歌辞》。②食：猎食。栖：栖息。③安：怎么。骄：骄傲。

[赏鉴]

这是一首表达人生志向的诗。起句以猛虎、野雀作兴，饥则食、暮则宿，乃是鸟兽与人世之常情常事，属于两种最基本的生活活动。猛虎易于得食，弱小的动物在它面前都无可逃脱；野雀易于得巢，随便几根树枝就可以安巢。跟随它们，或像它们一样，是很容易获得食物与安巢的。但是，两个"不从"，表明了诗人的不屈之节与坚强志向。即使再饥饿难挨，再无处住宿，也决不降志委从，迁就凑合。如此看，"猛"含有以不正当的手段如抢劫等获得食物的意思，"野"含有在不正当的地点及环境中住宿的意思。而"虎"与"雀"，一猛一弱，一大一小，一走兽一飞禽，相映成趣。结句以单语表双承，即"安无巢"同时带有"安无食"之意，为便于行文，故以单语陈述。以反问作肯定，随之转到本诗的主题，即游子之志上。"为谁骄"，言外之意是为自己骄傲，引申为自重自爱。对于一个远游在外的游子来说，"食"与"宿"的确是两大难以解决因而最令人头疼的事情。然而，本着守法、遵礼的原则，饥要择食，夜要择宿，是必须应该做到的。饥不择食，夜不归宿，都是不守法、不遵礼的表现，值得批判。全诗短小精悍，字字铿锵，激情澎湃，犹如格言警句，极为发人深省。

[辑评]

清王夫之《古诗评选》卷一：深甚，怨甚，而示浅人以傲岸之色。陆士衡且为换却眼睛，何况余子！

清张玉谷《古诗赏析》卷五：此客游不合，思归之诗。首二，不苟食栖，双提突起，不可寄托意，说得决然。末二，转到当归，语虽单顶，意实双承，言野雀则安分无巢，游子何为辞家久客，徒致人怪不苟栖食之以贫贱骄人也。自嘲之中，仍带人不知我意，章法极其诡变。

闻一多《乐府诗笺》：此盖离家远行者，能为其所亲洁身自爱。"饥不从猛虎食"，不蹈非法以求饱也；"暮不从野雀栖"，不涉非礼以肆情也，而意尤着重在下句。"游子为谁骄"，"谁"斥其妻室，言游子之所为自爱者，非彼闺中之人而谁邪？

塘上行①

蒲生我池中，其叶何离离②。傍能行仁义，莫若妾自知③。众口铄黄金,使君生别离④。念君去我时,独愁常苦悲⑤。想见君颜色,感结伤心脾⑥。念君常苦悲,夜夜不能寐⑦。莫以豪贤故,弃捐素所爱⑧。莫以鱼肉贱,弃捐葱与薤⑨。莫以麻枲贱,弃捐菅与蒯⑩。出亦复苦愁,入亦复苦愁⑪。边地多悲风,树木何修修⑫。从君致独乐,延年寿千秋⑬。

[注释]

①此诗收入《乐府诗集·相和歌辞》。②蒲:一种多年生草本植物,叶长而尖。离离:盛多浓密貌。③傍:同"旁",旁人。莫:没有。若:如,比。④铄(shuò):熔化金属。使:促使。⑤去:离开。⑥心脾:心脏和脾脏,亦指心。⑦寐:睡。⑧莫:不要。豪贤:指有身份有地位的人。弃捐:抛弃。捐:弃。素:向来。⑨贱:价格低廉。薤(xiè):多年生草本植物,茎叶皆可食。⑩麻枲(xǐ):麻,一年生草本植物,可供纺织。枲:大麻的雄株,只开花不结果。菅(jiān):多年生草本植物,秆、叶可作造纸原料。蒯(kuǎi):多年生草本植物,茎可编席造纸。⑪出:出去。入:回来。⑫边地:边疆。修修:鸟羽尾疲敝貌。这里形容树木被风吹得如同干枯的鸟尾。⑬从君:指心属于君。从:跟从。独乐:独自欣赏、娱乐。

[赏鉴]

这是一首怨妇诗。可分两层,每十二句一层。前十二句写别离。以蒲草起兴,写女子站在水池边,望蒲伤情,悲不自抑。"我池中",言就近取物,以物譬喻,自然生动。蒲草青青,繁密茂盛,我与君结,浓情正好,君之仁义,感化我心。孰知阴风骤起,吹皱水池,中毒损伤,众口铄金,使君别我远离。以下两句"念君",一句"想见君",并以"常苦悲"作重复,写出感情变化由"常苦悲"至"伤心脾",再至"夜夜不能寐",

是在一步一步加深，透示出君之"去我"日见久远，一去不返，令我无比伤感。

后十二句寄托希望。即使痴痴等待，君也一日又一日不回来，"我"在逐渐陷入绝望之余，还是时时心存侥幸幻想。连用三个"莫以"句，并以"豪贤"对朴素，"鱼肉"对葱薤，"麻枲"对菅蒯，以物喻人，铺排敷陈，委婉含蓄地指出，不要一有权势就弃妻，一变富贵就忘妻。怨而不怒，尽显温柔敦厚之诗范。"出""入"句，写出苦愁缠身，无法摆脱。那么，该怎么办呢？突然笔调一转，借边地的悲凄景象，联想到自己再悲苦也没有用，以此自我劝慰："从君"已经很高兴了，就不必再抱怨什么了，还是自我解脱一下，尽量让自己快乐起来，以期延年益寿吧！末句无声而咽，强迫自己转颜欢笑，寓悲情于硬止，是止而不尽，更添悲伤，给读者留下了无限想象空间。

全诗朴质真切，随口而出，缠绵悱恻，凄苦感人，字里行间有力衬托出一位被抛弃的悲愁女子形象。

[辑评]

明王世贞《艺苑卮言》卷三：《塘上》之作，朴茂真至，可与《纨扇》《白头》姨姒。甄既摧折，而芳誉不称，良为雅叹。"莫以豪贤故……弃捐菅与蒯。"其语意绝妙，千古称之，然《左传》逸诗已先道矣，云："虽有丝麻，无弃菅蒯。虽有姬姜，无弃蕉萃。"

清王夫之《古诗评选》卷一：诗固自有络脉，但不从文句得耳。意内初终，虽流动而不舍者，即其络也。此诗似复似脱，似叛似塞，不知者往往于此求古，乃不知其果复果脱，果叛果塞？翻令元白欧梅一流人大笑不禁。于无言之表，寻其意之起止，固累累若贯珠，何复何脱，何叛何塞哉？虽然，真作者之于此，亦一映而已。但写情，不傍事，求之此有余，不劳更求之彼矣。借他物以夤缘者，不及情故也。如彼，乃不劳作诗。

清沈德潜《古诗源》卷五：末路反用说开，汉人乐府，往往有之。

清张玉谷《古诗赏析》卷十：此遭谗问被斥，冀君一悟之诗。因篇首以蒲生池中比起，故名《塘上行》。首六，以池能养蒲，比起己之待下本厚，折落到人反谮己，致与君乖，以见冤抑，诗旨全提。"念君"四句，备陈离后独居，念念在君情事。又八句，顶"苦悲"申明不可信谗之意。上二正意，下四喻意也。先正后喻，古人章法。末六，以出入苦愁，凭空叠喝。因己之愁，遥念君于边地，从军亦多劳悴，而以行乐延年祝辞，陡作收束，更不兜转己边，略露怨怼，是为敦厚得体。

善哉行①

"来日大难，口燥唇干②。今日相乐，皆当喜欢。经历名山，芝草翻翻③。仙人王乔，奉药一丸④。""自惜袖短，内手知寒⑤。惭无灵辄，以报赵宣⑥。"

"月没参横，北斗阑干⑦。亲交在门，饥不及餐⑧。""欢日尚少，戚日苦多⑨。以何忘忧，弹筝酒歌⑩。淮南八公，要道不烦⑪。参驾六龙，游戏云端⑫。"

[注释]

①此诗收入《乐府诗集·相和歌辞》。②大难：困难重重。大：言其甚。③芝草：菌属植物，古代以为瑞草，服之成仙，故名"灵芝"，俗称"灵芝草"。翻翻：飘动貌。④王乔：古代传说中的仙人王子乔。⑤内：同"纳"。⑥灵辄：春秋时晋灵公派去刺杀赵盾的卫兵，饥困时曾受赵盾

救济,后来晋灵公要杀赵盾,灵辄倒戈护卫赵盾,使其免于危难。赵宣:即晋国正卿赵盾,谥号"宣",称赵宣子。⑦参横:参星横斜,指夜深。参:星名,二十八宿之一。北斗:即北斗七星,在北方。阑干:横斜貌。阑:残,尽。干:枯竭,尽净。⑧亲交:亲戚旧交,关系亲近的人。⑨戚:忧伤。⑩以何:用什么。酒歌:喝酒唱歌。⑪淮南八公:指汉代淮南王刘安门下最著名的八位食客,为苏飞、李尚、左吴、田由、雷被、伍被、毛被、晋昌等。刘安好神仙,传说与八公一同升仙而去。今安徽淮南有八公山,即其升仙之地。要道:此指做神仙的道理。⑫参驾:配有副马的车。参:同"骖"。

[赏鉴]

　　这是一首宴会赠答诗。可分两层,前一层主人八句赠,客人四句答;后一层主人四句赠,客人八句答。前后互应,对称均衡,寥寥几笔,刻画出了古人饮宴赠答的生动图景。起四句是请欢词,以"来日"对"今日",以"大难"对"喜欢",写出来日不可知,困难险阻随处隐伏,担心与忧惧不可避免,从而劝告客人今日既在一起饮宴,当暂且忘记来日之忧,竭力尽欢。次四句是祝寿词,借"仙人王乔"的传说故事,祝福客人长生不老,犹如今天"祝您健康长寿"之意,可知客人当是一位年长者。接四句是答词,以"袖短"言自己窘迫贫寒不敢当此祝福之意,是谦词,又引用春秋时灵辄倒戈报答赵宣子救命之恩的历史典故,言誓要感谢主人、为主人驰驱效劳。又四句渲染主客情厚,以月亮、星辰的变化轨迹点出已经夜深,但因亲密好友在此,仍然没有丝毫的困意,"饥不及餐"犹言"困不及寝"之意。再八句为客人答词,"欢日""戚日"对应开篇主人"来日""今日"之说,而更进一步,点出苦多乐少乃人生常理,既然如此,不如饮酒唱歌,纵情欢乐,聊以忘忧。可见此时客人受主人殷勤之意感染,已渐变被动为主动,流露出酒阑之状。最后回应主人祝寿语，引用淮南王及其八公一起成仙的传说，把主人比作淮南王，以自己比八公，言己之长寿乃得益于主人的提携，表达出谦逊恭谨之意。全诗由主人的一步步奉劝，转为客人的一步步高兴，情感变化极为精微，写出二人情深。能把日常饮宴中敬酒劝酒这样的琐碎细节，写得如此活泼，的确笔力不凡。

[辑评]

清王夫之《古诗评选》卷一：出入超忽，乃自有其静好。

清沈德潜《古诗源》卷三：此言来者难知，劝人及时行乐也。忽云求仙，忽云报恩，忽云结客，忽云饮酒，而仍终之以游仙，无伦无次，杳渺恍惚。

清张玉谷《古诗赏析》卷五：此寒士饮宴于富贵之家，有感而作。首解，以饮宴不能常有，突作透后之笔跌起，折到今日且当喜欢，点清诗意。二解，跟"今日"二句申写。上二，以仙山比富贵之家，言其供具之美。下二，以仙人比主人，言其好客而待以酒食也。三解，就己不能答席致惭。袖短手寒，赋己之贫，即有力不从心意，落到有施无报，引古拓醒。四解，又推开就己平日，每当暮夜客来，不能留之一饱，申说窘况，以见难于答席初非诳语，今兹高会，殊为非分。五解，跟首解咏叹以足之，点明弹筝酒歌，当日筵宴之盛。末解，设为妄想，说向后去，言除非主人得如淮南，己亦同八公之有要道，授丹诀而共升云路，乃可无来日之苦难耳。暗兜作结，意境空灵。

清魏源《诗比兴笺》稿本卷一：忧时将乱，欲救不能者之作也。"来日大难"，言其迫也。"今日相乐，皆当喜欢"，幸及此时，尚有可救也。"奉药一丸"，言救时之术甚约而必效也。不当其任，不克有济，慨当事者曾无如灵辄之报赵宣，而引以为愧也。"月没参横，北斗阑干"，其距来日之难，甚迫且急矣。此何等时，唯有饥不及餐，急急补救耳。自古至今，治日常少，乱日常多，我忧之而人不忧，无可如何，故托为达词以自遣也。"淮南八公，要道不烦"云云，有抱道卷怀，不忍目见之意。说者不察，乃谓其忽饮酒，忽乐仙，忽报恩，无伦无绪，失之远矣。

梁启超《中国之美文及其历史》：此首在四言乐府中，音节最谐美，和魏武帝的"对酒当歌"颇相类，想时代相去不远。……第一解语颇酸恻，生当乱世汲汲顾影的人确有这种感想。

陇西行①

天上何所有？历历种白榆②。桂树夹道生，青龙对道隅③。凤凰鸣啾啾，一母将九雏④。顾视世间人，为乐甚独殊⑤。好妇出迎客，颜色正敷愉⑥。伸腰再拜跪，问客平安不⑦？请客北堂上，坐客毡氍毹⑧。清白各异樽，酒上正华疏⑨。酌酒持与客，客言主人持⑩。却略再拜跪，然后持一杯⑪。谈笑未及竟，左顾敕中厨⑫。促令办粗饭，慎莫使稽留⑬。废礼送客出，盈盈府中趋⑭。送客亦不远，足不过门枢⑮。取妇得如此，齐姜亦不如⑯。健妇持门户，一胜一丈夫⑰。

[注释]

①此诗收入《乐府诗集·相和歌辞》。陇西：郡名，治今甘肃临洮。②历历：清晰分明。白榆：星名。③桂树：指星。道：黄道，指古人想象中太阳绕地球运行的轨道。青龙：二十八星宿中东方七宿的总称。④凤凰：指朱鸟，南方七宿的总称。将：率领。九雏：指排列于凤凰星尾后的

九颗星。⑤顾视：向周围看。独殊：独到特殊。⑥敷愉：形容颜色鲜丽如花之盛开。⑦拜跪：古时女子见客之礼。⑧北堂：古时士大夫家主妇的居处，位于居室东房的后部。氍（qú）毹（shū）：粗毛地毯。⑨清白：指清酒、白酒。酒上：上酒。正：摆正。华疏：瓜果菜蔬。华：同"花"。疏：同"蔬"。⑩酌酒：斟酒，倒酒。持：拿着。后一个"持"表示客人也劝女主人拿着酒喝。⑪却略：即"略却"，稍稍后退。⑫竟：终。左顾：回头，转头。敕：吩咐。中厨：内厨房。⑬促：催促。办：置办，准备。慎莫：一定不要。稽留：迟滞等待。⑭废礼：礼毕之后。盈盈：走路从容舒缓的样子。趋：小步快走。⑮门枢：门口。枢：门的转枢。⑯取：同"娶"。齐姜：本指齐国姜姓的女子。语出《诗经·陈风·衡门》："岂其娶妻，必齐之姜。"后指高贵的女子。⑰健妇：健壮精干的妇女。

[赏鉴]

　　这是一首描写女子独持门户的诗。可分两层。前八句为一层，以天上星象起兴对比，用拟人化的手法，写出天上女子持户的情景，并暗点事件的时间乃在晚上。"何所有"为设问，乃欲以自己之所有，对比天上有无之意。"种白榆""夹道生""对道隅""鸣啾啾"四语，也是用人间的视角来写天象，形容星辰的排列有如人的生活起居环境设置一样，到处栽植着白榆树，大路的两旁种着排排桂树，青龙石像蹲坐在路边，凤凰星及其尾星好像一母九子组成的大家庭，不时发出悦耳的和鸣声。"顾视"用想象，写一母九子在天上仙境，美丽无比，其乐融融。"甚独殊"，母以子多为乐，而九子和合，共侍其母，这是让母亲感到最为幸福的。

　　"好妇"句至末尾为一层，写人间女子持户的情景。因全诗由女子联想天上、人间而成，所以无须赘笔过渡。前文"一母将九雏"已经暗点女子独持门户，故此处顺接而下，提笔直写人间。"好妇"对应"凤凰"，点出此女亦非同寻常，长得美丽，能力亦强。通过什么来写她的能力呢？

作者选择了独自待客这一典型事件。先写迎客,"出迎"写出女子极为大方,虽独自持家,并不拒客探访,而是迎出门外,笑脸相接。"问客"言已将客人迎至中庭,拜跪问安,极为礼貌。"请客""坐客",言请客人来至北堂客厅说话。次写留客人饮酒吃饭,"清白""异樽",既是写实,又以酒之分明、杯之有异,形容女子品性高洁,守身清白。"华疏",言招待菜蔬之丰盛,极为慷慨,又与后文"粗饭",两者相对,言酒菜之后,饭只略略吃一点,不必准备太多太精致,写出绝不浪费。"酌酒""却略"两句,极见女子颇知敬酒之礼仪,善于应酬,暗点独自持门户已非止一日。"谈笑""左顾",写出照应客人之周到,一面与之谈笑风生,一面又忙着催菜,写出毫不拘谨,才不专一,能够兼而顾之。"促令",点出善于把握酒宴之进度,不至于让客人贪杯,也流露出不欲让客人久留之意。着"慎莫"两字,极言小心防范,以免客人留宿,引起左邻右舍的非议。则知"客"当为男客。再写送客。突出"废礼"二字,言天色已晚,作为女子本不应送出门,然为表示对来客的尊敬,故不顾礼节,送出门去。"盈盈",以步态从容点明女子并未多饮酒之状,照应前文之"持一杯"。紧接送客不远,"足不过门枢",即到大门口而止,虽出屋门,未出大门,写出女子闺范谨严。末四句是对女子的评价,由"好妇"转为"健妇",表示出高度肯定,认为不仅胜过历史上的贤妇,也胜过现实中的一些男子,从而有力驳斥了"女子不如男"的社会观念。

全诗上下浑然,次第鲜明,层次清晰,处处以物形人,以物喻人,善于以动作凸显人物形象,写出了陇西一带女子的精明能干,与中原、江南女子情趣迥然。

[辑评]

清沈德潜《古诗源》卷三:起八句若不相属,古诗往往有之,不必曲为之说。〇"却略",奉觞在手,退而行礼,故稍却也。写得婉媚。通体极赞中，自有讽意。

清张玉谷《古诗赏析》卷五：此羡健妇能持门户之诗。旧解皆云中含讽意，盖因妇人宜处深闺，不应自应宾客也。然玩诗意，以凤凰和鸣、一母九雏兴起，则此好妇之无夫少子，自可想见，门户既藉以持，宾客胡能不待？观其中幅叙事，后幅断结，绝无含刺之痕，只作羡之为是。起八句，言天上物物成双，凤凰和鸣，唯有将雏之乐，以反兴世间好妇不幸无夫少子，自出待客之不得已来。似与下文气不属，却与下意境相关，而篇局开展，亦增多少色泽。"好妇"句起，至"足不出户枢"止，一大截，总言妇之能持门户。独举待客言者，以妇人而持门户待客尤难也。"好妇"四句，叙其迎客拜问。"请客"八句，叙其安坐酬酒。"谈笑"四句，叙其敕厨促饭。"废礼"四句，叙其礼毕送客。事事中礼，却处处引嫌，真乃双管齐下。末四，赞叹作收，点出持门户胜丈夫，通章结穴。

梁启超《中国之美文及其历史》：乐府中意境新颖，结构瑰丽，全首无一懈弱之点者，莫如《陌上桑》和这篇。这篇以陇西为题，想是写陇西风俗。写的是一位有才干知礼义的主妇，却从天上人"顾视世间"的眼中看出来。写天上话不多，境界却是极美丽闲适。写主妇言语举动，琐琐如画。却无一点堆垛，可谓极技术之能事。

西门行[①] 本辞

出西门，步念之[②]：今日不作乐，当待何时[③]？逮为乐，逮为乐，当及时[④]。何能愁怫郁，当复待来兹[⑤]？酿美酒，炙肥牛[⑥]。请呼心所欢，可用解忧愁[⑦]。人生不满百，常怀千岁忧。昼短苦夜长，何不秉烛游⑧?游行去去如云除,弊车羸马为自储⑨。

[注释]

①此诗收入《乐府诗集·相和歌辞》。②西门:主人公所居之处的西城门。步念:一步一念,步步念。之:代词,指下文提到的内容。③待:等待,等到。④逮:着急状。⑤怫(fú)郁:忧郁的样子。来兹:来年。⑥炙:烧烤。⑦心所欢:心里所喜欢的东西,或指人,或指物。⑧"人生不满百"四句:出自《古诗十九首·生年不满百》。⑨游:疑为衍字。行:将。除:消逝。弊车羸(léi)马:比喻处境贫困。弊车:破败的车。羸马:瘦弱的马。储:储备。

[赏鉴]

这是一首劝人及时行乐的诗。起笔写人的行动与心理。"步念之",点出是在出西城门的时候,在行走的路上猛然萌发的一种念头,一个想法。连用三言句,给人以行走未远之感,还没有离开西城门多少距离,就有了此种想法。以"今日"对"当待",写出想法来得极为强烈,陡然自心中升起,不可遏止,让人躁动不安。"逮为乐",是口语且用重复,又一次连用三言句,写出紧迫、急迫之感,好像今日不为乐就来不及了,尽显急不可待之情。"何能"用反问,"当复待来兹"重复"当待何时",加重语气,点出与其苦愁不如及时行乐的主题。"酿美酒"以下写心愿。"解忧愁"是回答"愁怫郁"之问,言与内心里真正喜欢的人在一起饮美酒、吃烤肉,这才是最高兴的,是消解忧愁之妙方。以下四句引用《生年不满百》,有意造成诗意的重叠,然又以此为主,绝不牵强,融合尽妙。末笔为七言句,以语式的突然加长,慨叹人生短暂,只有抱定及时行乐的心态,如弊车羸马一般的贫困处境,才可以完全不必在意。暗点出主人公处境潦倒,极不得志,人生既无望,不如放纵自我,以求适意的无奈之情。全诗采用杂言体,融口语与古诗为一体,语势急促,较好地写出了应当及时行乐的道理。

[辑评]

宋周紫芝《竹坡诗话》:李石、柳公权俱与唐文宗论诗。李石曰:"'人生不满百,当怀千岁忧',畏不逢也。'昼短苦夜长',暗时多也。'何不秉烛游',劝之照也。古人作诗之意未必尔,然人臣进言,要当如此。"

明徐祯卿《谈艺录》:"生年不满百"四语,《西门行》亦掇之,古人不讳重袭,若相援尔。览《西门》终篇,固咸自铄古诗,然首尾语精,可二也。

清王夫之《古诗评选》卷一:意亦可一言,而竟往复郑重,乃以曲感人心。诗乐之用,正在于斯。苏子瞻自诧《燕子楼》词以十三字了盼盼一事,乃刑名体尔。故唐宋以下,有法吏而无诗人。古人幸有遗风,胡不向浊水中照面也?

东门行① 本辞

出东门,不顾归②。来入门,怅欲悲③。盎中无斗米储,还视架上无悬衣④。拔剑东门去,舍中儿母牵衣啼⑤:"他家但愿富贵,贱妾与君共餔糜⑥。上用仓浪天故,下当用此黄口儿⑦。今非⑧!""咄⑨!行⑩!吾去为迟⑪!白发时下难久居⑫。"

[注释]

①此诗收入《乐府诗集·相和歌辞》。②东门:主人公所居之处的东

城门。一说为东汉都城洛阳的东门。顾：念。③来入门：回来进入家门。怅：失意、不痛快的样子。④盎（àng）：腹大口小的陶器，用以盛粮食。还视：环顾。架：衣架。悬衣：悬挂的衣服。⑤儿母：儿子的母亲，即主人公自己的妻子。⑥他家：别的人家。贱妾：古代妇女对自己的谦称。餔（bū）糜（mí）：吃粥。⑦用：为了。仓浪天：青天。仓：通"苍"。黄口儿：幼儿。⑧今非：指现在这种冒险的做法不对。⑨咄（duō）：呵斥声。⑩行：走开。⑪迟：晚。⑫时：时常。下：脱落。居：居处，即生活。

[赏鉴]

　　这是一首叙事诗。塑造了一位不堪忍受贫困折磨，拔剑出门反抗的平民形象。前四句描写内心激烈的矛盾与斗争。"出"而"不顾"，不愿意回来，有恨不得一走了之之意。是什么原因促使他要这样做呢？开篇即引起悬念，直逼下文。接着，由"不顾"到"来"，也即由"不顾"到"顾"，又走回来了。是什么原因使他不得不回来呢？又是一个悬疑。所出之门是东城门，而"来入"之门是家门，特意点出门的差异，乃是暗示问题来自家中。一入门，便"怅欲悲"，为什么出城门时不如此，一到家中便惆怅欲悲呢？再次引起悬念，并暗示家中出现了无法解决、让人难以忍受的大问题。第五、六句点题，极写家中之贫困，回答前四句暗含的悬念。米罐里没有米，衣架上没有衣服。"还视"，写出此前应该还有一个动作，即查看米罐里的存储情况，当为"探视"。略而不写，乃言即使没有粮食了，若还有多余的衣物，也可以暂时拿几件出去换些米来。回头一看，衣架空空，这个念头自然就断绝了。米不过斗，衣无余衣，任何一个陷入如此赤贫地步的家庭，其主人会不愤怒、不痛苦吗？

　　所以，接写"拔剑"欲去。这一动作点出，他一开始"出东门"是未带剑的，那时还有一些迟疑犹豫，现在则毅然决然了。两次提到"东门",写出他由疑到决的心理变化过程。同时,"拔剑"说明此男子是一位习武之人,自幼就树立了保家卫国、征战沙场的决心,孰知却因为极端穷困,被逼上了穷途末路。"舍中"以下写与妻子的对话。"舍中"与"来入门"对应,"儿母牵衣",回答了由不顾到顾的疑问。妻子牵衣啼哭,一表达自己对生活的信念,不慕富贵,誓要共苦;二发言劝阻夫君,为上天为幼子,千万不要去冒险行事,见出此前已不知劝说过多少次。"今非",两字千钧,点出男子要去做的事危险性极高,隐隐透露出是要去与官府作对之意。男子的回答,比以往都更加斩钉截铁,一个"咄"字一个"行"字,点出这一次出去肯定是"不顾归"了。"去为迟",写出此前妻子曾多次劝阻,他一直迟疑不决,在去与留之间徘徊挣扎,进行过激烈的思想斗争。显然,无衣无食,留在家里只能与妻儿一起等死,倘若出去,凭一身一剑,或许能闯出一片天地,还有生存的希望。而自己身怀武艺,志向久不得伸,沦落屈辱竟至于穷困不支,满腹牢骚怨气被压抑无以迸发,这次终于做出决定,找到喷发的火山口了。末句以"白发"对"难久居",再次表明决绝之志,把被逼而反的事实抒写得分外透彻。

全诗纯用写实,无半点夸张形容,深刻揭露了当时黑暗凄惨、民不聊生的社会现实,读来催人泪下,无不对这位无名志士抱以深切的同情。

[辑评]

明徐祯卿《谈艺录》:乐府《乌生八九子》《东门行》等篇,如淮南小山之赋,气韵绝峻,止可与孟德道之;王、刘文学,皆当袖手。

清王夫之《古诗评选》卷一:曲写泛澜,自不伤雅。

清沈德潜《古诗源》卷三:始劝其安贫贱,继恐其触法网,糟糠之妇,岂在咏雄雉者下哉。○既出复归,既归复出,功名儿女,缠绵胸次,情事展转如见。○叠说一过,丁宁反覆之意。末二句进以裋身,涉世之道也。○魏文《艳歌何尝行》"上惭沧浪之天,下顾黄口小儿"本此,而语句易解。

梁启超《中国之美文及其历史》：此篇写一有气骨的寒士家庭，人格岳岳难犯，爱情却十分浓挚，又是乐府中一别调。

饮马长城窟行①

青青河畔草，绵绵思远道②。远道不可思，宿昔梦见之③。梦见在我傍，忽觉在他乡④。他乡各异县，展转不相见⑤。枯桑知天风，海水知天寒⑥。入门各自媚，谁肯相为言⑦！客从远方来，遗我双鲤鱼⑧。呼儿烹鲤鱼，中有尺素书⑨。长跪读素书，书中竟何如⑩？上言加餐饭，下言长相忆⑪。

[注释]

①此诗收入《乐府诗集·相和歌辞》。②绵绵：连绵不绝。③宿昔：昨天夜里。④觉：睡醒。他乡：异乡，远离家乡以外的地方。⑤展转：同"辗转"，漂泊不定。⑥枯桑：叶子落光的桑树。⑦入门：回到家里。媚：欢爱。⑧遗：送给。双鲤鱼：指藏书信的木函，由上下两块木板构成，形如鲤鱼，书信夹在中间。⑨烹：此指打开。尺素书：写在白绢的书信。素：生绢。⑩长跪：席地而坐，挺直上身，以示尊重。⑪上言、下言：书信的前后两部分。加餐饭：多吃食物。

[赏鉴]

这是一首思妇诗。可分两层。前十二句为一层，极写相思之情。起笔引题，以《古诗十九首·青青河畔草》之句作引，借草起兴，以草写思，河边的青草自然长得十分茂盛，形容思夫之情极为浓厚。"绵绵"，语意双关，既写草之长势，又言思念之程度。接着连用"远道""梦见""他乡"三个词语作顶针，勾勒出一个转瞬即逝的梦境，描写由思之"不可"，转而寄希望于梦，"梦见"而"觉"后不见，且想通过梦确定远在他乡的具体地点，却梦来梦去，思来想去，就是得不到着落，因此辗转反侧，惆怅痛苦，久久难以入睡的情景。"宿昔"，特点昨夜之梦，今日醒来犹有惊喜，然因"各异县"，即到底在哪一个地区尚不得而知，仍然心悬不下，闷闷不乐。"忽觉"，写梦之短暂，看出浅睡之状。"在我傍"对"在他乡"，以冷笔描摹梦境与现实的巨大差异，令人难以接受。"展转"，既言游子之漂泊不定，更写出思妇在夜晚梦了又梦，一梦又一梦，总想梦见其人其地的景况，透出相思入骨。以下用"枯桑""海水"作比兴，桑无叶、水无冰，依然会感受到风的凄厉、气候的寒冷，形容身处远道之人纵然感情淡薄，也应该知道"我"的无尽孤凄与想念。由一开始的青草，到此处的"天寒"，暗点又是一年过去，自己渴望得到一些音信，以告慰心灵，并引起下文。"入门"，写看到已回来的游子，与其家人相亲相爱，极尽欢热；"谁肯"，不好埋怨丈夫情薄，推罪及人，体现出怨而不怒的写作风格。

后八句为一层，直述得书之情，笔调忽为一转，由悲见喜。"客"与前"入门"者对比，有尊敬之意。"入门"不肯"相为言"，所以不着一字形容，见出怨望，更显惜字如金。客"遗我"书信，所以极为欢喜。以下"呼儿""烹""长跪"三个动作连用，极写喜悦之情。"呼儿"，直写儿已长大，可以为母做事，远方之人知此否？"烹"，形容见到书信犹如欲吃鱼一样，激动兴奋之情按捺不住，造语活泼生动，善于传情。一封书信而已，"尺素书""素书""书"，连言三次，极见珍贵郑重之情。"竟何如"，以设问加强语气。"上言""下言"，写出反复看、多次读之状,至于片片段段、字字句句,历历清晰,如在目前,全都印到脑海中了。"加餐饭"是劝己,"长相忆"是忆己,笔笔及于己,写出远方之人并非情薄,而是情热情厚至极,否定以前的怀疑与揣测。

全诗多用比兴,层次清楚,梦境与现实结合,愁思与惊喜融合,设喻新奇,语言通俗质朴,极富于艺术感染力。

[辑评]

宋郭茂倩《乐府诗集》卷三十八:言征戍之客,至于长城而饮其马,妇人思念其勤劳,故作是曲也。

明谢榛《四溟诗话》卷三:平平道出,且无用工字面,若秀才对朋友说家常话,略不作意。如"客从远方来,寄我双鲤鱼。呼儿烹鲤鱼,中有尺素书"是也。

清王夫之《古诗评选》卷一:纵横使韵,无曲不圆,即此一端,已足衿带千古。或兴或比,一远一近,谓止而流,谓流而止。神龙之兴云雾驭,以人情准之,徒有浩叹而已。神理略从《东山》来,而以《东山》为鹄,关弓向之,则其差千里。此以天遇,非以意中者。熟吟"入门各自媚"一荡,或侥幸得之。

清沈德潜《说诗晬语》卷上:汉五言一韵到底者多,而"青青河畔草"一章,一路换韵,联折而下,节拍甚急;而"枯桑知天风"二语,忽用排偶承接,急者缓之,是神化不可到境界。

清张玉谷《古诗赏析》卷六:此诗只作闺怨解。首八句,先叙我之思彼而不得见。首句比兴兼有。以草况思,比也。即草引思,兴也。旋即撇思入梦,由梦转觉,既觉复思,八句四转,就不可见顿住,惝恍迷离,极其曲折。"枯桑"四句,顶上"各异县"来,言独居之苦,惟独居者知之,收上我之思彼,即为下彼之思我引端。却不用正说,突插"枯桑""海水"二喻,凭空指点,更以有耦者之入门各媚,不肯相慰以言,显出莫可告诉神理，即反挑下文彼边寄书。后八句，顶上"相为言"来，将己欲寄书慰彼之意，在彼寄书慰我中显出。然后客来遗鱼，烹鱼有书，闲闲叙入，是急脉缓受法。"长跪"两语，写出郑重惊疑，竟括彼书怀己之意，阒然而止。而我思彼愈不能已之意，不缀一辞，已可想见，又是意到笔不到之妙境。一诗中能开无数法门，斯为杰构。

清魏源《诗比兴笺》稿本卷一：枯桑无叶，能知天风乎？海水不冰，能知天寒乎？新欢燕好，相媚不足，遑知故人之忧思乎？言皆不知也。不知而又言得书，得书而言相忆，风人之谊也。

上留田行①

里中有啼儿，似类亲父子②。回车问啼儿，慷慨不可止③。

[注释]

①此诗收入《乐府诗集·相和歌辞》。②啼：出声地哭。似类：相类，相似。亲父子：同父母所生的孩子。③慷慨：形容情绪激昂。

[赏鉴]

这是一首揭露社会现实的诗。起笔写一啼哭的孩子，十分平常。小孩子啼哭，其情万状，到底是为了哪一桩呢？引起人的疑问与好奇。"似类"写出"我"隐约知道这个孩子是谁家的，曾经见过这个孩子。"亲父子"，又透露出此子虽然父母双亡，但还有兄在，不去求其兄照管，在路上啼哭什么呢？疑之更甚，"我"必须要过问一下，点出下文。"回车"，言在路上行走之状，忽而经过，瞬时又返，显出极为关心。"慷慨不可止",重笔描述孩子啼哭之状,一听有人问询,且是自己熟悉之人,一时忍不住痛从心来,哭得更厉害了。写人悲痛啼哭之情毕肖。"不可止",只有哭声,没有回答声,疑问愈深。然而,不答如答,"亲父子"一语可知矣。此诗叙述简易,绝不作繁笔、赘笔,言短音促,层层设疑,而疑中自解,以一个极为短暂的路上见闻,讽刺了长兄不抚养幼弟、友悌皆无的行径,对汉末社会道德状况急转直下的现实提出了警告与批判,寓意深长。

[辑评]

晋崔豹《古今注》卷中:上留田,地名也。其地人有父母死,兄不字其孤弟者。邻人为其弟作悲歌,以讽其兄,故曰《上留田》。

梁启超《中国之美文及其历史》:《妇病》《孤儿》两首,以繁语写实感,此首以简语写实感,各极其妙。

妇病行①

妇病连年累岁,传呼丈人前一言②。当言未及得言,不知泪下一何翩翩③。"属累君两三孤子,莫我儿饥且寒④,有过慎莫笪笞,行当折摇,思复念之⑤!"

乱曰⑥:抱时无衣,襦复无里⑦。闭门塞牖,舍孤儿到市⑧。道逢亲交,泣坐不能起⑨。从乞求与孤儿买饵,对交啼泣,泪不可止⑩。我欲不伤悲,不能已⑪。探怀中钱,持授交⑫。入门见孤儿啼,索其母抱⑬。徘徊空舍中。"行复尔耳,弃置勿复道⑭。"

[注释]

①此诗收入《乐府诗集·相和歌辞》。②累岁：多年。传呼：呼唤。丈人：古代对男子的称呼，此处指丈夫。前：上前，到自己跟前来。一言：说一句话。③未及：没有来得及。得：能够。言：说。一何：多么。翩翩：泪流不止的样子。④属：同"嘱"，嘱托。累：拖累，连累。孤子：孤儿。莫：不要。⑤过：过错。慎莫：千万不要。笞（dá）笞（chī）：鞭打。行当：将要。折摇：夭折。摇：通"夭"。思复念：想念，记住。复：又，再。之：代词，指上面所言的内容。⑥乱：古时乐曲的尾声，即最后一段。⑦衣：指长衣。襦：短袄。复：同"複"，有里的衣服，即夹衣。里：衬里。⑧塞：堵。舍：留下。市：市场。⑨亲交：交情亲近的人。⑩从：就。乞求：言辞卑切地请求给予。与：给，为。饵：指小孩子喜欢吃的糕饼一类的食物。⑪已：停止。⑫探：掏，摸。持授：交给。⑬入门：回家。索：找，要。⑭行：即将，将要。复：又要。尔：那样。耳：感叹词。弃置：丢开。勿复道：不再说了。

[赏鉴]

这是一首描写现实苦难的叙事诗。可分两层，"妇病"以下为一层，"乱曰"以下为一层。起笔直露，语势沉重，六七言一贯而出，写出一位病危临终的妇人形象。"连年累岁"，为全诗之本。妇人多年卧病在床，不能尽行妇道，可能是导致家庭陷入极端贫困的根本原因，而丈人时或抱怨、偶尔责斥其子，流露出这些情绪是极为可能的。妇人看在眼里，疼在心上，故临终前特别嘱托丈人。"传呼"见出悲情之深，不能自抑。"前一言"见出病势沉沉，已毫无动弹之力。"当言未及得言"，以口语写出哽咽不能成语之状。"不知泪下"，泪落不已，实在控制不住，极写情感变化之波动。"翩翩"，以连绵词写出沉痛之深，既包含自己即将离开人世的悲痛，又包含对所牵挂的人依依不舍，人之常情，尽显无遗。"属累君"，极为客气，写出将亡人之卑弱无助，不得不转求丈人之状。"两三孤子"，言中年谢世，子未长成，牵挂既深且多，大有不想死，然而不久即死之意，令人潸然泪下。为孤儿祈求丈人，一为饥寒，二为"箠笞"，隐隐透露出丈人此前偶或有类似行为，希求今后断绝之意。而唯以孤子为念，不以丈人是否思己为念，只述母子情，不及夫妻情，见出殷殷慈母之心——母爱之伟大！

自"乱曰"始，表现重心转为丈人，抒写他的行动心声。"抱时"紧承"两三孤子"句，写出最小的孩子尚在襁褓之中，而其母突然舍身离去，绝望无助之情溢于言表。"无衣""无里"，特别点出孩子的长衣、夹衣还未做，其母即撒手人寰，天气眼看着就要转凉变冷，可该怎么办呢？以衣之缺，暗应前文"寒"字，点出不寒是不可能的。接写"舍孤儿到市"句，先写行动，再写目的，极言父爱之磊落。着一"舍"字极妙，是妇人一死就舍弃孩子不管了吗？令读者顿生疑问。及阅至"买饵"方明白，原来是到市场上给孩子买吃的了。"饵"字亦妙，给孩子们买点他们喜欢吃的东西，哄哄他们，希望他们不要因为母亲死了，过于沉浸在悲哀之中，疼爱之心，极为细微。以食物之缺，暗应前文"饥"字，又点出不饥也是不可能的。关门闭户，言其母既死，自己出门，家中无人照看，担心孩子们会跑出来，关怀之心，极为周到。"逢亲交"是一特写，不逢此人则始终无法见男子之真情，路上逢此人，十分相熟，问起情况，遂一语勾出肚腹中的辛酸，故连用"泣""啼泣""泪不可止""泣坐不能止"，把自己在妻子嘱托之时的泪、不敢在孩子们面前流的泪、不敢在路上对生人流的泪，一下子全部倾洒而出，压抑的感情得到了彻底解放。"坐不能起"的动作，"我欲不伤悲，不能已"的直语，形容悲伤至极。"从乞求"，写出对家中孩子们的惦记，意思是让亲交替自己去买饵，自己先回家照看孩子，极写眷眷之情。"怀中钱"，把钱揣在怀中写出了钱之重要，带着热热的体温，这可能是预备给妻子办理丧事的钱，也即男子最后所有的钱。"授交"，写出男子行事之正大。"入门"对应"闭门"，"见孤儿啼"，不见其母迎出，且边哭边喊着"要妈妈抱抱"之语，愈见出母死子留，悲惨不忍视且无语应之之状。"空舍"，既言男子不见其妻、孤儿不见其母的阴阳两隔之状，又暗示出家徒四壁、无衣无物、一贫如洗的难耐景况。末二句似自言自语，表达出自己和孩子们都活不了几天了，愧对妻子的临终嘱托，对不起嗷嗷待哺的孩子们。死者已去，存者长悲，绝望之情充塞空舍。

全诗截取妇病死亡这一重要家庭生活片段，以妇、夫各起一段，巧妙结合，真言真情流布。若像有些解读认为第二段写"孤子"借以控诉"父不慈"，整诗的批判力度则被大大减弱。此诗深刻揭露出汉末社会疾病无治、孤儿无养，平民百姓被无尽的苦难包裹，难以自拔的惨痛现实。诗人笔蘸血泪，提出了强有力的控诉，是一篇现实主义的杰作。

[辑评]

清张玉谷《古诗赏析》卷五：此刺人不恤其无母孤儿之诗。然不恤意都在病妇口中、亲交眼中，空际两面显出，绝不一语正写。盖斥父不慈，非以教孝，避实就虚，固是文家妙诀，亦其忠厚得体处也。良工心苦，晓者实难。诗九句，追叙其妇将死，丁宁其夫善视其子之事，皆题前反跌也。起四句，妇病已久，夫不在旁，欲言必待传呼，未言先已下泪。写景凄苦之中，已将其人之平素不顾妻孥，凭空一击。"属累"三句，正写丁宁，反伏后案，必待如此丁宁，则丁宁未必有用，缀以"行当"二句，愈觉呜咽。"乱"前九句，正叙无母孤儿之苦，皆父之不恤使然也，仍不一语道破。"抱时"二句，指孤儿之小者，无衣无裹应前"寒"字。"闭门"七句，指孤儿之大者，到市逢交，乞钱买饵与弟，泣不能起，泪不可止，反覆写出可怜。"买饵"应前"饥"字。后八句，叙亲交见而悲伤，与钱送归，徘徊叹息之事，皆题后反衬也。"索其母抱"，直应妇病丁宁。空舍徘徊，显出其父不在。"行复尔""勿复道"，言母死几时，竟至于此，父已不顾，我且奈何。如此收住，父之过微而显矣。

梁启超《中国之美文及其历史》："乱曰"以下，正写儿饥寒之状，有两三孤子。故稍长者能到市逢亲父，幼者啼索母抱，父始终未归，故旁观者"徘徊空舍"，叹惜"弃置"。

孤儿行①

孤儿生，孤子遇生，命独当苦②。父母在时，乘坚车，驾驷马③。父母已去，兄嫂令我行贾④。南到九江，东到齐与鲁⑤。腊月来归，不敢自言苦⑥。头多虮虱，面目多尘⑦。大兄言办饭，大嫂言视马⑧。上高堂，行取殿下堂，孤儿泪下如雨⑨。

使我朝行汲，暮得水来归⑩。手为错，足下无菲⑪。怆怆履霜，中多蒺藜⑫。拔断蒺藜肠肉中，怆欲悲⑬。泪下渫渫，清涕累累⑭。冬无复襦，夏无单衣⑮。居生不乐，不如早去，下从地下黄泉⑯。

春气动，草萌芽⑰。三月蚕桑，六月收瓜。将是瓜车，来到还家⑱。瓜车反覆，助我者少，啖瓜者多⑲。愿还我蒂，兄与嫂严，独且急归，当兴校计⑳。

乱曰：里中一何譊譊㉑！愿欲寄尺书，将与地下父母，兄嫂难与久居㉒。

[注释]

①此诗收入《乐府诗集·相和歌辞》。②生：出生。遇生：生活遭遇。独：独自。③坚车：坚固的车子。驷马：驾一车之四匹马。④去：去世。行贾（gǔ）：外出经商。⑤九江：汉代郡名，治所在今安徽省境内。齐与鲁：指今山东省境内。齐：西汉置齐郡，东汉立齐国，均指今山东淄博一带。鲁：东汉有鲁国，在今山东曲阜。⑥腊月：农历十二月。⑦虮（jǐ）：虱子的卵，寄生人畜以吸血。⑧办：置办。视：照料。⑨行：复。取：同"趋"，急走。殿下堂：下屋，侧屋。殿：指高堂。⑩汲：打水。⑪错：皮肤皲裂，为"皵（què）"的假借字。菲：同"屝（fèi）"，即草鞋。⑫怆怆：当读为"跄（qiāng）跄"，快走貌。履：践踏。蒺（jí）藜（li）：一年生草本植物，果实有刺。⑬肠：指腓肠，足胫后面的肉。怆：悲伤貌。⑭渫（xiè）渫：泪流不断貌。累累：连续不断貌。⑮复襦：短夹袄。⑯居生：活在世上。早去：早死。从：追随。⑰春气：春天的阳和之气。⑱将：推，拉。是：此，这。⑲反覆：翻车。反：同"翻"。啖：吃。⑳蒂：瓜与根茎相连的部分。独且：将要。且：语助词。当兴：必然引起。校计：计较。㉑里中：家中。譊（náo）譊：吵闹声。㉒尺书：书信。将与：捎给，带给。

[赏鉴]

这是一首揭露孤儿遭受兄嫂虐待的诗。主题与《上留田行》同，而叙述详尽，更为惨怛悲切。起笔以"孤儿""孤子"、"生""遇生"重复，不同凡响，直叩心弦，突出了一个命中注定要独自遭受生活苦难的苦孩子形象。是什么苦难？接着点明，是父母过世，兄嫂不欲抚养且进行虐待的苦难。"乘坚车""驾驷马"，写出孤儿所受父母宠爱至极，要什么有什么，想玩什么就给什么，反映出有一个欢乐优渥的童年。同时，又写出家境之富饶，暗点父母去世后，家产都被兄嫂独吞了，自己应有的那一份没有得到合法的继承。以"已去"对"在时"，极写变化之快，显出兄嫂早就有以"我"为眼中钉之毒心，只是碍于父母，不好发作。"令我"，写出不仅剥夺了"我"的财产，还逼令"我"出去经商挣钱，自己养活自己。汉代视"行贾"为贱业，兄嫂却让从之，见出并不以"我"为弟看待，只认钱不认人，贪欲极重。"南到""东到"句，写尽经商之辛苦，到处奔波跋涉，漂泊不定，受罪无数。在外忙活一年回来，却"不敢自言苦"，暗写兄嫂也从不问其苦还是不苦，而是只问有没有挣钱回来、挣了多少钱回来。"多虮虱""多尘"，点出无数辛苦之状，连洗头、洗脸都做不到，更何况其他呢！然而，兄嫂根本不体恤此情。接着就催促"办饭""视马"，明显以奴仆视之，而且既让做女奴之活，又让做男仆之活，屋里屋外、上下往来忙碌不定。先言"大兄"，再言"大嫂"，有深意，意谓其所受虐待更多的并非来自于嫂子，兄更甚于嫂，尽显友悌全无之状。因此，在忙碌做活的时候，趁兄嫂看不见，就禁不住"泪下如雨"。这是自然之泪，更是痛苦之泪。

以下举了一个典型事例，即挑水。冬天挑水，朝行暮归，极写挑水之艰难：一见出路远；二见出年幼，根本就挑不动水；三暗写一天没吃没喝，气力全无。而且深冬之际，挑水行于野外，风吹手皴裂，光脚踩冰霜，蒺藜刺入脚中，拔断蒺藜鲜血直流！这样的苦罪有谁受过？有谁能受得了呢？所以，"怆欲悲""泪下渫渫""清涕累累"，比前"如雨"更甚。以下又写穿得极为单薄，不能忍受寒冷，并联想到夏无单衣，热得难以忍受。如此极端遭遇，不禁使孤儿萌生了死的念头。"生不乐"，故想死，人之常情。

以下写第二年的生活情况。冬去春来，又是一年。"春气动，草萌芽"，连用三言，有略许喜悦之状。这一年，兄嫂对孤儿的役使又变了，改为让他从事农业生产——看来出去"行贾"并未挣到钱。从三月至六月,一面采桑养蚕,一面兼种瓜看瓜收瓜,极写农活之繁重,不得停歇。并又写到收瓜的一个典型事件。在推着瓜车往家走的时候,"瓜车反覆",撒了一地,写出孤儿虽又年长一岁,但仍然身材矮小、力气弱小,无力承担此类农活。在农村,推瓜车当属于极重的活计,根本不是年纪小的孩子应该干的,可见其兄嫂之无情。"助我者少,啖瓜者多",一少一多,顺笔写出周围环境的冷酷,对社会提出了批判与控诉。一个小孩子自然是无法阻止众人抢瓜、吃瓜的,那么,恳求他们"还蒂"为何?——乃是作为自己不曾偷吃的证据。这么多新鲜的瓜蒂,一个人一时之间是根本吃不过来的。否则,既不见瓜,又没有其他东西,只有一辆空车回家,兄嫂会认为孤儿全部都偷吃掉了。所以,孤儿要"急归",赶紧回到家,就可以证明自己未曾偷吃,向兄嫂说明情况,期许他们的理解,自己兴许可以免于责骂。

最后,"譊譊"写出兄嫂的吵骂声不绝于耳,而孤儿自己一人孤零零地坐在车旁,无以言明。于是,死的念头又袭击过来,且比上一次更强烈。"愿欲"甚于"不如","地下父母"甚于"地下黄泉",还是跟父母在一块生活好啊,哪怕是在地下!"父母""兄嫂"语,又照应开篇。"难与久居",点明事情的本质与真相,明白告诉世人,以引起垂鉴之意。

全诗用自叙法,多口语,多直言,一反比兴譬喻之丽,毫不隐讳地袒露出了长兄虐待幼弟的惨痛社会现实。这样的人伦惨剧,千载之下,仍然极具认识价值和思想光芒,可谓不朽名篇。

[**辑评**]

明徐祯卿《谈艺录》:乐府往往叙事,故与诗殊。盖叙事辞缓,则冗不精。"翩翩堂前燕",叠字极促乃佳。阮瑀"驾出北郭门行",视《孤儿行》太缓弱,不逮矣。

清沈德潜《古诗源》卷三：极琐碎，极古奥，断续无端，起落无迹，泪痕血点，结缀而成，乐府中有此一种笔墨。〇始用"虞"韵，次用"支、微、齐"韵，次用"歌、麻"韵，次用"霁"韵，末用"鱼"韵。惟中间有双句不在韵内者，如"头多虮虱，面目多尘"，"上高堂，行取殿下堂"等句，故摇曳其词，令读者不能骤领耳。〇"黄泉"句乃一韵住处，今不归入韵内，岂中间或有脱落耶？至"多"与"瓜"，本属一韵，下"蒂"字，乃另换韵也。

清张玉谷《古诗赏析》卷五：此见兄嫂虐使孤儿，代为诉苦之诗。起三句，以"孤儿"命苦，总挈通章。下分三段写。首段，自"父母"句起，至"泪下如雨"止，皆言行贾辛勤，归来兄嫂不恤之苦。"父母在时"三句，题前反衬。"父母已去"二句，本段提笔，而惟因亲没，故兄嫂得以虐之，又是全篇点眼，直注乱中寄书地下意。"南到"四句，正叙远贾晚归之苦。"头多"七句，接上"不敢自言"，言出门劳顿，兄嫂莫知，而风尘憔悴之形，亦应共见，乃办饭、视马、使令迭来，上堂、下堂，进退维谷，孤儿能不泪下如雨乎？曲折写来，略作顿势。次段自"使我"句起，至"地下黄泉"止，皆叙远汲之苦。"使我"二句，接上直入，不更装头，总见无一息暂休意。"手为"五句，正叙远汲手错足伤之苦。"泪下"四句，顶"悲"字复说涕泪，补出无衣。"冬"字应前"腊月"，"夏"字又领后"六月"也。"居生"三句，归到不乐生，幸速死，本段束笔，恰又逗起乱意。三段自"春气"句起，至"当兴较计"止，叙收瓜覆车，兄嫂较计之苦。"春气"四句，遥接前"腊月""履霜"，由时序逐渐引起，以虚笔括过蚕桑，递入收瓜本事。纡徐摇曳而来，与上截文法大变。上是直接法，此是脱接法。上是急受法，此是缓受法。各极其妙。"将是"五句，正叙收瓜将车车覆，劳而失误之苦。助少啖多，真堪一叹。"愿还"四句，一面求人见怜，一面急归告诉，见得此番较计必定受苦异常，收足兄嫂之严，已将乱意喝起。乱语，有不必多言，拼得一死意。虽单顶第三段申说，然全篇亦借以总收。书寄父母，直抱转父母已去，"下从地下黄泉"等句，作呼应"兄嫂难与久居"，则上文无数虐使到头结穴也。通体照应谨严，接落变换，叙次简古，无美不臻。

梁启超《中国之美文及其历史》：这首歌可算中国头一首写实诗，妙处在把琐碎情节委曲描写，内中行汲、收瓜两段特别细叙，深刻情绪自然活现，是写生不二法门。

艳歌何尝行①

飞来双白鹄，乃从西北来②。十十五五，罗列成行③。妻卒被病，行不能相随④。五里一反顾，六里一徘徊⑤。"吾欲衔汝去，口噤不能开⑥。吾欲负汝去，毛羽何摧颓⑦。乐哉新相知，忧来生别离⑧。蹰踟顾群侣，泪下不自知⑨。""念与君离别，气结不能言⑩。各各重自爱，远道归还难⑪。妾当守空房，闭门下重关⑫。若生当相见，亡者会黄泉⑬。"今日乐相乐，延年万岁期⑭。

[注释]

①此诗收入《乐府诗集·相和歌辞》。②白鹄：白天鹅。③行：队列。④妻：指雌鹄。卒：同"猝"，突然，仓促。被病：患病。行：飞行。⑤五里、六里：非确指实际飞行的里数。反顾：回头看。⑥噤：嘴张不开。⑦负：背负。摧颓：衰败，此指羽毛因长时间飞行而有所折损脱落。⑧"乐哉"二句：语本屈原《楚辞·九歌·少司命》："悲莫悲兮生别离，

乐莫乐兮新相知。"⑨踌（chú）躇（chóu）：徘徊不前。群侣：一同飞行的其他伴侣。⑩气结：气塞，形容因悲伤而说不出话的样子。⑪归还：回来。⑫下：插上。重关：两道门闩。关：指门闩。⑬"若生"二句：为雌鹄自誓语气。⑭"今日"二句：乐府套语，为乐工所加，与原载意义无关。

[赏鉴]

　　这是一首寓言诗。托物喻人，抒写了一对夫妻离别时的悲哀。起笔写白鹄双双高飞起舞的美丽景象，好像朵朵白云从西北方向飘来。"十十五五，罗列成行"，形容它们成双成对，秩序井然，美好可观。接着笔调一转，意外发生了，一只雌鹄因患病不能飞行，渐渐开始掉队了。"卒"，写出猝不及防，无法应对。"反顾""徘徊"，写雄鹄的反应，飞一会儿，等一会儿，尽显不忍分离之状。以下用拟人化，先后让雄、雌二鹄开口发言。雄鹄之语，连用两个"吾欲"，极写对雌鹄之关心疼爱。"衔汝""负汝"，为雌鹄能够跟随得上，甘愿去做自己所能做的一切。"口噤""摧颓"，十分贴近白鹄飞行的实际，形象生动，合理自然。"新相知"，写出两鹄刚刚认识相恋不久，就被迫分离，感到十分忧伤。"顾群侣"，看看别的白鹄都双双对对，而自己即将形单影只，忍不住便滚下泪来。全是实情，极为哀切。雌鹄之语，有意模仿女子送别丈夫的口吻。"气结不能言"与"口噤不能开"相对，形容张口便感觉哽咽难言，内心极度悲伤。"各各"，言自己已经认识到，绝不能因自己之病，拖累雄鹄飞行，所以接着就说出道别之意，劝促雄鹄赶紧往前飞。以下表明心志，以"守空房""下重关"，写出自己决不会移情别恋；以"若生""亡者"，写出自己希望无论生死都能聚在一起，极写其爱之坚贞。末二句是对此事的评价，言今日相见之乐，可使人延年益寿，从而表达出对美好爱情的深深祝福。全诗明白如话，摹物仿人，贴切逼真，开创了爱情诗写作的新形式。

[辑评]

清张玉谷《古诗赏析》卷五：此人将挈妻远行，其妻病不能随，诀别之诗。前三解，以白鹄本自成双，"十十五五"，莫不如此，今因雌病难以随雄，致使其雄反顾徘徊，欲衔不可，欲负不能，将一时情事，皆于比意中显出，运实于虚，笔饶古趣。第四解，方着人说，"生离""顾群""泪下"之痛，从新相知之乐，反面跌出，愈觉难堪。以上皆夫语妇之辞。趋前八句，妇答之辞。接言离别痛心，旋以各自爱劝慰一句，点清远道还归之难，然后以己虽静守空房，将来生死未卜，会见难期，暗兜被病难随咽住，曲折之极。末二，仍是夫辞。死别之惨，刺耳刺心，不忍出口，故反以今日且乐，尔定延年，欢期正久，劝慰作结，真达得无可奈何，心口相违意出。

梁启超《中国之美文及其历史》：此歌著语不多，然伉俪挚爱，表现到十二分。"五里反顾，六里徘徊""吾欲衔汝，吾欲负汝"等句，我们悼亡的人，不能卒读。

艳歌行① 二首选一

翩翩堂前燕，冬藏夏来见②。兄弟两三人，流宕在他县③。故衣谁当补，新衣谁当绽④？赖得贤主人，览取为我䋎⑤。夫婿从门来，斜柯西北眄⑥。"语卿且勿眄，水清石自见⑦。"石见何累累，远行不如归⑧。

[注释]

①此诗收入《乐府诗集·相和歌辞》。原载二首，今选一首，为原诗

第一首。②翩翩：轻捷迅疾貌。冬藏夏来见：燕子冬天飞往南方避寒，夏天飞回北方。③流宕：流落。他县：异地之乡，犹"他乡"。④故衣：旧衣。补：缝补。绽：缝制。⑤贤主人：指贤惠的女房东。览：同"揽"，拿来。绽（zhàn）：同"绽"，缝补。⑥夫婿：指女房东的丈夫。斜柯：倾斜身躯。眄：斜着眼睛看，含有仇视的意思。⑦语卿：告诉您。卿：对他人的尊称。水清石自见：形容水落石出，历历可数的样子。此处比喻自身清白，绝无苟且之事。⑧累累：形容多，极言心迹清明。归：回家。

[赏鉴]

　　这是一首游子思乡诗。首二句以燕子比兴，在堂前翩翩飞舞的燕子，可以"冬藏夏来"，而游子却只能远行在外，不得回归；同时，冬夏之变，预示又是一年到来，在外漂泊的年轮又多了一圈。三、四句写同游在外的人之多，"兄弟两三人"，可知家中几乎再无兄弟矣，则父母、妻子尽无人照看矣。"他县"，着一"他"字，尽显陌生，缺乏情感共鸣，从未产生归属之意。五、六句写遇到的困难，单举缝制衣服为例。"故衣"对"新衣"，写出在外漂泊之长久，所带的衣服都已经旧了，只好又准备去做新衣。两个"谁"字，以设问句引出无人能缝制，照应前文"兄弟"之句。古代男主外、女主内，分工较为明确，男子多不会缝补之事，所以此处这样说。并且，"绽"字又较"补"字为心急，"补"的技艺不高、费工不大，男子或勉强能为之。而"绽"的技艺要求高、费工又大，一般必须由女子来做。七、八句写感激之情，"赖得"言不幸之有幸，点出意外之喜。"贤"字，突出女房东品德高尚，见租客有困难，遂不以男女避嫌为意，主动"览取"，为其缝制新衣。然而，因为这一行动，情节与矛盾随之产生。九、十句写男房东的不满，特特点出"从门来"，极妙，表明他根本未见因而并不了解事情的真实经过，所以才产生了猜疑之心。"斜柯""眄"，以动作写心理，目视之姿的异样，充分展示出他内心感受的异样。接写游子之辩白，以水清石见作比喻，极易使人体会理解。尾二句言游子之感叹，以"石见"紧承"石自见"，再次表明自己的心迹。并且，经过这件事，他越发认识到，在外不如在家，远行不如归去，思归思乡之情越发笼上心头，挥之不去。

全诗以日常生活中的一个小矛盾来折射思归的痛楚，构思奇特，写法别致，极富于生活质感，给思乡诗吹进了一股清新之气。

[辑评]

清王夫之《古诗评选》卷一：古人于尔许事，闲远委蛇如此，乃以登之管弦，遂无赧色。擢骨戟髯以道大端者，野人哉！

清沈德潜《古诗源》卷三：此居停之妇，为客缝衣，而其夫不免见疑也。末云"水清石见"，心迹固明矣，然岂如归去为得计乎！"贤主人"指居停妇言。○与《陌上桑》《羽林郎》同见性情之正，《国风》之遗也。

清张玉谷《古诗赏析》卷五：此客子倩居停妇缝衣，主人见疑，诗以晓之，且自伤不得归也。首四，以燕之冬藏夏见，皆有安巢，反兴起己之流宕不归。"故衣"六句，正叙客久衣敝，感妇絍衣，其夫见而生疑之事。斜倚而盼，形容如画。"语卿"二句，客晓其夫之辞，以喻出之，言简意括。末二，其夫答辞，蒙上喻接口而下，言心迹虽明，不如归去之嫌疑自释，远行思归本旨，反在对面醒出，亦奇变。

清魏源《诗比兴笺》稿本卷一：此诸侯宾客遭疑忌思归而作。燕依华堂，冬藏夏见，喻宾客之去来也。托言居停贤妇，怜客补绽，而夫婿疑之，以喻主人好贤，而他人见忌也。《易》曰："介于石，不俟终日。"君子有介清之操，则宜见机而作矣。

梁启超《中国之美文及其历史》：此诗结构颇有趣，说的是一位作客的人，流寓在别人家。那家的男人却亦出去作客，末句"远行不如归"总结两客。

白头吟^①

皑如山上雪,皎如云间月^②。闻君有两意,故来相决绝^③。今日斗酒会,明旦沟水头^④;躞蹀御沟上,沟水东西流^⑤。凄凄复凄凄,嫁娶不须啼^⑥;愿得一心人,白头不相离^⑦。竹竿何袅袅,鱼尾何簁簁^⑧。男儿重意气,何用钱刀为^⑨!

[注释]

①此诗收入《乐府诗集·相和歌辞》。②皑、皎:白。③两意:二心。决绝:断绝相爱关系。④斗酒:比酒量。会:聚会。明旦:明天。沟水:流经皇宫御苑之沟渠的河水。⑤躞(xiè)蹀(dié):往来徘徊。御沟:环绕宫墙的河沟。对应上文"沟水"。⑥凄凄:悲伤貌。嫁娶:偏义复词,指出嫁。⑦一心:同心。对应上文"两意"。⑧竹竿:指钓竿。袅袅:轻柔摇动貌。簁(shāi)簁:鱼跃貌。⑨意气:情意。钱刀:古代钱币形如刀,故称钱币为"钱刀"。

[赏鉴]

这是一首爱情诗。据东晋葛洪《西京杂记》载:"司马相如将聘茂陵人女为妾,卓文君作《白头吟》以自绝,相如乃止。"此诗作者一谓卓文君。全诗四句一转,层层深入,塑造了一位忠贞柔婉、坚强果断、个性鲜明的女性形象。首四句写爱情生变,以雪、月比兴。以"山上"形"皑",山上无遮蔽,更见雪之洁白;以"云间"形"皎",云笼明月,愈发见出月之皎洁。雪的纯洁、月的皎洁,一喻女子的容颜之美,二喻女子对爱情的贞洁。然而，这么好的一位女子却失恋了。以"来"字紧接"闻"字，写出女子决不乞求爱情，决不把男子的爱作为一种恩典与施舍，决不自怨自艾，一听说男子变心，就主动前来与之"相决绝"，表现出极强的独立的个人意识。次四句写决绝分手。以"今日"对"明日"，写出一段旧情的结束，一种新生活的开始。"斗酒会"，言平和地分手，不哭不闹，写出女子自带一股豪气。"沟水头"，是地名，又用作比喻。"头"字妙，言御沟之水正是从此处分叉"东西流"，就好像两人将要各奔东西一样。"躞蹀"，写出伤心，毕竟自己曾经付出过真情。再四句写表达美好的爱情愿望。"凄凄"重复连用，形容伤心之重。"不须啼"，是自我劝慰，显示出女子性格的坚强。"愿得"句点明主题，男女相爱定要心通气和，才能白头到老。"一心人"对应前面"有两意"，写出这位男子并不是自己想要找的那一种人。末四句谴责男子变心。以"竹竿""鱼尾"作比兴，言鱼儿挂钩后尾巴轻摆，跃出水面，与钓竿的轻轻摇动必须吻合一致，才能成功地钓上鱼来，爱情也需要两情相悦，意气相投。但这个男子太令人失望。"何用"是质问，语气强烈，并点明男子乃是因金钱而变心。这样的男子根本就不值得人爱！如此一想，"凄凄"之情亦自消减了。

[辑评]

清王夫之《古诗评选》卷一：亦雅亦宕，乐府绝唱。捎著当日说，一倍怆人。《谷风》叙有无之求，《氓》蛩数复关之约，正自村妇鼻涕长一尺语。必谓汉人乐府不及《三百篇》，亦纸窗下眼孔耳。屡兴不厌，天才欲比文园之赋心。

清张玉谷《古诗赏析》卷三：首四，以山上雪、云间月之易消易蔽，比起有两意人，随以当与决绝，点清诗旨。"今日"四句，决绝正面，暂会即离，复借喻于沟水分流，以见永无重合。"凄凄"四句，脱接暗转，盖终冀其变两意为一心，而白头相守也。妙在从人家嫁娶时凄凄蹄哭，凭空指点一妇人同有之愿，不着己身说，而己身已在里许，用笔能于占身分中含得勾留之意，最为灵警。末四，复接一喻，借鱼之贪饵，点明男子贪色之非，而以当重意气，收转贵乎一心，不用钱刀，破其所以忽有两意之故，真能使曾着犊鼻裈者汗出如浆，不果娶妾，宜哉！

梁启超《中国之美文及其历史》：此诗每四句一转韵，音节谐媚，最早也不过东汉末作品，西汉中叶断无此音调。

梁甫吟①

步出齐城门，遥望荡阴里②。里中有三墓，累累正相似③。问是谁家墓，田疆古冶子④。力能排南山，文能绝地纪⑤。一朝被谗言，二桃杀三士⑥。谁能为此谋，国相齐晏子⑦。

[注释]

①此诗收入《乐府诗集·相和歌辞》。一作《梁父吟》。梁甫：山名，位于泰山下。②齐城：指春秋战国时齐国的都城临淄，在今山东淄博。荡阴里：又名"阴阳里"，位于临淄城东南。③累累：重叠相连貌。④田疆：即田开疆。⑤排：推倒。南山：指临淄城南的牛山。绝：尽。地纪：天纲地纪的简称，指仁、义、礼、智、信等天地间的大道理。⑥一朝：一旦。二桃杀三士：田开疆、古冶子与公孙接是齐景公时的三位勇士，晏婴认为他们是"危国之器"，劝齐景公设论功食桃之计，杀死了他们。史称"二桃杀三士"。事见《晏子春秋·谏下》。⑦晏子：齐国名相晏婴，历仕

齐灵公、齐庄公、齐景公三朝。

[赏鉴]

  这是一首咏史诗，多疑为诸葛亮作，尚不确定。咏史不从古人古事直接写起，而是从现实中所见所闻引起，颇富特色。起笔言"步出"，采用了汉乐府诗中常见写法，无所用意，也难见出有意。"齐城门"点明特定地点，已暗透出针对性。"遥望"，出门见景，城门之外视野开阔，而最吸引目光的还是那一片坟地。接着，目光进一步聚焦到其中的三座坟墓。为何特别注意到这"三墓"？一因它们的位置，紧紧相邻；二因它们的外形，建造得大致差不多。"累累""相似"，点出"三墓"的奇特与蹊跷，暗言其中肯定有一段不寻常的故事。"问是"，因询问引起，作者或果真不知而问路人，或知而有意发问，增强了语气。三座坟墓必定有三位主人，却只提到了两位，并且一位的名字还用了略写法，仅有一人是全名提及，也是极有深意的。据《晏子春秋·谏下》记载，公孙接有搏杀乳虎之功，田开疆曾两次力战退强敌，而古冶子曾保护君上渡河。故三人中，以古冶子功劳最大，田开疆次之，公孙接又次之。所以，"田疆古冶子"乃是按照对于国家的功劳大小来排列的，因全诗采用五言，不可能把三人姓名共九字都写在一句之中，故省略了功劳最小的公孙接，并把田开疆略写为"田疆"，而着力突出了古冶子。同时，"古冶子"之"子"字适可与前后押韵。可见此诗的遣词造句极有深意，是谓惜墨如金。"力能""文能"，高度赞扬三人的才能本领，指出他们文能安邦，武能定国，对于当时齐国的发展贡献极大、作用极大。以下笔调一转，引出本诗的主题。"谗言"，显见出不满与批判意义。然是谁进的谗言，尚未说，惹起悬念。"一朝"极言事发之突然，事情来之迅速，让人猝不及防，就被击倒了。"二桃"言微物极轻，"三士"言人物极重。中间贯一"杀"字，极言谗言之重，诡计之巧。然而，"杀"是三士之自杀，又显出三人的英勇无畏和极重信义，从而暗与"排南山""绝地纪"对应。并且，此句特特以"一"字领起，"二""三"紧接其后，在"一""二""三"的数字排列中，点出对历史的高度浓缩与概括，以及诗人的批判倾向，分外警醒有力。"谁能"，以设问增强批判语气。"谋"字照应"谗言"，点出是阴险卑鄙的阴谋而非光明正大的阳谋。"国相"，极言地位之重，操国之器柄，当尽心为国，千方百计为国家的发展招揽人才、提携志士，不应该进献谗言，运用阴谋将三位士子一起杀死。"齐晏子"，最后落脚在讽刺的对象上，势重千钧，鄙薄之意不言自明。

[辑评]

明胡应麟《诗薮·外编》卷一：孔明《梁父吟》当不止一篇，世所传仅此耳。寓意盖讥晏氏。夫三子恃功暴恣，渐固难长，藉使驾驭有方，则皆折冲之器。既不能以是为齐景谋，又不能明正典刑，以张公室，徒以权谲弊之。至于崔杼弑君，陈恒擅国，则隐忍徘徊，大义俱废。复沮景公用孔子，而甘与梁丘据辈等列乱朝。区区补苴罅漏，何救齐亡！而后世犹以为贤，至有管、晏之目，此《梁父吟》所为作也。

清沈德潜《古诗源》卷三：武侯好吟梁父，非必但指此章。或篇帙散落，惟此流传耳。

清袁枚《随园诗话》卷六：晏子以二桃杀三士，事本荒唐。后人演为《梁父吟》，尤无意味。而孔明好吟之，殊不可解。

清张玉谷《古诗赏析》卷七：此伤晏子不能容人，以谗言杀三士也。体似平直，不知由望出坟，由坟出人，然后追述其有力能文，然后追叙其被谗同杀，末方点清晏子之谋作收。一气直下，却纯是逆卷，极写矫变。本是三士，而脱却公孙，是渗漏处，兼说能文，则补笔也。

满歌行①

　　为乐未几时，遭时崄巇，逢此百离②。伶丁荼毒，愁苦难为③。遥望极辰，天晓月移④。忧来填心，谁当我知⑤！戚戚多思虑，耿耿殊不宁⑥。祸福无形⑦。唯念古人，逊位躬耕，遂我所愿，以自宁⑧。自鄙栖栖，守此末荣⑨。莫秋烈风，昔蹈沧海，心不能安⑩。揽衣瞻夜，北斗阑干⑪。星汉照我，去自无他，奉事二亲，劳心可言⑫。穷达天为，智者不愁，多为少忧⑬。安贫乐道，师彼庄周⑭。遗名者贵，子遐同游⑮。往者二贤，名垂千秋⑯。饮酒歌舞，乐复何须⑰？照视日月，日月驰驱⑱。轗轲人间，何有何无⑲？贪财惜费，此一何愚⑳！凿石见火，居代几时㉑？为当欢乐，心得所喜㉒。安神养性，得保遐期㉓。

[注释]

　　①此诗收入《乐府诗集·相和歌辞》。②为乐：作乐。遭：遭逢。崄（xiǎn）巇（xī）：形容山路险峻崎岖。百离：种种不幸遭遇。离：同"罹"，忧也。③伶丁：孤独无依。荼毒：毒害。难为：难治。④极辰：即北辰星。天晓：天已拂晓。月移：月亮已经移走。⑤填：填充，填满。谁当我知：意为"谁当知我"，谁能了解我的苦痛。⑥戚戚：忧伤貌。耿耿：烦躁不安。⑦无形：不露行迹。⑧逊位：恭让帝位。躬耕：亲身耕种。遂：满足，顺从。自宁：自我安宁。⑨自鄙：自我鄙视，自我降低品行。栖栖：忙碌不安貌。末荣：指爵禄。荣：荣光。⑩莫秋：暮秋。莫：

同"暮"。烈风：言深秋的西风烈烈有声。昔：傍晚。蹈：朝某方向走，这里指风朝海的方向吹来。沧海：大海，古代专指渤海。⑪揽衣：提起衣衫。瞻：观望。阑干：横斜貌。⑫星汉：银河。去：远去归隐。无他：无顾虑。奉事：侍候，尽孝。二亲：指父母。可言：何待多言。可：同"何"。⑬穷：穷困。达：显达。天为：天命注定。智者：富于智慧的人。多为：指尽力去做，多有作为。⑭安贫乐道：安于贫穷，乐守正道。道：指处世的道理、准则。彼：那。庄周：庄子，战国时期道家思想的代表人物。⑮遗名：留下名声。子遄：疑指《史记·乐毅列传》中提到的乐遄公，为黄老之学的传人。⑯往者：过往的人。二贤：指前面提到的庄周、子遄。⑰须：待。⑱照视：观看。驰驱：疾驰貌。⑲轗轲：同"坎坷"。因道路不平，造成车行不利。比喻人生曲折或不得志。何有何无：言有无不足计较。⑳惜费：吝惜、浪费。一何：何其，多么。㉑凿石见火：在石头上凿出火花，转瞬即灭。比喻人生极为短暂。居代：居世，在人世间居住。㉒喜：同"嬉"，嬉戏。㉓遐期：高龄，长寿。

[赏鉴]

这是一首反映仕途险恶、意欲归隐的诗。可分五层。开篇至"谁当我知"为一层，写时世倾危，忧惧满心。"为乐"指踏入仕途。"乐"字，点出终于实现了宿昔相求的理想，所以非常快乐。两个"时"字，前者指时间长短，后者指时世。"遭"字极言不幸，身逢乱世，无可奈何。"崄巇"，以山路之险比喻官场险恶，不用直语，凡爬过山者自能想象而知。"百离"，极言忧惧之多，各种各样，丛集而来，难于应付，心惊胆战。"伶丁"，写出忧惧之因。大概由贫穷入仕，毫无势力可言，没有深厚的政治背景和强有力的政治靠山，所以备受欺压陷害、排挤打击。紧接"荼毒"，用语尽妙，指出眼见孤独无依才被残害，可见官场的黑暗与残酷。"难为"，写自己的反应，既不敢回击各种攻击，又不能进行自我保护，是以颇感"愁苦"。"极辰""天晓月移"，形容自己因为忧惧愁苦，经常整夜整夜地辗转、徘徊，望星星、看月亮，到天亮了还睡不着觉。"填心"，造语新奇别致。"谁"字写出忧伤无人能理解，映照"伶丁"。

从"戚戚"到"守此末荣"为一层，以古人对比，倾吐辞官躬耕之志。"戚戚""耿耿"，用叠字，极写思虑之多、心绪难宁之状，紧承上句。"祸福无形"，是总结更是预感，写官场反复无常，位卑势弱者命运难料，随时都有倒台、丢掉性命的可能。于是，顺笔引出许由等古人，"逊位躬耕"，淡泊名利，自在无比。只有这样，内心才能"自宁"啊，表达了由衷的羡慕与期望。"自鄙"，意谓和古人相比，自己现在的生活一文不值，官职低微，还整天自以为"荣"，忙忙碌碌，低三下四，这是为什么呢？真是毫无必要啊！

从"莫秋烈风"到"劳心可言"为一层，写欲将归隐的心理顾虑。始终未直说，而是运用比喻、象征手法，来衬托时局艰危，令人不得不谨小慎微。"莫秋烈风"，天气变冷，疾风刺骨，喻示社会冷酷无情。"蹈沧海"，劲风吹海，波涛汹涌，巨浪滔天。以大海的翻滚不宁，来形容自己内心极度不安，显示出存身所在危险重重、难以预防。故又接写晚上不能安睡，恐惧满怀，起来瞻望天象，至于夜深未已。"北斗"，照应前之"极辰"，是对锁章法。"星汉照我"，言终于下定了决心，要去归隐。"无他"，没有什么其他顾虑了。"奉事二亲"，言在家庭中的辛劳，与在官场上的辛劳相比，不可待言。

从"穷达天为"到"名垂千秋"为一层，写"安贫乐道"之志。先用议论。"穷达"句，阐明人一生的困厄与通畅，乃是上天注定的。只有有智慧的人方能明白这一点，不为仕途不顺、生活困顿而感到忧愁。因此，正确的处世姿态应该是"多为少忧"，多做自己喜欢做的事，少去为不必要的事情操心烦忧。次引古人。以庄子、乐遐公为例，点明自己要弃儒从道，弃仕归隐，要在这一条道路上，实现自己"名垂千秋"的愿望。

从"饮酒歌舞"到结束为一层，抒写"安神养性"之情。一言人生短暂，"日月驰驱"极言快速，且以"日月"照应上文天象词语，展示出情感态度上的差异。"凿石见火"极言微弱，瞬间即可消失，人生真是微不足道。二言要及时行乐，以"饮酒歌舞"为形式，以"心得所喜"为目的，将前文之"忧来填心""心不能安""劳心"，尽行破除，变忧为欢。三言要看破人生，人间坎坷乃是常理，以之有则有，以之无则无，根本不必在意。像那些"贪财惜费"的人，是多么愚蠢啊。四言渴求长寿，这是前三者的归宿，前三者都做到了，常喜无忧，不以得失为念，才能"得保遐期"。这一层连用"何须""何无""几时"三个疑问句，以及"何愚"一个感叹句，情感对比十分强力，表达了一种坚定的人生追求。

全诗多用比喻，看似隐晦曲折，却层层递进，议论、抒情相结合，刻画出了诗人弃儒入道、辞官归隐的心理斗争轨迹，十分自然而感人。

[辑评]

宋郭茂倩《乐府诗集》卷四十三：古辞云："为乐未几时，遭时崄巇。"其始言逢此百罹，零丁荼毒；古人逊位躬耕，遂我所愿。次言穷达天命，智者不忧；庄周遗名，名垂千载。终言命如凿石见火，宜自娱以颐养，保此百年也。

蜨蝶行①

蜨蝶之遨游东园，奈何卒逢三月养子燕，接我苜蓿间②。持之我入紫深宫中，行缠之傅槢枑间③。雀来燕④。燕子见衔哺来，摇头鼓翼，何轩奴轩⑤。

[注释]

①此诗收入《乐府诗集·杂曲歌辞》。②蜨（dié）蝶：蝴蝶。蜨：同"蝶"。卒：同"猝"。养子燕：正在为幼雏哺食的燕子。接：碰到。苜（mù）蓿（xu）：一种多年生草本植物，俗称"金花菜"。③持：握住。紫深宫：当作"深紫宫"。深：幽深。紫宫：帝王宫禁。行：飞行。缠：缠绕。傅：同"附"。榑（bó）栌（lú）：上承梁柱的方木，古代又叫斗拱。④雀来燕：意指飞来飞往的尽是家雀和燕子。⑤哺（bǔ）：喂食。何轩奴轩：飞动高举貌。形容雏燕见食来，都仰头耸身鼓翅，向前争食。何：多么。奴：表声字，无实义。

[赏鉴]

这是一首寓言诗。通过描写蝴蝶被燕子捕食的悲惨遭遇，揭露出下层人民所遭遇的来自王侯贵族们的残酷剥削与压榨。起笔塑造了一只自由自在、飞翔起舞的蝴蝶形象，语调极为欢快活泼。"遨游东园"，形容蝴蝶无拘无束，尽情欢舞，好像东园的任何一个地方它都可以去，好像整个东园都属于它所有。接着，剧情急转直下，它遭受到了巨大打击，一只燕子朝它飞来。"奈何"，写蝴蝶的哀叹，发出凄惨的鸣叫声，无助而绝望。尽管燕子并不凶猛，但相比蝴蝶，燕子属于更强的一种物种。遇到燕子，蝴蝶只有做其腹中餐的份。"卒逢"，形容事发突然，想躲也躲不掉。"三月"，点出事发的时间。"养子燕"，点出此燕的特殊身份，正处在繁殖期，着急给幼雏寻找食物，因而其捕食的愿望与动机会更加强烈一些。"接我"，"接"字巧妙，不言"捕""捉"，即不突出行动的目的性，而是写其飞行快速、动作敏捷，使"我"毫无反应之力。"苜蓿间"，与"三月"相对，写出青青绿叶、朵朵黄花，一幅绝美的春之图景。

"持之"句以下景象突变,写蝴蝶被燕子带到一片极为幽深恐怖的环境中。"紫深宫",一言宫之颜色,一言宫之广阔,见出是豪门贵族,侯门深似海。"紫深宫"对"东园",显示出一为享受生命之地,一为死命葬身之地,对比强烈。两者相连,又似乎意在暗示,此东园乃深宫之东园,蝴蝶因误闯入东园觅食,所以才被深宫中的"爪牙"——燕子给抓捕进去了。"榑栌",极言雕梁画栋之奢华。"间"字与上一句之"间"字相对,言"我"本应在东园苜蓿间,不应该来到深宫榑栌间。来到这一陌生的地方,就意味着悲剧的降临,活不长了。"雀来燕",睁眼一看,来来往往的都是家雀和燕子,别说没法逃,即使想逃也根本逃不掉。"燕子",指雏燕。"摇头鼓翼",描摹雏燕争抢食物的形状,它们一个个张大嘴巴,伸直脖子,仰起头来,极力鼓动着尚未丰满的翅膀,拼命向大燕的嘴边挤。"何轩奴轩",就这样,"我"这只美丽的蝴蝶,被它们你争我抢,几口便吞噬掉了。"何""奴"二字,极写蝴蝶被吞食时的惊恐与绝望。

全诗以蝴蝶即"我"的视角来写,既有内心的感受、身体上的感觉,也有视觉所见的真实情景,极为逼真生动。

[辑评]

清李因笃《汉诗音注》卷七:通篇就蜨蝶自言,妙妙。蝶为燕攫,傅于榑栌,而雀乃欲从旁取之,又虑为燕所制,故未来蝶侧先翱翔于燕前也。雀来燕,不曰燕傍燕前而但云雀来燕,尔时雀燕耽耽相视,惟蝶傍观,为能得其情也,写来神妙。末又带出燕子待哺急情,总在蝶眼中传其阿堵,不可思议。石生云,雀来燕句汉人神手,后无问津者。

悲歌①

悲歌可以当泣，远望可以当归②。思念故乡，郁郁累累③。欲归家无人，欲渡河无船。心思不能言，肠中车轮转④。

[注释]

①此诗收入《乐府诗集·杂曲歌辞》。②当：代替，充当。③郁郁：忧愁苦闷貌。累累：形容愁绪不断增多。④思：悲。

[赏鉴]

这是一首远游思归诗。首二句写"悲歌""远望"，一诉诸听觉，一诉诸视觉，如同两座高耸矗立的山峰，劈面斩来，令人惊骇万分。悲歌、远望，并不是游子生活的全部，但写来却极像是生活的全部。悲歌当泣，远望当归，不知经历过多少次，才能明白这样极为浅显质朴的道理，却偏偏从未有人写出，从未有诗中道出。三、四句写思乡之深重，只以"郁郁累累"四字透出，连绵重叠，委婉含蓄，包藏万千，最是佳妙。五、六句写不归之因，"家无人"是实写，极尽游子遭遇之凄惨；"河无船"是虚写，形容人生坎坷，有志难伸，忧伤满怀。末二句写痛苦矛盾的心情，非常想回去，又无可回去，而留在这里，又不见任何希望。"不能言"，指这两方面都不好意思对人直说。"车轮转"，极言一会儿想到"家无人"，一会儿想到"河无船"，越想越感到自己命运悲惨，心如刀绞。全诗直写真情，不靠景物烘染，不靠事件衬托，读来却扣人心弦，超越时空，具有强烈的艺术共鸣。

[辑评]

清王夫之《古诗评选》卷一：突拔慷壮而无霸气。以曹孟德乐府衡之，正闰自分，况后人哉？总无所述，唯完题二字。

清沈德潜《古诗源》卷三：起最矫健，李太白时或有之。

清张玉谷《古诗赏析》卷六：此客子思归之诗。首二，凭空突喝而起，在通章为得逆势。而以"悲歌"置"远望"之前，又是逆中之逆。不曰"聊以"，而曰"可以"，造句亦奇。中四，顶次句作解，惟不能归，所以远望。末二，顶起句作收，惟其欲泣，所以悲歌。

梁启超《中国之美文及其历史》：歌辞一句一字都有郁郁累累气象，乐府中无上妙品。

焦仲卿妻①

序曰：汉末建安中，庐江府小吏焦仲卿妻刘氏，为仲卿母所遣，自誓不嫁②。其家逼之，乃投水而死。仲卿闻之，亦自缢于庭树③。时人伤之，而为此辞也④。

孔雀东南飞，五里一徘徊⑤。十三能织素，十四学裁衣，十五弹箜篌，十六诵诗书⑥。十七为君妇，心中常苦悲。君既为府吏，守节情不移⑦。贱妾留空房，相见常日稀。鸡鸣入机织，夜夜不得息。三日断五匹，大人故嫌迟⑧。非为织作迟，君家妇难为⑨。妾不堪驱使，徒留无所施⑩。便可白公姥，及时相遣归⑪。

府吏得闻之，堂上启阿母⑫："儿已薄禄相，幸复得此妇⑬。结发同枕席，黄泉共为友⑭。共事二三年，始尔未为久⑮。女行无偏斜，何意致不厚⑯？"阿母谓府吏："何乃太区区⑰！此妇无礼节，举动自专由⑱。吾意久怀忿，汝岂得自由⑲！东家有贤女，自名秦罗敷⑳。可怜体无比，阿母为汝求㉑。便可速遣之，遣去慎莫留！"府吏长跪告，伏惟启阿母㉒："今若遣此妇，终老不复取㉓！"阿母得闻之，槌床便大怒㉔："小子无所畏，何敢助妇语！吾已失恩义，会不相从许㉕！"

[注释]

①此诗收入《乐府诗集·杂曲歌辞》。一作《孔雀东南飞》。②建安：东汉末年汉献帝刘协的年号，从公元196年到公元219年。庐江府：汉置庐江郡，治所在今安徽庐江。遣：被休弃回娘家。③自缢（yì）：用绳索等物勒颈自杀。④伤：哀悼。⑤孔雀：又名越鸟，一种大型陆栖雉类，羽冠鲜艳华美。⑥素：白色丝绢。箜（kōng）篌（hóu）：乐器名，形如瑟，二十三弦。又名"空侯""坎侯"。诗书：本指《诗经》《尚书》，此处泛指儒家经书。⑦守节：遵守官府制度规定。情：指工作之情。⑧断：把织成的布匹从织布机上截下来。大人：指焦仲卿的母亲。故：故意。⑨难为：难做。⑩不堪：不能胜任。施：用处。⑪白：告诉。公姥（mǔ）：公婆，此为偏义复词，专指婆婆。⑫府吏：官府小吏，指焦仲卿。启：禀告。⑬薄禄相：官禄微薄之相。古人认为，一个人一生官禄的高低，可从相貌上看得出来。幸：有幸。⑭结发：即结婚，古代男女成婚时，要各自取发束结在一起。⑮共事：共同生活。始尔：刚开始。尔：助词。⑯女：指妻子刘兰芝。行：品行。何：哪里。意：料。致：招致。不厚：不厚待，刻薄。⑰何乃：为什么。区区：心胸狭窄。⑱自专由：不按长辈的意见行事，常常自作主张。专：独断专行。由：随意，任意。⑲怀忿（fèn）：怀恨。汝：你。⑳东家：东边的邻居家。贤：贤惠。㉑可怜：可爱。体：

体态。㉒长跪：直身而跪，以示恭敬。伏惟：古代对尊长说话时的敬词。伏：俯伏，表示恭敬。惟：思。㉓终老：终身。取：同"娶"。㉔槌：同"捶"，敲打。床：古代的一种坐具。㉕会不：决不。

府吏默无声，再拜还入户①。举言谓新妇，哽咽不能语②："我自不驱卿，逼迫有阿母③。卿但暂还家，吾今且报府④。不久当归还，还必相迎取。以此下心意，慎勿违吾语⑤。"新妇谓府吏："勿复重纷纭⑥！往昔初阳岁，谢家来贵门⑦。奉事循公姥，进止敢自专⑧？昼夜勤作息，伶俜萦苦辛⑨。谓言无罪过，供养卒大恩⑩。仍更被驱遣，何言复来还⑪？妾有绣腰襦，葳蕤自生光⑫。红罗复斗帐，四角垂香囊⑬。箱帘六七十，绿碧青丝绳⑭。物物各自异，种种在其中⑮。人贱物亦鄙，不足迎后人⑯。留待作遗施，于今无会因⑰。时时为安慰，久久莫相忘。"

鸡鸣外欲曙，新妇起严妆⑱。著我绣夹裙，事事四五通⑲；足下蹑丝履，头上玳瑁光⑳；腰若流纨素，耳著明月珰㉑。指如削葱根，口如含朱丹㉒。纤纤作细步，精妙世无双㉓。上堂谢阿母，母听去不止㉔。"昔作女儿时，生小出野里㉕。本自无教训，兼愧贵家子㉖。受母钱帛多，不堪母驱使㉗。今日还家去，念母劳家里。"却与小姑别，泪落连珠子㉘。"新妇初来时，小姑始扶床㉙。今日被驱遣，小姑如我长㉚。勤心养公姥，好自相扶将㉛。初七及下九，嬉戏莫相忘㉜。"出门登车去，涕落百余行。

府吏马在前，新妇车在后，隐隐何甸甸，俱会大道口㉝。下马入车中，低头共耳语："誓不相隔卿㉞！且暂还家去，吾今且赴府。不久当还归，誓天不相负。"新妇谓府吏："感君区区怀㉟。君既若见录,不久望君来㊱。君当作磐石,妾当作蒲苇㊲。蒲苇纫如丝,磐石无转移㊳。我有亲父兄,性行暴如雷,恐不任我意,逆以煎我怀㊴。"举手长劳劳,二情同依依㊵。

[**注释**]

①再拜:再次行拜礼。入户:回到自己房里。②举言:发言。新妇:媳妇,即刘兰芝。哽咽:悲痛时因气结讲不出话来。③卿:对妻子刘兰芝的亲昵称呼。④报(fù)府:到官府去值班。报:通"赴"。⑤以此:为了这个。下心意:使你忍受委屈。⑥纷纭:麻烦,添乱。⑦往昔:过去,从前。初阳:指冬至节,农历十一月。谢:辞别。⑧奉事:行事。循:遵循。进止:行止,行动。敢:岂敢。⑨作息:偏义复词,指劳作。伶(líng)俜(pīng):孤单。萦:缠绕。⑩谓言:本以为。卒:完成。⑪何言:说什么。⑫绣腰襦(rú):绣花的齐腰短袄。葳(wēi)蕤(ruí):草木枝叶茂盛的样子,这里指短袄上的绣花多而鲜丽。⑬红罗:红丝绸。复斗帐:双层小帐。斗帐:形如覆斗的小帐。香囊:装有香料的锦囊小袋。⑭帘:同"奁",镜匣。绿碧:青绿色。青丝绳:捆扎箱奁的青丝绳子。⑮物物、种种:指出嫁时带来的各种各样的嫁妆。⑯后人:指焦仲卿将来再娶的妻子。⑰遗(wèi)施:赠予。会因:会面的机会。⑱鸡鸣:指丑时(1~3时),此处言其早。曙:天晓。严妆:整妆。⑲著:穿起。事事:指此句中提到的穿裙、蹑履、插簪、着衣、戴珰几件事。通:次,遍。⑳蹑(niè):穿鞋。玳瑁:指用玳瑁做成的簪饰品。㉑流:飘动。明月珰(dāng):用明月珠做成的耳坠。㉒削葱根:尖削的葱白。朱丹:红色的宝石。㉓纤纤作细步:形容走路时仪态高雅。㉔去:离开。止:挽留。㉕昔:从前。野里:乡野之地。㉖兼愧:更有愧于。㉗钱帛:指聘礼。㉘却:退。㉙始扶床:形容如床一般高。㉚如我长:身高和我差不多,指长大

成人。㉛扶将：扶持。㉜初七：指农历七月初七，为乞巧节。下九：古代以每月二十九为上九，初九为中九，十九为下九。妇女于下九日有聚会，称"阳会"。㉝隐隐、甸甸：描摹车声的象声词。何：语助词。㉞誓：对天发誓。隔：绝。㉟区区：拳拳，忠贞专一。㊱见：被。录：收留。㊲磐石：大石。蒲苇：蒲草和芦苇。㊳纫：同"韧"，柔韧牢固。㊴父兄：偏义复词，此指兄。逆：违反。煎我怀：使我内心痛苦，受到煎熬。㊵举手：挥手致意，以示告别。劳劳：怅然若失的样子。依依：恋恋不舍的样子。

入门上家堂，进退无颜仪①。阿母大拊掌②："不图子自归③！十三教汝织，十四能裁衣，十五弹箜篌，十六知礼仪，十七遣汝嫁，谓言无誓违④。汝今无罪过，不迎而自归⑤？"兰芝惭阿母⑥："儿实无罪过。"阿母大悲摧⑦。

还家十余日，县令遣媒来。云有第三郎，窈窕世无双，年始十八九，便言多令才⑧。阿母谓阿女："汝可去应之。"阿女衔泪答⑨："兰芝初还时，府吏见丁宁，结誓不别离⑩。今日违情义，恐此事非奇⑪。自可断来信，徐徐更谓之⑫。"阿母白媒人⑬："贫贱有此女，始适还家门⑭；不堪吏人妇，岂合令郎君⑮？幸可广问讯，不得便相许⑯。"

媒人去数日，寻遣丞请还，说有兰家女，承籍有宦官⑰。云有第五郎，娇逸未有婚⑱。遣丞为媒人，主簿通语言。直说太守家，有此令郎君，既欲结大义，故遣来贵门⑲。阿母谢媒人："女子先有誓，老姥岂敢言⑳？"阿兄得闻之，怅然心中烦，举言谓阿妹："作计何不量㉑！先嫁得府吏，后嫁得郎君，否泰如天地，足以荣汝身㉒。不嫁义郎体，其往欲何云㉓？"兰芝仰头答："理实如兄言。谢家事夫婿，中道还兄门，处分适兄意，那得自任专㉔？虽与府吏要，渠会永无缘㉕！登即相许和，便可作婚姻㉖。"

媒人下床去，诺诺复尔尔㉗。还部白府君㉘："下官奉使命，言谈大有缘。"府君得闻之，言谈大欢喜。视历复开书，便利此月内，六合正相应㉙。"良吉三十日，今已二十七，卿可去成婚㉚。"交语速装束，络绎如浮云㉛。青雀白鹄舫，四角龙子幡，婀娜随风转㉜。金车玉作轮，踯躅青骢马，流苏金镂鞍㉝。赍钱三百万，皆用青丝穿㉞。杂彩三百匹，交广市鲑珍㉟。从人四五百，郁郁登郡门㊱。

阿母谓阿女："适得府君书，明日来迎汝㊲。何不作衣裳？莫令事不举㊳！"阿女默无声，手巾掩口啼，泪落便如泻。移我琉璃榻，出置前窗下㊴。左手持刀尺，右手执绫罗，朝成绣夹裙，晚成单罗衫。晻晻日欲暝，愁思出门啼㊵。

[注释]

①颜仪：脸面。②拊（fǔ）掌：拍手，表示惊异、愤激。③不图：没有想到。自归：自行回娘家，意味着已被夫家休弃。归：归宁，指已嫁女子回家看望父母。④誓违：过失。⑤迎：古代女子出嫁后，娘家派人接回家去住几天谓"迎"。⑥惭：惭愧。⑦悲摧：悲伤。⑧第三郎：排行第三的儿子，即三少爷。窈窕：形容容貌体态美好。便（pián）言：会说话，口才好。令：美。⑨衔泪：含泪。⑩见：加。丁宁：同"叮咛"，再三嘱咐。⑪非奇：不好。奇：嘉，美好。⑫断：回绝。来信：指媒人。徐徐：慢慢地。更：再。之：指再嫁的事。⑬白：告诉。⑭贫贱：谦词，贫穷低贱。始适：刚出嫁不久。适：出嫁。⑮不堪：不能做。令郎君：对对方儿子

的敬称。⑯幸：希望。广问讯：多方打听。不得：不能。许：允诺。⑰寻：随即。丞：郡丞。请：请婚。还：来。兰家女：犹言兰芝姑娘。承籍：承继祖先的仕籍。宦官：即官宦，做官的人。⑱娇逸：娇美俊逸。⑲结大义：即结为婚姻。⑳老姥：老妇，为刘兰芝母亲的自谦。㉑作计：打算。不量：不加考虑。㉒郎君：指太守之子。否（pǐ）泰：运气的好坏。否：坏运气。泰：好运气。㉓义郎：美好的男子。其往欲何云：自此以后你打算怎么办？㉔谢家：离开家。中道：中途。适：顺从。㉕要：约。渠会：与他相会。渠：他。缘：缘分。㉖登即：当即。许和：答应。㉗诺诺：应和声，犹如"好好"。尔尔：如此。㉘部：衙门。府君：即太守。㉙历、书：指历书。民间婚嫁都要查看历书以确定时日。便利：适合。六合：古代指月建和日辰相合。㉚良吉：良辰吉日。㉛交语：交相传语。装束：指筹办婚事。络绎：连续不绝。浮云：指参与筹办婚事的人多、事多，往来出入如同浮云。㉜舫（fǎng）：船。幡（fān）：绣龙的旗帜。婀娜：形容旗帜随风轻轻飘动的样子。㉝踯躅：缓步前进。青骢（cōng）马：毛色青白相间的马。流苏：用五彩羽毛做成的穗子。金镂鞍：用金花雕镂的马鞍。㉞赍（jī）：付与。㉟杂彩：各种颜色的绸缎。交广：郡名，指交州、广州。市：买。鲑（xié）：古代鱼类菜肴的总称。㊱郁郁：繁盛的样子。登郡门：从郡门出发。㊲适：刚才。得：收到。㊳举：成。㊴琉璃榻：镶嵌琉璃的坐具。㊵晻（yǎn）晻：昏暗貌。暝（míng）：天黑。

府吏闻此变，因求假暂归。未至二三里，摧藏马悲哀①。新妇识马声，蹑履相逢迎，怅然遥相望，知是故人来②。举手拍马鞍，嗟叹使心伤："自君别我后，人事不可量③。果不如先愿，又非君所详。我有亲父母，逼迫兼弟兄④；以我应他人，君还何所望！"府吏谓新妇："贺卿得高迁⑤！磐石方且厚，可以卒千年；蒲苇一时纫，便作旦夕间⑥。卿当日胜贵，吾独向黄泉⑦。"新妇谓府吏："何意出此言！同是被逼迫，君尔妾亦然⑧。黄泉下相见，勿违今日言！"执手分道去，各各还家门。生人作死别，恨恨那可论⑨！念与世间辞，千万不复全⑩。

府吏还家去，上堂拜阿母："今日大风寒，寒风摧树木，严霜结庭兰⑪。儿今日冥冥，令母在后单⑫。故作不良计，勿复怨鬼神⑬！命如南山石，四体康且直⑭。"阿母得闻之，零泪应声落："汝是大家子，仕宦于台阁⑮。慎勿为妇死，贵贱情何薄⑯！东家有贤女，窈窕艳城郭⑰。阿母为汝求，便复在旦夕。"府吏再拜还，长叹空房中，作计乃尔立⑱。转头向户里，渐见愁煎迫⑲。

[注释]

①摧藏：悲哀至极状。藏：通"脏"，腹脏。②蹑履：轻步而出。③量：预料。④弟兄：偏义复词，此指兄。⑤高迁：指嫁给太守家的公子。⑥旦夕间：早晚之间，形容短暂。⑦日胜贵：一天比一天富贵。⑧尔：这样。⑨恨恨：抱恨不已。⑩千万：表示坚决，意为无论如何。⑪庭兰：庭上的兰花，借指刘兰芝。⑫日冥冥：日暮。这里比喻生命即将结束。单：孤单。⑬故：有意。不良计：不好的打算。⑭四体：四肢，指身体。康且直：健康而舒适。直：顺，含舒展之意。⑮台阁：古代尚书的官署。此指官府。⑯贵贱：此言焦家贵、刘家贱。情何薄：指休弃她不算薄情。⑰艳城郭：艳冠城郭。⑱作计：主意，决心。乃尔：就这样。立：决定。⑲户里：指焦母的住房。

其日牛马嘶，新妇入青庐①。奄奄黄昏后，寂寂人定初②。我命绝今日，魂去尸长留。揽裙脱丝履，举身赴清池。府吏闻此事，心知长别离。徘徊庭树下，自挂东南枝。

两家求合葬，合葬华山傍③。东西植松柏，左右种梧桐④。枝枝相覆盖，叶叶相交通⑤。中有双飞鸟，自名为鸳鸯；仰头相向鸣，夜夜达五更。行人驻足听，寡妇起彷徨⑥。多谢后世人，戒之慎勿忘⑦！

[注释]

①其日：娶亲之日。牛马嘶：形容车马盈门的热闹之状。青庐：青布幔搭成的帐篷，行婚礼时所用。②奄奄：同"晻晻"。人定初：夜深人静之时。人定：指亥时（21～23时）。③华山：庐江郡内小山名，今不可考。④梧桐：树名，古代传说可引鸾凤，有两情忠贞的寓意。⑤交通：交错。⑥驻足：停步。彷徨：怅然若失貌。⑦多谢：反复告诫。戒之：引此事为教训。

[赏鉴]

这是我国古代篇幅最长、最为杰出的一首叙事诗。可分五部分。第一部分从开头至"会不相从许"，叙焦母逼遣。第二部分从"府吏默无声"至"二情同依依"，叙两人分别。第三部分从"入门上家堂"至"愁思出门啼"，叙刘兄逼婚。第四部分从"府吏闻此变"至"渐见愁煎迫"，叙两人诀别。第五部分从"其日牛马嘶"至最后，叙共同赴死。全诗结构紧凑，线索分明，繁简得当，全以对话推进矛盾发展，语言质朴，人物个性鲜明强烈，叙述与抒情结合，现实与理想融合，历来被称为"长篇之圣"。

第一部分起笔以"孔雀东南飞"作兴，"徘徊"一语透露出犹疑、哀婉之意，奠定了全诗的情感基调。接着以兰芝自述开篇，从封建礼教要求女子的德、言、容、功四个方面，备写自己之贤能。"十三""十四""十五""十六""十七"，一气连排，极有气势，且又在后文中再次让其母回述，重复验证，显出绝非虚言。"常苦悲"，写出一幅新婚无欢景状，极为可怜。一者常常"留空房"，缺乏恩爱，孤独凄惶。这是本因。倘若夫君能始终陪伴左右，夫妻情密，恐不致使悲剧发生。二者日夜劳作，辛苦纺织，仍不能博得婆母欢心。这是动因。"鸡鸣"，极言其早；"夜夜"，极言其长。以下府吏出场，顺承"便可白公姥"一句，过渡自然。围绕兰芝的"遣归"，府吏与阿母有四次对答，是一种正面冲突。为子者不愿意"遣归"，为母者坚决要"遣归"，针锋相对，描写家庭生活矛盾极为真实。而一"长跪告"、一"槌床便大怒"，神情毕肖，描摹孝子与无情母亲形象极为逼真。

第二部分以兰芝为主，写一个夜晚及次晨发生的事情，由府吏与新妇的前后两段对话以及新妇与阿母、小姑的告别组成。历历落落，情景如画。"新妇"，点出两人刚刚新婚不久。用"新妇"而不用兰芝，极写新婚被驱遣对两人造成的打击之大。"昼夜勤作息"对"夜夜不得息"，"伶俜萦苦辛"对"贱妾留空房"，再次写出新婚遭遇之苦，无以言状。"初阳岁"，点出结婚的时间；"鸡鸣外欲曙"，点出分别时间。"勿复重纷纭""何言复来还"，与前文"及时相遣归"互应，写出兰芝要求遣归的主动性，见出其果决勇敢，决不乞求施舍与怜悯的个性。

"妾有"八句，极言陪嫁之多、之贵重，而又一毫不带走，写出兰芝并不以财物为念，而是痛心于焦家之绝情。"严妆"下十句，极言艳丽无比。"精妙世无双"，与上文提到的秦罗敷"可怜体无比"构成对比，写出焦母以意障心，偏执自碍，不识何为美丽、贤德。"上堂拜阿母"，是以礼言之；"却与小姑别"，是以情言之。写出兰芝做事周全，有情有义，绝不偏激。"泪落连珠子""涕落百余行"，极言分别之伤心，真情动人。而从"哽咽不能语""以此下心意"，到"誓不相隔卿""誓天不相负"，连用两个"誓"字，则表明府吏之真情。正是在这种真情的感召下，刘兰芝的情感才从"于今无会因"的决绝，到"感君区区怀"的回心转意，表现出明显的变化。有因有果，前后轨迹如刀痕，令人过目不忘。"我有亲父兄，性行暴如雷"，是伏笔，又暗与前文焦母"槌床便大怒"相对，前后呼应。

　　第三部分写兰芝归家后十天半月内发生的事情，矛盾的制造者也由焦母转到刘兄。"入门上家堂"对前文之"上堂"，点出家庭环境一变。"还家十余日，县令遣媒来"，一个被遗弃的女子这么短的时间就有人来打听问询，显出兰芝自幼早已闻名乡里。"第三郎""第五郎"，言久慕兰芝之名并殷勤追求的青年男子之多。"窈窕世无双"对兰芝"精妙世无双"，"便言多令才"对兰芝"弹箜篌""诵诗书"等，均言极为般配，各方面条件甚至超过焦仲卿，隐隐写出对比。"县令遣媒来""遣丞为媒人，主簿通语言"，极写县令、太守之重视，衬出兰芝美名远扬。"断来信"，则写出兰芝的钟情与坚贞，不为才貌吸引，不为势利所动，难能可贵。"贫贱有此女"，是自谦，与"谢家来贵门"相应，又暗点当时刘家的境况或许真的不如焦家。"承籍有宦官"，又明明写出是中衰之家。对主人公的称呼，一会儿"兰芝"，一会儿"阿女"，因情而变，毫不板滞，甚为活泼。"怅然心中烦"，活脱脱写出一个无事可做，坐吃山空，守着祖业的余荫过活，一心寄望妹妹嫁到豪门贵府，自己好有所依仗的"阿兄"形象。"先嫁得府吏，后嫁得郎君"，明写刘兄过于势利，只以荣辱为念，根本不顾及妹妹的感受与感情。"仰头答"，写出兰芝的大胆个性。"府君得闻之，言谈大欢喜"，写出兰芝之不易求娶，与焦母一朝轻弃构成强烈对比。"便利此月内"，写太守家心急之情。以下用夸张手法。"交语速装束，络绎如浮云"，写婚事准备之盛；"三百万""三百匹"，言聘礼之隆重；"从人四五百"，言迎娶队伍之盛大，似乎是当地从未有过的规模，尽显出兰芝之尊贵。"朝成""晚成"，极写兰芝心灵手巧，女红活做来快速。

　　第四部分以府吏为主，由府吏与新妇、与母亲的话别构成。"求假暂归"，写出一个忠于职守，婚姻与工作难于兼顾的官吏形象。"马悲哀"，以马衬人，则人之悲哀难抑可见。"识马声"，见出兰芝情深，虽在一起生活时间不长，但已熟知了丈夫所骑之马的声音，能以马声判断丈夫之来去。此一段兰芝实为弃妇，仍以"新妇"称之，写出二人情热，仍如未离弃之时一般。"贺卿得高迁"七句，意存讽刺挖苦，写出府吏之心急气急，故不问内情就抛出这样令人心寒的话来。"同是被逼迫，君尔妾亦然"，点出事实，亦是全诗的主题，男方因其母逼迫，女方因其兄逼迫，所以才造成了两人的婚姻悲剧。"生人作死别，恨恨那可论"，极写二人之凄惨悲哀。"上堂拜阿母"，与前文兰芝拜辞的行动相互应。"今日大风寒"句，是以天气之变，形容人事之变，不好直白说出事情的原委，故用此委婉之语。"严霜结庭兰"，"庭兰"之"兰"字双关刘兰芝之"兰"，庭上兰花遭遇严霜，必然凋零枯萎，以此预示刘兰芝将遭遇不幸，也为二人悲剧命运结局铺染上灰暗的基调。"零泪应声落"与前文"槌床便大怒"相对比，然此一时非彼一时，不知"阿母"能否悔过？"汝是大家子，仕宦于台阁"，写出焦母的盲目自信与夸耀，暗言刘家的势力不如焦家。然焦仲卿仅为"府吏"，非在"台阁"，亦露出明显的衰败之迹。"慎勿为妇死"，写出仍无反悔之意，独断专行。重复言"东家有贤女"，然至于到底如何"贤"，并未明确写出，只以"窈窕艳城郭"与前文相对，夸其美艳，以艳为贤，可见焦母的低俗与糊涂。"作计乃尔立"，极写府吏之钟情，不惜以死捍卫爱情，实为千古难见一男子！

最后一部分以"牛马嘶"引起，与民间牛头马面之语隐对，暗伏不祥之兆。"新妇"，混称之，前为府吏之新妇，此次婚礼又成一新妇，暗言内心不情愿之悲苦。"入青庐"，盛大的婚礼场面只以此三字结住，笔力之深，非同一般。"奄奄""寂寂"，以环境写心情，言外面虽极热闹，灯火通明，新妇内心却极悲凉，暗无光芒，赴死之志已极为坚定。"自挂东南枝"，再次写焦仲卿之痴情，"东南枝"又与篇首"东南飞"构成呼应，浑然一体，绝无赘笔。"枝枝相覆盖"至"夜夜达五更"六句，以极为浪漫的笔调，写出了现实的超越感，表达了对崇高爱情理想的讴歌，意境隽永，余韵悠长。

[辑评]

明王世贞《艺苑卮言》卷二：《孔雀东南飞》质而不俚，乱而能整，叙事如画，叙情若诉，长篇之圣也。

明胡应麟《诗薮·内编》卷二：古诗短体如《十九首》，长篇如《孔雀东南飞》，皆不假雕琢，工极天然。百代而下，当无继者。

明胡应麟《诗薮·外编》卷一：如《孔雀东南飞》一首，骤读之下，里委谈耳；细绎之，则章法、句法、字法、才情、格律、音响、节奏，靡不具备，而实未尝有纤毫造作，非神化所至而何？

清王夫之《姜斋诗话》卷二：若杜陵长篇，有历数月日事者，合为一章。《大雅》有此体。后唯《焦仲卿》《木兰》二诗为然。要以从旁追叙，非言情之章也。

清沈德潜《古诗源》卷四：共一千七百八十五字，古今第一首长诗也。淋淋漓漓，反反复复，杂述十数人口中语，而各肖其声音面目，岂非化工之笔。○长篇诗若平平叙去，恐无色泽，中间须点染华缛，五色陆离，使读者心目俱炫。如篇中"新妇出门时"，"妾有绣罗襦"一段，太守择日后，"青雀白鹄舫"一段是也。○作诗贵剪裁，入手若叙两家家世，末段若叙两家如何悲恸，岂不冗漫拖沓，故竟以一二语了之，极长诗中具有剪裁也。○别小姑一段，悲怆之中，复极温厚，风人之旨，固应尔耳。唐人作弃妇篇，直用其语云，"忆我初来时，小姑始扶床，今别小姑去，小姑如我长。"下忽接二语云，"回头语小姑，莫嫁如兄夫"，轻薄无余味矣。故君子立言有则。○"否泰如天地"一语，小人但慕富贵，不顾礼义，实有此口吻。○"蒲苇""磐石"，即以新妇语诮之，乐府中每多此种章法。

枯鱼过河泣①

枯鱼过河泣，何时悔复及②！作书与鲂鱮，相教慎出入③！

[注释]

①此诗收入《乐府诗集·杂曲歌辞》。②枯鱼：已经干枯的死鱼。何时悔复及：后悔莫及。③作书：写信。与：给。鲂（fáng）：鱼名，外形像鳊鱼而较宽。鱮（xù）：鲢鱼。相教：相互告诫。慎：谨慎。

[赏鉴]

　　这是一首寓言诗。以鱼比人，以死鱼不能过河，提醒告诫人们行事一定要谨慎，一旦出了问题会引发灾祸，甚至导致身亡，再后悔也来不及了。起笔突兀峭拔，不作接引，直写"枯鱼过河"，直入人心。有读者不禁要问，都是一条死鱼了，为什么还要去"过河"？这不是无谓之笔吗？其实，此"河"乃形容人生的沟沟坎坎，不管什么人都必须要经过，逃也逃不脱。所以，"枯鱼过河"代表的是一种难能可贵的面对日常生活的勇气与精神，连死鱼都需要去跨越，何况是活鱼呢？"泣"字，写出悲痛、后悔之心。假如自己小心存活，不成为一条"死鱼"，而是一条大活鱼，想要过河，那不是轻而易举的事情吗？唉，可惜，自己现在想游也游不动了。"何时"，强调无论什么时候，后悔都是来不及的，世上没有后悔药。"作书"，写出"死鱼"极具关怀之心，人格之伟大，非常难得。意思是要将自己如何致死的原因与经验告诉同类，使它们能提高警惕，增加成活的概率，不要再重蹈自己的覆辙。"鲂鱮"，极写鱼之普通，点出乃是一种极为普遍的社会经验和人生道理，是人人都应当遵守的。"慎出入"，以鱼之"出入"比喻人之出入，总之凡事要留心。全诗想象奇特，构思精妙，言简意赅，神趣盎然，极富于艺术穿透力。

[辑评]

宋陆游《剑南诗稿·闻虏乱有感》：近闻索虏自相残，秋风抚剑泪丸澜。雒阳八陵那忍说，玉座尘昏松柏寒。儒冠忽忽垂五十，急装何由穿裤褶？羞为老骥伏枥悲，宁作枯鱼过河泣。

清沈德潜《古诗源》卷三：汉人每有此种奇想。

清张玉谷《古诗赏析》卷六：此罹祸者规友之诗。出入不谨，后悔无及，却现枯鱼身而为说法，大奇大奇。

咄喈歌①

枣下何攒攒，荣华各有时②。枣欲初赤时，人从四边来③。枣适今日赐，谁当仰视之④？

[注释]

①此诗收入《乐府诗集·杂曲歌辞》。咄（duō）喈（jiè）：叹息声。②攒（cuán）攒：聚集意。一名"篡篡"。荣华：开花。③赤：红色。此言枣初成熟。④适：适值。赐：尽。

[赏鉴]

这是一首咏物诗。以枣的荣谢来讽刺世态炎凉，以物事写人事，极尽描摹之功。起二句写枣树开花之时。"攒攒"，极言树下赏花的人多，大家都非常高兴。"各有时",言不同的花草树木开花各有不同的时间,喜欢赏花的人们总是追逐着花开的时间前去欣赏。枣树一般在夏季五六月份开花,素淡典雅,甜香幽致,既是蜜蜂采蜜的好蜜源,也极适于人们观赏。次二句写枣儿成熟之时。颗颗粒粒都透出火红的颜色,掩映在绿叶之间,高高挂在枣树上,极为喜人。且入口甜润鲜嫩,令人垂涎欲滴。所以,吸引着四面八方的人前来品尝。结二句写枣儿谢果之后,一个一个都分赐给众人,入口就吃掉了,美丽的色泽、可口的感觉等方面的价值都被消耗掉了,有谁还会围聚在树下仰慕它呢?枣尽人空,恰似人走茶凉。"仰视",枣儿挂果高,故言。全诗六句,四句言繁华,两句言衰落,构思巧妙,对比强烈,主题突出,耐人寻味。

[辑评]

清朱嘉征《乐府广序》卷十三:人之立业,贵乎乘时,《咄唶歌》,为歌"枣下何纂纂"。夫物候以之荣落,至人以之行藏,大哉时义乎。

淮南王歌①

一尺布,尚可缝②。一斗粟,尚可舂③。兄弟二人不相容。

[注释]

①此诗收入《乐府诗集·杂歌谣辞》。淮南王:指刘长(公元前198—公元前174),为汉高祖刘邦之子,汉文帝刘恒的异母弟,封于淮南,故名。骄横不法,又图谋叛乱,事败,被汉文帝由淮南谪徙入蜀,途中绝食自杀。事见《史记·淮南衡山列传》。②尚:还,仍然。③舂:量

词,古代计量单位,十升为一斗,十斗为一旦。亦作盛粮食的器具。

粟(sù):谷子的籽实,去壳后称小米,是我国北方的主要粮食作物。

舂(chōng):把米放在石臼里捣掉皮壳。

[赏鉴]

　　本诗运用比兴手法,以布、粟喻人,托物见情。一尺见方的布破了,尚可缝合在一起。粟的皮壳在石臼中被捣碎了,内中包裹的晶莹的果实仍不至于破坏,皆由于受到皮壳保护之故。破布与破布相接,谷皮与谷粒是一家。无论所遭受的破坏打击的外来力量是大还是小——尺布见破言其小,粟被舂言其大,都无法阻止它们源于根本上的亲缘相近。由此引申,具有人伦人情的兄弟二人,有什么样的力量能使他们反目成仇,变得水火"不相容"呢?布与粟,都是极为常见的微小之物。微物尚具正能量,更何况是人呢?前两句暗用省略法,分别省略了布被破、谷壳与谷粒被迫分离的内容。前两句与后一句则构成明显的正反对比。因此,诗歌虽短,却对兄弟阋墙的不良家庭矛盾现象提出了极为辛辣的讽刺,读来颇令人警醒。

[辑评]

　　清沈德潜《古诗源》卷四:《汉书》,淮南厉王长,高帝少子也。废法不轨,文帝徙之蜀严,道死。民作歌云。

　　清张玉谷《古诗赏析》卷六:此两层反比,一句正拍格也。而比意言小物尚可成就,以见人本无弃材。跌落"不相容",是责帝平日不能教训,以致轨法。

城中谣①

城中好高髻,四方高一尺②。城中好广眉,四方且半额③。城中好大袖,四方全匹帛④。

[注释]

①此诗收入《乐府诗集·杂歌谣辞》。②城中:指长安城中。引申为京城。好:崇尚。髻(jì):发髻。③广眉:宽阔的眉毛。④大袖:宽大的衣袖。帛(bó):丝织品的总称,此指布料。

[赏鉴]

这首诗的本事载于《后汉书·马廖传》。意在讽刺上行下效、盲目追求时髦的庸俗社会风气。诗中以"城中"对"四方",构成三个因果复句。以"高髻""广眉"之类女子的修饰、"大袖"之类服装的款式这些易于成为时髦的生活元素,作为言说内容。运用排比、重复、夸张的艺术手法,以形象化的语言和漫画式的描写,批判并告诫居住在城中的统治阶级与上层社会,一定要注意自己的生活方式,切不可过于奢靡浪费,追求浮华享受,否则将给整个社会带来极为恶劣的影响,造成无法挽回的损失与后果。全诗形式简单,用语通俗,却极其警醒有力。

[辑评]

清沈德潜《古诗源》卷四:《后汉书》,前世长安城中谣言,改政移风,必有其本。上之所好,下必甚焉。

清张玉谷《古诗赏析》卷七:只就小处形容,而上行下效之意,读之凛然。排句亦饶古趣。

后汉桓灵时谣①

举秀才，不知书②。察孝廉，父别居③。寒素清白浊如泥，高第良将怯如鸡④。

[注释]

①此诗收入《乐府诗集·杂歌谣辞》，第三句据《抱朴子·审举》补。②举：荐举。秀才：汉代举荐人才的科目之一。西汉称茂才，后避东汉光武帝讳，改称"秀才"。秀才：才学优异的人。知书：有文化。知：达，懂得。③察：考察选拔。孝廉：汉代选拔官吏的科目。孝：孝顺。廉：廉洁。别居：另居一处。④寒素清白：指为官清廉。高第：优等。良将：能征善战的将领。鸡：一作"黾"。形容胆小。

[赏鉴]

这首诗歌意在揭露东汉末年举荐官吏制度的黑暗。所举荐的官员，多名实相乖。"秀才"，指有文才者；"孝廉"，指有德者。秀才的衡量标准，或曰考试内容，就是通达诗书。"不识书"，显然是否定与讽刺。"孝廉"的衡量标准，很重要的方面就是看是否孝顺，是否是远近闻名的孝子。"父别居"，意即不养活年迈的父母，显然不孝至极。秀才、孝廉，是当时察举选拔官员的两种主要方式。此处揭露两者都存在问题，都是失败的。"寒素清白"，指文官；"高第良将"，指武官。兼提文、武，有欲概括满朝官员的意思。"浊如泥"，形容内心肮脏污浊，贪污腐败成性。"怯如鸡"，胆怯懦弱，极言无论是力量、本领，还是意志、品格等各方面，都远远不足。两者合之可见，官员的等级考核情况极为糟糕，根本不能据以为信。全诗从考试到考核，从才德到文武，全面批判了当时盛行的滥举之风、丑恶的官场现实。在艺术表现上，前四句用三言，语势舒缓；末二句为七言，语势急促。且全篇用对比，极大地增强了嘲讽与批判的辛辣意味，发人深省。

[辑评]

清张玉谷《古诗赏析》卷七：名不副实，说来真可破涕为笑。本四事也，后二句法变换，便不嫌板。

古歌①

高田种小麦，䅟穇不成穗②。男儿在他乡，那得不憔悴③！

[注释]

①此诗收入汉代农书《氾胜之书》，见北魏贾思勰《齐民要术》卷二引，《乐府诗集》未收。②高田：位于山高坡陡的田地。䅟（liàn）穇（shān）：禾苗不实。穗：小麦聚生在茎顶端的花和果实，即麦穗。③那得：怎么能。憔悴：这里是以麦之枯萎形容人。

[赏鉴]

此诗历来被解作一首游子思乡诗，以"男儿"为实指，即指远游在外的客子。本书以为，释作一首思妇诗，解作女子的口吻，更显其情。起笔以小麦为兴。小麦这种农作物，一般多在平坦的低地种植。此处忽言

"高田"，田地位于山高坡陡之处，不仅干旱缺水，小麦难以成长，更兼山险路艰，女子难于攀爬，不能很好地培育，导致收成肯定不好。"穞稑不成穗"，这是客观事实，毋庸置疑。又，小麦久不结籽粒，可隐喻男子久不在家，妇人尚未生育，不免有子嗣之忧虑。接笔，以"男儿在他乡"写出原因。正因男子在外，家中没有壮劳力，不能侍弄"高田"这样的土地，所以才导致荒芜歉收。当然，这也是家中未见儿女成群、环绕膝下的直接原因。"那得"，以反问加强语气，极言"憔悴"之深、之重。联系上文，女子的憔悴，一源于食物的缺乏，二由于思夫带来的苦痛与烦恼，三则因身旁无子女可以稍为解忧。如此，全诗虽四句，却互为因果，连环相通，含不尽之意于言外，情感表达极为圆满。

[辑评]

清沈德潜《古诗源》卷四：兴意若相关若不相关，所以为妙。

清张玉谷《古诗赏析》卷六：比也。他乡最易憔悴，说得极直捷，而其故却仍未说破，又极含蓄。

上山采蘼芜①

上山采蘼芜，下山逢故夫②。长跪问故夫："新人复何如③？""新人虽言好，未若故人姝④。颜色类相似，手爪不相如⑤。""新人从门入，故人从阁去⑥。""新人工织缣，故人工织素⑦。织缣日一匹，织素五丈余，将缣来比素，新人不如故⑧。"

[注释]

①此诗收入《玉台新咏》卷一。②蘼（mí）芜（wú）：又名江蓠，

一种香草,叶子风干可做香料。古人认为蘼芜可使妇女多子。故夫:前夫。③新人:新娶的妻子。④姝(shū):美好。⑤颜色:姿色。手爪:指纺织等手工技巧。⑥阁(gé):旁门,小门。⑦工:擅长。缣(jiān):黄色的绢,价比素绢贱。⑧匹、丈:度量单位,一匹长四丈。

[赏鉴]

　　这是一首爱情诗。却不以爱情坚贞为表现主题,而是别出心裁地选取弃妇与故夫分离后巧遇的场面,采用问答的形式,通过"新人"与"故人"的比较,有力地批判了男子喜新厌旧的社会现象。首二句点出人物、事件及地点。"采蘼芜",暗写是一位女子。因蘼芜象征多子,所以此处又暗示出该女子在被故夫离弃后,已经再婚,且婚姻比较美满。"逢"字,言偶然相遇。将逢故夫的地点设置在"下山"处,是有意以"上""下"两个相对的方位,写出女子、故夫两人现在生活状态的差别。女子虽然是被遗弃的一方,但处在上升的状态中;男子虽然是主动施为的一方,却处在下降的状态中。一"上"一"下",为全诗预设了基调。"长跪"写弃妇对故夫的尊重。"问"字紧承"逢"字,言是顺口相问。既是旧夫妻,相见之时问彼此婚姻生活状况,亦是极为自然的事。"复何如",写出弃妇对故夫新婚生活的关心,侧面衬出自己的婚姻生活是挺不错的,所以才问对方。假如自己境况不好,恐怕也不会主动问了。以下皆为夫答语,从三个层面作比较。"虽言好",三字写出不满意之状。"未若",见出故夫或有后悔之意,而面露惭色。"颜色""手爪",写出男子既以貌取人,又凭利益看人,从而对古代衡量女子的四个标准,即德、言、容、功,提出了批评。"从门入""从阁去",以新人、故人的一入一去,对男子可以随心所欲地娶妻弃妻,对封建礼教下的夫权制度提出了严厉批判。以下又以"缣""素"对比,照应"手爪不相如"句,并以"一匹"对"五丈余"的差别,衬托出男子深深的后悔与自责。男子的回答，其语意的中心，非色即财，自始至终未落到感情二字上，未言说出些许的相思。这样的"故夫"，都是极为精致的利己主义者。然则，对于此诗中的弃妇来说，离开这样的丈夫，又是非常值得庆幸的。

[辑评]

明胡应麟《诗薮·杂编》卷一：《上山采蘼芜》一篇，章旨浑成，特为神妙，第稍与古诗不同，是当时乐府体。

清王夫之《古诗评选》卷四：诗有叙事叙语者，较史尤不易。史才固以骤括生色，而从实著笔自易；诗则即事生情，即语绘状，一用史法，则相感不在永言和声之中，诗道废矣。此《上山采蘼芜》一诗所以妙夺天工也。杜子美仿之作《石壕吏》，亦将酷肖，而每于刻画处犹以逼写见真，终觉于史有余，于诗不足。论者乃以"诗史"誉杜。见驼则恨马背之不肿，是则名为可怜悯者。"新人从门入"一顿，正尔超妙，遂令盲人疑为非故夫之词。

清张玉谷《古诗赏析》卷四：此弃妇与故夫问答之辞，大为弃妇吐气。或托言也。首二，以采蘼芜引入逢故夫，本叙事直起，然蘼芜多为蛇床所乱，而芬芳自殊，即暗含故人虽为新人所摈，而实胜新人意。赋中带比，已领通章。"长跪"二句，以问新人蹴起波澜。"新人"二句，夫答辞。先就颜色相较作引，已露悔心。"颜色"二句，又妇问辞，撇却颜色，自谦手爪，再一致诘。后八，皆夫答辞，意承"手爪"来，畅言新不如故，以表悔心。却突接新人入门、故人去阁二语，将当时轻举妄动，虽悔无及之意，横空托出，此所谓逆笔先透也。故下六句，只就手爪，举织缣、织素反覆比拟，收到新不如故，阒然竟止。惋惜意略不更拖，既避复沓，亦愈见彼此至此皆不忍言神理，妙绝。○通章问答成章，《乐府》有此一体，古诗中仅见斯篇。

古歌①

秋风萧萧愁杀人，出亦愁，入亦愁②。座中何人，谁不怀忧？令我白头。胡地多飙风，树木何修修③。离家日趋远，衣带日趋缓④。心思不能言，肠中车轮转⑤。

[注释]

①此诗收入《古诗纪》卷二十七。②"秋风"三句：同《去者日以疏》中"白杨多悲风，萧萧愁杀人"。③"胡地"二句：同《塘上行》中"边地多悲风，树木何修修"。胡地：指北方少数民族居住之地。飙风：暴风。④"离家"二句：同《行行重行行》中"相去日已远，衣带日已缓"。⑤"心思"二句：同《悲歌》之末句。

[赏鉴]

这是一首怀乡诗。起笔以秋风作兴，一片苍莽浩荡之气，刹那间迎面扑来，以七言形式呈现，又极具气势，从而使人一下子便跌顿在无穷无尽的离情愁绪中。"愁杀"，极言愁的浓度、高度与厚度，令人难以释怀。接着，引出一"出"一"入"的举动。出是因为待在屋中，愁不可耐，坐立不安，想出去借散步看景排遣排遣。入是言在外秋风萧萧，满眼皆是荒凉，其景反愈增其愁，还不如回到屋里，眼不见心不烦更好。以"出亦愁，入亦愁"两个动作带出来的"愁"，与前面表静态的"愁"，辉映互衬，动静结合，写出愁无所不在、无所不至，自己完全被裹挟在其中，无可奈何。"座中"，又由己及人，写座中诸人，同"我"一样，皆怀思乡之忧。看来，座中人应该是自己请来谈宴取乐，借以排解忧愁的。殊不料，尚未提及己愁，众人都唉声叹气，连声地说起各自的忧愁伤悲来。本欲求众人解，众人却求己解。于是，众人之愁，使"我"又倍增怨愁。"令我白头"，极写愁之深，巧妙地点出"白头"是前面三"愁"一"忧"的必然结果，增加了行文的可信度与艺术性。"胡地"，点出乃是异族异国之异乡异地，较本族本国，其悲伤又进一层。"多飙风""何修修"，形容环境迥异，入秋以后，气候变化剧烈，令自己感到极不适应，也成为思乡的一个动因。末四句，以两个"日趋"带出因"远"致"缓"的身体变化，以"车轮转"形容内心痛苦之剧烈，从身心两个层面描摹客游带来的巨大变化，极为形象感人。

　　此诗的意境，与《古诗十九首》中的《行行重行行》《去者日以疏》，以及汉乐府中另外一首诗《悲歌》，有重叠之处，显示出此类主题的此类描写，在汉代已较为成熟，成为一个基本的定式，有力促进了乐府诗歌的发展。

[辑评]

　　清沈德潜《古诗源》卷三：苍莽而来，飘风急雨，不可遏抑。〇"离家"二句，同《行行重行行》篇，然"已"字浑，"趋"字新，此古诗、乐府之别。

　　清张玉谷《古诗赏析》卷六：此作客胡地思归之诗。前六，就秋风引入愁思，亦是逆起，而用笔有惊飙骤至之势。首句是纲。出愁入愁，顶"愁"申说，再用"座中"二句推开作陪，然后折出"令我白头"来。一气直下，句句顿挫，妙绝。后六，点明胡地久淹，愁心莫诉。"飙风""树木"，明应起处。带缓而肠终转，是所以白头之故也。

艳歌①

今日乐相乐,相从步云衢②。天公出美酒,河伯出鲤鱼③。青龙前铺席,白虎持榼壶④。南斗工鼓瑟,北斗吹笙竽⑤。姮娥垂明珰,织女奉瑛琚⑥。苍霞扬东讴,清风流西歈⑦。垂露成帷幄,奔星扶轮舆⑧。

[注释]

①此诗收入《古诗纪》卷十七。②乐相乐:言欢乐无限。云衢:天上的道路。③河伯:黄河水神,传说名为冯夷。④青龙:东方七宿的总称。白虎:西方七宿的总称。榼(kē):酒器。⑤南斗:星名,即斗宿。笙(shēng)竽(yú):乐器名,因形制相类,故常联用。⑥姮(héng)娥:又名嫦娥,传说为后羿的妻子,偷吃不死药升天入月宫。奉:进献。瑛琚(jū):美玉。⑦苍霞:青云。讴、歈(yú):指齐、吴两地民歌。⑧奔星:流星。轮舆:车轮、车舆。

[赏鉴]

这是一首抒写酒宴欢娱的诗。首二句总写。"今日乐相乐",为实写。"今日",点时间。"乐相乐","乐"字重言,写出极其欢乐,超乎寻常,非同一般,为下文的描写奠定基调。"相从",言参加宴会的人多,非是一人独乐,有很多知己亲交。"步云衢",由实写转入虚写,言欢乐之感好像使人离开了地上,来到了天上,在天街上尽情散步,快活赛仙人一样。以下具体描绘酒宴欢乐之状,全是虚写,全用夸张。"天公""河伯"

句,写美酒佳肴。"青龙""白虎"句,写摆席执壶。"南斗""北斗"句,写奏乐。"鼓瑟""吹笙竽",乐器既多,又和谐悦耳。"姮娥""织女"句,写舞蹈。"垂明珰""奉瑛琚",极写女子装扮之美。"苍霞""清风"句,写唱歌。"东讴""西歈",极言各地方的民歌都有,只要喜欢,就可以随心所欲地唱。"垂露""奔星"句,写宴散,并点出时间已至夜深,反衬过于沉溺欢乐,而忘了时间的流逝。"帷幄",马车上用以遮挡的幕布。"轮舆",言各人离开时座驾之豪华。全诗驰骋想象,意境高阔,纵情恣肆,无比豪迈。以星象写人象,而又各随其象,巧妙地进行造形设喻,各尽其妙,精辟得当。其能驱遣天象为"我"所用的姿态,展示出高度的心理自信,既是人可胜天思想的反映,又是汉代社会发展强盛的表现。文字来源于时代。唯有那样的时代,才能产生出这样的文字。

[辑评]

明王世贞《艺苑卮言》卷二:《悲歌》《缓声》《八变》《艳歌》《纨扇篇》《白头吟》,是两汉五言神境,可与《十九首》,苏、李并驱。

梁启超《中国之美文及其历史》:此歌专讲享受自然界之美,颇富于想象也。

两汉乐府 文人乐府

　　两汉文人乐府从总体上看，成就不如民歌，文人作品向民间乐府学习的色彩较重，因而风格较为质朴。两汉文人乐府可分为三类。一类是庙堂之歌，适应润色鸿业和统一文化思想的需要，多为颂美之作，颇受统治者重视。汉高祖时叔孙通及鲁地儒生三十余人参与制礼作乐，留下了五首乐曲；汉武帝时李延年任协律都尉，司马相如等文人参与了《郊祀歌》十九章的制作；汉宣帝时王褒参加了颂美歌诗的写作；汉明帝时东平王刘苍有《武德舞歌诗》，班固有《汉颂论功歌诗》两篇即《灵芝歌》《嘉禾歌》；汉章帝时傅毅作《显宗颂》十篇。一类是即兴歌诗，受到民歌创作形式影响，感于哀乐，缘事而发，融进了个人深切的情感体验，真实自然，贴近生活，艺术性较强。如刘邦、项羽、刘彻等帝王之歌，刘细君、王嫱等公主妃嫔之歌，以及李陵、苏武、马援等将相之歌等。一类是文人抒情之作，虽仍存有模仿乐府民歌的痕迹，如《羽林郎》中的服饰描写与《陌上桑》中写罗敷的相似，然而已开始着意摆脱民歌的影子，朝着自觉抒发主体世俗情感的方向努力，显示出文人乐府发展的新趋势。这类诗作，直至东汉时方形成创作风气，出现了如张衡《同声歌》、梁鸿《五噫歌》等名作。

大风起① 刘邦②

大风起兮云飞扬③,威加海内兮归故乡④,安得猛士兮守四方⑤!

[注释]

①此诗收入《乐府诗集·琴曲歌辞》。一作《大风歌》。②刘邦(公元前256—公元前195):字季,沛县(今属江苏)人。出身农家,曾任泗水亭长。公元前209年,参加反秦起义,率兵攻占咸阳,灭秦。初称沛公,后封武安侯、汉王。在击败项羽后统一天下,建立汉朝,史称汉高祖。存诗《大风歌》《鸿鹄歌》二首。③兮:语气助词,用在句末或句中,类似于现代的"啊"。④威加海内:指四海归一,统一天下。加:施加。海内:四海之内,即天下。⑤安得:怎样能得到。猛士:勇猛的将士。守:保卫。四方:泛指各地的疆土。

[赏鉴]

首句写秦末群雄并起,天下大乱,以"风""云"为喻象。提笔写"风起",突如其来,让人骤然心里一紧。因为不管什么时候刮风,总是令人感到心惊。"风"前着一"大"字,形容风势之猛、范围之广,铺天盖地,呼啸而来,不可抗拒。透露出任何人、任何事物,要么被卷入这场大风里,要么被这场大风摧毁的意思。"兮"字一荡,另生一境。风起云涌、风云激荡,剧烈的竞争、惨烈的斗争,最后必然以伟大英雄的横空出世为结束。"云飞扬",云飞竞天,着一"飞"字,喻示自己经过苦心努力,在战乱中势力不断崛起,渐至权力争夺的顶峰,暗含即将登天之象。

次句紧承,写汉家天下已定,自己荣归故里。公元前202年,刘邦灭项羽,统一全国,建立汉朝。公元前195年,刘邦平定英布叛乱,返故乡,与父老子弟饮酒歌讴,酒酣击筑,自歌"大风起"。"威加海内","威"乃天子之威,"加海内"即君临天下。四字简短,然得来万分不易,可谓一字千钧、含蕴万端,其艰苦之状只有刘邦自知。"归故乡",以国家之志带出家乡之情,有国有家,家国一体,刘邦的伟大,在此时映出最高点。

末句直抒胸臆,言对守天下的深深忧虑。"安得猛士",意指安不忘危,自是紧承"归故乡"的因由并引申而来。"守四方",国家之大,四面八方的边塞要冲都需要"猛士"来防守,点出所需"猛士"之多,而忧虑更多。前两句气调层层拔高,至此忽然陡转急下,一下子又降落到情绪的最低点,表达了对天下前途的焦虑与担忧。

全诗格调雄浑,气势豪迈,发语高度凝练,抒情跌宕有致,成为古代帝王诗歌的代表作。

[辑评]

南朝梁刘勰《文心雕龙》卷九:《大风》《鸿鹄》之歌,亦天纵之英作也。

宋朱熹《楚辞后语》:千载以来,人主之词,亦未有若是壮丽而奇伟者也。呜呼雄哉!

宋陈岩肖《庚溪诗话》卷上:汉高帝《大风歌》,不事华藻,而气概远大,真英主也。至武帝《秋风辞》,言固雄伟,而终有感慨之语,故其末年,几至于变。

清王夫之《古诗评选》卷一:神韵所不待论,三句三意,不须承转。一比一赋,脱然自致。绝不入文士映带,岂亦非天授也哉!

清沈德潜《古诗源》卷二:上言扫除群雄,末言守成也。时帝春秋高,韩彭已诛,而孝惠仁弱,人心未定,思猛士其有悔心乎?

梁启超《中国之美文及其历史》:汉代最有名歌谣,自然首推高祖的《大风歌》……这首诗和项羽《垓下歌》对照,得意失意两极端,令人生无限感慨。诗虽不如《垓下》之美,但确表现他豪迈的人格,无怪乎多年传诵不衰。

力拔山操① 项羽②

力拔山兮气盖世,时不利兮骓不逝③。骓不逝兮可奈何④?虞兮虞兮奈若何⑤!

[注释]

①此诗收入《乐府诗集·琴曲歌辞》。一作《垓下歌》。力拔山操:即力拔山歌。操:古称琴曲为"操"。②项羽(公元前232—公元前202):名籍,字羽,楚国下相(今江苏宿迁西南)人。楚将项燕之孙。公元前209年起兵反秦,击败秦军主力,成为一位著名领袖。秦亡后,自立为西楚霸王,定都彭城(今江苏徐州)。在与刘邦进行的楚汉战争中,先胜后败,于垓下大败,突围至乌江(今安徽和县东北)自刎。今存《垓下歌》。③盖世:笼盖一世。时:时运。骓(zhuī):青白杂色的马。逝:行走。④奈何:怎么办,如何。⑤虞(yú):对虞姬的简称。若:你。

[赏鉴]

起笔超绝高迈。"力拔山",夸大其词,极言勇武有力,是犹如神话般的一种存在。"气盖世",言英雄之气超过众人,涵盖一世、睥睨一切,暗点虽群雄逐鹿,天下非"我"莫属之意。七字极简,却非常有力地烘托出一位叱咤风云、傲视天下的英雄形象,一下子把诗情抬高到极点。

然正如《论语·述而》所云:"子不语怪、力、乱、神。"圣人言德不言"力"。得天下岂能以"力"耶?岂能凭"气"耶?所以,接笔忽如堰塞湖之决堤,蓄水一泻千里,格调急转直下,各种不利的局面层涌而来。"时不利",将失败的原因归咎于"天时"。意谓非我无"力",天不佑我,岂奈何哉!"骓不逝",又怪罪起战马来,就是不在自己身上寻找总结失败的原因。此句形容项羽急而无思、刚愎自用的样子,惟妙惟肖。

下两句抒情,连用"可奈何""奈若何"两个问语,和"虞兮"一语的重复,表达英雄失道,穷途末路之悲,发人深省。兵败失利,自己都保护不了,何况心爱的美人呢?此时此刻,项羽仍心系虞姬,根本没有其他人。这是个人英雄主义心理的反映,与刘邦渴望"得猛士"、心怀天下的思想形成鲜明对比。

全诗着语只在"力""气""时""骓""虞"五个字上,却一气淋漓,自成一统,高唱出一首英雄失败的悲歌,真切自然,感人肺腑,历来允为名作,无愧矣。

[辑评]

宋朱熹《楚辞集注》卷一:慷慨激烈,有千载不平之余愤。

明徐祯卿《谈艺录》:至于《垓下》之歌,出自流离;"煮豆"之诗,成于草率。命词慷慨,并自奇工。此则深情素气,激而成言,诗之权例也。

明王世贞《艺苑卮言》卷二:《垓下歌》正不必"虞兮"为嫌,悲壮呜咽,与《大风》各自描写帝王兴衰气象。千载而下,唯曹公"山不厌高""老骥伏枥",司马仲达"天地开辟,日月重光"语,差可嗣响。

明胡应麟《诗薮·内编》卷三：项王不喜读书，而《垓下》一歌，语绝悲壮。"虞兮"自是本色。屈子孤吟泽畔，尚托寄美人公子，羽模写实情实事，何用为嫌。

清沈德潜《古诗源》卷二："可奈何""奈若何"，呜咽缠绵，从古英雄必非无情者。

梁启超《中国之美文及其历史》：这位失败英雄写自己最后情绪的一首诗，把他整个人格活活表现，读起来像看加尔达支勇士最后自杀的雕像。则今二千多年，无论那一级社会的人几乎没有不传诵，真算是中国最伟大的诗歌了。

戚夫人歌[①] 戚姬[②]

子为王，母为虏[③]。终日舂薄暮，常与死为伍[④]。相离三千里，当谁使告汝[⑤]？

[注释]

[①]此诗收入《乐府诗集·杂歌谣辞》。一作《舂歌》或《永巷歌》。
[②]戚姬（？—公元前194）：一称戚夫人，定陶（今山东菏泽定陶区）人。能歌舞，善奏瑟。刘邦为汉王时遇之，生赵隐王如意。因受宠故，数欲立如意为太子，以代刘盈，招致太后吕雉妒恨。高祖驾崩，戚姬灾难降临：被吕后囚禁在永巷，贬为舂米工，接着如意被鸩杀，戚姬最终被残忍地斩断手足、挖目熏耳、饮哑药，折磨为"人彘"至死。存有《戚夫人歌》。
[③]子：指戚夫人之子刘如意，被封为赵王。虏：奴仆。指戚夫人髡钳为奴

婢。④薄：通"迫"。伍：伴。⑤三千里：极形相距距离之远。刘如意封国位于赵地，与长安相距甚远。谁使：即"使谁"。

[赏鉴]

　　这是一首描写自己惨痛遭遇的诗，《汉书·外戚传上》有记载。首二句突出母子地位的悬殊对比，一贵一贱，犹如天渊，用语简洁无赘语，所揭露的现实却极为惨痛。母以子贵，有谁能相信子为王侯而母亲却被贬为奴仆这样的事情会发生？接写自己繁重的劳作，从早到晚，舂米不断。作为皇上爱妃的尊严完全没有了，整天受到打骂、唾弃。假如身体上的苦累还能忍受的话，则吕后时不时发出的死亡威胁——这种精神上的残酷打击，不禁每每令自己胆战心惊。于是末句自然想到为王的儿子，希望能来营救自己。然而，相隔千里，自己此时无权无势，即使派一个人去报个信，也是根本不可能的。一句疑问，深深表达出了自己的绝望之情。全诗冲口而出，不做遮掩，浅白朴易，以三言、五言组成，和以悲泣，伴以哭嚎，悲愤惨怛，不忍卒读。

[辑评]

　　梁启超《中国之美文及其历史》：虽无藻丽之辞，然抒情极质而丰。

秋风辞① 刘彻②

　　秋风起兮白云飞，草木黄落兮雁南归③。兰有秀兮菊有芳，怀佳人兮不能忘④。泛楼船兮济汾河，横中流兮扬素波⑤。箫鼓鸣兮发棹歌，欢乐极兮哀情多，少壮几时兮奈老何⑥。

[注释]

①此诗收入《乐府诗集·杂歌谣辞》。②刘彻（公元前156—公元前87）：自幼聪颖，善读书。公元前141年即皇帝位，在位五十四年，以其雄才大略，开疆拓土，尊崇儒术，进行政治、经济、教育等系列改革，开辟丝绸之路，文治武功，至于彬彬，史称"汉武盛世"。能诗善赋，今传《秋风辞》《悼李夫人赋》等作品多篇。③草木黄落：草的叶茎、树木的叶子到秋天变黄，枯萎凋落。④秀：美好，秀丽。多指物象的姿态与气韵。芳：香气。佳人：比喻能辅国理政的贤士。⑤泛：坐，乘。济：渡。汾（fén）河：流经今山西境内的一条河，为黄河的第二大支流。横：横陈。中流：水流的中央，多为水流湍急之处。扬：激起。素波：白色的波浪。⑥鸣：奏出声响。发：唱。棹（zhào）歌：行船时唱的歌。极：尽。奈老何：老了怎么办呢。

[赏鉴]

首二句写景。有意模仿刘邦"大风起兮云飞扬"，仅以"秋""白"二字移换，少了几许豪迈之气，多了几分婉转之情。前言秋季来临，风吹云飞，天高气爽，令人心旷神怡；后言草木变色，黄叶摇落，大雁南飞，使人陡增凄凉之感。前后曲折变化，细腻入微。且写景全面，秋风、白云、黄叶、雁飞，几种秋季常见时景都提到了。又以"黄落"对"风起"，以"归"对"飞"，动态感十足，以黄叶衬白云，色彩明丽。前后次序井然，分而不乱，一开眼已满是秋天，秋情秋意盎然。

次二句比兴。运用古代文学中常用的以香草比美人的手法，以兰花之秀丽、菊花之清香，比兴自己对"佳人"的深切思念。"兰"与"菊"，各有其色，各具其质；"秀"与"芳"，各有其香，各具其姿。又以此形容"佳人"的多样性与丰富性。是的，治国理政需要各种各样的人才。

就像现在这兰花、菊花盛开一样，你们赶快来到"我"的身边吧，"我"保证你们都能各尽其才、各得其用，获得应有的久负的盛名。

接二句叙事。言此次祭祀后土，自己与群臣泛舟游于汾河之上。连用"泛""济""横""扬"四个动词，借船行过河，冲破种种水险阻碍，努力前行，表达自己的豪情壮志。相比上一句，语调又为之高昂起来。"扬素波"，意即"扬志"，以清清河水的激荡飞扬，比喻志气的高扬，遂使心神为之一畅。

末三句抒情。言自己与群臣在楼船上饮宴，一边欣赏歌舞，一边俯观水流、远眺山色，欢乐至极。"鸣""发"二字，极言欢乐之盛。然而，作者深知，乐极生悲，乃是人生常理。因此，笔调陡地一转，开始慨叹时光易逝，年华不再，从而流露出深沉的悲哀，令人惆怅无限。

[辑评]

明王世贞《艺苑卮言》卷二：《大风》三言，气笼宇宙，张千古帝王赤帜，高帝哉！汉武故是词人，《秋风》一章，几于《九歌》矣。

明胡应麟《诗薮·内编》卷三：《大风》，千秋气概之祖。《秋风》，百代情至之宗。虽词语寂寥，而意象靡尽。

清王夫之《古诗评选》卷一：声情凉铣，无非秋者。宋玉以还，惟此刘郎足与悲秋。"玉露凋伤"之作，词有余而情不逮矣。王仲淹谓其为悔心之萌。试思悔萌之见于词者何在？岂不唯声情之用？

清张玉谷《古诗赏析》卷三：此辞有感秋摇落，系念仙意意。"怀佳人"句，一篇之骨。泛以为乐极哀来，警心老至，未尽神理也。首二，就秋时景物萧飒满前，飘然叙起，已为结处老至可哀，镜中取影。"兰有"二句，以兰菊比佳人，即指仙也。蒙上草木黄落作转，言于时唯有兰菊，独擅秀芳，犹世人易老，而仙人常好容颜，能无怀之而不忘哉。作辞之旨已揭。"泛楼"三句，突接本事铺叙，以见在非不欢乐，作一开势。末二，从乐递哀，点明时不我兴，就"老"字凄然收住，兜应首二，是谓即景生情，却已为"兰有"二句添取一重注脚。求仙意未尝缴醒，而言下显然。妙妙。以佳人为仙人，似近乎凿，然帝之幸河东，祠后土，皆为求仙起见，必作是解，于时事始合，而章义亦前后一线穿去。

鲁迅《汉文学史纲要》：缠绵流丽，虽词人不能过也。

与苏武诗① 三首选一 李陵②

良时不再至，离别在须臾③。屏营衢路侧，执手野踟蹰④。仰视浮云驰，奄忽互相逾⑤。风波一失所，各在天一隅⑥。长当从此别，且复立斯须⑦。欲因晨风发，送子以贱躯⑧。

[注释]

①此诗收入《文选》卷二十九。原载三首，今选其一，为原诗第一首。②李陵（？—公元前74）：字少卿，陇西成纪（今甘肃天水）人。西汉名将李广之孙。擅长骑射，仁爱士卒。初为侍中建章监，武帝拜为骑都尉。天汉二年（公元前99），自请率步兵五千攻击匈奴，遭敌数万骑兵包围，又缺乏援兵救助，战败投降，被单于立为右校王。今传《与苏武诗》三首等。③良时：欢会的日子。须臾：短暂，一会儿。④屏营：彷徨。衢（qú）路：四通八达的大路。野：在野外。⑤奄忽：急遽。逾：超过。⑥风波：被风吹散。波：此处作动词。失所：不在一处，指人的分离。隅（yú）：角落。⑦且：暂且。复立：再站一会儿。斯须：犹"须臾"。⑧因：依附。子：对对方的尊称。贱躯：对己身的谦称。

[赏鉴]

　　这是一首送别诗。每四句为一层，共三层。第一层叙事。起笔以"离别"对"良时"，点明将要分别的客观事实。尽管"我"还沉浸在往昔欢会时美好的日子里，但心中清楚分别已然不可抗拒。"在须臾"，过一会儿就要发生了，两人在一起的时间只有这"须臾"一刻了。接写送别的地点，在大路旁边，普通而常见。此处未明言送别的具体时间和地点，更增添了此诗的普遍性与适用性。"屏营"，言走来走去的样子。"踟蹰"，言要走不走之状。先用"屏营"，继用"踟蹰"，作者显然捕捉到了送者与别者依依不舍时的细微差别，生动传神。"执手"，这是分别的最后一刻了，见出珍重诚挚万分。

　　第二层写景。"仰视"，抬头望。言并非在"执手"时刻意抬头望景，而是离别者已经离去，"我"抬头尽量瞩目远望，遥送他的背影逐渐在天边变成一个黑点，很自然地触目见及天上浮云奔驰翻滚，彼此追逐流逝飞快。借此景来形容"我"之凝立颇久，即使早已看不到别者的身影了，也久久不愿离开路边半步。接着，又以浮云飘荡，引起风吹云散，各在天之一方，比喻送别之后，送者与别者亦必将天南海北，各在一地了。由"一失所"至"一隅"，连用两个"一"字，极言人生离散之易，聚会之难，不禁令人感慨万千。

　　第三层表达愿望。"长"字写慨叹，从此就永远分别了。"立"字妙，言在此地站立，此地是分离之地，是最后时刻双方共在的地方。在此地再"立"一会儿，再感受与你在一起的温暖，再细品你离别的话语，再悬想你离去的脚步。尽管别者已经离去，但送者却迟迟不愿离去。写送别时伤心者总在送者这一方，情态毕肖，令人伤心欲绝。接写想象，既然自己与别者难舍难分，不如乘上晨风鸟的羽翼，送你到任何想去的地方。"送子以贱躯"，当然是不可能的，是诗人借"身"写"神"的一种狡狯。但唯其如此，方能使惆怅落寞之情，倾洒无已。

[辑评]

清沈德潜《古诗源》卷二：一片化机，不关人力。此五言诗之祖也。〇音极和，调极谐，字极稳，然自是汉人古诗。后人摹仿不得，所以为至。〇唐人句云："孤云与飞鸟，相失片时间。"推为名句。读"奄忽互相逾"句，高下何止倍蓰耶！

清张玉谷《古诗赏析》卷三：此胡中送武归汉诗。首四，叙别直起，"在须臾"三字，一诗之骨，下俱从此生情。"仰视"四句，忽就所见突接两喻，写出须臾相失之象。运实于虚，意境超忽。末四，写出惜别之神。"长当"句，点醒长别，向后一伸。"且复"句，回应须臾，趁势一缩。结则更在须臾中，生出欲化晨风，送君归去妄想，恰与苏武诗"愿为双黄鹄"意一呼一应。

梁启超《中国之美文及其历史》：拟李陵的《良时不再至》和《携手上河梁》两首，真算送别诗的千古绝唱！"仰视浮云驰……且复立斯须"，意深刻而语飞动，真实得未曾有。

苏子卿诗① 四首选一 苏武②

黄鹄一远别，千里顾徘徊③。胡马失其群，思心常依依④。何况双飞龙，羽翼临当乖⑤。幸有弦歌曲，可以喻中怀⑥。请为游子吟，泠泠一何悲⑦！丝竹厉清声，慷慨有余哀⑧。长歌正激烈，中心怆以摧。欲展清商曲，念子不能归⑨。俯仰内伤心，泪下不可挥⑩。愿为双黄鹄，送子俱远飞。

[注释]

①此诗收入《文选》卷二十九。原载四首，今选一首，为原诗第二首。②苏武（公元前140—公元前60）：字子卿，杜陵（今陕西西安东南）人。代郡太守苏建之子，家教谨严。以父荫任栘中厩监，官至中郎将。汉武帝天汉元年（公元前100）奉命持节出使匈奴，被扣留长达十九年，曾流放到北海无人区牧羊，受尽各种威胁利诱、艰难困苦，仍坚贞不屈。汉昭帝时获释归汉，去世后被汉宣帝列为麒麟阁十一功臣之一。今传《苏子卿诗》四首。③顾：回顾。④胡马：产于北地之马。依依：恋恋不舍。⑤双飞龙：这里比喻自己和友人。飞龙：神话传说中一种有翼能飞的龙。临当乖：面临离别。乖：离。⑥弦歌曲：用丝弦弹唱的歌曲。喻：通"愉"，抒发。中怀：心怀。⑦游子吟：古代琴曲名，抒发游子思归故乡之情。泠（líng）泠：形容音韵清越。⑧丝竹：偏义复词，因上文提到弦歌，故指丝。丝：指琴瑟等丝弦乐器。竹：指箫管等竹制乐器。厉：强烈。⑨展：演奏。清商曲：指短歌，与上文"长歌"相对。⑩俯仰：抬头、低头。指送别客人时的动作。

[赏鉴]

这是一首送别诗。诗中以"黄鹄""胡马""飞龙"进行比兴，黄鹄喻南归的友人，胡马喻仍然羁留在北地的自己，飞龙喻友人和自己同志同德，颇有《古诗十九首》之韵味。

全诗可分三层。前六句为第一层，写临别。首二句从远行者即友人的角度写，直奔主题。古语云："黄鹄之飞，一举千里。"这里即化用成句，毫不费力，只是略作改饰。"远别"，言此次分别即是永别。"千里"后着一"顾"字，"千里"犹"顾"，极写两人友情之深。三、四句从送别者即自己的角度写，"胡马"，点出事件发生在北方，"依依"，写出对友人的恋恋不舍之状。作者选取的黄鹄远飞、胡马失群，皆为身边所常见，因此极易理解。五、六句为补笔，以"何况"加深语境，回想二人志同道合，常相互抒发飞龙腾空的凌云壮志。如今，友人南归，志愿可遂，而自己仍独自蛰伏沉没在北方，志向无伸展之途，故其悲更深。

中十句为第二层，写送别。与其他作品不同的是，此处借助音乐，欲达到以乐遣情、以歌寄情、以声传情的目的。友人弹奏丝竹，自己高唱《游子吟》。歌中含"悲"，琴声有"哀"，歌声和琴声，悲哀无尽。因此，没唱几句，自己便因内心"怆以摧"，唱不下去了，赶忙换成短歌，聊寄哀思。可见，此次分别，对"我"造成的伤痛、打击，远比友人更甚。友人回到南方，必定可以见到更多的亲朋好友，施展宏图大志。而"我"孤独一人留在北地，孑然一身，无亲无友，志向难遂，心灵难以得到抚慰，其惨痛可想而知。

后四句为第三层，写痴望。"仰"指抬头凝望送别，"俯"指低头伤心抹泪。"不可挥"，指挥手相送，因为过于哀痛竟不能举手。最后一句又以黄鹄远飞，与开头第一句对应，写自己恨不得也与友人一起离开，回到南方的祖国。虽身不能飞，而心已随友人而去。余味悠长，回荡不已。

[辑评]

宋严羽《沧浪诗话》：今人观之，必以为一篇重复之甚，岂特如兰亭"丝竹管弦"之语耶？古诗正不当以此论之也。

清王夫之《古诗评选》卷四：已近陈思一派。见有矬人观场，谓章末黄鹄与篇端相应者，以己鹘臭帽安古人头上，惭惶杀人！

清张玉谷《古诗赏析》卷三：此胡中归汉时别李陵诗。首六，以黄鹄、胡马比起，先预透别后相思，折到临别，仍用双龙为比，空中顿跌，剔得清，提得起。中十二句，俱借弦歌生情，叙别正面，然分两层："幸有"六句，以弦歌可喻中怀，领笔作一开势，点清己归而与子乖之可哀；

"长歌"六句,从己悲递落悲子,点清子不能归,而与己乖之愈可哀。末二,承上作转,明知与子长乖,无奈双飞有愿,收得曲挚。故犯"黄鹄"字,亦愈见错综。

李延年歌[①] 李延年[②]

北方有佳人,绝世而独立[③]。一顾倾人城,再顾倾人国[④]。宁不知倾城与倾国?佳人难再得[⑤]!

[注释]

[①]此诗收入《乐府诗集·杂歌谣辞》。一作《佳人曲》。[②]李延年(?—公元前87):中山郡(治所在今河北定州)人。乐工出身,善歌舞,通音律,有诗才。受到汉武帝的喜爱,封协律都尉。其妹李夫人卒后,因家人牵累被武帝诛灭宗族。曾为司马相如等人创作的《汉郊祀歌》十九章配乐;模仿西域乐曲《摩诃兜勒》改编的《新声二十八解》,被用为军乐,成为汉代最早的横吹曲,也是我国最早明确标明作者姓名的乐曲。[③]佳人:美人。此指李延年的妹妹,即李夫人。绝世:冠绝当世。独立:超俗出众。[④]顾:回头看。倾人城、倾人国:极言女子容貌美丽。倾:使倾覆。[⑤]宁(nìng)不知:岂不知。

[赏鉴]

此诗本事载《汉书·外戚传》。起二句直写,不作比兴铺垫,直接让"佳人"出场。给人感觉佳人犹如横空出世,绝对不同凡响。"北方",看来有意与南方相对。大概当时的审美以南方女子更美占据主流。所以,一提笔便干净利落地与南方审美撇清，也就等于撇清了汉武帝已有的女子审美经验，把他带进一个完全未知的美人世界。起笔便已十分令人悬想，悬念顿生了。然而，这位北方的佳人，到底如何美、怎么美？以下又不用直笔一一刻画摹写其美的细节，而是采取仅仅高度夸张其美的程度的方法，使已经设置的悬念步步提升、语语抬高。先是总括，"绝世而独立"，举世无双，在所有女子之上，特别映衬出与南方女子的本质区别。至于怎么样、为什么说绝世独立，又不直言，再次巧设悬念。

次二句看来是对绝世独立的一种回答，但仍未直说，还是高度夸张佳人之美的程度。言她回眸一看，其魅力可以颠覆整个城池，再看可以颠覆整个国家。"倾人城""倾人国"，这两个造语妙。《诗经·大雅·瞻卬》有"哲妇倾城"，《晏子春秋·谏上》有"此离树别党，倾国之道也"。这里加以糅合化用，从侧面效果上高度烘染出女子的美貌所具有的巨大魔力。比较秦罗敷等诗的直写，更加高妙！然而，是谁能有如此迷人魅力？她真的有这么大的魔力吗？又一次使悬念更深。

末二句以反问的形式重复次二句，也算是解释次二句。但解与未解，也许只有作者自己知道了。意谓，您连何谓"倾城""倾国"都不知道吗？——自然，没有人会说自己不知道。接着又催促一笔，这样的美人在世上可是只有一个，没有第二个。您如果不早得，被别人得到，您就彻底没有机会了，再也见不到倾城倾国的佳人是什么模样了！

全诗一味虚写，不肯在实处着笔。可以说充分揣摩了受众的心理，故把佳人一直停留在想象与夸张中，绝不如实相告。也就是必定要他自己去找到真人，必定要真人现身于他的眼前，方可解开一切悬念。古今写美人，少有能超乎此者，信夫！

[辑评]

明徐祯卿《谈艺录》：夫情能动物，故诗足以感人。荆轲变徵，壮士瞑目;延年婉歌,汉武慕叹。

清沈德潜《古诗源》卷二:欲进女弟,而先为此歌,倡优下贱之技也。然写情自深,古来破家亡国,何必皆庸愚主耶?

清张玉谷《古诗赏析》卷三:说其可爱,却反说其可畏。说其可畏,正是说其可爱。妙在"宁不知"句,索性将可畏之疑团打破,而以"难再得"兜醒可爱意,用笔真有欲活故杀之奇。

叶嘉莹《汉魏六朝诗讲录》:李延年为什么说"北方有佳人"呢?因为接下来是"绝世而独立",那是一个很崇高的、别人难以见到的女子。中国北方地势较高而且寒冷,所以他把她放在这么一个高寒的、别人难以接近的地方,以证明她是远离世俗的。……就诗的本身来说,它虽然是写一个现实的美女,但写得这么崇高、这么遥远,确实是很不错的一首诗。

乌孙公主歌①　刘细君②

吾家嫁我兮天一方,远托异国兮乌孙王③。穹庐为室兮旃为墙,以肉为食兮酪为浆④。居常土思兮心内伤,愿为黄鹄兮归故乡⑤。

[注释]

①此诗收入《乐府诗集·杂歌谣辞》。一作《悲愁歌》。②刘细君(约公元前140—公元前87):汉江都王刘建的女儿。刘建谋反,事败自杀,细君因年幼得免。汉武帝元封年间(公元前110—公元前105),受封为江都公主,远嫁西域乌孙国(今新疆伊犁河上游流域)国王昆莫猎骄靡,为右夫人,因称乌孙公主。昆莫去世后,下嫁给其孙岑陬(又名军

须靡),生一女,后郁郁而逝。知礼仪,多才艺,相传为琵琶的创造者。③吾家:指天子之家。托:寄。乌孙王:指老国王昆莫。④穹庐:游牧民族居住的毡帐。旃(zhān):同"毡",毛毡。食:饭。酪:用牛、羊、马的乳汁制成的半凝固的食品。浆:一种带酸味的饮料。⑤居常:住的时间久了。土思:即"思土",思念故土。

[赏鉴]

这是一首思乡、思国之诗,表达了古代远嫁异国他乡的女子的共同心声。刘细君远嫁西域乌孙国王的故事,载于《汉书·西域传》,曰:"昆莫年老,言语不通。公主悲,乃为作歌。……天子闻而怜之,间岁遣使者持帷帐锦绣给遗焉。"远嫁既不能忍受,而所嫁一者年老,二者言语不通,不能相互交流沟通,任何一位女子处此境地,都会觉得悲惨异常。刘细君的命运的确是非常不幸的。幼年父母至亲皆因反叛而亡,孤苦伶仃,虽得保养,不乏锦衣玉食,毕竟缺乏父慈母爱、兄亲弟护的家庭温暖与欢乐,心中常年凄苦可知。长大后,又被选择为汉代第一位和亲公主,作为和亲政策实施的象征,远嫁西域,心中之不情愿、无奈与怨抑亦可知。

起二句以家代国,汉代为刘姓天下,故以"吾家"出之。其实,刘细君的家庭早没了,她是在皇室的抚养下长大的。言"吾家"表明她深明大义,能弃小家庭之怨,爱大家族并爱国。"天一方"极言遥远。乌孙国位于今伊犁河流域一带,距离刘细君生活的江都(今扬州地区)有四千多公里。"远托",一照应"天一方",一照应"嫁"。次二句写生活环境迥异,不是进行总体概述或详细描述,只以与生活最为密切相关的食宿条件的改变点出,读来如置身穹庐、如食肉酪,草原生活的气息扑面而来。末二句一转,抒写对故土、故国浓郁的思恋。"居常"点出思念无时无刻不在。"心内伤"点出因思而伤,思念之重。"黄鹄"是想象,身不能离，故借自由飞翔的鸟儿表情达志。"归故乡"乃内心之愿，实"归"不得，遂使愁怨倍增。

全诗先言远嫁，次点环境变化，末抒思念，紧凑简练，自然有序。

[辑评]

梁启超《中国之美文及其历史》：此歌情绪甚真，后来《王昭君辞》之类，都是摹仿依拟他。

梁启超《中国之美文及其历史》：这首歌将自己情感照直写出，毫无雕饰，与《戚夫人歌》同算得妇女文学中佳品。

昭君怨① 王嫱②

秋木萋萋，其叶萎黄③。有鸟处山，集于苞桑④。养育毛羽，形容生光⑤。既得升云，上游曲房⑥。离宫绝旷，身体摧藏⑦。志念抑沉，不得颉颃⑧。虽得委食，心有徊徨⑨。我独伊何，来往变常⑩。翩翩之燕，远集西羌⑪。高山峨峨，河水泱泱⑫。父兮母兮，道里悠长⑬。呜呼哀哉！忧心恻伤⑭。

[注释]

①此诗收入《乐府诗集·琴曲歌辞》。一作《怨词》。②王嫱：生卒年不详，乳名皓月，字昭君，南郡秭归（今湖北宜昌）人。晋代为避司马昭讳，改称明君或明妃。"颜色皎洁，闻于国中"，举止娴雅，善应对。汉元帝时选入宫，不得召见。竟宁元年（公元前33年），匈奴呼韩邪单于入朝求婚，王昭君自请求行，嫁至匈奴。呼韩邪单于死后，按照匈奴习

俗,再嫁给其子若鞮单于,为匈奴和汉朝的边疆关系做出了牺牲。后抑郁而终,葬地人称"青冢"。③萋萋:形容草木茂盛。萎黄:枯萎焦黄。④苞桑:根深柢固的桑树。⑤形容:形体和容貌。⑥升云:步入青云,指自己被选入宫。曲房:深邃幽隐的密室,此指皇宫住所。⑦离宫:在正式宫殿之外修建的宫室,是皇帝不常到的地方。绝旷:辽远荒凉之地。摧藏:摧折,挫伤。⑧颉(xié)颃(háng):鸟上下翻飞状。⑨委食:堆满食物。委:堆。⑩伊何:为什么这么办。来往:指皇宫中佳丽不断地受到皇帝宠幸。⑪西羌:居住在西部的羌族。此指匈奴。⑫峨峨:山高峻貌。泱泱:水深广貌。⑬道里:道路的里程。⑭恻伤:凄怆忧伤。

[赏鉴]

这是一首自感身世的诗。可分四层。首二句为第一层,以秋叶比兴。秋天来临,草木一片萧瑟肃杀。"萎",言树叶的生命变化过程,由绿色变黄色,逐渐枯萎凋零,结束了它在枝头摇曳的美好时光。

次六句为第二层,补叙出身。以神话传说中的物象——鸟、山和桑树,来比喻自己出身非同一般。"鸟"是自比,当指神鸟,高贵无瑕。"山"言自己来自民间,然当是神山,充满奇幻。"苞桑"比喻自己的生长环境,自是神树,物境人事完美谐和。古代圣贤如颛顼、夏启、伊尹以及孔子,他们的孕育成长都与桑有解不开的密切关系。不仅如此,"我"自幼受到良好的教养,长得窈窕美丽,所以才被选到皇宫里。"升云",照应"鸟",鸟飞可入云,故言。

又八句为第三层,言志向未遂。本以为到了皇宫,凭借上述根基与神性,自己必会一飞冲天。然而,宫中黑暗的现实,给了"我"当头一棒。居于"离宫",永无天日。"身体""志念",两方面都受到摧残折磨,以前的神性与光芒都被压制、剥夺了,使"我"不能再自由地飞翔。"颉颃",又照应"鸟"。"我"开始变得苦闷、悲愤,吃不下饭,不断地慨叹质疑命运的不公平，但都于事无补。眼看着"我"犹如秋叶，生命的光泽日渐消褪，就要枯萎凋落了。

末八句为第四层，抒怀乡之思。"我"会甘心沉沦到老吗？这可不是神鸟的本性！于是，我们看到，升云之"鸟"自愿降为"翩翩之燕"，鸟的质体未变，但没了神光，多了亲和，不能直飞入云，也可半空翱翔。这只燕"远集西羌"，比喻"我"自愿嫁到匈奴，做了匈奴的"宁胡阏氏"。这样的结果，是一种解脱，也是一种救赎。匈奴族的王妃，也可以做很多事情，与沉没在"离宫绝旷"中相比，差别何啻百倍！一个"远"字，又透露出诗人坚忍的生活意志与不懈的生命追求。前文高大挺拔的桑树喻象，可以说在这里得到了最好验证。因是自愿，并可以部分遂志，此处并没有流露出哀怨。有的只是对父母的无限怀念。"高山""河水"，既写北地实景，又兼作比兴。"峨峨""泱泱"，有形容思绪之浓稠厚重之意。北边离家乡既阻又远，再见到双亲是很难了，所以才高声喊出"忧心恻伤"。把眼泪流给父母，而非当朝皇帝，展现了昭君的决绝态度。

全诗蕴藉深厚，志气喷薄，格调错致，一韵到底，生动地塑造出了王昭君的悲怨之情及伟大形象，堪称佳作。

[辑评]

清沈德潜《古诗源》卷二：若明诉入胡之苦，不特说不尽，说出亦浅也。呼父呼母，声泪俱绝。下视石季伦拟作，琐屑不足道矣。

清张玉谷《古诗赏析》卷三：此将入胡时所作。前十八句，木与鸟两层比起，而木止二句，只比见在凄其，鸟乃至十六句，却将生长良家，仪容美丽，被选入宫，不得宠幸，目下远嫁匈奴等事，无不于比中叙出。忽短忽长既错综，即人即物复灵动。前泛言鸟，后专说燕，此是古诗不拘处。后六，暗递本身，只就山河修阻，透后将父母难见之哀伤咽住，更不复述比中诸意，惟能虚实实虚，故怨而不伤于怒。

怨歌行① 班婕妤②

新裂齐纨素,鲜洁如霜雪③。裁为合欢扇,团团似明月④。出入君怀袖,动摇微风发⑤。常恐秋节至,凉飙夺炎热⑥。弃捐箧笥中,恩情中道绝⑦。

[注释]

①此诗收入《乐府诗集·相和歌辞》。一作《怨诗》或《团扇诗》。②班婕妤:即班姬,生卒年不详,扶风安陵(今陕西咸阳东北)人。为左曹越骑校尉班况之女,是班固、班超、班昭三兄妹的祖姑。少有才情,善辞赋,有美德,经选拔入宫。初为少使,后封婕妤,成为汉成帝刘骜的宠妃。因赵飞燕姐妹入宫而失宠,求居长信宫,遭丧子之痛。成帝去世后,充奉园陵,死葬园中。传载《汉书·外戚传》。为我国第一位女作家,惜文集不存,作品多散佚,现仅存《怨歌行》《自悼赋》《捣素赋》三篇作品。③新裂:刚从织机上截下来。裂:截断。齐:地名,在今山东胶东半岛一带。鲜洁:洁白无瑕。④合欢扇:绣有合欢图案的团扇。团团:圆圆貌。⑤君:此指意中人。怀袖:胸口与袖口,代指身边。动摇:摇动。⑥秋节:秋季。凉飙:凉风。夺:形容争宠夺爱。⑦弃捐:丢弃,抛弃。箧(qiè)笥(sì):盛物的竹箱子。中道:中途。

[赏鉴]

这是一首宫怨诗。诗中借扇比拟,形象地刻画出了古代妃嫔由受宠到被捐弃的不幸命运。首二句以"新裂"比喻新进宫,以"齐纨素"的名贵比喻自己出身高贵，以"鲜洁"比喻自己容颜美丽、光彩照人。次二句以裁制成扇，形容自己受到了君王的注意。"合欢"，既是图案名称，又是现实隐喻，象征男女相得，和合欢乐。"团团"，写扇之状，借以形容自己与君王关系开始密切，整天待在君王身边，围着君王团团转。"似明月"，古代多以皇帝比日，皇后比月，则此处自己似明月，言地位提升非常快，已经非常高了。又二句以"出入"比拟君王对自己宠爱有加，就像夏天的扇子一样爱不释手，两人形影不离，如胶似漆。"怀袖"，暗喻妃嫔们不过是供君王取乐的玩物，随时有被丢弃的可能。"动摇微风发"，结束前文，言自己的作用已经被充分发挥出来了，没有什么别的价值了，暗示悲惨的命运即将来临。末四句顺承，以"常恐"过渡，写出自己虽得欢爱，也整天忧惧担心。"秋节"，形容女子荣华渐衰、美貌不再。以"凉飙"对"炎热"，形容宫中可能存在的水火不相容的情敌。中间置一"夺"字，极为巧妙，写出了宫中妃嫔之间争宠夺爱的激烈。"炎热"，比喻君王曾经的无比宠爱，使"我"好像处在热恋之中。"弃捐"二字，直言悲剧来临，人生际遇大变，之前的担心成为了事实。"箧笥"，喻指冷宫、离宫，遭到君王遗弃的妃嫔多被幽闭在此。"中道绝"，言半路被抛弃，点出主动权全在君王手里，妃嫔们只能是被动地承爱、千方百计讨爱。

全诗句句用比，语语新奇，独出机杼，警策醒人，揭露了古代宫廷爱情生活的真相，反映了妃嫔们被玩赏与被抛弃的悲惨命运。

[辑评]

南朝梁钟嵘《诗品》：《团扇》短章，辞旨清捷，怨深文绮，得匹妇之致。

唐骆宾王《和学士闺情诗启》：李都尉"鸳鸯"之辞，缠绵巧妙。班婕妤"霜雪"之句，发越清迥。（《全唐文》卷一百九十八）

明胡应麟《诗薮·内编》卷二：班姬《团扇》，文君《白头》，徐淑《宝钗》，甄后《塘上》，汉魏妇人，遂与文士并驱，六代至唐蔑矣。

清王夫之《古诗评选》卷一：说到"常恐"便止，但堪作今人半首古诗耳。晓人不当如是，而必待之月斜人散哉？汉人有高过《国风》者，此类是也。

清沈德潜《古诗源》卷二：用意微婉，音韵和平；《绿衣》诸什，此其嗣响。

清张玉谷《古诗赏析》卷三：此通首用比诗也。前六，总言纨扇之盛，首二质之美，三四制之工，五六则当时用事也，点逗"君"字，写得旖旎有情。后四，转到恐扇之衰，从秋飙夺热引入弃捐情绝，隐指赵氏，而仍意婉音和，不流噍杀。

梁启超《中国之美文及其历史》：此诗纯用比兴，托意微婉，在古诗中固为上乘。

武溪深行① 马援②

滔滔武溪一何深③！鸟飞不度，兽不敢临④。嗟哉！武溪兮多毒淫⑤。

[注释]

①此诗收入《乐府诗集·杂曲歌辞》。②马援（公元前14—49）：字文渊，扶风茂陵（今陕西兴平东北）人。少为孤儿，从兄成长。新莽时为新成大尹，后归顺刘秀，因平陇西有功，封陇西太守。建武十七

年(41),封伏波将军,远征交趾(在今越南境内),平定"雒将之乱",封新息侯。建武二十三年(47),出征"武陵蛮",因疾疫病死军中。为东汉名将、忠臣,其"马革裹尸"的英武精神,在历史上留下了深远影响。远征交趾时,所到之处留下了很多历史遗迹和传说故事,至今仍受到人们的颂扬。③滔滔:水流不断貌。④度:渡过。临:到。⑤毒淫:瘴气浸淫。

[赏鉴]

此诗慨叹征战武陵时的山水之险。首句直抒胸臆,以叠词"滔滔"形容溪水之大,奔流不止,令人惊忧不敢渡。点出武溪已成为横亘在我军与敌军之间的一道天堑。接言"深",用"一何"夸张,极言深不见底。次二句反衬,用鸟飞不过去、兽不敢靠近,再次夸张其大、其深。鸟兽不越,何况人也!末句写溪水有"毒淫",这是一个可以致命的特征,比水大、水深所造成的后果更为严重。

全诗写南方战地环境险恶,对将士之勇、兵马之壮、战斗之惨烈、报国之忠心,一一略过不表,绝不铺张扬厉,唯以简墨写山水,较之北方边塞诗别具一番特色,值得珍视。

[辑评]

清宋长白《柳亭诗话》:"毒淫"二字,写尽蛮烟瘴雨之酷。即"仰视飞鸢砧砧堕水中"意,却只如是而止,更不旁及一语,觉后人《从军行》铺张扬厉,未免过情。

梁启超《中国之美文及其历史》:寥寥数句,抵得太白一篇《蜀道难》。

五噫歌① 梁鸿②

陟彼北邙兮，噫③！顾瞻帝京兮，噫④！宫阙崔嵬兮，噫⑤！民之劬劳兮，噫⑥！辽辽未央兮，噫⑦！

[注释]

①此诗收入《乐府诗集·杂歌谣辞》。②梁鸿：生卒年不详，字伯鸾，扶风平陵（今陕西咸阳西北）人。家贫好学，崇尚气节，受业太学。曾在上林苑养猪，后归乡隐居霸陵山，娶貌丑而贤的孟光为妻，耕织为业，流下了"举案齐眉"的佳话。梁鸿因创作《五噫歌》使汉章帝不满，因此改名易姓隐居齐鲁、吴郡。又存《适吴歌》《思友诗》，见于《后汉书·梁鸿传》。③陟（zhì）：登高。北邙：山名，在今洛阳城北。噫（yī）：感叹词，表示悲愤或惊异。④顾瞻：回视。帝京：指洛阳。⑤宫阙：宫殿。崔嵬（wéi）：高大貌。⑥劬（qú）劳：劳苦。⑦辽辽：没有涯际。未央：不尽。

[赏鉴]

首句言登北邙。古语云："生在苏杭，葬在北邙。"北邙多坟墓，古代很多帝王死后都葬在北邙山上。"陟彼北邙"为何感到惊异呢？就惊异于瞬间看到了无数坟墓，放眼望去，荒冢累累。因此，这绝不是一次普通的登山。提笔写这一句，也绝不是单纯为了引起下一句。次句"顾瞻"，照应登北邙。回头看见帝京恢弘壮丽、气象万千，与山野荒凉构成鲜明对比，是为惊异。三句由整体到局部，写帝京的象征性、代表性建筑群即皇宫，金碧辉煌、高大雄伟，分外壮观，再与脚下的毫不起眼的座座坟丘相比，又为惊异。四句由皇室到人民，联想到皇家的奢靡腐化生活，一切都取之于人民，都是人民用辛劳的双手托起来的，如此壮丽的宫室、帝京，到底压榨了人民的多少血汗呢，因此再为惊异。末句总结抒情，言以上所见所想，给自己带来的悲愁苦痛之深广，心情久久不能平复。

全诗以一个动词"陟"为引领，以五个叹词"噫"为衬托与贯穿，一气直下，脉络相连，形式新颖，千古独一，有力地批判了统治者穷奢极欲，使人民处于水深火热中的现实。

[辑评]

宋陆游《剑南诗稿·初春遣兴》：白发凄凉故史官，十年身不到长安。即今天末吊形影，何日上前倾肺肝。孤愤书成词激烈，五噫歌罢意辛酸。此怀欲说无人共，安得相携素所欢。

清沈德潜《古诗源》卷二：《五噫》《四愁》如何拟得？后人拟者，画西施之貌耳。

清张玉谷《古诗赏析》卷六：此感劳民兴造之作。首二，从登高望远说起。三四，是主句。末句有伊于何底之意。无穷悲痛，全在五个"噫"字托出，真是创体。

梁启超《中国之美文及其历史》：低回悱恻，一往情深，足抵得一千多字的《离骚》，真是妙文。

同声歌① 张衡②

邂逅承际会，得充君后房③。情好新交接，恐慄若探汤④。不才勉自竭，贱妾职所当⑤。绸缪主中馈，奉礼助蒸尝⑥。思为莞蒻席，在下蔽匡床⑦。愿为罗衾帱，在上卫风霜⑧。洒扫清枕席，鞮芬以狄香⑨。重户结金扃，高下华灯光⑩。衣解巾粉御，列图陈枕张⑪。素女为我师，仪态盈万方⑫。众夫希所见，天老教轩皇⑬。乐莫斯夜乐，没齿焉可忘⑭。

[注释]

①此诗收入《乐府诗集·杂曲歌辞》。②张衡（78—139）：字平子，南阳人。少善属文，游学关中、洛阳。和帝时举孝廉。安帝时拜郎中，为太史令。顺帝时为河间相。乞骸骨，征拜尚书。精通天文、历算，制作了浑天仪、地动仪。著有《二京赋》《归田赋》《思玄赋》《四愁诗》《同声歌》，以及《灵宪论》等。明张溥辑有《张河间集》。③邂逅：不期而遇。际会：指结婚。后房：妇女居住的内室。④交接：男女交合。恐悚：恐惧战栗。汤：热水。⑤不才：无才，谦词。勉：努力。竭：尽。⑥绸缪：事先做好准备，殷勤周密安排。主中馈：主持饮食等家务。奉礼：持礼。蒸：冬祭。尝：秋祭。⑦莞（guān）蒻（ruò）：蒲属植物，可制席。匡床：方正的床。⑧衾：被。帱（chóu）：帐子。⑨鞮（dī）芬、狄香：香料名。⑩扃（jiōng）：自外关门的门闩，此处用作动词。⑪御：进用。图：指下文提到的房中术图。张：打开。⑫素女：古代传说精通房中术的人。⑬众夫：绝大多数男子。希：同"稀"。天老：古代传说中黄帝的辅臣，善房中术。轩皇：即黄帝，号轩辕氏。⑭没齿：永世，终身。齿：年。

[赏鉴]

这是一首言志诗，以女子事夫，托喻事君。全诗可分三层。前六句为第一层，言初次遇合。"邂逅"，写与君相遇的机会难得，自己非常珍惜。"充"字点出"后房"中人较多，自己只是其中一人，而且是位新人，既面临极为严酷的竞争,又存在能否胜职的问题。"情好"说明君对自己的偏好与信任。"新"字写第一次履职。"恐慄",突出自己一开始不知道如何与君相处,写尽做事谨小慎微、战战兢兢、如履薄冰的艰难之状。"勉"字写自己成功通过了初次考验,还是能够胜任本职工作的,并自我勉励,一定要竭尽所能,完成"职所当"的一切事务。

中八句为第二层,言恪尽职守。紧承"职所当",写出职责所应的主要事务,包括精心准备待客的菜肴,辅佐进行祭祀,以及盥洗、薰香等。甚至其中还表达了自己的愿望,如果主人需要,自己甘愿以身去做席子、被子,而在所不惜。如此,既有具体事务,又有表态,可以说把一个妇女在家中所能做的,已经刻画得十分完美了,确实是非常能干的,值得赞扬的。此处所列诸事,未必能与朝堂上的工作——照应,然观此知彼,衬出自己的能力亦是非常强的。

末十句为第三层,言和合相处。主要以晚上男女合欢为特笔、为比拟和隐喻,浓墨重彩地铺染君臣相得之状。"重户""金肩""华灯",极言郑重其事,写明自己的地位已经非常重要,能出入宫廷重阁,参与朝堂机密要事。"巾粉""仪态盈万方",以及"素女""天老",极写古时"女为悦己者容"的不得已,暗喻作为臣子不得已要想方设法讨好皇帝,以使自己辅国安邦的志向能够伸展。

全诗以男女遇合比喻君臣遇合,设想奇特,造语普通而精奇,晓畅易懂,贴切生动,成为此类题材的一首名作。

[**辑评**]

宋郭茂倩《乐府诗集》卷七十六:言妇人自谓幸得充闺房,愿勉供妇职,不离君子。思为莞簟在下以蔽匡床,衾裯在上以护霜露,缱绻枕席,没齿不忘焉,以喻臣子之事君也。

梁启超《中国之美文及其历史》:玩语意当是初迁侍中时所作,自述初承恩感激图报之意。全首用比体，在五言尤为首创。此诗若作赋体读之，认为男女新婚爱恋之词，便索然寡味。

羽林郎① 辛延年②

昔有霍家奴，姓冯名子都③。依倚将军势，调笑酒家胡④。胡姬年十五，春日独当垆⑤。长裾连理带，广袖合欢襦⑥。头上蓝田玉，耳后大秦珠⑦。两鬟何窈窕，一世良所无⑧。一鬟五百万，两鬟千万余。不意金吾子，娉婷过我庐⑨。银鞍何煜爚，翠盖空踟蹰⑩。就我求清酒，丝绳提玉壶⑪。就我求珍肴，金盘鲙鲤鱼⑫。贻我青铜镜，结我红罗裾⑬。不惜红罗裂，何论轻贱躯⑭。男儿爱后妇，女子重前夫。人生有新故，贵贱不相逾⑮。多谢金吾子，私爱徒区区⑯。

[注释]

①此诗收入《乐府诗集·杂曲歌辞》，始见于《玉台新咏》。羽林郎：官名，汉武帝时设置，统领禁卫军。②辛延年：生平不可考，为东汉诗人，作品仅存《羽林郎》，为汉诗名作。③霍：指汉昭帝时大将军霍光。子都：据《汉书·霍光传》载，冯子都名殷，为霍光家府的大总管，颇受宠幸，故称"家奴"。这里借"子都"之名讽汉和帝时大将军窦宪的家奴。④依倚：依仗倚靠。调笑：调戏。酒家胡：卖酒的胡女。⑤姬：古代对妇女的美称。当垆：卖酒。垆：用土垒起的放酒坛的台。⑥裾（jū）：衣的前襟。连理带：两条相连的带子。合欢襦：绣有合欢图案的短衣。

⑦蓝田：即蓝田山，在今陕西西安。盛产美玉，为中国古代四大名玉之一。大秦：指古代罗马。⑧鬟：发髻。良：实在。⑨不意：想不到。金吾子：这里指调戏胡女的家奴。金吾：本指两头镀金的铜棍。汉代禁军军官手执以巡夜，因称之为"执金吾"。娉（pīng）婷：美好状。这里指故作姿态、嬉皮笑脸。庐：酒店。⑩煜（yù）爚（yuè）：光彩夺目。翠盖：翠鸟毛羽装饰的车盖。⑪就：靠近。清酒：好酒。⑫鲙（kuài）：同"脍"，细切的肉。⑬贻：送。结：系。⑭轻贱躯：以贱躯为轻，即以死相拼。⑮逾：超越。⑯多谢：郑重谢绝。私爱：一厢情愿的爱。徒：白白地。区区：形容微不足道。

[赏鉴]

这是一首叙事诗。可分四层。前四句为第一层，开门见山，写明事件。"昔有"，暗点事件发生在当代，然碍于"将军"的权势，作者不敢直说直写，所以才借古讽今。"家奴"，表达了对当事者身份的鄙斥，同时也是对豪强贵族的极力鞭挞与批判。一个小小的家奴竟然敢在大庭广众之下，调笑普通人家的女子，其无法无天已经到了令人发指的地步，从而以点带面，暗衬出当时社会的黑暗。

次十句为第二层，补叙胡姬之美。"年十五"，言正值妙龄，豆蔻年华。"春日"，点出事件发生的时间，亦是形容胡姬之美貌，如同春天的阳光，光彩照人，靓丽非凡。"长裾""广袖"，言衣着精美，亦见出胡人服装以长、宽为特点，特色鲜明，引人注目。"合欢襦"，点出胡姬已情有所属，与下文"重前夫"照应。"蓝田玉""大秦珠"及发髻，极写饰品之珍稀昂贵，都带有明显的西域特色，为中原少见。所以，用"一世良所无""两鬟千万余"来夸张形容，并不为过。写服饰一段，粗笔与细笔结合，极为简明精当。胡姬人既美，穿戴又不凡，点出其出身显贵。但因当时胡人在中原地位低下，即使富贵亦遭受歧视。这可以解释如此胡姬，却遭到一位家奴调笑的原因。并由此可知家奴不仅有为色的非分之想，亦有为财的贪婪之念。

又十句为第三层，直叙家奴调戏。"不意"，言事出意外，既指非法，又指此人以家奴身份竟敢胆大妄为，着实令人感到震惊。"娉婷"，极言家奴之丑态。意谓家奴为了炫耀自己的威势，大概精心修饰打扮了一番，穿着华丽，步态轻佻，扭捏嬉笑，男不男女不女，令人作呕。"银鞍""翠盖"，写家奴车马奢华。"清酒""珍肴"，写家奴生活浮靡。"贻我""结我"，写家奴非礼举动。以上"娉婷"至"珍肴"，种种情状，"我"都可以平常顾客视之，可以忍受。但在"男女授受不亲"的封建社会，一个家奴，竟敢"结我红罗裾"，当众这样调戏酒店主人的女儿，顿时令"我"气愤万状。

末八句为第四层，抒写胡姬志节。先以"不惜""何论"，点出自己必要誓死反抗，要对方断绝霸占的念头。又以"男儿""女子"相对，指出在男尊女卑的社会中，男女之间存在截然不同的爱情观念，带有比较普遍的批判意义。再以"新故"指出，自己已经心有所属，"我"和他无论贵贱都要在一起，表达出对爱情的坚贞。最后以"多谢"收束，即使对家奴极为不满，也不敢进一步触怒，而是委婉地表示，您的爱"我"承受不起，就请不要在"我"这里费心了。这段自白，有礼有节，柔中带刚，义正词严，坚决果断，既维护了自己的自尊，又断绝了家奴的余想，读来令人拍案叫绝。

[辑评]

明胡应麟《诗薮·内编》卷二：《青青河畔草》，断而续，近而远，五言之骚也。《昔有霍家奴》，整而条，丽而典，五言之赋也。《孔雀东南飞》，质而不俚，详而有体，五言之史也。而皆浑朴自然，无一字造作，诚谓古今绝唱。

明胡应麟《诗薮·外编》卷一：汉名士若王逸、孔融、高彪、赵壹辈诗，存者皆不工。而不知名若辛延年、宋子侯乐府，妙绝千古，信诗有别才也。

清王夫之《古诗评选》卷一：由前之漫澜，不知章末之归宿，是以激昂人意，更深于七札。杜陵《丽人行》亦规模于此，而以揿打已早，反俾人逢迎夙而意浅。文笔之差，系于忍力也。如是，不忍则不力，不力亦莫能忍也。

清王士祯《带经堂诗话》卷四《总集门·纂辑类》：乐府别是声调体裁，与古诗迥别。然汉人《庐江小吏》《羽林郎》《陌上桑》之类，叙事措语之妙，爱不能割。班姬《怨歌行》、卓氏《白头吟》，被之乐府，何非诗耶？

清沈德潜《古诗源》卷三：骈丽之词，归宿却极贞正。风之变而不失其正者也。〇"一鬟五百万"二句，须知不是论鬟。

清张玉谷《古诗赏析》卷六：通首皆就胡姬之拒羽林郎著笔，故起四从对面说来，透后作提，似顺实逆。"胡姬"十句，接写胡姬年少当垆，服饰仪容之美。而写仪容处，只举鬟以例其余，又就鬟细细估价，痴甚趣甚。"不意"四句，遥接起处来，以"不意"二字引入，下皆就胡姬意中摹写矣。"银鞍""翠盖"，补笔为倚势者铺张，而著笔不多，又与上段繁简变换。"就我"四句，调笑引端，写出腼腆可笑。"贻我"四句，调笑实迹，写出干犯可虑。后六，以胡姬拒绝之辞作收。"女子重前夫"，主句也，却以"男儿爱后妇"对面剔出。惟知新不易故，岂以贵贱逾盟？申说何等决裂，而"多谢""区区"，辞气仍归和婉。倚势者终无如何矣，更不缴清，尽而不尽。

闻一多《乐府诗笺》：辛延年，后汉人，而诗言霍家姝冯子都，盖记往事以讽今也。

董娇饶① 宋子侯②

洛阳城东路,桃李生路旁。花花自相对,叶叶自相当③。春风东北起,花叶正低昂④。不知谁家子,提笼行采桑⑤。纤手折其枝,花落何飘扬⑥。"请谢彼姝子:何为见损伤⑦?""高秋八九月,白露变为霜⑧。终年会飘堕,安得久馨香⑨?""秋时自零落,春月复芬芳。何如盛年去,欢爱永相忘⑩。"吾欲竟此曲,此曲愁人肠⑪。归来酌美酒,挟瑟上高堂⑫。

[注释]

①此诗收入《乐府诗集·杂曲歌辞》。董娇饶:一说乐府旧题,一说女子名。②宋子侯:生平不可考,为东汉诗人,作品仅存《董娇饶》,为汉诗名作。③当:对。④低昂:高低摇动貌。⑤子:女子。笼:篮子。行:往。⑥其:指路旁桃李。飘扬(yáng):四散飞落。⑦请谢:请问。彼:那。姝子:美丽女子。何为:为什么。见:被。损伤:悲伤。⑧高秋:秋天天高气爽,故称"高秋"。⑨终年:年底。会:应当。飘堕:飘落。安得:怎能。馨香:芳香。⑩盛年:少壮之年。⑪吾:指作者本人。竟:完成。⑫酌:饮。挟:持。

[赏鉴]

这是一首叙事诗,可分三层。前六句为第一层,写景引题。"城东",点明"东"这一方向很重要,东边一般被视为生命的起源地和发生地。故下接言"桃李生路旁"。"花花""叶叶",形容桃李花叶繁盛貌,间接点明事件发生在春天。"自相对""自相当",言花、叶之生长自由自在,无拘无束,象征生命的自在性与无他性。俗语云:"春风不刮,毛芽不发。""春风",是催生生命之风,暗点此时田野里草木荣发,一派生机盎然。"低昂",形容花叶经风一吹,摇曳多姿,动感十足,媚态可人。

中十四句为第二层,是诗的主体。叙述因女子的折枝行为,引起花与女子的问答。"不知",不明点某姓某人,一是作诗省力法,二是含有批评的意思,不方便具体道明。这位女子在去采桑的路上,看到花儿之可爱,忍不住折了一枝,惹得花四散飘落。这种行为引起花的极度不满。"姝子",言女子之美,当爱美,为什么却伤害其他美的事物呢?质问尖锐,切中要害。问得女子一时哑口无言,只好强行狡辩:你们现在芬芳美丽,一到秋天就会凋零的,终究会飘堕在地,与被折飘落有何区别?答非所问,强词夺理,并不检省自己的行为。这位采桑女可谓貌美心不美。看到折枝"姝子"一不道歉,二不醒悟,花再次质问:我们的生命秋去春复来,可是美女你终将年长色衰,欢乐何在?两两对比,犹如两记耳光打在"姝子"的脸上,使其感到了火辣辣的疼痛。

末四句为第三层,以套语抒发愁思。"吾"指作者。此曲的歌唱,使"吾"对生命有了更深入的认识,即生命需要自由,更需要尊重,心灵美更甚于外貌美。而人竟不如桃李,令"吾"愁肠难断,所以又去饮美酒、弹丝竹了。

全诗以拟人化的手法来写花,在简单的事件中孕育深刻的哲思,读来浅显,思来丰富,充满生命之美的无限哲思,是一首名副其实的好诗。

[辑评]

清王夫之《古诗评选》卷一:敛者固敛,纵者莫非敛势。知敛纵者,乃可与言乐理。

清沈德潜《古诗源》卷三:大意以花落比盛年之易逝也。婀娜其姿,无穷摇曳。○方舟《汉诗说》云："请谢彼姝子"二句，是问词；"高秋八九月"四句，是姝子答词；"秋时自零落"四句，又是答姝子之词。正意全在"吾欲竟此曲"四句，见欢日无多，劝之及时行乐耳。

清张玉谷《古诗赏析》卷六：诗意只叹花落尚可更开，盛年欢爱难再，劝人及时行乐也。前路幻出几层问答，入后点醒，无穷姿致。首六，直就洛阳桃李花叶对当，从风低昂，写景之中，逗出盛年欢爱影子。"不知"四句，递入采桑。折枝花落，又为盛年一去，欢爱相忘再作一影。"请谢"二句，诘彼姝辞。诘其损花，即是惜其盛年将去。以花比人，至此一顿，然尚未说破。"高秋"四句，彼姝答辞。只说春去秋来，花须终堕，若不喻其意者，笔势一曲。"秋时"四句，又是答彼姝之辞。方就花落复芬，翻出年去爱忘之感，全诗旨意在此。后四，将花与彼姝尽情推开，只就自己破愁行乐，写一样子，余味曲包。

魏晋乐府民歌

魏晋时期,天下纷争,乐府机关不曾采诗。因此,流传的民歌多为民间歌谣而非乐府民歌。两者的不同,主要表现为与音乐的关系。《毛诗故训传》曰:"曲合乐曰歌,徒歌曰谣。"汉人薛汉《韩诗章句》曰:"有章曲曰歌,无章曲曰谣。"这些歌谣,因不适合统治者的脾胃,大多保存在史籍中,被作为反映民情的史料,内容多以社会政治为题材,紧密结合现实,具有极强的针对性和战斗性,具备了"诗史"的性质。也有部分作品描写山川风物、民俗风情。魏晋民歌的发展不如文人乐府之盛,但仍是珍贵的民间文学遗产。

陇上歌①

陇上壮士有陈安,躯干虽小腹中宽,爱养将士同心肝②。骊骢父马铁锻鞍,七尺大刀奋如湍,丈八蛇矛左右盘,十荡十决无当前③。战始三交失蛇矛,弃我骊骢窜岩幽,为我外援而悬头④。西流之水东流河,一去不还奈子何⑤!

[注释]

①此诗收入《乐府诗集·杂歌谣辞》。一作《陇上壮士歌》。②陇上:指晋时的秦州、陇西,今甘肃陇西、天水一带。陈安:原为东晋南阳王司马保的勇将,后自立凉王,率陇上氐、羌等民族抗击匈奴前赵王刘曜,战败被杀死。③骊(niè):马奔跑的样子。骢(cōng):青白色的马。父马:雄马。铁锻鞍:铁打铸的马鞍。奋如湍:形容大刀挥舞起来迅疾如湍急的流水,说明武艺高强。盘:舞动。荡:冲击。决:溃散。无当前:无人敢抵挡。④三交:三次交锋。我:陇上民众自称口吻。岩幽:山岩幽深处。为我外援:为了从他处引来援兵,解救陇城的围困。悬头:指陈安被刘曜部将呼延清杀害。⑤西流之水:陇水西流入洮水。东流河:洮水东流入黄河。奈子何:让我们这些子民怎么办呢。

[赏鉴]

这是一首英雄悼歌。本事出自《晋书·刘曜载记》。首三句写其德。直言其人其事,直呼"壮士"表达情感上的肯定,体现出民歌真率质朴的特点。躯干之"小"与腹中之"宽"相对,形容虽然身材不高,但心胸极为宽广,是一位难得的宽厚仁慈之将。"同心肝",言其体恤将士,颇受众人爱戴。次四句写其勇。"骊䮝父马铁锻鞍",形容坐骑精良。"七尺大刀""丈八蛇矛",形容武艺高超。大刀近攻,"奋如湍",言刀术之疾快;长枪远攻,"左右盘",言枪术舞动范围之大。坐骑一言,武艺两言,写出对于一员武将来说,武艺远比坐骑更为重要。"十荡十决",极言其被包围时英勇奋战突围的场景。这是建立在坐骑精、武艺高的基础上的,故写来自然可信。接三句言战败身死。"三交",写出战斗之惨烈。"失蛇矛",因敌众我寡,抵挡不住,失去了赖以为战的武器。接写弃"骊䮝",追兵甚多,万般无奈之下,丢弃坐骑,逃到山林中。先失兵器、再失战马,与前先言马、再言刀枪,隐隐相应,见出构思之完整谨严。"为我外援",道出此次失败的原因,既写出陈安的大义凛然、一往无顾,也写出陇上人民的无限追思与悲痛。"悬头",画面惨烈,极衬陈安英勇无畏,为了人民的安危、为了陇上人民的利益,即使战败身死,亦不为惜。末二句言人民的深深怀念。"西流""东流",用陇上的两条著名河流陇水、洮水所具有的突出而鲜明的流域特点,来代指陇上全体人民。并用流水"一去不还",咏叹英雄牺牲不能复生,不能再保护一众普通的老百姓,表达出沉痛的悼念,读来令人分外伤感。

[辑评]

清沈德潜《古诗源》卷九:中极状其勇。一结悠然,余哀不尽。

清张玉谷《古诗赏析》卷十五:前七,先以陇上壮士标清眉目,总赞其善于抚下及骑技之勇,皆就平日说。中五,正叙陇城之战,伤其寡不敌众,竟至败绩而死。后二,以河水反流,比出死非其罪,慨叹作收。通首逐句用韵,转接不测,音节极为悲壮。

三峡谣[①]

朝发黄牛,暮宿黄牛[②]。三朝三暮,黄牛如故。

[注释]

①此诗收入郦道元《水经注》。②黄牛:即黄牛峡,又名黄牛岩,在今湖北宜昌西北。属长江三峡西陵峡中段,江水在此处呈"之"字形流淌,水流湍急,多险滩,舟楫难行。

[赏鉴]

这是一首船工号子,极写黄牛峡之水险难行。起二句用具写,写动态。"朝发",言明知水路之难,故出发甚早,透出欲尽快渡过黄牛峡的愿望。"暮宿",言虽然从早到晚一整天努力划船,但给人感觉船只就好像一点也没有走一样,还是在黄牛峡打转。末二句用概写,写静态。"三朝三暮",紧承上一句,并将其语意扩大化,由一朝一暮扩为三朝三暮,言船只在此走了整整三天,还是没有走出黄牛峡口。"如故",写出黄牛峡之险与船工们的无奈。全诗并未在水流如何险恶上触笔,只是以时间上的变与动,和空间上的未变与未动,构成鲜明对比,用极为精简的语言,衬托出了黄牛峡的险恶之状,十分形象传神。从另一个层面理解,"黄牛"可用作象征,形容船工们如同老黄牛一般,吃苦耐劳,不畏艰难险阻,勇于同自然进行搏斗的精神,亦发人深省。

[辑评]

北魏郦道元《水经注》卷三十四:言水路纡深,回望如一矣。

明杨慎《升庵诗话》卷二《太白用古乐府》：李白则云："三朝见黄牛，三暮行太迟。三朝又三暮，不觉鬓成丝。"……古人谓李诗出自乐府古选，信矣。

清沈德潜《古诗源》卷九：四语中写尽纤回沿溯之苦。

清张玉谷《古诗赏析》卷十五：只说黄牛长见，而峡路之纤，已使人言外得之。笔意亦古。

绵州巴歌①

豆子山，打瓦鼓②。扬平山，撒白雨③。下白雨，取龙女④。织得绢，二丈五。一半属罗江，一半属玄武⑤。

[注释]

①此诗收入《五灯会元》卷十九。②豆子山：即窦圌山，在绵州。据刘向《列仙传》记载，窦子明在其地修真，窦子谐音"豆子"，故名。瓦鼓：用陶器做框、两面蒙皮的一种鼓。③扬平山：山名，未详。白雨：夏日太阳天突下一阵雨，四川人叫"白雨"。④取：同"娶"。⑤罗江：地名，即今四川罗江。玄武：地名，即今四川德阳中江县。

[赏鉴]

这是一首歌咏瀑布的民谣。写作视角先是由远及近，描写了一次去观看瀑布的视听体验。走在豆子山的时候，听到巨大的水流冲击声，像是有人在敲打瓦鼓似的，震耳欲聋。"瓦鼓"，是一种民间乐器。用此形容，见出民谣的古野质朴。走进扬平山，虽仍未看见瀑布，但瀑布激荡起的水花,洒落得漫山遍野都是,就好比天上下起了倾盆似的白雨。"白雨",乃土俗语,用得极妙,暗中点出了此次观看瀑布的时间,即在夏天。夏季雨水大,水势强,为观赏瀑布的最佳时间。接着又由实入虚,写联想,由鼓声想到迎娶新媳妇,由下雨想到龙女播云布雨,由龙女想到织绢,并顺笔用极宽的白色绢布,来形容瀑布本身,又由想象回到实景。龙女化雨、龙女织绢,极富神话色彩。而龙女下雨,又生动传神地写出了瀑布之水从天而降的浩大气势,夺人耳目。最后由近望远,由瀑布泻水之源头,极目望远,写出瀑布流下去的大水的走向,沿着山势,化为两条河流,分别流进了罗江、玄武两个地方。不用直言,就一下突出了瀑布水势之大。

总之,"打瓦鼓"形容瀑布声音之大,"撒白雨"形容瀑布地势之高,"绢"写出瀑布之颜色,"二丈五"写出瀑布之宽阔,两个"一半"写出瀑布之走势。全歌用语不多,却极为形象地写出了瀑布的各个方面,堪称描写瀑布诗歌的典范。

[辑评]

明杨慎《升庵集·送余学官归罗江》:我诵绵州歌,思乡心独苦。送君归,罗江浦。

清张玉谷《古诗赏析》卷十五:此咏瀑布诗也。前四是来路,中四是正面,后二是去路。取象极奇幻,造句极古奥,抽绎数四,始得证入,为之一快。

魏晋乐府 文人乐府

魏晋诗歌的兴盛始于乐府创作。曹氏父子以帝王之位，倡导乐府拟作，阮瑀、陈琳、王粲等纷纷投入其中，乃至西晋，傅玄、陆机等皆有不少乐府作品，一时掀起了魏晋时期文人乐府的创作高潮。降至东晋，谈玄风盛，加之永嘉之乱后乐制散失，故东晋文人于乐府诗用力甚少。

魏晋文人乐府的特色，一是个性化大大加强。文人们或依古题古事，或自创新辞，运用新的表现手法，使乐府诗朝精致化、个性化发展，完成了乐府诗体的一次重要转变。丁福保评曹操"沉雄"、曹丕"优柔"、曹植"高华"、王粲"稍带绮丽，而真实有余"等（《全汉三国晋南北朝诗》），可谓各如其人。二是抒情性加强。汉乐府抒情类作品数量虽多，却以叙事诗见长，《焦仲卿妻》《陌上桑》等最是脍炙人口。魏晋文人乐府如阮瑀《驾出北郭门行》、左延年《秦女休行》等叙事性作品较之逊色，而曹操《短歌行》、蔡文姬《胡笳十八拍》等抒情性作品却大放光彩，显示出以抒情为宗的艺术倾向。三是社会批判性加强。这是与魏晋之世兵戈遍野、哀鸿满地的社会现实息息相关的，也与文人的悲悯情怀密不可分。曹操《蒿里》、王粲《七哀诗》等可谓奏响了时代的最强音，使乐府诗具备了"诗史"的性质。

蒿里① 曹操②

关东有义士，兴兵讨群凶③。初期会盟津，乃心在咸阳④。军合力不齐，踌躇而雁行⑤。势利使人争，嗣还自相戕⑥。淮南弟称号，刻玺于北方⑦。铠甲生虮虱，万姓以死亡⑧。白骨露于野，千里无鸡鸣。生民百遗一，念之断人肠⑨。

[注释]

①此诗收入《乐府诗集·相和歌辞》。蒿里：古代传说中死人居住的地方。②曹操（155—220）：字孟德，小字阿瞒，沛国谯（今安徽亳县）人。汉灵帝时举孝廉，汉献帝时受封大将军、丞相，"挟天子以令诸侯"，先后击败袁绍等割据势力，统一北方。后进封魏公、魏王，曹丕建魏后尊为武帝。今存乐府诗二十余首，继承《诗经》、楚辞、汉乐府民歌的优秀传统，风格苍劲雄浑，慷慨悲壮，极大地推动了五言诗的发展。另有散文四十余篇。③关东：指函谷关（今河南灵宝）以东。义士：激于义气起兵讨伐董卓的将士。兴兵：发动军队。群凶：指董卓及其党羽。④初期：本来期望。盟津：即孟津（今属河南）。周武王伐纣时曾在此举行八百诸侯会盟，诗中隐用此义。乃心：义士之心。咸阳：此指长安，董卓把汉献帝挟持到此。⑤雁行（háng）：大雁的行列。比喻各路义军的列阵排列整齐。⑥嗣还：随即。还：同"旋"。戕：残害。⑦淮南弟称号：指建安二年（197），袁绍之弟袁术在淮南僭称帝号。刻玺于北方：指初平二年（191），袁绍刻制印玺欲废汉献帝而立幽州牧刘虞为帝。玺：皇帝的

印章。⑧万姓：即百姓。以：因此。⑨生民：即人民。遗：剩下。

[赏鉴]

　　全诗可分三层。第一层为前四句。一起笔便气势昂然，正义凛然，举出了"义士"与"群凶"的两两对比。"义士"在关东，"群凶"藏关西（古代长安属关西）。"义士"为作者及百姓心之所向，"群凶"为作者及百姓心中所恶。"兴兵"见出果敢勇气，一个"讨"字则隐现出"群凶"的罪恶以及各地人民的愤慨之情。"初期会盟津"用古事证今事，进一步彰显正气。"乃心在咸阳"表达出勇往直前、剪恶除奸的英勇无畏的斗争精神。

　　第二层为次六句。语意陡转直下，为之一变，由激情到败情。采用先言整体再举典型例证的叙说方式，逐步剥落，最终水落石出，点明造成"军合力不齐"的主要原因是"势利使人争"，而其中争夺最厉害的是袁绍、袁术兄弟，就是起句中提到的"义士"——在这里成为了罪魁祸首。"淮南弟称号"中"弟"字妙。时袁术统兵淮南，此处称"弟"而不称"术"，乃用春秋笔法。正如《左传》中的名篇《郑伯克段于鄢》，题中称"段"而不称"弟"，本意就是为了谴责作为兄长的郑庄公。则这里用"弟"，就是对袁绍的批判与揭露，明确指出袁绍对其弟袁术"称号"一事当负责任。"刻玺于北方"更妙，只以人人共知之事提点，并不明确揭露其真实身份，作者对于袁绍的无德无能，已厌恶至极，故不愿提及。

　　后六句为第三层，写作者对这一系列事件的观感。如果说第一层只见出关东与关西的对立，发生战乱，则随着第二层的揭示可知，淮南及北方，也发生了大规模的战乱。这样，就隐隐透露出全国东、西、南、北各地都在遭受战乱。战争不是区域性的，而是全地域性的。不是一部分百姓与士兵在受害，而是全国的百姓与各部队的士兵都在受害。因为一开始的"义士"也加入到"群凶"的行列，成为"群凶"之一，所以给人民与士兵带来了更为深重的灾难，造成了"白骨露于野，千里无鸡鸣"的惨痛现实。作者对这些兵燹之祸表达了深切同情，从而也促使他萌生了欲统一北方乃至全国的决心。

[辑评]

明钟惺、谭元春《古诗归》卷七：汉末实录，真诗史也。

清张玉谷《古诗赏析》卷八：此叹二袁辈讨董卓，以不和滋变，乱益甚也。首四，就本初讨逆初心说起，欲抑先扬，作一开势。"军合"六句，转笔接叙当时诸路兵起，迟疑起衅，公路竟至僭号之事。"铠甲"四句，正写诸路兵乱之惨。末二，结到感伤，重在生民涂炭。

清方东树《昭昧詹言》卷二：而《薤露》哀君，《蒿里》哀臣，亦有次第，前人未有言之者。……此言袁绍初意本在王室，至军合不齐，始与孙坚等相争，而绍弟亦别自异心。"铠甲"四句，极写乱伤之惨，而诗则真朴雄阔远大。

短歌行① 二首选一 曹操

对酒当歌，人生几何②？譬如朝露，去日苦多③。慨当以慷，幽思难忘④。何以解忧？唯有杜康⑤。"青青子衿，悠悠我心⑥。"但为君故，沈吟至今⑦。"呦呦鹿鸣，食野之苹⑧。我有嘉宾，鼓瑟吹笙⑨。"明明如月，何时可掇⑩？忧从中来，不可断绝。越陌度阡，枉用相存⑪。契阔谈䜩，心念旧恩⑫。月明星稀，乌鹊南飞⑬。绕树三匝，何枝可依⑭？山不厌高，海不厌深⑮。周公吐哺，天下归心⑯。

[注释]

①此诗收入《乐府诗集·相和歌辞》。原载二首，今选一首，为原诗第一首。②当：同于门当户对之"当"。或以为作应当之"当"解，亦可。③朝露：早上的露水。去日：已经逝去的岁月。苦：患。④慨当以慷：即"当慨以慷"，"慷慨"，情绪激昂。幽思：深深隐藏着的心事。⑤何以：以何。杜康：相传是发明造酒的人，一说是黄帝时人，一说是周代人，这里作为酒的代称。今河南省洛阳市生产有"杜康"品牌的酒。⑥"青青"二句：语出《诗经·郑风·子衿》。子：对男子的美称、尊称。衿（jīn）：衣领，"青衿"为周代学子的服装。悠悠：长远貌，形容思念之情。⑦"但为"二句：本辞无，据晋乐所奏及《文选·行旅下》补。君：指所思慕的贤才，是对对方的尊称。沈吟：低吟深思。⑧"呦呦"二句：语出《诗经·小雅·鹿鸣》。呦呦：鹿鸣声。苹：艾蒿。⑨鼓：弹。瑟、笙：古代乐器，弹瑟吹笙是表达对来客的尊重和热烈欢迎。⑩辍：停止。⑪陌、阡：俱为田间小道，南北曰"阡"，东西曰"陌"。枉：枉驾，屈就。用：以。存：省视。⑫契阔：偏义复词，此处偏用"契"。契：投合。阔：疏远。旧恩：旧日的情谊。⑬乌鹊南飞：形容薄暮禽鸟回巢景象。乌鹊：乌鸦和喜鹊。⑭匝（zā）：周，围。⑮厌：满足。⑯吐哺：吐出口中正在咀嚼的饭食，此处指中途停止吃饭。哺：口中咀嚼着的食物。

[赏鉴]

本诗为曹操的代表作，抒发了他渴求贤才，以在有生之年完成统一大业的理想。全诗可分四层，每八句为一层。

第一层忧人生苦短。起句以"对酒"二字，妙。"对酒"，而不是把酒、斟酒、持酒、端酒等其他表示喝酒的动作状态，即言作者之意本不在酒，而在于下文要透示出来的慷慨激烈的胸怀。酒只是引子，是一种常在英雄笔下出现的起兴之物。因酒起忧，对酒生忧。更何况，一想到人生如朝露一般易散、易消，时间短促，功业难成，不由得不让人惊出一身冷汗，苦痛不安。于"露"前着一"朝"字，在自然物象上是言日光迁移之患，而在语词构象上也十分巧妙地袒露出诗中含蕴着的深切苦痛。由"酒"写到"忧"，语调沉抑低郁，几至哽咽。紧接四句则以"慷""康"同音，"康"指酒，"慷"指情，酒为地方盛名之酒，情为本人壮烈之情。因慷慨之情想到杜康之酒，遂欲借名酒以消时情，深郁之情稍稍一荡。

第二层喜贤才闻见。直接借用《诗经》中的经典名句，不必另拟，简便捷当，便于理解。"青衿"指学堂上的英才，属在朝者。"野鹿"指散落在民间不为所用而不得志的隐士，属在野者。作者既以"青衿"为"君"，又以"鹿"为"嘉宾"，显示出两种人才都要延揽，要同等对待、兼收并蓄的决心。"青青"示以色，因在朝堂，离得身边近，故以色明；"呦呦"传以声，因在民间，离得远未谋面，故以声闻。可见，虽为剪切之句，但遣词造语，合情入理。

第三层乐君臣契合。作者把朝野贤才比喻成明月，可以照亮黑暗的夜空，可以助其走出忧苦的深渊，取象高大，无以复加。况且，从阅读的视点来看，前句中的"青衿"为近视点，野鹿为远视点，两者还都是地上。而后句"明明"照以光，则一下子跃至天上，为高视点。视域也由横断面发展成为立体面，维度增加，意境绵阔。以下写贤才冲破种种困难与阻碍，屈尊来就、两两相得的欢乐场面，终使产生忧闷的根本得以消除。是故，这一层的调子应较第二层为高。

第四层抒统归之志。相比上文的明月为虚象，这里的"月明"转为实象。前者喻人，这里写时间。夜晚鸟儿归巢，作者由此联想到，天下的英才们要归到哪里去呢？并表示自己对贤能之士的渴求是无止境的。唯有得到众多英才的辅佐，才能像周公一样，实现天下统一。

全诗以"酒"引题，以"忧"贯题，以"君"解题，以"天下"结题。又以四个"何"字提领，层层发问，一层更比一层深，一层更比一层递进。苍劲有力，激人奋进，不愧为一首名作。宋代著名文人苏轼在抒情散文《前赤壁赋》中曾提到此诗，清代苏州才子毛宗岗在评点《三国志通俗演义》时，又在第四十八回"宴长江曹操赋诗"中选入此诗，极力铺染，无疑都扩大了该诗的知名度，使之家喻户晓。

[辑评]

明徐祯卿《谈艺录》：韦仲、班、傅辈，四言诗窘缚不荡。曹公《短歌行》、子建《来日大难》，工堪为则矣。

明胡应麟《诗薮·内编》卷一：魏武《短歌行》二篇，其"对酒当歌"末四语，含寄已自不浅。其一亦四言，首言西伯，次齐桓，又次言晋文，则终篇皆挟天子令诸侯，三分天下之意，而犹以尊王攘寇，臣节不坠为盛德。噫！孟德之心，不待分香卖履而后见矣。

清王夫之《古诗评选》卷一：尽古今人废此不得，岂不存乎神理之际哉？以雄快感者，雅士自当不谋，今雅士亦为之心尽，知非雄快也。此篇人人吟得，人人埋没，皆缘摘句索影，谱入孟德心迹。一合全首读之，何尝如此？捧画上钟馗，嗅他靴鼻，几曾有些汗气？惭惶，惭惶。

清沈德潜《古诗源》卷五：言当及时为乐也。……"月明星稀"四句，喻客子无所依托。"山不厌高"四句，言王者不却众庶，故能成其大也。

清张玉谷《古诗赏析》卷八：此叹流光易逝，欲得贤才，以早建王业之诗。前四一截，以酒发端，就流光易逝引动早当建功，为通章虚冒。"慨当"十二句，则思得贤才于士类之中也，却以慷慨幽思，解忧惟酒，凭空喝入。然后"青青"四句，点清士类有贤，心欲得而沉吟不置，缴醒解忧惟酒，为一截。"明明"十二句，则思得贤才于故旧之中也，却借月不可掇，先作一比，拖出忧难断绝，隐逗欲得之诚。然后"越陌"四句，点清故旧有贤，虽过存而每嗟契阔，缴醒忧难断绝。"月明"四句，则从对面即乌鹊无栖，比出贤才昧时远引，不知依我之深为可惜。以"月明星稀"领起，则又借以缴醒月不可掇也，为一截。后四，方以兼容并蓄，引周公事醒出得贤建业本心。千里双龙，一起结穴。奸雄叵测，活现毫端。《解题》谓当及时行乐，何其掉以轻心。

清魏源《诗比兴笺》稿本卷一：此诗即汉高《大风歌》思猛士之旨也。"人生几何"发端，盖传所谓古之王者知寿命之不长，故并建圣。次两首引《青衿》《鹿鸣》二诗，一则求之不得，而沉吟忧思；一则求之既得，而笙簧酒醴。虽然，鸟则择木，木岂能择鸟？天下三分，士不北走则南迁耳。分奔吴、蜀，栖皇未定，若非吐哺，何以来之？山不厌土，故能成其高；海不厌水，故能成其深；王者不厌士，故天下归心。说者不察，乃谓孟德禅夺已萌，而沉吟未决，畏人讥嫌，感岁月之如流，恐进退之失据。试问篇中《子衿》《鹿鸣》之诗，"契阔燕谈"之语，当作何解乎？且孟德之吐握，犹王莽之谦恭，岂肯直吐鄙怀，公言篡逆者乎？其固甚矣。

观沧海① 曹操

东临碣石，以观沧海②。水何澹澹，山岛竦峙③。树木丛生，百草丰茂。秋风萧瑟，洪波涌起。日月之行，若出其中；星汉灿烂，若出其里④。幸甚至哉，歌以咏志⑤。

[注释]

①此诗收入《乐府诗集·相和歌辞》。为《步出夏门行》第一解。②碣（jié）石：山名。碣石山有二，一为《汉书·地理志》所载右北平郡骊成县（今河北乐亭西南）的大碣石山（后沉陷海中），一为今河北昌黎的碣石山。这里指前者，曹操征乌桓时曾经过此山，登临观海。沧海：指渤海。③澹（dàn）澹：水波摇荡的样子。竦（sǒng）峙（zhì）：耸立。④星汉：银河。⑤幸：吉庆，庆幸。咏志：一作"言志"。末两句是合乐时所加，每章章末均有，与正文无关。

[赏鉴]

终年生活在内陆的人，都有一个去东边看大海的梦想。常年带兵作战的统帅，也渴望一片山水胜境来安慰劳乏的心灵。建安十二年（207）五月，曹操出兵东征乌桓，九月胜利班师，途经位于今河北境内的碣石山，恰巧凑足了这样难得的机会。心中的夙愿与胜利的喜悦叠加，于是促成了他登山观海的冲动。

首二句开篇明义，点明登临之举即为观海。一"东临"、一"以观"，可以见出大海的强大吸引力，以及作者按捺不住的激动与喜悦。"临"字举起全篇，"观"字统领全篇，两个动词准确生动，分外有力。"碣石""沧海"虽借自然景物名称，然"碣"对"沧"，"石"对"海"，无论词性与意义皆谨严工整，丝毫不爽。且碣石之貌、沧海之象，亦含而不露地衬托出了诗人的英雄气概。唯有如此英雄才当如此胜景，唯有如此胜景才配如此英雄登临。

次六句写海景。最先映入眼帘的是海水，一望无际，轻轻摇荡，令人心胸顿为之阔大。其次又聚焦到山岛上，远望孤岛耸立海上，威然肃穆，不为海水之动而动，有舍我其谁之姿态，又令人瞬间心止。岛上草木丰盛，尽情生长。岛以草木荣，草木赖岛生，两者的关系像极了军队统帅与将士，隐隐有酬谢将士辛劳之意。刹那间，海边特有的凌厉秋风袭来，洪波为之涌起，草木为之摇落，令人寒气顿生，喻示着刚刚结束的战事颇为激烈，将士多有伤亡，令主帅内心颇不平静。故写景以动景止笔。

接四句写联想。辽阔的大海，令人想到日月星辰的运动与变化亦在其中，极言包容之大，借以形容英雄豪杰所应具有吞吐宇宙的宏伟气概。

末二句作为一种形式行结尾，仍具有点题言志的作用。抒写自己有幸观临，亦是写自己有幸带兵平定乌桓，杜绝了国家的后患，所以"歌以咏志"。此诗并不是一首纯粹写景的诗，而是作者把此次征战的感受、平生的远大抱负与志向，都借景抒情，一一点露在诗情画意中了。

[辑评]

清王夫之《古诗选评》卷一：不言所悲，而充塞八极，无非愁者。孟德于乐府殆欲踞第一位，惟此不易步耳。不知者但谓之霸心。

清沈德潜《古诗源》卷五：有吞吐宇宙气象。

清张玉谷《古诗赏析》卷八：此志在容纳，而以海自比也。首二，点题直起。"水何"六句，铺写沧海正面，插入山木草风，便不枯寂。"日月"四句，转就日月星汉凭空想像其包含度量，写沧海，正自写也。末二，以志愿至此，醒出歌意，咏叹作收。

梁启超《中国之美文及其历史》："东临碣石""神龟虽寿"两章，是作者人格的表现。以"冬春射猎秋夏读书"之一少年，遭逢时会，戡定祸乱，卒至骑虎难下，取汉而代之。于豪迈英鸷中，常别有感慨怀抱。读此两篇仿佛见之。

龟虽寿① 曹操

神龟虽寿，犹有竟时②。螣蛇乘雾，终为土灰③。老骥伏枥，志在千里④。烈士暮年，壮心不已⑤。盈缩之期，不但在天⑥。养怡之福，可得永年⑦。幸甚至哉，歌以咏志。

[注释]

①此诗收入《乐府诗集·相和歌辞》。为《步出夏门行》第四解。②神龟：龟之通灵者。古人以龟代表长寿的动物，被视为通灵的"神龟"，自然会更加长寿了。竟：终。③螣（téng）蛇：一作"腾蛇"，为传说中之神物，与龙同类，能乘雾而飞。④骥：千里马。伏枥（lì）：卧在马棚中。枥：马棚。⑤烈士：刚正不阿、重义轻生或积极进取建功立业的人士。不已：不止。⑥盈缩：指进退、升降、成败、祸福等。⑦养怡：犹养和。永年：长寿。

[赏鉴]

本诗可分三层。第一层为前四句，批判当时社会上广泛流传的长生不老思想。作者列举神话传说中两种可以长生的图腾动物，即神龟与腾蛇，说明它们也不是万年长存的，一个"有竟时"，一个"为土灰"，以世人极易理解的语气，阐明即使是这些神灵之物，也像现世的生人一样，终有死亡之时。生命不可永恃，长生不死的论调是极为庸俗而浅薄的。

第二层为中四句，表达自己的雄心壮志。既然生命不可长久，不可以追求长生，那么人生的意义即在于舍弃形而下的肉体之欲，追求形而上的精神之志。人活着，应当努力为了实现自己的人生志向去奋斗，唯有这样的一种人生精神方可在天地间永生。更加重要的是，作者还以自己年近"暮年"，犹在为了实现理想目标而孜孜以求，仍满怀激情、怀抱梦想，喊出了英雄不知老、老而弥坚、老当益壮，老年亦同于青年时的豪迈壮语，对社会上普遍存在的"老而不作"观念提出了批驳。

第三层为末六句，否定人寿天定的观念。指出人的寿命不在天，而在人，并结合魏晋时期兴起的养生理论，提出养性保和可以延年益寿。但作者之意，绝非纯粹为了养生祈寿，而是说通过保养延年，实现志向的时间也就相对延长了，离志向的实现也就更为接近了，与片面追求长生的庸俗论调是完全不同的。所以，要以歌咏的形式来表明自己的志向。

[辑评]

南朝宋刘义庆《世说新语》：王处仲每酒后，辄咏"老骥伏枥，志在千里；烈士暮年，壮心不已"。以如意打唾壶，壶口尽缺。

明徐祯卿《谈艺录》：气本尚壮，亦忌锐逸。魏祖云："老骥伏枥……壮心不已。"犹暧暧也。思王《野田黄雀行》，譬如锥出囊中，大索露矣。

清张玉谷《古诗赏析》卷八：此志在功成，当敛福永命也。首四，先就人寿不长，两层比起。"老骥"四句，转到齿衰心壮，烈士不忘建功，再用一比折入，最足炫目警心。"盈缩"四句，方就功成后，欲绵国祚，务在敛福，泛论其理。末二，亦以志愿至此，醒出歌意，咏叹作收。

苦寒行① 曹操

北上太行山，艰哉何巍巍②！羊肠坂诘屈，车轮为之摧③。树木何萧瑟,北风声正悲。熊罴对我蹲,虎豹夹路啼④。溪谷少人民,雪落何霏霏⑤!延颈长叹息,远行多所怀⑥。我心何怫郁,思欲一东归⑦。水深桥梁绝,中路正徘徊⑧。迷惑失故路,薄暮无宿栖⑨。行行日已远,人马同时饥。担囊行取薪,斧冰持作糜⑩。悲彼东山诗,悠悠令我哀⑪。

[注释]

①此诗收入《乐府诗集·相和歌辞》。②太行山:指河内的太行山,在今河南沁阳市北,为太行山的支脉。曹操自邺城经河内西北度太行山,故曰"北上"。巍巍:高峻貌。③羊肠坂(bǎn):指从沁阳经天井关到晋城的道。诘(jié)屈:盘旋纡曲。摧:折断。④罴(pí):一种大熊,也叫人熊。啼:号叫。⑤溪:山沟。霏霏:下雪貌。⑥延颈:伸长脖子眺望。⑦怫(fú)郁:忧愁不安。⑧中路:中途。⑨故路:原来的路。宿栖:住宿的地方。⑩斧冰:凿冰。"斧"为动词。糜:粥。⑪东山:《诗经·豳风》篇名,诗中描写了远征的士卒还乡时所受的困苦,旧说为周公所作。此处提到《东山》诗,一则用来比照当前行军的苦状,二则以周公自喻。悠悠:深长貌。

[赏鉴]

在古代人的生活中,就季节变化而言寒冷的冬天是最难熬的。畏寒之心在很多作品中都有体现,以至于汉乐府产生了《苦寒行》这一特色诗题。曹操的这首诗是代表作之一,对后世影响很深。

起句"北上"二字,就与寒冷有关。正月时节越往北,天气越发寒冷,这是人所共知的事实。"太行山",更是冷气袭人。"北上"且上到高山上,天气自然会更加寒冷,让人难以忍受。所以,"北上太行山",看似平平五字,不作任何雕饰,却直透主题,点明了"苦寒"的直接原因。

"艰哉何巍巍","艰"字情深,用以笼括全篇。以下便写各种艰难之状:有道路行走的艰难,把车轮子都摧折坏了;有时气侵袭的艰难,树木萧瑟,寒风凄厉,令人不由自主地生出悲凉之意;有猛兽威吓的艰难,深冬熊豹乏食,饥饿难耐,稍不留神,人马就有可能葬身兽口,危险至极;有冰雪夹裹的艰难,大雪纷飞,漫山遍野,寒冷自不必说,也造成道路湿滑,巍巍高山更加难于攀登。四难当前,使主帅也为之动摇了,太艰苦了,远远超出了在家中时的想象,且不忍心士兵遭如此之难,不如回去吧!这一意志的动摇,恰是对"苦寒行"的必要而生动的注脚。

四难之下,又写四阻。有河流之阻,有无路、迷路之阻,有夜幕之阻,有饥困且难以为爨炊之阻。——其中任何一阻,都可以让普通的行者望而却步。四难加此四阻,远征军所能遇到的艰难困苦可以说都写到了,也写尽了。于是,作者联想到自己尊崇的周公,深深地喟叹要实现统一的大业是多么不容易,自士兵至将帅要经历多少苦难!

作者形容以上艰难险阻,绝不多语,只着一两个字。如路用"诘屈",木用"萧瑟",风用"悲",猛兽用"对我""夹路",雪用"霏霏",水用"深""绝",路用"迷""失"。言简意赅,前后无复,与物事——相肖,凝练传神,不愧名篇。

[辑评]

清王夫之《古诗评选》卷一:纯好。

清张玉谷《古诗赏析》卷八:此因行役苦寒而作。观末用《东山》诗,应是北讨乌桓时也。首四,就行役所至,先叙山路崎岖之苦,为"寒"字预作衬托。"树木"六句,正写萧条寒景。"熊罴"二语,更插得可畏。"延颈"四句,介入远行思归心事,局势一拓。"水深"四句,叙还辕迷路之苦。"行行"四句,就苦饥中带转苦寒,极便极密。末二,援古醒出所以行役之故作收,更得恤下大体。

清方东树《昭昧詹言》卷二：不过从军之作，而取境阔远，写景叙情，苍凉悲壮，用笔沉郁顿挫。比之《小雅》，更促数噍杀，后来杜公往往学之。大约武帝诗沉郁直朴，气真而逐层顿断，不一顺平放，时时提笔换气换势；寻其意绪，无不明白；玩其笔势文法，凝重屈蟠，颂之令人意满。

叶嘉莹《汉魏六朝诗讲录》：第一层意思是说，我什么时候才能够打赢这场战争，凯旋而归？第二层意思是说，我什么时候才能像周公那样平定天下？什么时候才能建立周公那样的功业？……一直到曹操死去，天下也没有平定下来。所以这也就是他产生悲慨的真正原因。他悲的是，这行军的道路如此艰苦漫长，而我的人生道路也是一样的艰苦漫长，扫平天下的理想不能实现，这艰苦的战争生活也就永远没有一个终止的日子！所以你看，这真是英雄的诗。他的悲慨和一般诗人的悲慨是不一样的。

驾出北郭门行① 阮瑀②

驾出北郭门，马樊不肯驰③。下车步踟蹰，仰折枯杨枝。顾闻丘林中，嗷嗷有悲啼④。借问啼者出，"何为乃如斯⑤？""亲母舍我殁，后母憎孤儿⑥。饥寒无衣食，举动鞭捶施⑦。骨消肌肉尽，体若枯树皮。藏我空室中，父还不能知。上冢察故处，存亡永别离⑧。亲母何可见，泪下声正嘶⑨。弃我于此间，穷厄岂有赀⑩？"传告后代人，以此为明规⑪。

[注释]

①此诗收入《乐府诗集·杂曲歌辞》。②阮瑀（约165—212）：字元

瑜,陈留尉氏(今河南尉氏)人。少多才,受业蔡邕,颇受赏识。善解音律,能鼓琴。曾在曹操军中任军谋祭酒,掌记室,后迁仓曹掾属。善檄文。传附《三国志·魏书·王粲传》。③北郭门:城的北门。樊:不走。④丘林:山林。嗷(jiào)嗷:哭喊声。⑤斯:这样。⑥殁:死亡。⑦举动:动辄。鞭捶施:用鞭子、木棍打。捶:木棍。⑧冢:坟墓。⑨嘶:嘶哑。⑩厄:困苦。赀:钱财。⑪明规:显明的规训。

[赏鉴]

　　这是一首叙事诗。以诗人的亲身见闻,刻写孤儿遭受后母虐待的苦难遭遇。起笔点明事件发生的地点,"北郭门",古代坟墓多在城北郊。因此,由北门驾出,触目可见座座坟茔。"驾出",写无因无由,事出偶然,更增添了以下见闻在诗人内心引起的巨大震动。马不肯走,既是悬念又是预示,以马的感应、反常举动,衬引下文十分反常的家庭伦理悲剧。马不走,导致诗人无奈下车,看到路旁杨树上的枯枝,就随意折了一根。古人墓地多植杨树,"杨"暗点此处坟墓多。"枯杨枝",又点出此时当为秋冬季节。接着,由折枝引出"丘林",由"丘林"引出"啼者"。见出"啼者"离路边不远,再次照应北郊多坟墓的事实。下面"啼者"出场,亲诉所遭受的非人折磨。"亲母""后母"相对,写出亲疏不一,亲者"舍",疏者"憎",令人倍感无奈和无助。后母的虐待体现为三点:一是不给衣食,二是经常毒打,三是不让见亲父。前两点使孤儿骨瘦如柴,"枯树皮"与"枯杨枝"互映,暗含自感活不长的意思,第三点使孤儿得不到父亲的帮助,情感上更加孤独,更加思念死去的亲母。因此,才来到坟前痛哭。"上冢察故处"以下六句写孤儿的凄惨感受,以亲母在世时对自己的疼爱有加,与现在所遭受的苦难对比,不禁悲痛欲绝、恸哭不止。末二句写理,以诗人身份告诫后人,一定要善待孤儿。

　　全诗用语平淡无奇,读来却痛彻心扉;纯用白描,无一笔铺染,读来却历历如现。诗歌深刻揭露了当时后母虐待孤儿这一社会现象，对之进行了强有力的批判。

[辑评]

明徐祯卿《谈艺录》：乐府往往叙事，故与诗殊。盖叙事辞缓，则冗不精。"翩翩堂前燕"，叠字极促，乃佳。阮瑀《驾出北郭门》，视《孤儿行》大缓弱不逮矣！

萧涤非《汉魏六朝乐府文学史》：后母之虐，古今多有，诗歌所咏，则亦罕见。……此篇亦自平实可法，又魏世作者，或述酬宴，或伤羁旅，其能留意下层社会，敷陈民间疾苦，如此作者，殆如麟角凤毛，未可以文艺之末事少之。结作劝戒语，亦乐府之体宜尔也。

胡笳十八拍① 蔡琰②

我生之初尚无为，我生之后汉祚衰③。天不仁兮降乱离，地不仁兮使我逢此时④。干戈日寻兮道路危，民卒流亡兮共哀悲⑤。烟尘蔽野兮胡虏盛，志意乖兮节义亏⑥。对殊俗兮非我宜，遭恶辱兮当告谁⑦？笳一会兮琴一拍，心愤死兮无人知⑧。

戎羯逼我兮为室家，将我行兮向天涯⑨。云山万重兮归路遐，疾风千里兮扬尘沙⑩。人多暴猛兮如虺蛇，控弦被甲兮为骄奢⑪。两拍张悬兮弦欲绝，志摧心折兮自悲嗟⑫。

越汉国兮入胡城，亡家失身兮不如无生⑬。毡裘为裳兮骨肉震惊，羯膻为味兮枉遏我情⑭。鼙鼓喧兮从夜达明，风浩浩兮暗塞昏营⑮。伤今感昔兮三拍成，衔悲畜恨兮何时平！

无日无夜兮不思我乡土,禀气含生兮莫过我最苦⑯。天灾国乱兮人无主,唯我薄命兮没戎虏⑰。俗殊心异兮身难处,嗜欲不同兮谁可与语。寻思涉历兮何难阻,四拍成兮益凄楚。

雁南征兮欲寄边心,雁北归兮为得汉音⑱。雁飞高兮邈难寻,空断肠兮思愔愔⑲。攒眉向月兮抚雅琴,五拍泠泠兮意弥深⑳。

冰霜凛凛兮身苦寒,饥对肉酪兮不能餐㉑。夜闻陇水兮声呜咽,朝见长城兮路杳漫㉒。追思往日兮行李难,六拍悲来兮欲罢弹㉓。

日暮风悲兮边声四起,不知愁心兮说向谁是㉔。原野萧条兮烽戎万里,俗贱老弱兮少壮为美㉕。逐有水草兮安家葺垒,牛羊满地兮聚如蜂蚁㉖。草尽水竭兮羊马皆徙,七拍流恨兮恶居于此㉗。

为天有眼兮何不见我独漂流㉘?为神有灵兮何事处我天南海北头㉙?我不负天兮天何配我殊匹㉚?我不负神兮神何殛我越荒州㉛?制兹八拍兮拟排忧,何知曲成兮转悲愁。

天无涯兮地无边,我心愁兮亦复然。人生倏忽兮如白驹之过隙,然不得欢乐兮当我之盛年㉜。怨兮欲问天,天苍苍兮上无缘㉝。举头仰望兮空云烟,九拍怀情兮谁为传。

城头烽火不曾灭,疆场征战何时歇㉞。杀气朝朝冲塞门,胡风夜夜吹边月㉟。故乡隔兮音尘绝,哭无声兮气将咽。一生辛苦兮缘别离,十拍悲深兮泪成血。

我非贪生而恶死,不能捐身兮心有以㊱。生仍冀得兮归桑梓,死当埋骨兮长已矣㊲。日居月诸兮在戎垒,胡人宠我兮有二子㊳。鞠之育之兮不羞耻,愍之念之兮生长边鄙㊴。十有一拍兮因兹起,哀响兮彻心髓㊵。

东风应律兮暖气多,汉家天子兮布阳和㊶。羌胡踏舞兮共讴歌,两国交欢兮罢兵戈。忽逢汉使兮称近诏，遣千金兮赎妾身㊷。喜得生还兮逢圣君，嗟别二子兮会无因。十有二拍兮哀乐均，去住两情兮难具陈㊸。

不谓残生兮却得旋归，抚抱胡儿兮泣下沾衣㊹。汉使迎我兮四牡骙骙，胡儿号兮谁得知㊺。与我生死兮逢此时，愁为子兮日无光辉。焉得羽翼兮将汝归，一步一远兮足难移，魂消影绝兮恩爱遗㊻。十有三拍兮弦急调悲，肝肠搅刺兮人莫我知㊼。

身归国兮儿莫知随，心悬悬兮长如饥。四时万物兮有盛衰，唯我愁苦兮不暂移。山高地阔兮见汝无期，更深夜阑兮梦汝来斯㊽。梦中执手兮一喜一悲，觉后痛吾心兮无休歇时。十有四拍兮涕泪交垂，河水东流兮心是思。

十五拍兮节调促，气填胸兮谁识曲？处穹庐兮偶殊俗，愿得归来兮天从欲㊾。再还汉国兮欢心，心有忆兮愁转深。日月无私兮曾不照临，子母分离兮意难任㊿。同天隔越兮如商参，生死不相知兮何处寻㉛。

十六拍兮思茫茫，我与儿兮各一方。日东月西兮徒相望，不得相随兮空断肠。对萱草兮徒想忧忘，弹鸣琴兮情何伤㉜。今别子兮归故乡，旧怨平兮新怨长。泣血仰头兮诉苍苍，生我兮独罹此殃！

十七拍兮心鼻酸，关山阻修兮行路难㉝。去时怀土兮枝枯叶干，沙场白骨兮刀痕箭瘢。风霜凛凛兮春夏寒，人马饥豗兮筋力单㉞。岂知重得兮入长安，叹息欲绝兮泪阑干㉟。

胡笳本自出胡中，缘琴翻出音律同㊱。十八拍兮曲虽终，响有余兮思未穷。是知丝竹微妙兮均造化之功，哀乐各随人心兮有变则通。胡与汉兮异域殊风，天与地隔兮子西母东。苦我怨气兮浩于长空，六合离兮受之应不容㊼！

[注释]

①此诗收入《乐府诗集·琴曲歌辞》。②蔡琰：字文姬，陈留圉（今河南杞县南）人，生卒年不详。其父蔡邕为汉末著名学者，以文章闻名。据《后汉书》记载，文姬"博学有才辩，又妙于音律"。初嫁卫仲道，夫亡无子，归宁于家。董卓之乱中被虏，后流落南匈奴，嫁与胡人，生二子。十二年后，曹操平定中原，用重金将其赎回，再嫁董祀。作品今传五言、骚体《悲愤诗》各一首，琴曲歌辞《胡笳十八拍》一首。这三首诗的真伪一直有争论，以五言《悲愤诗》较为可信；《胡笳十八拍》虽多疑议，一般亦认为与蔡琰有关，故录之。③无为：无事，言社会安定。汉祚衰：指汉桓帝、灵帝时，宦官、外戚专权，国运衰落。祚（zuò）：国运。此二句语出《诗经·王风·兔爰》："我生之初尚无为，我生之后逢此百罹。"④乱离：指汉末军阀混战，造成人民流离失所。⑤寻：接连不断。辛：同"莘"，慌乱。⑥胡虏：指匈奴人。乖：违背。节义亏：指自己被掳掠、强迫嫁给匈奴人。⑦殊俗：不同的风俗。⑧一会：一段。一拍：犹"一会"。⑨戎羯（jié）：当时在西北边地游牧的少数民族，此处代指匈奴人。室家：指妻妾。将：挟持。⑩遐：遥远。⑪虺（huǐ）蛇：一种毒蛇。控弦：拉弓。骄奢：骄傲蛮横。⑫张悬：上弦，即弹琴。悬：同"弦"。⑬越：离开。⑭骨肉震惊：指乍穿异族服饰不习惯，感到厌恶可怕。羯膻：带有腥气的羊肉、羊奶等食物。枉过：委屈，不顺。⑮鼙（pí）鼓：古代军中用的一种小鼓。暗：弥漫，笼罩。塞：边塞。营：营垒，此指匈奴人住的帐篷。⑯禀气含生：指一切有生气的物品。⑰无主：无依靠。没：湮没。⑱边心：边人怀乡之情。汉音：汉朝的音讯。⑲愔（yīn）愔：静默深沉状。⑳攒眉：皱眉。泠（líng）泠：形容声音凄凉清脆。㉑酪：

乳制品。㉒杳漫：荒远的样子。㉓行李：行程。㉔边声：指边地的战马、号角之声。㉕烽：烽火台。戎：兵器。“俗贱”句：语出《史记·匈奴列传》：“自君王以下皆食畜肉，衣其皮革，被毡裘，壮者食肥美，老者食其余，贵壮健，贱老弱。”㉖“逐有水草”句：语出《史记·匈奴列传》：“逐水草迁徙，无城郭常处耕桑之业。”逐：随着。葺（qì）：修。㉗流恨：抒发怨恨。恶（wū）：为何。㉘为：同“谓”。㉙何事：为何。㉚负：辜负。殊匹：不匹配的人，即嫁给异族人。㉛殛（jí）：流放远方。越：流离。㉜倏（shū）忽：形容时光短暂。㉝缘：因由。㉞城：指长城。㉟塞门：关口。㊱捐身：指自杀。有以：有原因。㊲冀：希望。桑梓：指家园。长已矣：永远地离去了。长：永远。已：完毕，引申为人的生命结束。矣：文言助词。㊳日居月诸：每天每月，常年。戎垒：胡营。㊴鞠之育之：养育。愍（mǐn）：怜悯。鄙：边地。㊵心髓：心脏。㊶应律：应和历象。阳和：春日的温暖之气。此处比喻皇帝的恩泽。㊷近诏：新近颁发的诏令。“遣千金”句：《后汉书·列女传》载：“（蔡琰）在胡中十二年，生二子。曹操素与邕善，痛其无嗣，乃遣使者以金璧赎之，而重嫁董祀。”㊸均：相等。㊹不谓：没有料到。㊺牡：指健壮的公马。骓骓：奔行不止貌。㊻将：携带。魂消影绝：人分开远离，互相看不见形影踪迹。遗：遗留。㊼搅刺：形容疼痛之剧。㊽阑：尽。斯：这里。㊾偶：丈夫。㊿难任：难当。(51)商参：星名，参居西方，商在东方，出没两不相见。比喻人相互隔离，无法相遇。(52)萱草：即忘忧草。古时游子远行前会在北堂种萱草，减轻母亲的思念，此处反用其典，强调自己的思念。(53)阻修：路途遥远难行。修：长。(54)虺（huī）：病。(55)阑干：纵横众多的样子。(56)缘琴翻出：用琴演奏胡笳曲。(57)浩：充满。六合：指上、下、东、西、南、北的各方空间。

[赏鉴]

　　这是一首长篇叙事诗。叙述作者因战争所遭受的种种苦难，具有强烈的主观抒情色彩，缠绵悱恻，痛彻心扉，成为一曲千古绝唱。

　　全诗十八拍可作两层读。一至十一拍为第一层，言被掳掠至北地，叙去国离乡的痛苦。作者是位善于叙事的高手。一拍是起始，先言大环境。通过对比"生之初"与"生之后"，极言自己遭逢乱世，天不佑、地不助，居住在中原地区，干戈遍地，人民流离。人不和，敌盛我衰，至于自己"遭恶辱"，几乎内心崩溃至死，然却呼告无门。以下苦难层叠而至。二拍写强婚，接着用大幅笔墨写被迫迁移至北地的不幸。其中经历的苦难包括：自然环境的恶劣，如风沙、冰霜苦寒等；风俗习惯的巨大差异，如穿衣饮食、逐水草而居、鼙鼓喧闹等；人际关系极为难处，如男子暴猛骄横，缺乏共同的爱好兴趣、语言不通等；战地多乱，整天从早到晚心惊胆战；远离家乡，相思日浓，这是最难以忍受的，几乎拍拍皆有。种种写来，字字蘸血，语语含泪，令人不能卒读。一个弱女子，为何竟遭受如此折磨呢？八拍与九拍质问天、神，表达出强烈的不满。这一写法，元代戏剧家关汉卿在塑造窦娥时也运用，应该受到蔡琰影响。俗儒会说，你做了敌虏的妻子，贞节全失，应该寻死以保节啊。诗人考虑到了这一点，十一拍即明言自己绝非贪生恶死之辈，之所以不即死，一因渴望回乡，若死则骨埋北地、永不得归矣，二因有了两个孩子，她必须担当起母亲的职责。母性视角的糅入，使作者不向命运屈服低头的精神，显得更为高大！

　　十二至十八拍为第二层，言受迎接回归故国，叙骨肉分离的痛苦。十二拍用"东风""暖气多""布阳和"这些喜气洋洋的话语，极写听闻"汉家天子"派使者来迎接自己回国，内心的欢悦鼓舞，有如改天换地，顿时改悲为乐。但随之而来的与亲生骨肉的生离死别这一新的痛苦又降临了。由于国家敌对、民族歧视和战争的原因，自己无法把两个"胡儿"

带走。所以，从临别时起，至回到家乡以后，自己对孩子的思念日益加重，又陷入与在北地时截然不同的另外一种痛苦的深渊。如十三拍言"肝肠搅刺"、十六拍言"泣血"、十七拍言"泪阑干"可见，而以十四拍写"梦中执手"最为感人，充分刻画出了母爱可以超越民族、超越战争的伟大，读来钦佩之情油然而生。上一层抒写怀乡的苦痛，周围的环境都是与自己相对立的，唯有孩子是自己的安慰。这一层抒写念子的苦痛，虽然周围的环境都极为舒适妥贴了，但是孩子却成了自己唯一的牵挂。两者境状截然相反，可见运笔之力与妙！

　　全诗在体式上，一至十拍为一体，以"某拍"呈现；十一至十四拍为一体，以"十有某拍"呈现。以上乐调均为先言事，后抒情。十五至十八拍变体并变调，变体指以"十某拍"呈现，变调指先抒情，后叙事。在曲调与情感传达上，拍与拍之间有重复也讲变化，从而构成一种拍拍相融、层层深入、回环复沓的艺术效果，极为深切感人。曲调方面，如二拍"弦欲绝"、六拍"欲罢弹"、十二拍"哀乐均"、十三拍"弦急调悲"、十五拍"节调促"等，均显示出不同。情感方面，一拍"溃死"，是起始，也是总述，言一被掳掠，就知道噩运降临了。十八拍"思未穷"是结束，曲终而思未终，余响裂空，让人久久不能平静。中间如四拍"益凄楚"、五拍"意弥深"、八拍"转悲愁"、十拍"泪成血"、十一拍"彻心髓"等，均可见出在不断加深。而且，每一拍都有主因主调，如三拍因"伤今感昔"成，四拍因"寻思涉历"成，六拍因"追思往日"成，七拍因"恶居于此"成，十二拍因"去住两情"成，十六拍因"旧怨平兮新怨长"成等，皆随手取题，自见差异。

[辑评]

　　宋严羽《沧浪诗话》：《胡笳十八拍》浑然天成，绝无痕迹，如蔡文姬肺肝间流出。

宋范晞文《对床夜话》卷一：蔡琰虽失身，然词甚古，如"不谓残生兮……魂消影绝兮恩爱遗"，此将归别子也。时身历其苦，词宣乎心。怨而怒，哀前思，千载如新，使经圣笔，亦必不忍删之也。

明胡应麟《诗薮·外编》卷一：文姬《十八拍》，纤弱猥近，渐启陈、隋。……远失汉人朴茂温厚之致。

饮马长城窟行① 陈琳②

饮马长城窟，水寒伤马骨③。往谓长城吏："慎莫稽留太原卒④！""官作自有程，举筑谐汝声⑤！""男儿宁当格斗死，何能怫郁筑长城⑥！"长城何连连，连连三千里⑦。边城多健少，内舍多寡妇⑧。作书与内舍⑨："便嫁莫留住！善事新姑嫜，时时念我故夫子⑩。"报书往边地："君今出语一何鄙⑪！""身在祸难中，何为稽留他家子⑫？生男慎莫举，生女哺用脯⑬。君独不见长城下，死人骸骨相撑拄⑭？""结发行事君，慊慊心意关⑮。明知边地苦，贱妾何能久自全⑯？"

[注释]

①此诗收入《乐府诗集·相和歌辞》。②陈琳（？—217）：字孔璋，广陵射阳（今江苏淮安南）人，为"建安七子"之一。汉末时先为何进主簿，又为袁绍掌书记，后归附曹操，历任军谋祭酒、记室、丞相门下督等职。以文章见长，尤以章表书檄诸体为最，《为袁绍檄豫州文》传为名作。曹丕《典论·论文》说："琳瑀（指陈琳、阮瑀）之章表书记，今之

隽也。"诗歌存四首,以《饮马长城窟行》为最好。有辑本《陈记室集》。③长城窟:长城下边的泉眼。窟:泉窟,泉眼。④长城吏:监管修筑长城的官吏。慎莫:千万不要。稽留:滞留,阻留。太原卒:从太原地区征调来的民夫。太原:秦代郡名,治所在今山西太原。⑤官作:官府的工程。程:期限。筑:夯。谐汝声:喊齐你们打夯的号子。谐:和谐一致。⑥宁当:宁愿。格斗:搏斗,这里指战斗。怫(fú)郁:烦闷,不痛快。⑦连连:连绵不断的样子。⑧边城:泛指长城一带的边远地区。健少:年轻健壮的男子。内舍:役卒的家中。寡妇:指役卒的妻子,古时凡妇人独居者皆可称"寡妇"。⑨作书:写信。⑩事:侍奉。姑嫜:公婆。故夫子:原来的丈夫。⑪报书:回信。鄙:薄,这里指情意浅薄。⑫祸难:灾难,指归期无望,生死难测。何为:为何。他家子:别人家的女子,这是役卒指自己的妻子。古代女子亦可称"子"。⑬举:养育成人。哺:喂养。脯(fǔ):肉干。"生男"以下四句借用秦始皇时民歌:"生男慎勿举,生女哺用脯。不见长城下,尸骸相支拄。"⑭撑拄:支撑,这里指死人骸骨杂乱地堆在一起。⑮结发:古时男子二十岁束发而冠,女子十五岁取笄结发,表示成年。这里指结为夫妇。慊(qiàn)慊:怨愁的样子。关:牵挂。⑯自全:保全自己,独自活着。

[赏鉴]

这是一首精彩的乐府叙事诗,叙说了一个生动鲜活的故事。诗中出现了三个人物:健少、长城吏与内舍,以健少为中心。发生了两件事:一是健少向长城吏提出不修长城,未允许;二是健少劝告内舍改嫁,被断然拒绝。第一件事以直接对话的形式展开,第二件事以书信两番往来的形式展开。均是寥寥几笔,简净自然,绝不作过多铺染,犹如简笔人物画,十分形象地刻画出了长城吏的官腔官态与蛮横霸气,以及健少的硬气与柔情、内舍的痴情与坚贞。

全诗的布景形如一出简短的两幕戏剧。第一幕从首句至"内舍多寡妇",叙健少在长城的生活状况。首二句起兴,同时以"饮马"点明健少是一名真正的健儿,由其爱惜马、喜欢马可知。以"水寒"点明时值寒冷的冬天,成为全诗人物事件次序展开的不可或缺的时间背景。而寒冬来临,年关将近,健少离家很长时间了,或许已经又是一年。思乡之情,陡然生起。接为对话。长城吏语语压人,而健少句句铮铮铁骨,铿锵而抗。"往谓""慎莫""宁当"等词都写出了健少的果敢无畏、大义凛然,使人感到,让他来参加修长城的劳动,而不是征召去战场作战,真是大材废用,枉费了他的一腔报国热血。又四句似独白,形容因修长城给人民生活带来的痛苦。健少触眼所见,长城附近的青壮男子已经征召完了,又逐渐扩展到自己所在的太原等其他较远地区。言外之意,几乎全天下的男子都来修长城了,所以造成了内地"多寡妇"的凄惨局面。

"作书与内舍"以下为第二幕,叙健少与内舍互诉情感。健少明知自己回不去了,为内舍的生活与幸福着想,反复劝其改嫁。内舍则怀抱爱情的坚贞,誓死不同意,明确表达出了"何能久自全",意即如果健少死在边城,自己亦不能独活,必将殉夫而亡。引用的"生男""生女"一段,可见两人当是刚刚结婚不久,健少就被迫离开了家乡来到边城,因为他对自己的孩子连男女都不知道。而从内舍的决绝答语看,他们根本就没有孩子——又足见新婚之短。两段书信往答,根据两人远隔千里以及古代书信传递缓慢的事实,两次往答之间,应该一年或者两三年的时间过去了吧,则其中蕴藏的痛苦与煎熬该是何等强烈!往答的署名形式亦值得注意,"作书与内舍"与"报书往边地"相对,"与内舍"有具体人名地址,是言一定能寄往送达之意;"往边地"则无具体人名地址,是言边地漫漫,不知役夫存或未存,并不知存于何地之意。尤其后两句省略寄者,既是行文的省略,又透露两人的决绝之态,空谷足音,振聋发聩,发人深省。

[辑评]

明胡应麟《诗薮·内编》卷三：陈琳《饮马长城窟行》一章，格调颇古，而文义多乖。昌谷谓"意气铿锵，非风人度"，其以是乎！

清王夫之《古诗评选》卷一：意几尽矣，而其安顿之浃洽生动，洗濯之亭泓萧放，遂与伯喈一词星月交清。

清沈德潜《古诗源》卷六："作书与内舍"，健少作书也。"报书与边地"二句，内舍答书也。"身在祸难中"六语，又健少之词。"结发行事君"四句，又内舍之词。无问答之痕，而神理井然，可与汉乐府竞爽矣。

清张玉谷《古诗赏析》卷九：此伤秦时役卒筑城，民不聊生之诗。比汉蔡中郎作，为切题矣。首二，点题直起，水寒伤骨，就苦寒引出归思。"往谓"六句，先设为卒往告吏求归，吏惟伤卒急筑，卒再与吏折辩，三层往复之辞。第一层用明点，下二层皆用暗递，为久筑难归立案，文势一顿。"长城"四句，振笔重复提起，言如此工程，宁有尽日，将来夫妻团聚，真绝望矣，引起下文两次作书回绝来。"作书"六句，第一番书信寄答，俱用明点，而去书但嘱便嫁，来书但责何鄙，以不忍斥言必死边地也。"善待"二语，就嘱妻中并含念父母意。"身在"至末十句，第二番书信寄答，俱用暗递。寄辞六句，以在祸难，点清所以不忍稽留之故，复借彼之生男不如生女，跌醒己之必死边城。语本汉诗，神理恰合。答辞四句，表白己之亦当从死，而彼死终不忍言，只以"苦"字代之，又得体。此种乐府，古色奇趣，即在汉乐府中亦推上乘。自魏而降，鲜嗣音矣。

梁启超《中国之美文及其历史》：辞沉痛决绝，杜甫《兵车行》不独仿其意境音节，并用其语句。

七哀诗① 三首选一　王粲②

　　西京乱无象,豺虎方遘患③。复弃中国去,委身适荆蛮④。亲戚对我悲,朋友相追攀⑤。出门无所见,白骨蔽平原⑥。路有饥妇人,抱子弃草间。顾闻号泣声,挥涕独不还⑦。"未知身死处,何能两相完⑧?"驱马弃之去,不忍听此言。南登霸陵岸,回首望长安⑨。悟彼下泉人,喟然伤心肝⑩。

[**注释**]

　　①此诗收入《文选·哀伤》。原载三首,今选一首,为原诗第一首。②王粲(177—217):字仲宣,山阳高平(今山东邹城西南)人,为东汉灵帝时司空王畅的孙子,"建安七子"之一。少有才名。董卓之乱后,南奔荆州避难,依附刘表十五年。后归顺曹操,先后为丞相掾、军谋祭酒、侍中等。作品情调悲凉,内容多写离乱、思乡,较深刻地反映了当时的时代特征。擅长诗赋创作,在"建安七子"中成就最高,刘勰在《文心雕龙》中称其为"七子之冠冕"。存诗二十多首。有辑本《王侍中集》。③西京:指长安。初平元年(190)春,董卓挟持汉献帝由洛阳迁都长安。无象:无法无天。象:法度。豺虎:指董卓的部将李傕、郭汜等。初平三年(192)五月,李傕、郭汜等合围长安,六月入城,烧杀掳掠,死者万余人。遘患:给人民造成灾难。④复弃:王粲原居洛阳,因董卓兵乱迁居长安,此时又因兵乱离开长安,故云。中国:指京师长安。委身:置身,托身。荆蛮:指荆州。古代中原地区的人称南方的民族曰蛮,荆州在

南方，故曰荆蛮。当时，荆州未遭战乱，荆州刺史刘表曾师从王粲的祖父王畅，且有同乡之谊，故王粲去投奔他。⑤追攀：追逐拉扯，这里指依依不舍之情。⑥蔽：遮盖。⑦顾：回头看。号泣声：指弃儿号啕大哭的声音。⑧完：保全。⑨霸陵：汉文帝陵墓，在今陕西长安东南。岸：高原。文帝陵因山起陵，建于原上。⑩悟：领悟。下泉：《诗经·曹风》篇名，抒写怀念东周盛世明君贤臣共治之情。喟（kuì）然：伤心的样子。

[赏鉴]

　　全诗有七层。前六句每两句各为一层，合三层；中间四句为一层；后六句每两句各为一层，合三层。前三层与后三层，写诗人意欲追求政治清明的行动；中间一层，写路上见闻，指出政治混乱的恶果。前、中、后相为因果，构成一个艺术整体。

　　起二句点出时代背景。"西京"，以地点带出朝代，指汉献帝在位时期。"乱无象"，言汉末政治乱象由来已久，已经到了无法收拾的地步，军阀割据混战，遍地生灵涂炭，造成巨大的社会危害。"方遘患"，言又发生一起严重骚乱事件。次二句写不得已离开。"复弃"，言本不欲弃，被逼无奈才弃。一个朝臣两次被逼弃京师而去，其心情该是何等悲戚？"委身"，点出极不情愿之状，回应"复弃"。"荆蛮"一词，带有强烈的地域歧视色彩，与"中国"相对，证明自己此行非不忠也，乃权宜保身之策也。五、六句言亲戚、朋友的依依不舍之情，采用了互文的修辞手法，"对我悲""相追攀"可以互置。"追攀"，写出亲友想追随同去，但自己不让跟随之意。极言时乱之险巨，连己身都不能顾，更罔顾身外之余？

　　七、八句指出"乱""患"的恶果，回应首二句。"无所见"，指到处都看不到有生命希望的景象，触目皆是一片悲惨凄凉。"白骨蔽平原"，极言白骨之多，人死之多，而且来不及埋葬，又写出人死之速，从而对

"遘患"的豺狼虎豹们提出了血泪控诉。"路有饥妇人"以下六句写母弃子的典型事件。是什么原因，可以使一位母亲丢弃自己的亲生孩子，而不顾其死活？回答自然是战乱，由此批判的矛头也就再次指向造成乱患不宁的昏君与恶臣。"饥妇人"，"饥"字点出弃子之因。弃与不弃都必将饿死，与其抱在怀中亲眼见其死去，不如弃置荒草，眼不见心不痛。"顾""挥涕"，极写妇人心如刀绞、悲痛欲绝之状。"独不还"，写出无可奈何。"未知"二句是独白之音，如同野外蓦然飘来，响彻整个黑暗的大地，令人振聋发聩。"身死"，点出妇人不久也会饿死。正与"出门无所见，白骨蔽平原"句紧紧相连，即过不了几天，必定又会增添两具白骨——"蔽平原"！

后六句写感想。"饥妇人"与其子的不能"两相完"，使作者想起自己与亲友的不能"两相完"。妇人弃子，也恰如自己弃亲友并弃京师。所以，作者"不忍"再听其言，赶紧"弃之"而去。怎样才能不让亲弃亲这样的人间惨剧发生呢？作者借古喻今，给出了正面解答。"南登"对"回首"，即是以历史上的明君汉文帝，对比当时的汉献帝。接着，又以《下泉》诗中所写周代明君贤臣共兴太平，伤叹东汉末年的政治顽疾，并隐隐点出自己此次弃京适蛮的目的，即是欲去寻找投靠一位明君。则作者自许为贤臣可知。

[辑评]

清王夫之《古诗评选》卷四：落笔刻，登音促，人手紧，后来杜陵有作，全以此为禘祖。"未知身死处，何能两相完"，居然杜句矣。"南登霸陵岸"一转，取势平远，则非杜所及也。

清沈德潜《古诗源》卷六：此杜少陵《无家别》《垂老别》诸篇之祖也。

清张玉谷《古诗赏析》卷九：此三首中第一首，追叙赴荆时事而感怀也。题借七哀，无庸拘泥。首六，直就世乱说起，追叙避地荆州出门情事。"出门"十句，叙在途饥荒之景。然胪陈不尽，独就妇人弃子一事，备极形容，而其他之各不相顾，塞路死亡，不言自显。作诗解此举重该轻之法，庶几用笔玲珑。末四，"南登""回首"，兜应首段；"伤心""下泉"，缴醒中段。收束完密，全篇振动。

清洪亮吉《北江诗话》卷四："南登霸陵岸，回首望长安。"悯时之俦，其情致缠绵若此。即《周南》诗人"陟彼高岗，我马玄黄"之遗意也。

定情诗① 繁钦②

我出东门游，邂逅承清尘③。思君即幽房，侍寝执衣巾④。时无桑中契，迫此路侧人⑤。我既媚君姿，君亦悦我颜⑥。何以致拳拳？绾臂双金环⑦。何以致殷勤？约指一双银⑧。何以致区区？耳中双明珠⑨。何以致叩叩？香囊系肘后⑩。何以致契阔？绕腕双跳脱⑪。何以结恩情？佩玉缀罗缨⑫。何以结中心？素缕连双针⑬。何以结相于？金薄画搔头⑭。何以慰别离？耳后玳瑁钗。何以答欢悦？纨素三条裙⑮。何以结愁悲？白绢双中衣⑯。与我期何所？乃期东山隅⑰。日旰兮不来，谷风吹我襦⑱。远望无所见，涕泣起踟蹰。与我期何所？乃期山南阳。日中兮不来，飘风吹我裳⑲。逍遥莫谁睹，望君愁我肠⑳。与我期何所？乃期西山侧。日夕兮不来，踯躅长叹息。远望凉风至，俯仰正衣服。与我期何所？乃期山北岑㉑。日暮兮不来，凄风吹我衿。望君不能坐，悲苦愁我心。爱身以何为，惜我华色时。中情既款款，然后克密期㉒。褰衣蹑花草，谓君不我欺。厕此丑陋质，徙倚无所之㉓。自伤失所欲，泪下如连丝。

[注释]

①此诗收入《乐府诗集·杂曲歌辞》。定情：镇定感情。②繁（pó）钦（？—218）：字休伯，颍川（今河南禹县）人。少以文才机辩闻名。先从刘表，后投曹操，为豫州从事，累迁丞相主簿。长于书记，善为辞赋，风格巧丽。曾作书称美曹丕，丕答以《答繁钦书》。今存诗八首。③承清尘：谦词，亲近车马扬起的尘土。清：表示尊崇。④幽房：幽深的居室。⑤桑中：男女约会之地，本自《诗经·桑中》诗。契：约会。迫：近。⑥媚：爱悦。⑦致：表达。拳拳：忠爱之情。绾：束。⑧约指：戒指。⑨区区：绵绵情意。⑩叩叩：诚恳之意。⑪契阔：别后的思念。跳脱：又作"条脱"，即臂钏，俗名镯子。⑫罗缨：佩玉的带子。⑬中心：内心之情。素缕连双针：用白线穿双针，象征两心相连，情意坚贞。⑭相于：即"相厚"，一种习惯说法。金薄：金箔。搔头：即簪子。⑮三条裙：装饰着三道花边的裙子。条：丝织的带子。⑯中衣：近身之衣。⑰期：约会。⑱旰（gàn）：晚。谷风：山谷中的风。⑲飘风：旋风。⑳逍遥：徘徊等待的样子。㉑岑：指小而高的山。㉒款款：形容感情真挚。克密期：定下幽会的日期。㉓厕：同"侧"。

[赏鉴]

这是一首爱情诗。诗中运用第一人称，抒写了从初次相识到热恋、再到失恋的情感变化过程。前八句写初恋。点出两人是偶然相遇，在路边相识，彼此瞩目相悦，而互有好感，一见钟情，"我"便愿意以身相许。

"何以致拳拳"至"白绢双中衣"写热恋。作者并没有流于刻画两人卿卿我我、缠缠绵绵的俗套，而是连用"何以"问句，一问一答，来表达对爱情的忠贞。句式奇特，匠心独具，特色鲜明。在问句中，连用"拳拳""殷勤""区区""叩叩"四组词语，来表示情感日见亲厚；连用"契阔""恩情""中心""相于"四组词语，来表示情感紧密之状；连用"别离""欢悦""愁悲"三组词语，来表示爱情中也有悲愁，即使短暂的离别，都让"我"难以忍受，见出热恋之深，已自不一般。在答句中，或用金环、银戒指、明珠、手镯、佩玉、金搔头、玳瑁钗等珍贵的金银首饰，来喻示对爱情的珍惜；或用香囊、素缕、衣袍、白绢等身上所穿戴的芬芳洁净的衣物，来喻示对爱情的喜爱。所选取的都是随身的常见事物，使情感的表达明白易见，同时又以这些饰物的不同寻常，暗示出女子出身高贵，地位、品节都很高尚。

余则写失恋。以四句"与我期何所"引起，以东、南、西、北的方位变化，和"日旰""日中""日夕""日暮"的时间变化，暗示出约会时男子多次失约，常常让"我"等待得万分焦灼，并以"涕泣""愁""凉风""悲苦愁"来表达失恋对于自己的影响，失望之情不断加深。对方位、时间变化等描述，是虚写而非实写，使用了重复的修辞手法。以下用"华色""陋质"对比，写出女子年老色衰，被男子抛弃，以致伤心欲绝。整首诗颇具普遍性，深刻揭示了古代女子以色事人的悲惨命运。

[辑评]

唐吴兢《乐府古题要解》卷下：言妇人不能以礼从人，而自相悦媚，乃解衣服玩好致之，以结绸缪之志。若臂环致拳拳，指环致殷勤，耳珠致区区，香囊致扣扣，跳脱致契阔，佩玉结恩情，自以为志，而期于山隅、山阳、山西、山北，终而不答，乃自伤悔焉。

明胡应麟《诗薮·内编》卷一：繁钦《定情》，气骨稍弱陈思，而整赡都雅，宛笃有情。《同声》之后，此作为最。

清魏源《诗比兴笺》稿本卷一：观魏文《与吴质书》，历数存没诸人，不及主簿。故知骚怨之作，必非无病之呻。彼甄后结发，尚致塞糠；子建连枝，犹泣煮釜。繁与二丁、德祖，俱摈七子之列，情好不终，又何怪欤！观此《定情》之作，始合终暌，彼凉我厚，君臣朋友，千载同情。渊明《闲情》之赋，此导其前修。平子《四愁》之章，此申其嗣响。忘其比兴，仅等闺情。辄复举隅，以当论世。

克官渡① 缪袭②

克绍官渡由白马，僵尸流血被原野③。贼众如犬羊，王师尚寡④。沙塠旁，风飞扬⑤。转战不利士卒伤，今日不胜后何望？土山地道不可当，卒胜大捷震冀方⑥。屠城破邑，神武遂章⑦。

[注释]

①此诗收入《乐府诗集·鼓吹曲辞》。②缪（miào）袭（186—245）：字熙伯，东海兰陵（今属山东）人。建安初辟官御史大夫府，历事曹魏（曹操、曹丕、曹叡、曹芳）四世，官至侍中尚书光禄勋。有才学，精音律，与汉末哲学家仲长统友善。今存诗十三首，包括《魏鼓吹曲》十二首，《挽歌》一首。③克：战胜。绍：袁绍。官渡：城名，在今河南中牟东北。白马：城名，在今河南滑县东北。被：遍布。④贼众：指袁绍军队。王师：指曹操军队。⑤沙塠（duī）：沙墩，小沙丘。《三国志·魏志·武帝纪》："八月，绍连营稍前，依沙塠为屯，东西数十里。"⑥当：抵挡。卒：最终。冀方：冀州地区。⑦屠城：攻破城池时屠戮民众。神武：英明威武。章：彰显。

[赏鉴]

　　这是一首纪事诗，凡十二句，两句三言，两句四言，一句五言与一句四言杂合，六句七言。以七言作前后贯穿，而以其他为插入补充，整散结合，灵活自由，有力地烘托出了全诗的气势。首二句直写主题，叙出官渡大胜的结果。"克"字点明事件，"绍"字点出人物，"官渡"是事件发生的地点，"由白马"点出整个战争的过程，"僵尸流血"言杀敌之多，"僵"字表示对敌的厌恶态度。三句至十句，补叙战争的有关形势。当时袁绍军队号称七十万，曹操军队不过三十万，敌众我寡。"贼众""王师"两语相对，立场鲜明。"如犬羊"，是对敌人的蔑视，言虽多亦无用。风沙飞扬，言战场的艰苦环境。"转战不利"，言我军暂时的失利。紧接在风沙飞扬后面，乃言失利是环境因素所知，与敌军势力强大无关。造语巧妙，体现出了英勇无畏的战斗精神。"今日不胜"是激励语，道出了破釜沉舟的必胜信念。"土山地道"，写战场复杂环境，地形多变。"不可当"，言敌军尽管人数众多、兼凭地理之利，也阻挡不住我军的凌厉攻势。"卒胜大捷"，写尽取得最终胜利之后的痛快之情。"震冀方"，写这次战役的巨大影响。末二句是赞语，以"神武"称颂曹操，极写其用兵有方，英明果断，才能率领我军以弱胜强，取得了官渡大战的重大胜利。

[辑评]

　　清沈德潜《古诗源》卷六：音节自佳。

　　清张玉谷《古诗赏析》卷十：首四，起即点题，而原其所自，先叙白马之战，杀伤过多，贼气已挫，作一引，随勒转贼众我寡，以见终克之难。中六，正叙官渡之克，顶上众寡不敌，从几几失利跌出卒能大捷来，音节遒劲。末二，以颂扬结。此首着意在我之以寡胜众也。

燕歌行① 二首选一 曹丕②

　　秋风萧瑟天气凉，草木摇落露为霜③。群燕辞归鹄南翔，念君客游多思肠④。慊慊思归恋故乡，君何淹留寄他方⑤？贱妾茕茕守空房，忧来思君不敢忘，不觉泪下沾衣裳⑥。援琴鸣弦发清商，短歌微吟不能长⑦。明月皎皎照我床，星汉西流夜未央⑧。牵牛织女遥相望，尔独何辜限河梁⑨？

[注释]

　　①此诗收入《乐府诗集·相和歌辞》。原载二首，今选一首，为原诗第一首。②曹丕（187—226）：字子桓。建安二十五年（220）代汉自立，国号魏。效法汉文帝清静无为、与民休息的政策，轻刑罚、薄赋税、禁淫祀、罢墓祭，促进了中原地区生产力的发展。但他建立的"九品中正法"，开士族门阀制度先河，在历史上起到了不良影响。现存诗约四十首，四言、五言、六言、七言、杂言等各种形式均有，而以五言居多，内容多写男女爱情和游子思妇的离情别绪，风格自然清丽、细腻委婉，对魏晋以后诗歌讲求华丽辞藻的风气产生了影响。另有《典论·论文》，为古代文论史上最早的专篇论文，具有十分重要的地位。③萧瑟：风声。摇落：零落，凋残。④辞归：告别北方，飞回南方。鹄：天鹅。君：女子对丈夫的尊称。客游：客居异乡。思肠：思念故乡的感情。⑤淹留：久留。寄：寄旅。⑥贱妾：古代女子对自己的谦称。茕（qióng）茕：孤独忧伤的样子。沾：浸湿。⑦援：取。清商：曲调名，音节短促，音量纤细。短

歌：指按清商曲调弹出来的音节短促的曲子。微吟：低声吟唱。⑧星汉：指银河。西流：运转西落。夜未央：夜已深而未尽的时候。初秋黄昏之时，牵牛织女之间的一段银河在正中天，到了夜深时，运转到西边，故云。⑨牵牛织女：星名，各在银河一方，神话传说中他们是一对夫妇，被银河阻隔，每年七月七日夜由喜鹊搭桥，才能相会一次，平时只能隔河相望。尔：你们，指牵牛、织女。独：偏偏。辜：通"故"。河梁：河上的桥。

[赏鉴]

  这是现存最早、最完整的一首七言诗，在诗歌发展史上具有重要地位。作者以思妇为题，首二句托物起兴，以肃杀悲凉的深秋气象，为全诗的展开铺垫了凄寂寥阔的时景，奠定了全诗的情感基调。其中，"天气凉"写肤觉，"摇落"写听觉，"露为霜"写视觉。以全身主要感觉器官的打开，预示思念之情的浓郁与强烈。次二句景象从地上转移到天上，以物喻人，呼告客游的夫君是时候该"辞归"了。五、六句是设问，紧承上二句，再次要求夫君赶紧回来，迫切之情溢于言表。七、八、九句直接抒情，言孤独之状、深挚思念之情，令人动容。接二句借物烘托，本想用弹琴排遣内心的愁怨情绪，却不知自己悲哀至极而不能成乐，过于激动而至于哽咽不能吟咏了。末四句又从地上回到天上，引入了《古诗十九首》中的一些意象，如"明月""皎皎""牵牛""织女"等，质疑夫妻分离乃谁之过？

  全诗总十五句，前四句从在外客游男子的角度设想，从"慊慊思归恋故乡"句转移到居家女子自己的角度，至"短歌微吟不能长"句都是女子自抒情感，后四句则是女子联想到牛郎织女的故事，渴望早日获得夫妻团圆。句与句之间，前承后联，次第有序，表达充分而完整。每句七言，句式一般为前四加后三，如"秋风萧瑟／天气凉"、"尔独何辜／限河梁"，整齐划一，朗朗上口，浑然有力。而句中抒情时间的推移，大致经过了白天到夜幕降临再到深夜的过程。白天见叶落、雁飞，夜幕独归"空房"，登床而又不能成寐，只是呆呆地凝望星空。时间既长，感情愈炽，成功地塑造出了一位痴情怨望的思妇形象。

[辑评]

明胡应麟《诗薮·内编》卷三：子桓《燕歌》二首，开千古妙境。

清王夫之《古诗评选》卷一：倾情倾度，倾色倾声，古今无两。从"明月皎皎"入第七解，一径酣适。殆天授，非人力。

清沈德潜《古诗源》卷五：和柔巽顺之意，读之油然相感。节奏之妙，不可思议。○句句用韵，掩抑徘徊。"短歌微吟不能长"，恰似自言其诗。

清张玉谷《古诗赏析》卷八：首三，突叙秋景，即将燕北雁南皆知时序，反兴而起，笔势飘忽。"念君"三句，先就彼边，揣度其客游定亦怀归，何久淹留之故，文势一曲。"贱妾"五句，方就己边，正写望归无聊情事，文势一展。末四，补写夜景也，然就双星限河遥望，为之代惜何辜。以赋寓比，阕然收住，竟不兜转怀人本旨，而彼己恰已双收，用笔入化。此仿《柏梁》句句用韵，而一气卷舒者，创体也。今人遇此体，概曰"柏梁"，岂知《柏梁》乃联句，文气不贯乎？

叶嘉莹《汉魏六朝诗讲录》：这首诗结尾的一句，真是画龙点睛之笔："尔独何辜限河梁"。你们本来是相爱的一对，可是你们到底犯了什么过错而被阻隔在银河的两边呢？作者本来是写自己的离别忧伤，可是现在他忽然把笔锋一转说：我们人间有离别忧伤，你们天上难道也有离别忧伤吗？这一句，实在是无理之词，然而又是至情之笔。……他把自己的悲哀结合了天上的悲哀，写得如此广远，茫茫一片。这一句，使得全篇都振作起来了。

善哉行① 四首选一 曹丕

上山采薇，薄暮苦饥②。溪谷多风，霜露沾衣③。野雉群雊，猿猴相追④。还望故乡，郁何垒垒⑤！高山有崖，林木有枝⑥。忧来无方，人莫之知⑦。人生如寄，多忧何为⑧？今我不乐，岁月如驰⑨。汤汤川流，中有行舟⑩。随波转薄，有似客游⑪。策我良马，被我轻裘⑫。载驰载驱，聊以忘忧⑬。

[注释]

①此诗收入《乐府诗集·相和歌辞》。原载四首，今选一首，为原诗第二首。善哉：赞美之辞。②采薇：语出《诗经·小雅·采薇》，抒写行役士兵怀念故乡之情。薇：野菜名，属豆科，可食。薄：迫近。苦饥：苦于饥，即饥饿难熬之意。③溪谷：山谷。④雉（zhì）：山鸡，俗称野鸡。雊（gòu）：雄雉求偶的鸣叫声。相追：相互追逐嬉闹，有交配之意。每年九、十月份为猿猴交配的最好季节。⑤郁：形容山林茂密。何：语助词，如同"呵"。垒垒：重叠貌。⑥崖：边际，同下文"方"。枝：与下文的"知"音义双关。本于古《越人歌》："山有木兮木有枝，心悦君兮君不知。"⑦无方：无一定方向。莫之知：即"莫知之"，属动宾倒置用法。⑧寄：暂居。⑨今我不乐：语出《诗经·唐风·蟋蟀》"今我不乐，日月其除"。乐：行乐。⑩汤（shāng）汤：大水急流貌。川：河。⑪转：回旋。薄：同"泊"，停泊。客：游客，在外漂泊之人。⑫良马：宝马。被：同"披"。裘：皮衣。⑬载驰载驱：语出《诗经·鄘风·载驰》"载

驰载驱，归唁卫侯"。载：语助词，犹"乃"。驰：快跑。驱：鞭马前行。

[赏鉴]

全诗可分四层，每八句为一层。第一层写居外思乡。道出了在外稽留久居的艰苦之状，一是缺乏盘缠食物，二是无爱人相伴，孤寂难耐。"薄暮苦饥"一语，点明几乎每天都支撑不到傍晚，所以不得已一大清早就起床上山采摘新鲜的野菜以充饥，而不惜"霜露沾衣"导致身体着凉。每于上山看到"野雉群雏，猿猴相追"嬉闹欢乐的场景，内心不免很不是滋味。肉体上的饥饿与精神上爱的缺乏，使人在深秋时节，登山远眺故乡，心情特别沉郁不畅。第二层写人生迅疾。紧承上文登山，顺势以在山上所见山崖、树枝起兴。"忧来无方"说明人之忧愁袭心，则触景皆可增忧。以下四句忽转，写出自己的醒悟，人生如过隙，怀忧也是过，无忧也是过，不如得过且过。于是自然提起下文，过渡无痕。第三层写聊与作乐。"汤汤"四句是个复杂比喻，以"行舟"比"客游"，以"川流"喻在外漂泊。舟行水上，舟随波转。漂泊在外，人无定踪，心无着落。所以，还是多想一想如何忘记忧愁的办法吧。策良马、被轻裘，虽含有"我"字，恐非"我"之属。观前文"苦饥"可知，既然达不到这样的经济条件，则"我"之行为有过度之嫌，有暴弃之虞。是则"忧"终无法忘矣。

此诗为四言，且多以《诗经》中语成句，颇有其父之风。然表情达意，委婉细腻，曲折入微，还是体现了曹丕本人的风格。

[辑评]

明王世贞《艺苑卮言》卷二："忧来无方，人莫之知。"……此《国风》清婉之微旨也。

清王夫之《古诗评选》卷一：子桓论文云："气之清浊有体，不可力强而致。"其独至之清，从可知已。藉以此篇所命之意，假手植、粲，穷酸极苦，磔毛竖角之色，一引气而早已不禁。微风远韵，映带人心于哀乐，非子桓其孰得哉？但此已空千古。陶、韦能清其所清，而不能清其所浊，未可许以嗣响。

清沈德潜《古诗源》卷五：此诗客游之感。"忧来无方"，写忧剧深。末指客游似行舟，反以行舟似客游言之，措语既工复活。

清张玉谷《古诗赏析》卷八：此客游有感之诗。一解，直叙客游之苦。以下兴比诸意，皆在山谷伏根。二解，就所见雄雏猴追之各有其耦，反兴故乡难归。三解，就所见山崖木枝之无不共见，反兴忧来莫知。四解，顶"忧"字作转，点出行乐贵乎及时。五解，指客游之似行舟也，却反说行舟有似客游，笔逆局展。六解，结出忘忧作用，却即仍就游上说，便甚。

薤露[①] 曹植[②]

天地无穷极，阴阳转相因[③]。人居一世间，忽若风吹尘[④]。愿得展功勤，输力于明君[⑤]。怀此王佐才，慷慨独不群[⑥]。鳞介尊神龙，走兽宗麒麟[⑦]。虫兽犹知德，何况于士人。孔氏删诗书，王业粲已分[⑧]。骋我径寸翰，流藻垂华芬[⑨]。

[注释]

①此诗收入《乐府诗集·相和歌辞》。一作《薤露行》或《薤露篇》。薤露：汉乐府旧题名。②曹植（192—232）：字子建。自幼天资聪敏，颇受曹操宠爱，几立为太子。终因任性使酒而失宠。历曹丕、曹叡两朝，多

次徙封，不得任用。生前曾封陈王，死后谥"思"，世称"陈思王"。他是建安文学成就最高的代表作家。前期诗歌主要表现政治抱负、向往建功立业；后期诗歌因遭受不幸，更多地表现痛苦愤懑与对自由的渴望。今传诗九十多首，以五言为主，情采飞扬，清新刚健，自然流丽，注重声律。曹植对五言诗的发展作出了重大贡献，其章表辞赋亦著名，《洛神赋》为抒情赋名篇。③穷：犹言"终"也。阴阳：指日月。阴为月，阳为日。转相因：交相更替。相因：相依。④忽：急速。⑤展：施展。功勤：功劳。输力：效力。⑥怀：抱。王佐才：辅佐君王的才能。佐：扶助，辅佐。慷慨：悲壮的感情。独不群：卓然独立，不同于流俗。⑦鳞介：同"鳞甲"，这里指生有鳞甲的动物。宗：尊。麒麟：古代传说中的一种象征祥瑞的兽。⑧孔氏：孔子。删诗书：孔子曾整理古代典籍。《史记·孔子世家》载，古代流传的诗有三千余篇，孔子删去重复的，取其"可施于礼义"者，定为三百零五篇，编为《诗经》。孔安国《尚书序》载，孔子"讨论《坟》《典》，断自唐虞以下，讫于周。芟夷烦乱，剪截浮辞"，编成《尚书》百篇。王业灿已分：言自从孔子删定《诗》《书》之后，圣王的事业便很明白地分列在典籍之中了。⑨骋：奔驰。翰：毛笔。流：传。藻：本意为有花纹的水草，后用为词藻、文采。垂：流布。华芬：本指花的芳香，这里指华美的文章。

[赏鉴]

这是一首言志诗。作者欲以才华报君王，但一开始并不以才华起，也不以施报起，而是将此心志放置在深邃浑阔的宇宙时空中。起二句写天地无穷、阴阳交替，顿使诗境大开，迥异于人。次二句由宇宙观人，从高空俯冲直下，慨叹人的无比渺小与微弱，取拟《古诗十九首·今日良宴会》之语，又使诗情为之一沉。然后作者才笔调一扬，慷慨述志。这样，既摆脱了魏晋诗中人生短暂、及时行乐的老套路，又使报国之思不流于空洞的口号，或显出过于急切的利欲熏心。

　　作者谈到了两种才华，一是"展功勤"，一是"径寸翰"。在他的心里，两者的重要性并不等一，单从字句的安排就可以看得出来。谈立功在先，有八句；谈立言在后，仅有四句。对比十分明显。关于这一点，他在《与杨德祖书》中也有表述："吾虽薄德位为藩侯，犹庶几戮力上国，流惠下民，建永世之业，留金石之功，岂徒以翰墨为勋绩，辞赋为君子哉？"又曰："若吾志未果，吾道不行，则将采庶官之实录，辩时俗之得失，定仁义之衷，成一家之言。"堪称本诗绝佳的注脚。谈立功一段，以鱼兽比人，虽云正比，不免含有溢美谄谀之意，然亦是其有才却受不到应有的重视，而急于推荐自己、表现自己的写照。其实，曹植的心中是矛盾与痛苦的。

　　全诗欲扬先抑，笔调高亢，激情澎湃，颇负一股凌云壮志之气，足见曹植的写作个性。

野田黄雀行① 二首选一　曹植

　　高树多悲风，海水扬其波②。利剑不在掌，结交何须多③。不见篱间雀，见鹞自投罗④。罗家得雀喜，少年见雀悲⑤。拔剑捎罗网，黄雀得飞飞⑥。飞飞摩苍天，来下谢少年⑦。

[注释]

　　①此诗收入《乐府诗集·相和歌辞》。原载二首，今选一首，为原诗第二首。②悲风：凄厉的寒风。扬其波：激起波浪。③利剑：喻权势。结

交：结识朋友。④鹞（yào）：亦名鹞子、鹞鹰、鸷鸟，一种比鹰小的猛禽。罗：捕鸟的罗网。⑤罗家：张网捕雀的人。⑥挏：杀，戮。飞飞：自由飞行貌。⑦摩：迫近。来下：下来。

[赏鉴]

  此诗咏物言志。诗中很多物象都采用了比喻、象征手法。表示正面含义的，如"高树"象征品节高尚的自我，"利剑"比喻当朝的权力，"（黄）雀"比喻被难受害的友人，"少年"象征理想中的有能力来救援、与恶势力作斗争的人，"苍天"象征自由之境。表示反面含义的，如"悲风""波"比喻恶势力的摧残，"海水"比喻既大又广以至于根本无法抵抗的险恶环境，"鹞"和"罗家""罗网"比喻恶势力的帮凶。

  首二句言自己已经受到悲风的摧残、波浪的冲击摇荡，已经处在汲汲不能自保的危险境地中了。次二句言在重重打击下，自己已经丢掉了高居朝堂之上的权力，很多以前认为自己是一棵"高树"可以攀援依附的人，都纷纷离自己而去，能够"结交"的真心朋友，真的没有几个了。权力的大小与朋友的多寡构成正比，没有比政治斗争的苦果更加难咽了。前四句点明大的政治背景，便于下文有利展开。

  "不见"句以下，借用民间常见的、孩子们经常玩的支网捕雀的游戏，来隐喻友人及自己在政敌打击下的悲惨遭遇，十分通俗易懂。"篱间雀"，喻示友人已经在野，处所极其简陋，仅供栖身之用。然而，即便如此敌人也不放过。天上有凶猛的鹞鹰袭击，地上有罗家支开罗网等待，小小的黄雀根本无路可逃，上飞下钻都是死路一条。"我"既不能援助，只有期待能够出现一位理想中的"少年"，发出爱怜之心，勇敢地将黄雀从罗网中放出来。又顶针使用"飞飞"一词，既是对黄雀飞翔之动作的形象描画，又暗示受到惊吓或伤害的黄雀，一开始艰于飞、飞得不高，稍后才越飞越高、越飞越流畅自由的生动图景。黄雀如此，"我"岂不然？

整首诗欲言又止，含而不露，充分反映出曹植当时的痛苦与悲愤。

[辑评]

明胡应麟《诗薮·内编》卷一：思王《野田黄雀行》，坦之云："词气纵逸，渐远汉人。"昌谷亦云："锥处囊中，锋颖太露。"二君皆自卓识，然此诗实仿《翩翩堂前燕》，非《十九首》调也，第汉诗如炉冶铸成，魏诗虽极步骤，不免巧匠雕镂耳。

清王夫之《古诗评选》卷一："罗家得雀喜"二语，偷势设色，尤妙在平叙中入转一结，悠然如春风之微歇。子建乐府，见于集者四十三篇，所可读者，此二首耳。余皆累垂郎当，如蠢桃苦李，繁然满枝，虽朵颐人，食指不能为之一动。

清沈德潜《古诗源》卷五：是游侠，亦是仁人。语悲而音爽。

清张玉谷《古诗赏析》卷九：此叹权势不属，有负知交望救之诗。首四，以树高多风，海大扬波，比起有权势之易于为力，即折到既无权势，空说结交之羞，点醒作意。而无权势只借剑不在掌作隐语，露而不露。"不见"六句，反顶"利剑"句，将少年救雀，指出锄强扶弱作用，文势展拓。末二，以雀知感谢，为人必知恩写影，而己之不能如此，更不缴明，最为超脱。

白马篇① 曹植

白马饰金羁，连翩西北驰②。借问谁家子？幽并游侠儿③。少小去乡邑，扬声沙漠垂④。宿昔秉良弓，楛矢何参差⑤。控弦破左的，右发摧月支⑥。仰手接飞猱，俯身散马蹄⑦。狡捷过猿猴，勇剽若豹螭⑧。边城多警急，胡虏数迁移⑨。羽檄从北来，厉马登高堤⑩。右驱蹈匈奴，左顾陵鲜卑⑪。寄身锋刃端，性命安可怀⑫？父母且不顾，何言子与妻？名编壮士籍，不得中顾私⑬。捐躯赴国难，视死忽如归⑭。

[注释]

①此诗收入《乐府诗集·杂曲歌辞》。②羁：马笼头。连翩：翻飞不停的样子。西北驰：在西北一带奔驰。③幽并：幽州和并州。幽州相当于今河北北部和北京一带地区，并州相当于今山西中部、北部一带地区。《隋书·地理志》："自言勇侠者，皆推幽并。"游侠：指那种崇武尚气、能急人之难的人。④去：离开。乡邑：家乡。扬声：扬名。垂：同"陲"，边远的地方。⑤宿昔：一向，非一朝一夕。秉：持。楛（hù）矢：用楛木茎做的箭，为古代名箭，《孔子家语》《国语·鲁语下》等书有记载。参差：长短不齐的样子，这里指多。⑥控弦：张弓。左的：左边的箭靶。右发：向右边射。摧：射裂。月支：箭靶名，又名素支。⑦仰手：指仰身而射。接：迎射。猱（náo）：猿类，攀缘树木轻捷如飞，故曰飞猱。散：射碎。马蹄：箭靶名。⑧狡捷：机灵敏捷。过：超过。剽（piāo）：轻捷。螭（chī）：传说中的一种似龙的动物。⑨警急：军事上的紧急情况。胡虏：这里指匈奴、鲜卑族的部队。迁移：移动，这里指进兵入侵。⑩羽檄（xí）：插上羽毛以示紧急的军事文书。厉马：策马。堤：这里指修筑在高处的防御工事。⑪右驱：一作"长驱"，向右奔驰不止。蹈：践踏，这里指冲击。匈奴：我国古代北方的强大游牧民族，秦汉时期十分强大，到魏晋时期还有一定力量。左顾：向左进攻。陵：制服。鲜卑：亦为古代北方的游牧民族。魏时散居今河北、山西一带，东晋时期，曾在黄河流域建立了北魏政权，统治北方近一百五十年。⑫寄身：舍身。怀：顾

惜。⑬壮士籍：指军籍。籍：名册。中顾私：内心里想着个人的私事。中：内心。⑭捐躯：献身之意。赴：奔赴。

[赏鉴]

　　这是曹植的代表作之一。诗中塑造了一位忠勇卫国、捐躯献身的少年英雄形象，借以表现出自己愿意为国展力、建功立业的夙志。应该说，刻画少年英雄的诗文并不少见，作者该如何下笔，才能显得与众不同，有力地突出这一人物呢？

　　如同现在的电影艺术，诗中首先作了一个大大的特写镜头，让少年一上来就纵马驰骋在西北边陲。"白马"，马是宝马；"金羁"，马具精良。"白"加"金"，分外耀眼醒目。"连翩"，写出动作矫健，经常巡戍训练，已经是一位非常成熟稳健的将领。先见其马，后见其人，以马衬人，人马辉映，气势不凡，简明有力。

　　然后用慢镜头补叙其来历。特写镜头引出悬念，紧接着——皴染补足。"借问"妙，自然下承，语气不滞。以下先点明出身之地，自古游侠辈出，有崇侠尚武之风，暗含其亦出于精武世家，忠心报国，所以"少小去乡邑"，经过多年的磨练已经"扬声沙漠垂"，成为一位名将，与前"连翩西北驰"呼应。那么，他靠什么成名呢？此处不免又生一问。是故语势为之一荡，顺笔带出自幼习射，装备良弓、名箭既精，又掌握了"破""摧""接""散"等左右上下的高超骑射箭术，并且自身又能"狡捷"如猿、"勇剽"似豹，智勇兼备，所以才使敌人闻名丧胆。

　　接下来用快镜头播放了一个典型事例。守卫边境的战斗大大小小多得很，哪一次才能最有力地证明少年游侠之英勇呢？这是下笔之前必须考虑的一个问题。自己戍守的西北方向，因早已"扬声沙漠"，敌虏或不敢来犯，来犯亦能轻而易举地歼灭之，不值得浓墨重彩地书写。作者别出心裁地点出"羽檄从北来"，意即本在西北方向屯戍，这次要千里奔驰到北方前去抵御、救援。如此千里驰援，一击成功，自能使英雄形象大放光彩。"多警急"，明确言明是自卫战争，是正义的，而不是非正义的侵略行径。"数迁移"，言此次犯境的虏骑力量强大，攻势凶猛，北边的守兵抵挡不住，节节败退，而随着一次又一次的进攻，敌兵逐步迁移深入，快要逼近内地要害了。于是，朝野震动，一个"来"透出军情万分火急，急需能征惯战的名将出面进行解救抵御。这真是危急时刻，方显英雄本色！"厉马"，厉兵秣马，言自己关心边防，时刻准备战斗，爱国之心油然。"登高堤"，言登高远望，侦察敌情，又言善于利用有利地形作战。在骑兵战中，己方从高处往下面低处俯冲，人挟马势，马助人威，加之精准的射术，更有利于发挥己身英勇善战的优势，瞬间破敌。"右驱"，直捣敌巢，"左顾"，顺便收拾，二语写尽勇往直前。一个"蹈"字，一个"陵"字，使得此前敌人的"多"与"数"，都毫无意义了，都被击垮了。一战击溃敌人，一出马便大获全胜，最难对付的敌人，兄弟部队都难以抵御的强敌，"我"一出兵，便全解决了。写来真是痛快淋漓！一次驰援，两次战斗，打败了两个长期与己方对峙的敌国，立下两次重大功勋。还有较此更能衬托"我"之高大英雄形象的吗？

最后是一段内心独白，以画外音的形式出现。特特点明，身为壮士，就应该具有视死如归的英雄气概，而不能"中顾私"，贪恋生命与家庭。前面三个镜头极力抒写勇武本色，这里补充以思想坚定，意志坚强，就使前面的文字有了灵魂、精神，英武形象不再虚飘，亦避免了空洞无力的说教，使人物更为饱满充实。

[辑评]

明胡应麟《诗薮·内编》卷二：子建《名都》《白马》《美女》诸篇，辞极赡丽，然句颇尚工，语多致饰，视东西京乐府，天然古质，殊自不同。

清沈德潜《古诗源》卷五：白马者，言人当立功为国，不可念私也。

清张玉谷《古诗赏析》卷九：此首赋体，旧解亦可从。篇主立功北地。首二，就驰马直起，已领全局。"借问"四句，借问答补叙履历，"扬声沙漠"，趁便再就从前有名，以为现在提笔。"宿昔"八句，骑射狡勇，如在后破敌正面铺叙，则顺且实矣，逆叙在前，以"宿昔"二字托空之，所谓运实于虚，以逆得顺也。"边城"六句，方遥接篇首，陡入时事，然后落出赴难之忠，叙事正面。末八，狡勇前已写透，故只将壮士捐躯报国心事曲曲达出，以作收束，摸之真觉笔笔有棱。

鰕䱇篇① 曹植

鰕䱇游潢潦，不知江海流②。燕雀戏藩柴，安识鸿鹄游③？世事此诚明，大德固无俦④。驾言登五岳，然后小陵丘⑤。俯观上路人，势利唯是谋⑥。高念翼皇家，远怀柔九州⑦。抚剑而雷音，猛气纵横浮⑧。泛泊徒嗷嗷，谁知壮士忧⑨！

[注释]

①此诗收入《乐府诗集·相和歌辞》。②鰕（xiā）：同"虾"，一说为鲂。䱇（shàn）：同"鳝"，即黄鳝，一种似蛇的小鱼。潢（huáng）：小水坑。潦（lǎo）：雨后道上的积水。③藩柴：篱笆。安识鸿鹄：用秦末陈胜"燕雀安知鸿鹄之志哉"的典故，见《史记·陈涉世家》。④此诚明：诚明乎此，真正明白这个道理。固：必定。无俦（chóu）：无比，无双。⑤驾：驱车。言：语气词，无实义。五岳：指东岳泰山、西岳华山、

南岳衡山、北岳恒山、中岳嵩山。小陵丘：用孔子"登泰山而小天下"的典故，见《孟子·尽心下》。小：以之为小。陵丘：较大的土丘。⑥上路人：指那些奔走于仕途的人。唯是谋：犹言唯谋是，即只谋求权位、势力等个人利益。⑦高念：崇高的信念。翼：辅助。远怀：远大的怀抱。柔：安抚。九州：古代中国分为冀、兖、青、徐、扬、荆、豫、梁、雍九州。⑧抚剑：持剑。而：如。雷音：言威如雷霆之震。猛气：勇猛之气。⑨泛泊：指世上那些游荡混日子的人。徒：空。嗷嗷：乱叫声。壮士忧：指作者对国家大事的忧患。壮士：作者自指。

[赏鉴]

　　这是一篇讥刺小人的作品。诗中把小人比作小鱼虾，所知浅薄有限，没有见过大世面；又比作燕雀，只知迷恋眼前的利益，缺乏宏大高远的志向。一"游"一"戏"，极言本领低微，技止于此；一"不知"一"安识"，又极言无知无识，心胸狭隘。但就是这样一群小人，位居"上路"把持朝纲，唯利是图，既忌"我"、不识"我"，又阻塞了"我"的报国之路。"此诚明"对"固无俦"，极言小人之丑陋卑鄙，不能明了"大德"。"我"该怎么办呢？只能是丢弃对他们所抱有的幻想，蔑视他们，轻视他们，如登上"五岳"看"小陵丘"，以"俯观"视角所见。于是把无限的志向倾注于经常登高望远上，渴望皇帝的直接召见，"登五岳"即是表现之一。即使沉浮在下，也不气馁志靡，还是心念国家、胸怀九州，"高念"二字即明示。还要经常"抚剑"长啸，培养自己的勇猛纵横之气，以俟一旦召用，便立刻起而能用！唉！那些整天以利禄为哺而嗷嗷叫的小人，怎么能知道我"壮士"的忧愁呢？

　　诗中遣词用语，十分贴合小人与"壮士"固有的情状，两两对比鲜明，直抒胸臆，充分表达了作者的激愤之情。

[辑评]

明胡应麟《诗薮·内编》卷二：《鰕䱇篇》，太冲《咏史》所自出也。

清方东树《昭昧詹言》卷二：此诗笔仗警句，后惟韩公常拟之。"驾言"二句，韩公常学此。"上路"，即指富贵显人。"高念"，言酬答高厚也。"泛泊嗷嗷"，古今流俗凡夫皆若是，思之可叹。……观子建胸次如此，亦是功名中人。

泰山梁甫行① 曹植

八方各异气，千里殊风雨②。剧哉边海民，寄身于草野③。妻子象禽兽，行止依林阻④。柴门何萧条，狐兔翔我宇⑤。

[注释]

①此诗收入《乐府诗集·相和歌辞》。②八方：东、西、南、北四方，和东南、东北、西南、西北四隅，合称八方。此处泛指各地。异气：气候不同。③剧：艰苦。寄身：居住。草野：野外。④行止：行动与休息，泛指生活。阻：险要之地。⑤柴门：以柴木为门，比喻居处穷困。翔：绕行。宇：住所。

[赏鉴]

这是一首表现下层人民生活的诗。首二句从"八方""千里"写起，诗境开阔，气场辽远，下笔不凡。"各异气""殊风雨"，本言正常的自然物候现象，用在这里却不是写气候、风雨变化，而是欲表现不同地区人们生活的差异。像作者长年生活在宫廷、城市，即便被贬为地方诸侯，不能遂报国之志，却依然过着锦衣玉食、富贵荣华的生活，根本无法想象还会有人过着衣不蔽体、食不果腹的日子。以下诗句写实，表现"边海民"贫穷落后的生活状况。以感叹语气词"剧哉"引领，而不是放置在最后，显示出布局的巧妙，同时亦表明抒情者的无比率真与诚挚。这些边海民，居住简陋，蓬头垢面，与野兽共处，几乎不像人形。他们的凄惨生活，与"白骨露于野，千里无鸡鸣"所示，更具别样一种痛苦滋味。"白骨"是战乱造起的，一旦战争停止，国家统一，则有望得到救济。可是，"妻子象禽兽"的生活，是"边海民"世代相沿下来的，其原始愚昧与闭塞，大概是当时的曹植找不到任何解救出路的。

名都篇① 曹植

名都多妖女，京洛出少年②。宝剑直千金，被服光且鲜③。斗鸡东郊道，走马长楸间④。驰骋未能半，双兔过我前⑤。揽弓捷鸣镝，长驱上南山⑥。左挽因右发，一纵两禽连⑦。余巧未及展，仰手接飞鸢⑧。观者咸称善，众工归我妍⑨。归来宴平乐，美酒斗十千⑩。脍鲤臛胎鰕，炮鳖炙熊蹯⑪。鸣俦啸匹旅，列坐竟长筵⑫。连翩击鞠壤，巧捷惟万端⑬。白日西南驰，光景不可攀⑭。云散还城邑，清晨复来还⑮。

[注释]

①此诗收入《乐府诗集·杂曲歌辞》。②名都：著名的都市，如当时的邯郸、临淄等。妖女：姿容艳丽的女子，此指乐伎。京洛：京都洛阳。

少年：指贵族纨绔子弟。③直：同"值"，价值。被服：穿着，动词。被：同"披"。服：穿。鲜：光彩照人。④斗鸡：古代一种游戏，使两鸡相斗，观其胜负，以为娱乐博彩。走马：跑马。楸：一种落叶乔木，也叫大樟。⑤未能半：还不到一半的距离。⑥揽：取。捷：指弯弓搭箭的动作敏捷迅速。鸣镝（dí）：响箭。南山：洛阳城外山名。⑦左挽因右发：左手挽弓，向右发射。一纵：射出一箭。纵：射。两禽：指前句中提到的双兔。古时鸟兽均可称禽。⑧接：迎头射去。鸢（yuān）：老鹰。⑨咸：都。称善：叫好。众工：众多善射箭者。工：巧。我：对射箭少年的代称。妍：美。⑩宴：设宴。平乐：指洛阳西门外的平乐观，汉明帝时建造，为汉代豪奢之徒斗鸡走狗的娱乐场所。斗：酒器。十千：指酒的价格高昂，以形容酒的名贵。⑪脍（kuài）鲤：鲤鱼切成细片。腱（juǎn）：做成少汁的羹。胎鰕：有子的虾，或有子的鲼鱼。炮：烧烤。炙：烤。熊蹯（fān）：熊掌。⑫俦：同伴。啸：叫喊。匹旅：伴侣。竟长筵：宾客坐满了长长的筵席。竟：尽。⑬连翩：形容跑步击球的样子。击鞠壤：踢毛球的场地。一说"壤"为"击壤"，是古时一种击木游戏，用木头掷击远隔三四十步的另一块木头，中者为胜。鞠：毛球。古人踢毛球为戏，叫"蹴鞠"。被视为现代足球的起源。壤：地。巧捷：灵巧敏捷。惟：语气词。万端：形容变化很多。⑭光景：时光。攀：留住。⑮云散：像浮云一般散去。

[赏鉴]

　　曹植的诗，多由宽处着笔，窄处展笔，特处纵笔。此诗亦然。本写一京洛少年，起笔却不直奔主题，而是从"名都"与"京洛"相对写起，地域与人物视界都为之一宽。写少年的生活亦可以写其各方各面，今却只写其斗鸡走马、射猎游戏，不能不说聚焦的范围又更加狭窄了。而即使写少年纵情享乐，也必夸张其精于箭术这一特处，犹如《白马篇》中的北方驰援，文势显得突兀不平，令人过目难忘。

起句以"名都"贯篇，而不直写"京洛"，言"京洛"亦属"名都"，在当时像京洛中存在的这种生活现象，在其他名都中也存在，是很普遍的，京洛少年只是他们当中的一个代表与典型。接以"妖女"比兴"少年"，暗含有对"少年"不满意的批评态度，奠定了全诗的情感倾向。而如何不满意，下文即一一展开。

首先是穷奢极欲的生活方式。佩戴的宝剑昂贵值"千金"，一看即知不是作为战斗兵器，只是作为装饰之物。穿的衣服华丽鲜艳，如女子一样，即着意于攀比取悦，已严重脱离了衣服本为实用的性质。饮用名贵的酒，食用山珍海味，饮宴无度且以之为常，给人暴殄天物之感。其次是无所事事的生活态度。名都中的妖女即为乐伎，以取悦达官显贵为生，自可以整天沉溺于歌舞游戏。像京都少年这样，青春年少，壮志未酬，亦耽于声色玩乐，无所作为，这不是曹植想要的人生！再次是捷才善射却流于世俗巧技。诗中少年斗鸡、走马、蹴鞠、击壤等娱乐技术无所不会，样样精通，"巧捷惟万端"，看来是颇有聪明才智的。而且箭术高超，如"捷""左挽""右发""一纵两禽""余巧""接"等均有形容，可以说与《白马篇》中的"游侠儿"不相上下，也是勇武有加的。但他在这里却"长驱"射双兔，"仰手"射飞鸢，纵使观者称善、众工归妍又有什么意义呢？——真的是有才无用啊！

后四句是结尾。"白日西南驰"，言时光的流逝是很快的，很无情的。"光景不可攀"，言年少时光是非常有限的，要想追回来是根本不可能的。而此少年临散还与人相约，"清晨复来还"，果真是年少无知，虚度了光阴。作者由此委婉地提出劝告，如不早日建立功业，人到老年会非常后悔的。京洛有这样的子弟，固是京洛的耻辱，唯愿各名都子弟，都以京洛少年为戒，砥砺奋进，立志报国！是为名之"名都篇"而非"京洛少年"，命名之义。

[辑评]

清沈德潜《古诗源》卷五：《名都》《白马》二篇，敷陈藻彩，所谓修词之章也。〇起句以妖女陪少年，乃客意也。

清张玉谷《古诗赏析》卷八：旧解以刺时人立论，则《齐风》《还》与《庐令》诗正其所本……首四，以美女陪出少年、宝剑、被服，先写佩服之华。"斗鸡"十二句，正写骑射游骋之便捷轻利，尽相穷形，却用斗鸡引入。是于走马前，先设一层色也，称善归妍，收足本截。"归来"八句，叙归来饮宴之乐，不极铺陈，避堆垛也。缀以鞠壤巧捷作余波，与斗鸡句配，总见游骋非一端意。末四，只言消磨岁月，夜散晨聚，日日如此，而不满意言外自见，结得悠然。

美女篇① 曹植

美女妖且闲，采桑歧路间②。柔条纷冉冉，落叶何翩翩③。攘袖见素手，皓腕约金环④。头上金爵钗，腰佩翠琅玕⑤。明珠交玉体，珊瑚间木难⑥。罗衣何飘飘，轻裾随风还⑦。顾眄遗光彩，长啸气若兰。行徒用息驾，休者以忘餐。借问女何居，乃在城南端。青楼临大路，高门结重关⑧。容华耀朝日，谁不希令颜⑨？媒氏何所营？玉帛不时安⑩。佳人慕高义，求贤良独难⑪。众人徒嗷嗷，安知彼所观⑫？盛年处房室，中夜起长叹⑬。

[注释]

①此诗收入《乐府诗集·杂曲歌辞》。②妖：指女子的体态美。闲：

同"娴",举止优雅。歧路:岔路。③柔条:垂柳的枝条。冉冉:轻轻摇动的样子。翩翩:飘动下落的样子。④攘袖:捋起袖子。素手:洁白的手,多指女子的手。皓腕:洁白的手腕。约:缠束。⑤金爵钗:雀形的金钗。爵:同"雀"。翠:绿色。琅(láng)玕(gān):珠宝美玉之物。⑥玉体:美女的身体。木难:碧色珠。⑦罗衣:轻软的丝织衣。还:转。⑧青楼:涂饰青漆的楼,古时指显贵之家。重关:两道闭门的横木。⑨朝日:早晨刚升起的太阳。希:欣慕。令颜:美好的容颜。⑩媒氏:说媒的人。玉帛:珪璋与束帛,古时用为婚约的聘礼。⑪高义:此指品德高尚的人。良:十分,非常。⑫嗷嗷:形容声音嘈杂。⑬处房室:指独居闺房,未得嫁人。中夜:半夜。

[赏鉴]

　　这是一篇言志诗。乍看似在描写一位时下所谓的大龄"剩女",其实乃是以美女盛年不嫁,比喻自己怀才不遇,以待明君赏识征召。

　　起二句以"歧路"点题。女子在位于岔路口的桑园采桑,便于下文的"行徒""休者"等众人看见,以观其"妖且闲"之美。此句喻示自己怀抱高才,却处在进或退的人生十字路口,颇感焦虑。

　　"柔条纷冉冉"至"长啸气芬兰"十二句写女子的绝世姿容。先以春天柔嫩的桑枝起兴,"冉冉""翩翩",尽写桑林之美,为女子现身铺设了一个美丽的自然环境,桑衬女美,女映桑丽,分外引人。接写女子的手、腕、头、腰、玉体,全身都描摹了一个遍,分别用"素""皓""金爵钗""翠琅玕""明珠""珊瑚""木难"来形容,色彩多样,有白、黄、绿、红等缤纷色彩,充分展示了女子的爱美天性,并以后面五种名贵饰物,突出女子出身名门,天生高贵出尘,品节高洁。又写女子的穿着,"罗衣""轻裾",写出春日和暖,女子甫换单衣,顿觉清爽娇丽。"飘飘""随风还",以衣裾之动形容女子之静,与前面"冉冉""翩翩"辉映相衬,写出煦风送暖又增美，令人欢喜无极。再写女子的神态，"顾眄"写姿，"长啸"写声，而分别用"光彩"之色、"兰"之形来比状，是通感手法，更增添了女子的光彩亮丽、妩媚动人与志节高尚。

"行徒用息驾"至"求贤良独难"十二句，以"行徒""休者"的观望与"借问"引起，化用《陌上桑》中秦罗敷的描写方法，补叙女子的出身，回答众人的疑问。"城南"，写方位绝佳。"青楼""高门"，写居室豪华，非同一般。"容华""媒氏"，写美色早已远近闻名，不惜万金来聘者络绎不绝。"耀朝日"，形容美貌如朝日一样光照大地，倾国倾城，既与前文夸张其美伏应，又暗应家居"城南端"。以上所有这些条件，使得"佳人"端持谨慎，绝不轻许，苦待有"高义"的贤士。

最后四句笔锋一转，嘲笑讽刺"嗷嗷"的"众人"，言你们这些俗士并不理解"我"的追求。"盛年处房室"，不是不嫁，而是尚未遇到真正欣赏"我"，值得"我"倾慕的人。如此则与《鰕䱇篇》有异曲同工之意。

[辑评]

宋郭茂倩《乐府诗集》卷六十三："美女"者，以喻君子，言君子有美行，愿得明君而事之。若不遇时，虽见征求终不屈也。

清叶燮《原诗·外编下》：植诗独《美女篇》，可为汉魏压卷，《箜篌引》次之，余者语意俱平，无警绝处。《美女篇》意致幽眇，含蓄隽永，音节韵度皆有天然姿态，层层摇曳而出，使人不可仿佛端倪，固是千古绝作。

清张玉谷《古诗赏析》卷八：此诗比体，旧解可从。首四，直就美女采桑叙事起。"攘袖"十句，叙其容仪服饰之美，着色浓至。"行徒"六句，就旁观、倾倒、借问，补出居址门第之华。息驾忘餐，衬法从《陌上桑》得来，但彼繁此简，便觉不同。"容华"四句，顶前两层，就待字作讶辞，笔意曲甚。末六，结出择配深心，独居冷况。为佳人写照，即为君子写影也，通篇归宿。

秦女休行① 左延年②

始出上西门，遥望秦氏庐③。秦氏有好女，自名为女休。休年十四五，为宗行报仇④。左执白杨刃，右据宛鲁矛⑤。仇家便东南，仆僵秦女休⑥。女休西上山，上山四五里。关吏呵问女休，女休前置辞："平生为燕王妇，于今为诏狱囚。平生衣参差，当今无领襦⑦。明知杀人当死，兄言快快，弟言无道忧⑧。女休坚辞为宗报仇，死不疑。"杀人都市中，徼我都巷西⑨。丞卿罗东向坐，女休凄凄曳梏前⑩。两徒夹我，持刀刀五尺余。刀未下，朣胧击鼓赦书下⑪。

[注释]

①此诗收入《乐府诗集·杂曲歌辞》。②左延年：生卒年不详，三国时期魏国人，身世失考。据《晋书·乐志》载，黄初（220—226）年间，他曾"以新声被宠"。明帝太和中为协律中郎将。今存诗三首。③西门：洛阳城西的门。庐：房舍。④宗：家族。⑤白杨：同"白阳"，也作"白羊子"，刀名。宛：古县名，治所在今河南南阳。鲁：今山东一带。矛：一种兵器。⑥便东南：即居住在东南。便：安居。僵：倒下。⑦襦：短袄。⑧快快：愁闷不快。无道忧：指圣上失道，为之忧虑。⑨徼（jiǎo）：缉捕。⑩丞卿：审判的官员。罗：罗列。曳：拖着。梏：木手铐。⑪朣胧：鼓声急骤。

[赏鉴]

　　这是一首叙事诗。叙述一位女子勇于为父报仇，被收狱审讯，却最终被赦免的故事。从其过程看，全诗可分为三层。前十句为第一层，写女休报仇的行动，是事件的开始。"始出"，主语当是女休，此处为省略用法。"遥望"，言女休虽然已经出嫁，但父仇在胸，时时刻刻念之不忘，极写仇深、女休之宗族情深。"秦氏"接言"秦氏庐"，写女休不忘出身。"好女"，既言美貌，又言有志节。"年十四五"，赞女休年少英勇，有责任担当，并以这么一位年纪轻轻的出嫁女子，犹志在报仇，秦氏宗族中的男子却没有作为，形成对比，突出女休的高大人格。左手执刀，右手使矛，写出女休武艺娴熟，过于常人。"东南"，为仇家居住的方位。仇人为女休所杀，倒在身前。报仇的经过仅用"仆僵"二字，衬出女休武艺高强，瞬间即致敌死命。

　　"女休西向山"至"死不疑"为第二层，借与关吏的问答，写出女休为报仇死而无怨的决心。"西上山"与前面"上西门""便东南"相连，以方位变化写出女休报仇所行走的路线，有如入无人之境，极写女休报仇之事奇、人奇。"上山四五里"，点出女休因为杀人而欲逃的意思。"前置辞"，写出面对把守城门的关吏的呵问，女休毫无惧色，一副敢作敢当的样子。接用"生为"对"今为"，衬出她对杀人前后身份地位的变化早有预料；用"平生"对"当今"，衬出她对杀人前后生活境遇的变化早有预料；又用"兄言""弟言"，兄弟们面对恶敌犹疑不决，胆小怕事，衬出女休的果敢无畏。"死不疑"，言女休自知杀人偿命，自己必死无疑，写出她早已将生死置之度外。这大大升华了这次自觉杀仇行动的精神境界。女休的这段回答，可谓有理有据，坚强有力，大义凛然，颇具正义感。

　　后八句为第三层，写女休被下狱、审讯及赦免，是事件的结束。"都市中""都巷西"，言被押解的过程。"丞卿"句，言被审讯的过程。"凄凄"，写尽凄惨之状。"两徒夹我"，写出刽子手准备行刑的画面。"刀五尺余"，衬出刑具森然可怕。但末句以"刀未下"衬"赦书下"，两个"下"字，写出整个事件出现了戏剧性的变化——女休被赦免了。"赦书"，以官方表态肯定了女休报仇事件的正义，从而也为诗中女休形象的高大提供了有力佐证。

[辑评]

宋郭茂倩《乐府诗集》卷六十一：大略言女休为燕王妇，为宗报仇，杀人都市，虽被囚系，终以赦宥，得宽刑戮也。

明胡应麟《诗薮·内编》卷一：傅玄《庞烈妇》，盖效女休作者。词意高古，足乱东西京。乐府叙事，魏、晋仅此二篇。

从军行① 左延年

苦哉边地人，一岁三从军②。三子到燉煌，二子诣陇西③。五子远斗去，五妇皆怀身④。

[注释]

①此诗收入《乐府诗集·相和歌辞》。②三：言次数之多，非实指。③三子：三个儿子。二子：另外两个儿子。燉煌：即敦煌。诣：到。陇西：指今甘肃临洮。④斗：战斗。怀身：怀孕。

[赏鉴]

《从军行》这个题目，多抒写边地环境的艰苦以及战斗的惨烈，来达到反战、厌战的艺术目的。这首诗则另辟蹊径，从"边地人"的角度表达身处战乱频仍之中的痛苦。听诗中传出来的声音，这位抒情的主人公，或是一位年迈的老母，或是一位年迈的老父。而就对诸子的担心和对诸妇的忧虑，以及"一""三""二""五"这些数字的絮叨看，更像是一位母亲的口吻。起笔"苦哉"，总述边地人的苦情苦状，苦不堪言，先声夺人，抓人心思。"一岁三从军"是概述，"一岁"乃实指，"三从军"为虚言。"三"言其多、繁、乱，不停地扰民抓丁，令人躲无处躲、藏无处藏。此种苦处，非身经其乱者，非身为边地人，绝对不可能理解。

二、三句是分述，以写实语气点出家中五个儿子全都被抓走了——则来抓了几次可以猜测，是五次还是一次、两次、三次、四次？每一次都意味着对这个家庭的巨大打击，每一次都令家人心惊胆战。"三子""二子"既是实指，又含有虚指。实指者，分别说五个儿子中其中的三个被抓到敦煌去作战，其中的两个被抓到陇西去作战；虚指者，即不知道这三个、那两个，究竟是五子中的哪一个？"燉煌""陇西"，两个地点先言其远，再言其近。远者对家人意味着更加令人绝望。"燉煌"与"陇西"相距上千公里，而都有士兵反复被遣往，以补充兵力、增援军势，说明当时战线之长、战地之广、战事之多。并且，三子、二子的遣往，是一次去的呢，还是分几次去的呢？这需要根据抓丁的次数以及前线战斗吃紧的情况来确定。总之，此句看似平常无奇，却充分反映出边地战斗之惨烈。

结笔"五子远斗去"，是对前两句的概括。"远"字见出其家哪怕距离近些的陇西也是很遥远的，绝望之情溢于言表。五子远斗而去，没有一个儿子留在家里照顾父母与妇幼，意味着在当时的背景下即使再有几个儿子，也肯定被逼去从军"远斗"的！以此论，这里的"五"当是个极数，亦是个虚数、不确定的数。言外之意，只要是在"边地"，不管你家里有多少孩子，都逃不过被迫征兵从军、被迫参战的悲剧命运。此语将语境一下子从一家扩充到边地所有的家庭，极大地增强了批判力量。"五妇皆怀身","五妇"对"五子",一子一妇。一子别一妇,一妇侍一子。一语写出五种生离死别,殊不一般,而十样衷肠,都被深深地印刻在里面,分外引人同情。以"皆怀身"戛然收住,令人忧心无限。倘若五子们都战死沙场,回不来该怎么办?寡妇满门,五个遗腹子嗷嗷待哺,老父老母白发苍苍,这个家庭由谁来支撑?即收未收,此语可谓有千钧雷霆之力!

[辑评]

清张玉谷《古诗赏析》卷十:直叙其事,难堪处全在一结。

伤歌行① 曹叡②

昭昭素明月,辉光烛我床③。忧人不能寐,耿耿夜何长④!微风吹闺闼,罗帷自飘扬⑤。揽衣曳长带,屣履下高堂⑥。东西安所之?徘徊以彷徨⑦。春鸟翻南飞,翩翩独翱翔。悲声命俦匹,哀鸣伤我肠⑧。感物怀所思,泣涕忽沾裳⑨。伫立吐高吟,舒愤诉穹苍⑩。

[注释]

①此诗收入《乐府诗集·杂曲歌辞》。《玉台新咏》题曹叡作,今从之。②曹叡(206—239):字元仲。三国魏第二位皇帝,公元227—239年在位,大兴土木,留意玩饰,征召文士,置崇文馆,促进了文学艺术的发展。卒谥明帝。能诗文,长于乐府,与曹操、曹丕并称魏之"三祖"。有散文两卷,乐府诗十余首。③昭昭:明亮。烛:照。④耿耿:心忧而不安的样子。⑤闺闼(tà):妇女所居的内室。闼:内门。罗帷:纱帐。⑥揽

衣：取衣。屣（xǐ）履（lǚ）：拖着鞋子走路。⑦安所之：到哪里去。之：到。⑧命：呼唤。俦匹：伴侣。⑨所思：所思念的人。⑩伫立：久立。穹苍：天空。

[赏鉴]

这是一首叙事诗。全诗可分三层，每六句为一层。第一层写夜不成寐。起二句写月，用"昭昭""素"形容，平平无奇，看不出诗人要做什么。"辉光"，言月上中天，无比明亮，从天空倾泻而下，洒满整个房间。"烛"，形容光之亮、之饱满。"烛我床"，暗点"我"虽然躺卧在床上，因为有心事一直辗转反侧，未能入睡。则前面之月光，分明是从"我"的眼睛里看到的，在睁着眼呢。次二句写人，"忧人"，点出事件主体，"不能寐"，点出事件本身。"耿耿"是感叹，因心之忧伤，遂觉得夜的时间变长。又二句写风，月之扰已不自胜，更兼以风之扰，用"微风吹"写夜已深，更写忧之加深。"自飘扬"，是风吹罗帷动，更是自己心之动。

第二层写下床徘徊。既然睡不着，不如下床走走吧。"揽""曳"，写出随便穿衣、无心穿衣的情景。"下高堂"，言走动的范围不仅限于屋内，而是扩展到屋外。喻示仅在屋内走并不能排遣愁绪，所以延展到屋外。"东西"句是设问，言内心无主，随便"所之"，并没有明确的方向和地点。"徘徊以彷徨"，重复叠用，写出走动的时间之长。"春鸟"，点出春天来临，鸟儿从南方飞回来，纷纷营筑爱巢，繁育后代。"独"，以失群的鸟儿点出自己青春失偶，并侧面说明夜不能寐的原因。

第三层舒写忧愤。失群的"春鸟"悲声呼唤自己的伴侣，一声更比一声哀，声声击打着"我"脆弱的内心，令"我"愁肠欲断。"感物"，"感"者乃忧人也，"物"者乃春鸟、微风、明月也。所感之情，则经历了从"忧"到"哀"，再到"愤"的变化过程。"忽"，言情感变化的突然性，一有应和，内心便悲从中出。泣涕沾裳，极言悲痛至极。"伫立"

句言志,"高吟"表明志节之高。"诉穹苍",向上天控诉,极写"愤"之深。似乎是在人世间得不到解决,所以才呼告上天,祈求上天神性的帮助。

全诗由"明月"引起,又交于"穹苍"结束,描写视角回环游历,始终呼应。设物取景平淡,情景相间,以细致入微的笔调刻画出女子内心情感的曲折变化,成为魏晋伤春主题的代表作。

[辑评]

清王夫之《古诗评选》卷一:与《十九首》相为出入,乐府固不乏此,而昭明一以此律乐府,则钝置不小。杂用景物入情,总不使所思者一见端绪,故知其思深也。

清沈德潜《古诗源》卷三:不追琢,不属对,和平中自有骨力。

清张玉谷《古诗赏析》卷六:此思妇之诗。前十,以明月烛床,引起夜长难寐;微风飘帷,引起下堂彷徨。写情带景,迤逦而来。"春鸟"四句,赋见闻也,然即以自比,春时思匹,借此点清。诗境开展空灵,全赖此处。末四,顶上醒出怀人本旨,即以见在吟诗吐愤收住。

豫章行苦相篇① 傅玄②

苦相身为女,卑陋难再陈③。男儿当门户,堕地自生神④。雄心志四海,万里望风尘⑤。女育无欣爱,不为家所珍⑥。长大逃深室,藏头羞见人⑦。垂泪适他乡,忽如雨绝云⑧。低头和颜色,素齿结朱唇⑨。跪拜无复数,婢妾如严宾⑩。情合同云汉,葵藿仰阳春⑪。心乖甚水火,百恶集其身⑫。玉颜随年变,丈夫多好新⑬。昔为形与影，今为胡与秦⑭。胡秦时相见，一绝逾参辰⑮。

[注释]

①此诗收入《乐府诗集·相和歌辞》。②傅玄（217—278）：字休奕，北地泥阳（今陕西铜川耀州区）人。少孤贫，专于学，州举秀才，历仕魏晋两朝。曾为著作郎，撰集魏书；又为散骑常侍，掌谏职，官御史中丞、司隶校尉。封鹑觚子，世称傅鹑觚。刚正嫉恶，博学多识，精于音律，善属文，有乐府诗多首。著有《傅子》《傅鹑觚集》。③苦相：苦命，薄命。卑陋：卑贱。陈：陈述，说。④当门户：即当家。堕地：一生下来。神：神气，威风。⑤风尘：此言参军作战，平定寇警，戎马所至，风起尘扬。⑥育：初生。欣爱：喜爱。⑦逃：躲避。⑧适：嫁。绝：离开。⑨和颜色：和颜悦色。⑩无复数：多得数不过来。宾：宾客。⑪云汉：银河。葵：向日葵。藿：野菜名。仰：仰恃。阳春：春天的阳光。⑫心乖：指感情不和。乖：戾。其身：女子自身。⑬新：指新娶的妇人。⑭胡：指北方的少数民族。秦：指中国。⑮时相见：有时见面。逾：超过。参辰：星名，参星在西，辰星（即商星）在东，出没永不相见。

[赏鉴]

这是一首感叹古代女子命运悲苦的诗。全诗可分三层。首二句为第一层，三至六句为第二层，余为第三层。

第一层为总述。"苦相"是一种命相的说法，言"身为女"注定就是要命苦的，在男尊女卑的封建社会，这种命相是无法更改的。因此，凡身为女子者，天生自感"卑陋"，在社会上抬不起头来，地位低下，受人歧视，种种苦状不用再说。

第二层用男子作对比。反观男子，天经地义就是家里的主人，持门立户唯靠男子，因此男子一呱呱坠地，就显露出神威之气。男子长大了之后,更是立志四处闯荡,有干大事业的雄心,渴望参军作战,建功立业,而名扬四海。

第三层具体描写女子的悲苦命运。女子就不可能像男子那样了,刚出生的时候,就没有人喜欢,得不到父母的疼爱,亲邻也不愿意待见。长大之后,则必须遵从严格的封建礼教规定,"大门不出,二门不迈",整天藏身于闺房、绣楼,即使亲戚客人来到家中,也不允许出来相见。"藏头羞见人",极写女子自卑自弱之状。到了出嫁的年龄,被迫远离亲人、家乡,"嫁鸡随鸡,嫁狗随狗",不管嫁得多远,都必须毫无怨言地随从而去。"雨绝云",比喻女子离开亲人,如同泼出去的水,再也不可能收回来了。到了夫家,必须低头顺目,对谁都表现出和颜悦色,极为温顺和婉,还不能多说话,多说话就会有违妇德,不得已每天嘴巴都闭得紧紧的。对公婆及长辈,一天到晚跪拜无数遍,不停地请安问好,而身边的姬妾、婢女,待自己有如严宾,始终隔着一层距离,不能相亲相近。与夫君的关系呢,即使情投意合,也如天上的牛郎织女,难以时常欢聚。自己固然想聚,但一切皆取决于丈夫的心意,自己只能随之而动,就好比是"葵藿"仰望阳光那样。若是不好的时候,中间有矛盾嫌隙生起,则立刻变得如水火不能相容,什么过错污点、恶毒的语言都会砸在自己的身上,而自己也无法申辩,只能把苦水咽进肚子里。最糟糕的是,男子们都"好新",一旦自己年老色衰,美好容颜不再,就可能面临被抛弃的危险。这样的打击是最沉痛的。往昔形影不离,今日如胡、秦相隔万里。即使胡、秦之地的人,也可以时而相见,而被抛弃的女子与她的丈夫,却如天上的参星和辰星,永远不可能再相见了。

全诗多用比喻、对比,写出了女性一生的不幸遭际,犹如一阕女性命运的悲歌,发人深省。

[辑评]

唐吴兢《乐府古题要解》卷下：言尽力于人，终以华落见弃。亦题曰《豫章行》。

清张玉谷《古诗赏析》卷十：此代女子明其苦也。设身处地，入理入情。首二，擒题总领。"男儿"四句，借男子之乐，对面翻入。"女育"四句，先叙自幼至长，在家不为亲喜，长逃深屋之苦。"垂泪"六句，叙出嫁后，远弃家乡及必事妆束，不敢放逸之苦。"情合"四句，泛论夫妇之间合固倾心，乖则集恶，大都如此。作一过峡，局势凌空振起。后六，叙年衰易于见弃，合可忽乖，已乖离合。盖女子伤心，惟此为甚，以之收束通章，为"苦"字大结穴。

叶嘉莹《汉魏六朝诗讲录》：傅玄这首乐府诗真是在委婉与温柔之中写出了旧时身为女子的酸辛与悲苦，而且这种直抒胸臆的女性口吻极富直接感发的力量。

王明君① 石崇②

我本汉家子，将适单于庭③。辞诀未及终，前驱已抗旌④。仆御涕流离，辕马悲且鸣⑤。哀郁伤五内，泣泪沾朱缨⑥。行行日已远，遂造匈奴城⑦。延我于穹庐，加我阏氏名⑧。殊类非所安，虽贵非所荣⑨。父子见陵辱，对之惭且惊⑩。杀身良不易，默默以苟生⑪。苟生亦何聊，积思常愤盈⑫。愿假飞鸿翼，乘之以遐征⑬。飞鸿不我顾，伫立以屏营⑭。昔为匣中玉，今为粪上英⑮。朝华不足嘉，甘与秋草并⑯。传语后世人，远嫁难为情。

[注释]

①此诗收入《乐府诗集·相和歌辞》。一作《王昭君》。②石崇（249—300）：字季伦，小名齐奴，渤海南皮（今属河北）人，生于青州。少敏慧，晓音律，尤善琵琶，好学不倦，勇而有谋。历官修武县令、南中郎将、荆州刺史、卫尉，为西晋权臣，后死于八王之乱。因劫掠客商而致巨富，生活豪奢，世传与王恺斗富故事。修金谷园，成为当时文人聚会之所，为贾谧"二十四友"之一。存世诗文有十余篇。③适：到。单（chán）于：对匈奴王的称呼。庭：王庭。④诀：别。前驱：在前面行走领路的人。抗旌：举旗。⑤仆御：车夫。辕马：驾车的马。⑥五内：五脏。⑦造：抵。⑧延：接。阏（yān）氏（zhī）：对匈奴王后的称呼。⑨殊类：不同族类。⑩父子：匈奴风俗，父死子可纳庶母为妻。⑪杀身：自杀。⑫聊：愿。⑬假：借。遐征：远行。⑭屏营：惶恐。⑮英：花。⑯朝华：早晨开的花朵。这里指美好的青春时光。秋草：秋天的枯草。

[赏鉴]

这是一首咏史诗。以历史人物王昭君为代表，咏叹远嫁女子的悲剧与不幸。因为是后人写前事，作者在进行艺术表现时，根据主题的需要，对这一题材作了必要的剪裁。最显著的一个变化是，北地艰苦的自然条件和陌生的生活环境，不再受到关注。作者主要描写了三部分内容：一是写离别的悲哀，远嫁之离别当较一般的出嫁更为凄惨些；二是重点写对异族婚姻风俗的不能忍受，以与女子出嫁的主题相适应；三是抒发感受，也是围绕远嫁而抒，并不牵涉他笔。为了减少不必要的铺垫与交代，作者还独出心裁地采用了第一人称"我"，从而能单刀直入、自由抒写，增加了所叙之情的真切感。

首句至"润泪沾朱缨"写离别。一上来就明白交代"我"的出身与身份，"汉家子"适"单于庭"，点明是远嫁，紧扣全诗的主题。接写离别，以"未及终"对"已抗旌"，突出即将远嫁之人辞别过程的缓与慢，与前来迎娶者的急与不耐烦，构成鲜明的矛盾冲突。在一开始就出现的这一不和谐，暗示出以后必将有更多更大的不幸。又以仆御"涕流离"、辕马"悲且鸣"作烘染，极写"我"临行时的哀痛与悲伤。

"行行日已远"句至"积思常愤盈"句写婚俗。"行行"，谓走啊走，极写所嫁地方之遥远，沉浸在悲哀中的"我"似乎数不清到底走了多少天。"穹庐"，写居处豪华，"阏氏"，写封号显贵，然而"我"一点都不想要。"殊类"，极言自己抵触心理之重。最让人感到耻辱的是父终子及的婚俗，被迫屈从的"我"，甚至曾动过自杀以反抗的念头，但最终还是默默选择了苟且偷生。"我"痛恨"苟生"，更痛恨不敢"杀身"的自己，在这样的内心煎熬中，愤恨之情不禁与日盈积、日见凝重。

"愿假飞鸿翼"句至末句写感受。在苦闷与寂寥的日子里，自己有时非常渴望拥有飞鸿的一双翅膀，跟随它们飞离这个令人无比憎恶的地方。然而这样的幻想是不可能的，"我"只有一次次陷入痴痴地凝望，又一次次被拉回到惶恐不安的现实中。这过的是什么日子呢？从汉宫来到匈奴，"我"这是由匣中的一块美玉变成了粪土上的一朵鲜花，由早上的太阳变成了秋天的枯草，由欢乐无限变成了凄苦无边啊！后世的姊妹同胞们，请你们一定要以"我"为戒，不要步"我"的后尘，走远嫁异乡的凄惨之路。

全诗最后落笔在"远嫁"上，从而使本诗超出了单纯咏叹王昭君这一个案上，含有作者对历史及现实中所有远嫁女子不幸生活作总结的意思，极大地扩展、加深了诗歌的主题。

[辑评]

明王世贞《艺苑卮言》卷三：石尉卫纵横一代，领袖诸豪，岂独以财雄之，政才气胜耳。《思归引》《明君辞》，情质未离，不在潘、陆下。

刘司空亦其俦也。

清赵翼《瓯北诗话》卷十一：古来咏明妃者，石崇诗"我本汉家子，将适单于庭""昔为匣中玉，今为粪上英"，语太村俗。

猛虎行① 陆机②

渴不饮盗泉水，热不息恶木阴③。恶木岂无枝，志士多苦心④。整驾肃时命，杖策将远寻⑤。饥食猛虎窟，寒栖野雀林⑥。日归功未建，时往岁载阴⑦。崇云临岸骇，鸣条随风吟⑧。静言幽谷底，长啸高山岑⑨。急弦无懦响，亮节难为音⑩。人生诚未易，曷云开此襟⑪？眷我耿介怀，俯仰愧古今⑫。

[注释]

①此诗收入《乐府诗集·相和歌辞》。②陆机（261—303）：字士衡，吴郡华亭（今上海松江区）人。出身华胄世家，历吴、晋两朝，累官太傅祭酒、著作郎、平原内史等。与弟陆云合称"二陆"，与贾谧等结为"二十四友"，世称"陆平原"。其诗名重当时，被誉为"太康之英"，今存诗一百零四首。所作《文赋》为我国古代文学理论中的一篇重要著作。有《陆士衡集》。③盗泉：水名。典出《尸子》："孔子至于胜母，暮矣而不宿；过于盗泉，渴矣而不饮，恶其名也。"恶木：坏的树木。《文选》李善注引《管子》言，怀耿介之心的志士，不在恶木之枝下乘凉。④枝：与"志"谐音。志士：守操行的人。苦心：指操守。⑤肃：敬。时命：时君之命。策：马鞭。⑥"饥食"二句：出自古乐府《猛虎行》，这里反

其意而用之，意谓饥不择食，寒不择栖。⑦日归：日屡西归。岁载阴：犹岁暮。载：虚词，则。⑧崇：高。骇：起。鸣条：由风吹而响的枝条。⑨言：语助词。岑（cén）：山小而高。⑩急弦：绷得很紧的弦。懦响：缓弱之音。亮节：贞信之节。亮：贞信。⑪曷（hé）：为何。⑫眷：顾。耿介怀：即上文所言之志士苦心。耿介：正直。

[赏鉴]

　　这是一首言志诗。抒写诗人身处穷困危难之际，在固守品节和屈从时命之间徘徊的痛苦与煎熬。

　　起二句引用圣人之典，慷慨激壮，声调甚高。"渴""热"，形容人生困顿危急之时。"盗泉水""恶木阴"，象征邪恶不正的势力。借"不饮""不息"以表明心志，君子处穷，穷且益坚，不坠青云之志。然而，接二句便话锋一转，肯定"恶木"也是有志向的，"志士"在很多时候亦须"苦心"经营，委曲求全，意即可以向"恶木"低头。所以，下四句便顺应"时命"，恭谨谦逊地去寻找用武之地。"整驾""杖策"，以出行代指出仕。"猛虎窟""野雀林"，与前"盗泉水""恶木阴"同义。饥不择食、寒不择栖，不是为生活所迫，即是苦于志向难遂，不得已投向之前反对的阵营中，只求他们能容纳就行，只求能让"我"建功立业就可以。但是，作者彻底失算了，一妥协便耽误、葬送了自己。又四句，描写自己在敌对阵营中所受到的诸多委屈与不平。"日归"二句言并未建立功业，"我"虽然屈节事之，却事与愿违，没有得到想要的结果，整天做着暗晦无用的事，与志向远不相同，眼看时光流逝，痛苦日甚。"崇云"二句言屡遭围攻刁难与压制，"崇云"喻政敌，"鸣条"喻小人，"风"喻政治打击。"我"既惊骇于云雾的笼罩阻碍，又被漫天飞舞的逸言所吞噬，不得施展伸张。接四句言不得君主喜欢，"我"既忧愁苦闷，有才不得用，想找君主倾诉，然而不论是沉思还是慨叹，都因为"我"的激切与真诚，志节不为世俗所容，而得不到倾听。"静言""长啸"，指自己的不满之声。"幽谷底""高山岑"，喻能接近君主的一切可能机会。"急弦""亮节"，喻自己的激情与品节。导致自己最后只能是哑口无言、噤声无音了。末四句写诗人自叹仕途艰难，人生不易，入晋仕宦之举虽说不得已而为之，但实在与生平怀抱有违，所以感到与古今那些高洁之士相比，很是感愧。

全诗饱含悲、叹、愤、怨之语，充分表现了作者历尽磨难、壮志未酬的叹悔感愤之情。诗歌对仗工整，平仄相间，井然有序，言情叙事，参差错落，铺衬渲染，确为佳作。本篇历来受推崇，有其然矣。

[辑评]

清沈德潜《古诗源》卷七：起用六字句，最见奇诮，此士衡变体。

清刘熙载《艺概·诗概》：士衡乐府，金石之音、风云之气，能令读者惊心动魄。虽子建诸乐府，且不得专美于前，他何论焉。

扶风歌① 刘琨②

朝发广莫门，暮宿丹水山③。左手弯繁弱，右手挥龙渊④。顾瞻望宫阙，俯仰御飞轩⑤。据鞍长叹息，泪下如流泉⑥。系马长松下，发鞍高岳头⑦。烈烈悲风起，泠泠涧水流⑧。挥手长相谢，哽咽不能言⑨。浮云为我结，归鸟为我旋⑩。去家日已远，安知存与亡。慷慨穷林中，抱膝独摧藏⑪。麋鹿游我前，猴猿戏我侧⑫。资粮既乏尽，薇蕨安可食⑬。揽辔命徒侣，吟啸绝岩中⑭。君子道微矣，夫子故有穷⑮。惟昔李骞期，寄在匈奴庭⑯。忠信反获罪，汉武不见明⑰。我欲竟此曲，此曲悲且长⑱。弃置勿重陈，重陈令心伤⑲。

[注释]

①此诗收入《乐府诗集·杂歌谣辞》。扶风：汉代郡名，治所在今陕西省泾阳县。②刘琨（271—318）：字越石，中山魏昌（今河北定州南）人。出身豪族，少有诗名，好老庄，尚清谈，与石崇、陆机等以文章事贾谧，为"二十四友"之一。西晋末年，在北方抗击外族入侵，成为爱国志士。与祖逖为友，同被共寝，闻鸡起舞，以保国重任自许。先后与刘渊、刘聪及石勒作战，兵败后投鲜卑人段匹䃅，因隙被害。今存诗三首。有《刘越石集》。③广莫门：西晋都城洛阳北门。丹水山：即丹朱岭，丹水发源处，在今山西高平市北。④繁弱：古代良弓名。龙渊：古代宝剑名。⑤顾瞻：回头仰望。宫阙：指洛阳城里的宫殿。俯仰：高高低低地。御：驾驭。轩：车子。⑥据：靠。⑦发鞍：卸下马鞍。高岳：高山。⑧泠泠：山泉声。⑨谢：辞谢，告别。⑩结：凝聚。旋：盘旋。⑪穷林：荒野深林。摧藏：即凄怆。⑫麋：鹿之一种。⑬资：钱。薇蕨（jué）：指野菜。⑭揽辔：拉住马缰绳。徒侣：指随从部下。吟啸：吟咏歌唱。绝岩：绝壁。⑮微：衰微。夫子：指孔子。穷：穷困。典出《论语·卫灵公》："在陈绝粮，从者病，莫能兴。子路愠，见曰：'君子亦有穷乎？'子曰：'君子固穷，小人穷斯滥矣！'"⑯惟：语助词。李：指汉代李陵。愆期：错过期限，这里指李陵逾期未归汉朝。寄：寓居。⑰汉武：汉武帝刘彻。不见明：不被谅解。⑱竟：结束，指唱完。此曲：指《扶风歌》。⑲弃置：放在一边。重陈：再次陈述。

[赏鉴]

永嘉元年（307），刘琨出任并州刺史。《晋书·刘琨传》载："琨在路上表曰：'九月末得发，道险山峻，胡寇塞路。辄以少击众，冒险而进。顿伏艰危，辛苦备尝。……'"此诗即叙写自洛阳赴任途中的所见所感，抒发自己忧思忠愤的心情。

首四句言急行军。以"朝发"对"暮宿"，一日行军三百里，既夸张其疾速，亦言奔赴国难的急切心情，透露出一腔忠义之气。在行程中仍左手张弓、右手挥剑，高度戒备，随时准备应战，可见敌情万分火急，衬托出将士们勇往直前的豪迈气概。

次四句写恋故园。作者一边驾军车飞驰，一边回顾瞻望洛阳的宫阙。"俯仰"，写出无论车子如何颠簸，都一直凝视。这样直到渐行渐远，实在看不到了，只有往昔欢乐的生活场景与现在残破的殿宇楼阁，不断地在眼前浮现。抚今追昔，作者不时"据鞍"叹息，禁不住泪流满面。此解用语不多，却形象地刻画出一位爱国忠将的拳拳之心、殷殷之情，深沉顿郁，令人哽咽无语。

"系马长松下"至"薇蕨安可食"言途中稍歇。急行军中何时歇息？在何地歇息？这都是需要考虑的问题。选时不对、选地不好，耽误行军不说，还有可能遭到敌人的偷袭围攻。"归鸟"，见出乃傍晚之时。"高岳头"，见出是在登上一座高山之后。这就看出作者战争经验的丰富。此时此地，都不易遭到敌军攻击，可以短暂歇息。毕竟，一天的行军，人马疲乏，都需要补充食物了。然而，资粮乏尽，荒山野林，深秋时节，野菜都不可采食，全军都陷入缺粮饥饿的困境中。更难以克服、无法忍耐的还是离家别国的悲痛，如以"悲风"形容秋风，即使傍晚什么都看不见了还要"挥手"作别，以浮云的凝结和归鸟的盘旋进行衬托，以前途未卜、存亡未知加以强烈暗示，以慷慨悲歌、独自感伤加以排遣，任由麋鹿、猿猴在身旁游戏而不觉，层层深入，处处提点，把凄怆之情、无归之感表现得异常真切动人。诗中似在写"我"之情，但是军中似"我"一样深怀家国之痛感的将士绝不在少数。

又八句写继续登程。即使夜深,即使未加饱餐,即使不愿离开故国,但国难需要,军人就应该义无反顾、一往无前地去执行。所以,"我"又命令继续行军。并用孔夫子在陈断粮的故事,来抚慰自己、抚慰众将士。然而,一想到李陵奉命抗击匈奴、势穷投降却不得汉武帝谅解的故事,"我"再次对此行的前途与结果感到担忧、迷茫起来。

末四句为尾声。一般为此类歌曲的套曲,然此曲的"悲且长"正应行军路亦长,"重陈"的反复,正说明一路上悲伤难忘。

全诗声调铿锵激越,既充满苦闷彷徨,又满怀爱国忠贞,自始至终透露着历史的苍凉感和悲壮之美,足以令人击节赏叹。

[辑评]

清沈德潜《说诗晬语》:过江以还,越石悲壮,景纯超逸,足称后劲。

清沈德潜《古诗源》卷八:越石英雄失路,万绪悲凉,故其诗随笔倾吐,哀音无次。读者乌得于语句间求之。……悲凉酸楚,亦复不知所云。

清魏源《诗比兴笺》稿本卷一:集中《扶风歌》九首,盖以两韵为一首,即乐府四句一解之例也。诗不知何时作,或谓作于自并州奔蓟时。则"朝发广莫门""顾瞻望宫阙",皆与并州无涉。况是时,琨父母俱遇害晋阳,何尚有去家日远、安知存亡之语?考永嘉元年,以琨为并州刺史,琨在路上表曰:"臣九月末得发,道险山峻,胡寇塞路。辄以少击众,冒险而进。顿伏艰危,辛苦备尝。"即此诗所咏也。自洛阳都城赴镇,故有广莫门、宫阙之语。时九月末,故有"烈烈悲风"之语。又本传言"并土饥荒,流离四散,存者无复人色,荆棘成林,豺狼满路",故有资粮乏尽、薇蕨安食、麋鹿猿猴之语。时琨仅募得千人,转斗至晋阳,故有

"揽辔命徒侣,吟啸绝岩中"之语。时琨领匈奴中郎将,故借李陵以见志。《文选注》:骞期,即愆期。盖恐旷日持久,讨贼不效,有负朝廷委任之意耳。若谓指匹碑见幽,则事在久后,不应投蓟之初,遽作此语。况汉武不见明,亦匹碑事无涉,故笺以正之。

挽歌① 三首选一 陶渊明②

荒草何茫茫,白杨亦萧萧③。严霜九月中,送我出远郊。四面无人居,高坟正嶕峣④。马为仰天鸣,风为自萧条。幽室一已闭,千年不复朝⑤。千年不复朝,贤达无奈何⑥。向来相送人,各已归其家⑦。亲戚或余悲,他人亦已歌⑧。死去何所道,托体同山阿⑨。

[注释]

①此诗收入《乐府诗集·相和歌辞》。一作《挽歌诗》或《拟挽歌辞》。原载三首,今选一首,为原诗第一首。②陶渊明(365—427):一名潜,字元亮,浔阳柴桑(今江西九江西南)人。出身没落士族,生活贫困,早年抱有普济苍生之志,曾应征为江州祭酒,旋因难以忍受仕途的污浊而辞官归去。后又因生计所迫,先后出任镇军参军、建威参军、彭泽令等职,任彭泽令仅八十余日便决心弃官归去。从此躬耕隐居,过了二十余年的田园生活。刘宋时曾召他为著作郎,不就。被后人尊称"靖节先生"。今存诗一百二十多首,有《陶靖节集》。③茫茫:形容荒草无边。萧萧:风吹树木所发之声。④嶕(jiāo)峣(yáo):高耸的样子。⑤幽室:指墓穴。朝:早晨。⑥贤达:指有道德、有知识的人。⑦向来:刚

才。相送人：来送葬的人。⑧或：或许。余悲：悲哀不尽。⑨道：说。山阿（ē）：山陵。

[赏鉴]

  这是一首描写送殡的诗。可分两层，前十句为一层，写"送"，重在刻画悲哀之情；后八句为一层，写"还"，重在揭示如何看待死亡的道理。全诗结构完整，抒情与写理相结合，充分表达了作者对于死亡的达观态度和超越情怀。

  首二句以"荒草""白杨"起兴，亦是描写野外实景。"荒草"写低处，在地上；"白杨"写高处，在空中。"茫茫"描色，"萧萧"形声。一"何"字，突出草经霜打，入眼一片衰败；一"亦"字，特点风吹叶落，入目满是萧瑟。可谓对仗工整，写来仿佛草木同悲，一下子便将人带进悲哀凄惨的氛围中。次二句以"九月"显出季节乃在深秋，与草败叶落之景呼应。"严"字表示程度，"严霜"即重霜，则更增添了景象的凄凉之感。"送"，即送殡，写出主题。"我"字直言不讳，真率自然，表达出一种"任化"的人生观。"出远郊"，为写实，民间修筑坟茔之地多位于离人居较远的野外。五、六句写坟地之景，"四面无"与"正嶕峣"相衬，凸显出"高坟"耸立、死者即将下葬的凄惨景象。七、八句着一"马"字、一"风"字，乃是侧写，以物托人。下葬是最为凄怆的环节，也为民间所忌讳，不好再形容送者之悲，故借言马儿、风儿尚且如此哀鸣，更何况是周围的人呢？"仰天""为自"，写出历历如画情状。九、十句是劝告语，模拟邻里百姓的语气，以"一"对"千年"，"已闭"对"不复朝"，极力劝告亲属不要再痛苦悲哀了。

  "千年不复朝"句以两次重复，顺势承接，表达出自己对死的思考。死亡面前人人平等，高贵如"贤达"也无可奈何，并以此再次劝告亲人们一定要节哀顺变。接二句写实，有"送"必有"归"，"相送人"指参加出殡的所有人，"归"乃言离开死者刚刚下葬的坟茔回家。又二句以"他人"对"亲戚"，以"歌"对"悲"，"或"言其少，"亦"言其多，意谓即使亲戚中也只有少部分人还有余哀，其他的左邻右舍人等早已开始放歌了。末二句说理，死亡是不可逆转的自然规律，死亡是人生的必然归宿，没有什么可值得大说特说、大悲特悲的，只是人的身体回归自然，与山土合一罢了。最后两句是全诗的精华，也是关于死亡的哲理句，深含内蕴，调高响绝，超拔雄迈，历来广为传诵。

[辑评]

清沈德潜《古诗源》卷九：即所谓"万岁更相迭，圣贤莫能度"也。音调弥响，哀思弥深。

清张玉谷《古诗赏析》卷十四：三章说葬时事。前十，跟上"荒草"，就送葬铺叙苦景，勒到室闭不朝，文势一顿。后八，叠前句起，提破贤达皆然，仍即前送葬亲友悲歌不一，回抱前"啼""哭"等字，而以死何足道，长托山阿，直缴首章起处作收，章法何等细密。

南朝乐府民歌

　　南朝乐府民歌主要是东晋、宋、齐时代的民歌。这些民歌经南朝的乐府机关搜集整理、配乐传习而得以保留下来。郭茂倩《乐府诗集》将南朝入乐的民歌全归入《清商曲辞》之中，且又分为《神弦歌》《吴声歌曲》《西曲歌》三部分。其中《神弦歌》为宗教祭歌，数量不多。《吴声歌曲》产生于以建业（今南京市）为中心的江南一带，以《子夜歌》《子夜四时歌》《读曲歌》《华山畿》等曲为主，最初为"徒歌"，后来配管弦伴奏，现存三百余首。《西曲歌》产生于长江中游和汉水两岸，以荆州为主，种类繁多，但传下来的却比《吴声歌曲》少，现存一百余首。受江南都市经济繁荣的影响，南朝乐府民歌绝大多数是情歌，形式上多采用五言四句体，多用谐音双关，语言活泼精巧，风格清新秀丽，对后世诗歌产生了一定的影响。郭茂倩《乐府诗集》收录南朝乐府民歌最全。

子夜歌① 四十二首选九

落日出前门,瞻瞩见子度②。冶容多姿鬓,芳香已盈路③。

芳是香所为,冶容不敢当④。天不夺人愿,故使侬见郎⑤。

宿昔不梳头,丝发被两肩⑥。婉伸郎膝上,何处不可怜⑦?

今夕已欢别,合会在何时⑧?明灯照空局,悠然未有期⑨。

常虑有贰意,欢今果不齐⑩。枯鱼就浊水,长与清流乖⑪。

夜长不得眠,明月何灼灼⑫。想闻散唤声,虚应空中诺⑬。

我念欢的的,子行由豫情⑭。雾露隐芙蓉,见莲不分明⑮。

侬作北辰星,千年无转移⑯。欢行白日心,朝东暮还西⑰。

怜欢好情怀,移居作乡里⑱。桐树生门前,出入见梧子⑲。

[注释]

①此诗收入《乐府诗集·清商曲辞》。原载四十二首,今选九首,分

别为原诗第一、二、三、九、十八、三十三、三十五、三十六、三十七首。②瞻瞩：瞻望，远看。子：尊称，您。度：走过。③冶容：美丽的容貌。鬓：两颊靠近耳朵的头发。芳香：香气。盈：满。④芳：香味。香：指身上带的香囊之类饰物。⑤天不夺人愿：天遂人愿。侬：我，吴地方言称自己为侬。⑥宿昔：从前。被：披。⑦婉伸：犹屈伸。可怜：可爱。⑧已：当作"与"。欢：女子对爱人的称呼。⑨空局：空空的棋盘。⑩贰意：二心。不齐：心意不同。⑪乖：背离。⑫灼灼：极言月光明亮。⑬散唤：断续呼唤。诺：应答声。⑭的的：即"昀（dì）昀"，清楚，明白。由豫：即"犹豫"，拿不定主意。⑮芙蓉：即荷花、莲花。莲：与"怜"同义。⑯北辰星：北极星。⑰"欢行"二句：指太阳每天东升西落，用以形容男子用情不专。⑱好情怀：指深爱对方的情意。乡里：邻居。⑲梧子：梧桐树的子实，与"吾子"即男方谐音双关。

[赏鉴]

　　第一、二首可合读。第一首为叙事，言男女相见。"落日出前门"，点明特定的时间与地点。这应该是两人事先约定好了的。因此，刚一看见落日便要"出前门"，此前焦急等待了一整天的心情可知。临出时，经过了一番精心打扮可知。出前门时，其动作飞快、迫不及待亦可知。"瞻"指抬头远望，"瞩"指注视在一个点。刚一出门，马上便瞻望起来，显然是与心中瞩目之人约定好了。而对方也未失约，"见子度"，肯定是早已从家里走了出来，守候在附近好久了。所以，一见女子出门，便立马走了过来。可知是位诚实守信、值得依赖的好男儿，"我"的眼光没错。第一首后两句与第二首前两句为男女对话。"多姿鬓"，点出是少女。"多姿"，指鬓发摇曳之美。"鬓"字，见出两人靠得极近，十分亲密，故能细视其鬓多姿。"已盈路"，言"我"一出门，芬芳的香气就传满了整条道路。见出男子是迎着这香气走过来的，与"度"暗应。且已不止一次闻到这香气了，显见已非常熟悉。以下是女子的回答。"芳是香所为"，亦辩亦谦，听到男子的夸赞满心欢喜，一时又无他话可说，只好顺接将就，可见女子并不是一个沉溺于虚辞溢美的人，比较纯真可爱。"不敢当"，露出少女特有的羞涩。接着表明心迹，天遂人愿，遇到你是"我"的福分。直截了当，符合民间女子的口吻，又知确已相见多次，方能说出这样的爱语来。

第三首突出写女子秀发之美。首二句来得突兀，不免使人疑问：为何不把头发梳起来，是还未到及笄的年龄吗？是因为懒惰吗？自然都不是，而是为了丝发披肩之美。则此女肯定已经过了及笄之年，不把头发梳起来是有意为之，是对美的一种自觉追求。秀发披肩，别有风韵，女子看到了自己的这一特点，所以故意不梳起来，而是任其披散在肩上。所谓香肩秀发，发掩香姿，肩托秀韵，各美其美，共美为一。次二句又言"不梳头"的另一用意，是两人促膝而坐、倾心交谈的时候，秀发可以搭落在"郎"的膝盖上，秀发的可爱越发衬出人的可爱，增加"郎"对"我"的喜爱之情。由此可见，这位女子十分善于发现自己的美，她能紧紧抓住自己的秀发之美这个细节做文章，充分展现了她对自己美的自信。

第四首写恋爱无果。今夕欢别，接着就思想、渴念下一次"合会"的日子，但却不能确定，表明自己一来痴心，二来内心颇受煎熬。"明灯"，暗示又到了晚上，又白白等了一天，而音信皆无。"照空局"，暗点两人此前"合会"的时候，常在一起对弈取乐，喁喁私语，又见出女子长于棋艺，才貌俱佳。明灯下，棋盘早已摆好，可只有"我"孤独一人，"我"之痴痴等待可知。"未有期"，不知合会何期。为何如此？是双方家庭的粗暴干涉吗？是男子的负心吗？都不得而知。"悠然"，言答案未明，写尽相思之浓稠、痛苦之深郁。

第五首写男子负心。"常虑"，一起笔便点明自己的忧虑，说明男子对爱情不忠"我"早有觉察。但"我"还是心存幻想、侥幸，以为他不会轻易地离开我。"果不齐",没想到他今天就另有了情人,言男子负心之快、绝情无情。"果"字,与"常虑"呼应,验证自己的感觉没错。于是自己也就顿时由爱生恨,非常气愤地把男子比作"枯鱼",自己算是瞎了眼、看错了人,认识了这么一条死鱼。又把夺自己之爱的那位女子比作"浊水",而自己是"清流",言外之意自己是清白的、无辜的、高尚的,那位女子的行为并不光彩。鱼水之比,见出南方生活特色,取自家常,又益为生动,值得称道。

第六首写相思之苦。前两句实写,内心本有心事,思来想去,割舍不下,兼之月华耀眼,恍如白昼,遂翻来覆去,深夜难眠。后两句虚写,写因极度幻想而出现的错觉,仿佛冥冥中情人站在哪个地方呼唤自己,于是赶紧答应了一声。然而,抬头起枕,四处观望,只见月光照床,哪有什么人影!不免惆怅地重复倒下,继续思念的煎熬。前后虚实结合,尤其后两句别致有味,刻画出了一位热恋中痴情的人。

第七首写爱意有别。首二句直白,点出"我"与"子"的差别,一个清楚明白,一个犹犹豫豫。"的的",为口语,见出流利可爱。"由豫",音缓调舒,单从发音上即不如"的的"干净利落。"行",点出是从行动举止看出来的。这更增加了"我"的气愤。次二句含蓄,用谐音双关和比喻手法。"芙蓉",谐音"夫容"。"莲",谐音"怜",即爱。莲有子,故又应"子"。言自结识以来,男子一直有所隐藏,如雾中之花,让人看不透彻分明,女子表达了对爱情结果的高度担心与忧虑。此诗连用口语、谐音,民歌特色很浓。

第八首写爱之忧虑。用比喻来呈现,以"北辰星"喻己,以"白日心"比男子不专情。用肉眼观望,夜晚处于天空北部的北极星是永远不动的,白天的太阳却东升西落,有一定的变化轨迹。这是两个自然现象,拿来比喻诗中女子、男子分别对待爱情的态度,一个坚贞不渝,一个朝东暮西。

全诗通俗贴切，一看即明，很好地发挥了民歌易懂、易传唱的特点。

第九首写女子痴情。历来表现痴情，无非就是痴痴地等、坚定地爱。此诗却别出心裁、另辟蹊径，写女子因爱而"移居"，把家搬到了男子居所旁边，和男子做起了邻居！则此女大胆可知，不畏人言可知，痴情更可知。"生门前"，当指男子家门前生有一棵梧桐树。因已是邻居，"我"从家里一走出来，便可以看到梧桐，瞬间就感觉如同看见了你一样。"梧子"为双关语，即"吾子"。桐树，含有广泛的象征寓意，既可象征男子，亦可象征自己对爱情的忠贞，以及不得与男子相见而产生的孤独忧愁、离情别绪。

[辑评]

清张玉谷《古诗赏析》卷十四：（评第二首）显然辞芳，却已隐然任冶，又以见郎归之天幸，真写得彼此倾倒时口角出。（评第四首）只此会期难定意，借物指出，便觉有味。"欢别"二字，亦连得新奇。（评第七首）上二，所谓单相思也，取其下二隐语深秀。

王瑶《中国诗歌发展讲话》：诗中细腻地表现了少女对情人的相思的感情，夜半失眠了，满室的月光，好像听着情人的声音在叫她，于是不自觉地应了一声；"虚应空中诺"，将爱情的转移和诚笃完全表现出来了。

子夜四时歌①

春歌　二十首选二

春林花多媚，春鸟意多哀②。春风复多情，吹我罗裳开③。

明月照桂林,初花锦绣色④。谁能不相思,独在机中织⑤?

夏歌　二十首选一

田蚕事已毕,思妇犹苦身⑥。当暑理绨服,持寄与行人⑦。

秋歌　十八首选一

秋夜入窗里,罗帐起飘飏⑧。仰头看明月,寄情千里光⑨。

冬歌　十七首选二

昔别春草绿,今还墀雪盈⑩。谁知相思老,玄鬓白发生⑪。

果欲结金兰,但看松柏林⑫。经霜不堕地,岁寒无异心⑬。

[注释]

①此诗收入《乐府诗集·清商曲辞》。原载《春歌》二十首,今选二首,分别为原诗第十、十七首;原载《夏歌》二十首,今选一首,为原诗第七首;原载《秋歌》十八首,今选一首,为原诗第十七首;原载《冬歌》十七首,今选二首,分别为原诗第六、十六首。②媚:美好。哀:哀婉动人。③罗裳:罗裙。罗:丝织品之一种。④桂林:桂树林。初花:刚刚绽放的花朵。锦绣色:像锦绣一样色彩鲜艳。⑤相思:思念所爱的人。⑥田蚕:种田、养蚕。思妇:丈夫在外的妇女。因常思念丈夫,故曰"思妇"。苦身:使身体劳苦。⑦当:对,冒着。理:缝制。绨(chī)服:细葛布制的夏衣。绨:细葛布。持寄:托人寄送。行人:远行在外之人,指思妇的丈夫。⑧罗帐:床前帷幔。⑨情:相思之情。千里光:以

"光"寄寓行人,即远在千里之外的丈夫。⑩"昔别"二句:化用《诗经·小雅·采薇》:"昔我往矣,杨柳依依。今我来思,雨雪霏霏。"墀(chí):台阶。盈:堆满。⑪玄鬓:黑色的鬓发。⑫果:果真。金兰:形容朋友之情如金石一样坚固、如兰花一样芳香。⑬堕:坠落。

[赏鉴]

　　这是一组借四时之景以抒情的组诗。《春歌》一首写花香鸟语,暗写男女之情。前三句首语"春林""春鸟""春风",均带有"春"字,采用了民歌中不多见的钩句表现手法,借以突出春天绚烂多姿、焕然一新的美好景象。且连用三个"多"字,分别写"媚""哀""情",从颜色姿态、声音意调、心理情感三个层面,逐层深入,表达出情感从无到有、由浅到浓渐次发展积累的过程。第三句"春风复多情",是前两句的落脚,又起到提点末句的作用。"吹我罗裳开",是一种委婉隐晦的说法。罗裳固是风吹开,然是风"多情",还是"我"多情?风是自然现象,本为无情之物。假如"我"无情,任风亦吹不开。写青年女子情窦初开、娇羞怯怯之状,的为传神。二首以桂花初发,写相思之情。"明月"点时节,即在仲秋之夜。丛桂怒放,阵香扑鼻。"桂"谐音"贵",形容优雅高贵。"锦"谐音"金",言秋桂如金,代表收获。借指自己已经长成,清爽可人,出类拔萃,品节高尚,应该到了收获爱情的时节了。但接句一转,指出自己仍然"贵花"(桂花)无主,不禁十分忧愁苦闷。"机中织",深夜纺织,一言勤劳,二言借以排遣愁绪。又与前"锦绣色"暗对,言自己工于织,身上披锦穿绣,皆工织之故也。用语不多,却把一个"容""工"兼具的女子的相思之情,写得毫厘毕现,清晰可观。

　　《夏歌》写思妇之苦。起笔写春季农事,种田养蚕,重活轻活,里里外外,皆系自己一人独力所为。见出男子不在家,早已远行在外。"已毕"接用"犹苦身",思妇辛劳累累、干练能为可知,让人不觉凄然!接笔写盛夏将至，自己又忙里偷闲，忙着给"行人"赶做夏衣，又急匆匆赶着给他寄过去，其对爱情之深挚可知。古代男耕女织，今男子舍家而去，一个女子独撑家庭，生活是多么不容易啊！此诗采用纯写实的手法，全力表现思妇之劳苦，一改铺排愁怨之老套，令人耳目一新。

《秋歌》写闺妇相思。首句以风起兴，秋季多风，力劲势强，直吹入窗。"罗帐"，见罗帐而不见人，则知人已躺卧罗帐中，和衾欲睡。"起飘飏"，写视觉，两眼大睁方能看清罗帐飘动，明明点出帐中人根本睡不着。接写"仰头"，从枕上抬头望月，是想看看月亮运行到何处了。"千里光"，言皓月正当空。孤枕难眠，所以十分希望能借助"光"的照射面和穿透度，来实现思情的时空穿越，飞渡到行人身边。全诗以秋夜为背景，以风引起，以月增殖，寥寥几笔，感人至深。

《冬歌》一首写相思之苦。起笔以"昔""今"对比，点出经"别"到"还"，已是整整一年。"草绿"指初春，"雪盈"指深冬。送别时在野外，满眼草绿，满是伤心。再聚时在家门，不期然而"还"，令"我"惊讶万分，悲喜交集，故以阶下深雪喻深悲。终笔点出相思令人老的主题，人生中由"玄鬓"变白发的细节，与时节上从春到冬春草由绿变白相映衬，将一"老"字刻画得特别逼真。二首写朋友之情。通篇采用象征手法，以"金兰""松柏"象征友情之坚固，以"经霜""岁寒"象征生活的波折与磨难，无论友情经历怎样考验，渴望友人能始终心结如一。此首撷取都是日常习见之物象，故读来易明易了、易记易诵。

[辑评]

清王夫之《古诗评选》卷三：从景得情，不亵不稚，犹自有诗人之旨。《子夜》《读曲》等篇，旧刻乐府，既不可登诸管弦，虽下里或讴吟之，亦小诗而已。

清张玉谷《古诗赏析》卷十五：（评第一首）首句，表己之色。次句,述己之怀。三、四,则感彼之知我。而我不觉倾倒也。皆在春上生情比出,何等蕴藉。

欢闻变歌① 六首选二

张罾不得鱼,鱼不橹罾归②。君非鸬鹚鸟,底为守空池③?

锲臂饮清血,牛羊持祭天④。没命成灰土,终不罢相怜⑤。

[注释]

①此诗收入《乐府诗集·清商曲辞》。原载六首,今选二首,分别为原诗第三、第五首。②张罾:即撑开网捕鱼。罾(zēng):一种用木棍或竹竿做支架的方形渔网。橹:划船工具,安放在船尾,通过左右摇摆推橹,使船前行。③鸬鹚:一种水鸟,俗名鱼鹰,善捕鱼,常伫立在水边等候鱼踪。底为:即"为底",为什么。④锲(qiè)臂:古代越人有刻臂为盟的习俗。锲:刻。饮清血:即"歃血"。古人盟誓时,口含牲畜之血,或以血涂口旁。⑤没命:指失去生命,即死去。相怜:相爱。

[赏鉴]

这两首都是爱情诗。第一首以捕鱼比喻男子对女子的追求。有如民歌中的对答,首二句以男子的口气写。"张罾",捕鱼总会选择一个地点、一定水域,然后撒下网去。这里,以张开渔网的动作,形容男子选定了中意的情人。"不得鱼",一网撒下去,捕不到鱼也是很平常而且正常的事。这里指遭到了女子的拒绝。"不橹",不划船回来,表现出捕鱼者的执着,打不到鱼，绝不收网，绝不回家，借以形容男子对女子的苦苦追求，有不达目的誓不罢休的意思。末二句以女子的口气写。以鱼形容自己，以善于捕鱼的"鸬鹚鸟"形容"君"，以"空池"即水中无鱼，形容自己并不钟情于男子，委婉地告诉对方，纵然再运用各种本领进行追求，再耐心苦等也是枉然，不如干脆罢手、摇橹返回，不要再追求自己。"底为"，以问句加强语气，暗含着劝其换一个池子，即换一个对象追求的意思。诗歌写出了男子追求女子所遇到的苦难与挫折，可谓千古同情。

第二首是爱情誓词。以民间流行的拜盟结义仪式，刻臂为盟，歃血为誓，以牛羊献祭上天，叩请苍天作证。即使死了，埋入土中变成灰土，两人也要相亲相爱。这一仪式，本来多用于男子之间的兄弟结义，这里用作爱情誓言，颇觉耳目一新，透露出女子的英武之气，与《上邪》等诗，风格迥然。

[辑评]

明胡应麟《诗薮·内编》卷六：独五言短什，杂出闾阎闺阁之口，句格音响，尚有汉风。若《子夜》《前溪》《欢闻》《团扇》等作，虽语极淫靡，而调存古质。至其用意之工，传情之婉，有唐人竭精殚力不能追步者。

前溪歌① 七首选二

黄葛结蒙茏，生在洛溪边②。花落逐水去，何当顺流还③？还亦不复鲜④！

黄葛生烂熳，谁能断葛根⑤？宁断娇儿乳，不断郎殷勤⑥。

[注释]

①此诗收入《乐府诗集·清商曲辞》。原载七首,今选二首,分别为原诗第六、七首。②黄葛:一种蔓生植物,缠绕他物生长,茎皮纤维可织布造纸。结:开花结子。蒙茏:茂密的样子。洛溪:溪名,此指歌女居住之处。③逐水:随着水流。何当:何时才能。还:归还。④不复:不再。鲜:鲜艳。⑤烂熳:色泽绚丽。葛根:葛藤的根系。⑥宁:宁愿。娇儿乳:哺乳娇儿的乳汁。殷勤:深厚情谊。

[赏鉴]

这两首诗都以黄葛为比兴,随手取象,生动自然。野生黄葛是水边一种常见的野生植物,多分布在向阳潮湿的山坡,长势旺盛,色彩鲜丽,加之可以用来做葛衣,故颇受古人喜爱。第一首以黄葛生长得茁壮茂盛,开花结子,比喻女子正值妙龄,青春活泼。"洛溪",既言黄葛生长之地,又暗点女子亦住在洛溪水边,有一笔两用之妙。"花落",比喻女子盛年已过。花逐水流,以鲜花在水里漂荡浸泡,渐流渐远,渐失色泽,比喻女子青春不再。岁月的风霜、生活的磨难,促使女子容颜大变,鲜亮不再。"何当"为反问,并"还"字顶针,表达出应当珍惜美好年华、趁时相恋相爱的强烈愿望。最后落笔于"不复鲜",与"蒙茏"映照,极为警醒动人。第二首以黄葛连绵丛生,郁郁葱葱,鲜艳灿烂,比喻爱情缠绵深沉,极为美妙幸福。"谁能",表达对爱情坚定的信念,无论来自家庭、社会的何种阻力,都不能使爱情发生转移。并以"宁断"对"不断",母亲对娇儿的疼爱,也比不上"我"对你的疼爱,两相对比,可谓爱之深沉。本诗以青年女子的口吻,俏皮可爱的设喻,表现出两人誓要相爱到底的决心。

[辑评]

明王世贞《艺苑卮言》卷三：(北音、南音、东音、西音)所谓四方之歌，风之始也。……皆古歌之圣者，然亦单歌不合乐。以后《江南》《子夜》《前溪》《团扇》《懊侬》之属，是其遗响。

清张玉谷《古诗赏析》卷十七：(评第一首)此又以葛花随水一去不还，比郎之弃我如遗也。缀末语一掉，更觉曲深流逸。(评第二首)以黄葛比娇儿，以葛根比郎也。但述己情，而不当负意，言外显然，作绮语看，浅矣。

懊侬歌① 十四首选一

江陵去扬州，三千三百里②。已行一千三，所有二千在③。

[注释]

①此诗收入《乐府诗集·清商曲辞》。原载十四首，今选一首，为原诗第三首。懊侬：烦闷。②江陵：今属湖北。扬州：当时郡名，治所在今江苏南京。③在：存在。

[赏鉴]

这是一首俚歌。全写从江陵到扬州的里程计算，总共多少、走了多少、还剩多少，颇像记账簿，欠多少、还多少、还剩多少云云。语语俚俗，毫无夸张形容，似乎不见一丁点诗情画意。然古今诗体既不一，诗语更是千差万别。这首诗以一个远游归家者的口气，写出日日掐指计算行程之状，借以衬托出焦急归家之急不可耐。可是船只行驶缓慢，"我"又无法助其加速，无可奈何之情溢于言表。全诗真实质朴，可谓一字一急。尤其是以"已行"对"所有"，"行"者少，"有"者多，更衬出一时懊丧苦恼之情，令人忍俊不禁。

[辑评]

清王士禛《分甘余话》卷三《乐府俚语》：乐府"江陵去扬州……"愈俚愈妙，然读之未有不失笑者。余因忆再使西蜀时，北归次新都，夜宿，闻诸仆偶语曰："今日归家，所余道里无几矣，当酾酒相贺也。"一人问所余几何？答曰："已行四十里，所余不过五千九百六十里耳。"余不觉失笑，而复怅然有越乡之悲。此语虽谑，乃得乐府之意。

华山畿① 二十五首选二

华山畿，君既为侬死，独生为谁施②？欢若见怜时，棺木为侬开③！

相送劳劳渚④。长江不应满，是侬泪成许⑤！

[注释]

①此诗收入《乐府诗集·清商曲辞》。原载二十五首，今选二首，分别为原诗第一、十九首。②华山：山名，在今江苏句容市北十里。畿：近郊。施：指姿容的装饰。一说施用，"为谁施"即为谁活下去。③棺木：棺材。④劳劳渚：地名，据说在今南京城外长江岸边，为送客的码头。⑤许：这样。

[赏鉴]

  第一首描写一对痴情男女殉情的悲凄故事。与同一主题的《焦仲卿妻》相比，写法却大不一样。彼为长诗，此为短章；彼为夫妻，此为只见过一面的情人；彼为全过程叙事，此只写结果；彼言死，先女后男，此言死，先男后女。诗歌着字不多却具有极高的价值。起笔以"华山畿"这一地点为兴，是用回溯法，回想起两人初次相见的情景。接写女子所受到的感动。其对男子的称呼，先言"君"字、后言"欢"字，变化中寓有深意。"君"字是书面语，表示尊敬，男子对自己一见钟情，因情感郁结而死，这样的男子是十分了不起的，是可敬佩的。"欢"字是口语，是女子对自己心悦的情郎的爱称。女子见男子为自己而死，感极而生爱，故直以"欢"字呼之。两字之差，点出了由敬生爱的心理过程。"侬"字是女子自称，以与"君""欢"对应。"独生"，言情感上的孤独。喜欢自己的男子已经因为相思过度而死去，自己活着还有什么意义呢？不为这样的男子活，又为谁活呢？"为谁施"，透露出自己欲赴死之志。末二句以浪漫的笔调，写出极为神奇的一幕。女子对着棺木呼告：您若是真的喜欢"我"，就请将棺木打开，"我"跟您一起去死，我们两个合葬在一起。表达出女子对爱情的坚贞，以及殉情赴死的不悔之志，极为震撼人心。

  第二首为送别诗。起句叙事，用写实法，言送爱人到了劳劳渚这个地方，极为平平，毫无深意。结句抒情，用虚写法，言船只已经离开了岸边，渐行渐远，心爱的人也渐渐退出了自己的视线，然而自己却依旧站在岸边，痴痴地凝望着远处，傻傻地一遍又一遍对着江水挥手，不知不觉中，泪水扑簌簌地流下来，滴到江中，与江水混融为一体。这使自己不由得产生了心理错觉，长江水本来不是满的，是自己的泪水滴进去，才使得长江水满成了这样。以"不应满"对"泪成许"，极写泪水之多，造语生新，想象奇幻，可谓千古未见。前平后奇，结构上的对比，也使本诗极富情感张力。

读曲歌① 八十九首选七

千叶红芙蓉,照灼绿水边②。余花任郎摘,慎莫罢侬莲③。

折杨柳,百鸟园林啼,道欢不离口④。

逋发不可料,憔悴为谁睹⑤?欲知相忆时,但看裙带缓几许⑥!

怜欢敢唤名,念欢不呼字⑦。连唤欢复欢,两誓不相弃⑧。

奈何许!石阙生口中,衔碑不得语⑨。

打杀长鸣鸡,弹去乌臼鸟⑩。愿得连冥不复曙,一年都一晓⑪。

种莲长江边,藕生黄檗浦⑫。必得莲子时,流离经辛苦⑬。

[注释]

①此诗收入《乐府诗集·清商曲辞》。原载八十九首,今选七首,分别为原诗第三、十六、二十一、二十八、二十九、五十五、七十一首。②灼:照亮。③罢:停止。莲:同"怜",谐音双关。④道:说。⑤逋(bū)发:指头发脱落。逋:欠。⑥缓:宽。⑦敢:岂敢,不敢。⑧连唤:频频呼唤。⑨石阙:指古人在墓道外左右立的石碑。生:生长。碑:同"悲",

谐音双关。⑩弹：用弹丸打击。乌臼：候鸟名，北方俗名黎雀，似老鸦而小，天黎明时就啼唤。⑪冥：天黑。曙：天亮。都：总计，只有。⑫藕：同"偶"，谐音双关。黄檗（bò）：俗作黄柏，落叶乔木，树皮色黄性寒味苦。浦：水边。⑬莲子：谐音"怜子"，指爱恋对方。流离：转徙，此指跋涉之苦。

[赏鉴]

　　第一首写女子请求情郎不要抛弃自己。起句以叶衬花，以"红"映"绿"，极写女子之美。"芙蓉"为女子自比。在大片大片的荷叶上，一朵鲜红的芙蓉，出淤泥而不染，挺拔自立，娇艳欲滴，分外美丽。"照灼"，乃言芙蓉的鲜艳色泽，映衬着碧绿的水波，愈见娇姿迷人，令人神不守舍。结句笔调转哀。"余花"，写出郎的花心，对自己的不钟情、不专一。"莲"，既是实写，指芙蓉结籽，又谐音"怜"。意谓别的花，郎也可以采摘，但千万不要停止对"侬"的爱。前言美丽出众，后言则降低身价，欲与众花等同，邀同一"郎"之爱，突出了封建一夫多妻制度下，女子之于爱情的奢望及其不平等的遭遇。

　　第二首写女子赠别时的情热之态。却不用直写，只是选取入园林折取杨柳枝的片段进行表现，非常别致有趣。"折杨柳"，点出时节、事件。时在春夏，事乃为离别相赠也。"柳"谐音"留"，即表示惜别、挽留的意思。"百鸟园林啼"，不写自己口口声声地挽留，而是通过园中百鸟齐鸣，"道欢不离口"，这一极富拟人化和情感意味的侧面描写，烘托出自己的感情，巧妙含蓄，倍觉炽热。

　　第三首写相思之病。并不多言，只举出离别之后身体特征的两大变化，一为头发脱落，二为日渐消瘦，读来令人印象深刻，颇觉感同身受。"不可料"，点出无比惊讶。因为一般来说，脱发是人衰老的标志。没想到自从与情人分别之后，自己年纪轻轻，竟也突然掉起头发来。刚开始的时候并不怎么注意，时间一长，越掉越多，头发稀疏可数，遂顿感吃惊。"为谁睹"，意为无人睹，暗示可以"睹"的人不在身边。所以，自己头发脱落，形容憔悴，远离在外的情人并不知晓，平添无限忧愁。下句紧承，即言愁的程度。又并不多写，只以"欲知"引起疑问，以"裙带缓"释疑，又以"几许"加深强调，极言因为相思而茶饭不举，导致日趋消瘦，露出弱不禁风的样子来。写相思，可谓入骨三分。

第四首摹画一热恋女子。"敢"字、"不"字，写出女子因为爱之深、情之切，既不愿意"唤"男子的姓名，又不愿意"呼"男子的字号。古代男子的姓名、字号，少者两三个字，多者四五个字，那都太长了，叫起来费劲、别扭，不足以表达自己喜欢、亲热的感情。所以，她想来想去，还是觉得以民间流行的"欢"来呼唤对方，才直截痛快，毫不累赘，一字淋漓，使感情显露无遗。于是，高兴、激动之余，她连连用"欢"呼喊起来，银铃般清脆的声音，伴随着阵阵纯真的欢笑，充满天地之间。"两誓"句，表达出自己的理想，但愿两人白头偕老，永不相弃。诗中词语极为简单，却使一位娇憨少女跃然纸上。

第五首写女子的悲怨。起笔三字，抛出问题，引起悬念，顿使情感紧张。接以五言，解释导致"奈何许"的原因。五言较三言长而平整，语调遂由急变缓，显得分外沉重起来。"石阙"，极大的石碑。"生口中"，乍读令人莫名其妙。石阙一般矗立在坟墓旁啊，怎么会生长在人的口中呢？石阙不可能"生"啊！石阙那么高、那么大，不可能会含在人的小小的口中啊！不禁产生怪异之感。读到"衔碑"，方令人恍然大悟，"石阙生口中"就指"衔碑"。以"碑"之谐音双关，写人之悲伤不能"语"。则"石阙"乃指极大的悲伤。因为过于悲伤，所以才说不出话来。此诗可能写男子去世，女子呆立在坟墓前边的石碑旁，悲痛欲绝，哽咽不能语的情景。可谓构思奇特，给人异想天开之感，双关运用绝妙，极富于独创性。

　　第六首写女子与情人夜晚相会之情。"打杀""弹去",两个动词极言痛恨。"打杀",乃针对家里鸡舍中养的鸡,自可以轻易地打死杀死。"弹去",乃针对窗外树上的黎雀,只能用弹弓、弹丸来弹击。可见准确形象,颇具生活真实。"愿得"二句表明心愿,希望两人能夜夜相会,看得出是因难得相会之故。"连冥不复曙""一年都一晓",写为了自己的欢会,希望自然改变日夜运行的规律,夜以继夜而不见天亮,并希望一年三百六十五个日夜,变成连续三百六十四个夜晚之后才出现一个早晨。造语精巧至极,令人匪夷所思。此诗大胆直露,以夸张手法和决绝之态,充分表达了古时男女"春宵一刻值千金"的惜时观念。

　　第七首写南方水乡生活的艰难。诗中以长江边的水乡生活作为背景,以"种莲""藕生""得莲子"的莲之生长过程为时间顺序,以水中之"莲"与岸边之"黄檗"为映衬,十分巧妙地以"莲"双关"恋",以"藕"双关"偶"即配偶,并以黄檗树之苦暗示水田劳作的辛苦以及爱情得来的不易,又以"莲子"之甜暗示秋季收获的喜悦和同时收获爱情的幸福,委婉含蓄地描绘出了水乡劳动人民艰辛的生活、独特的爱情,真实朴质,画意盎然,极为生动。

[辑评]

　　清王夫之《姜斋诗话》卷二:其述怨情者,在汉人则有"青青河畔草,郁郁园中柳"……《清商曲》起自晋宋,盖里巷淫哇,初非文人所作,犹今之《劈破玉》《银纽丝》耳。操觚者即不惜廉隅,亦何至作《懊侬歌》《子夜》《读曲》?

　　清张玉谷《古诗赏析》卷十七:(评第三首)上二,空写憔悴之形。下二,点清相忆,更以瘦损申足之。既曰"谁睹",又曰"但看",写出痴想神情。(评第四首)擒一"欢"字,就狎昵中写出敬重来,真觉情至。两不相弃，又硬派得妙。（评第五首）第就衔悲作隐语，而其故竟不说破，转觉含蓄。（评第六首）只写不欲天晓之痴情，而其故绝不说破。笔有古趣，意极含蓄。

青溪小姑曲[①]

开门白水，侧近桥梁[②]。小姑所居，独处无郎[③]。

[注释]

①此诗收入《乐府诗集·清商曲辞》。青溪：水名，发源于钟山。②侧近：在旁边挨着。③小姑：即青溪女神。

[赏鉴]

这是一首神女自叹凄冷独居的情诗。本事在魏晋南北朝时流传甚广，可见于干宝《搜神记》、吴均《续齐谐记》、刘敬叔《异苑》等。首二句写景。"白水"，溪水哗哗流动，泛起白色泡沫，故称。这里乃以女神打开祠堂之门，唯见溪水流动，听见潺潺的溪水声，而周围冷寂无人之象作对比，形容女神凄苦难耐。"桥梁"，意思是祠庙所居之地亦不是全被溪水隔断，无路可通，旁边是有一座桥梁的。然只有桥梁，却无人踱步过桥，前来相会，不免又徒增凄凉。末二句抒情。"小姑"，点出歌咏的人物。"所居"对应"开门""侧近"。"独处"映照"白水"之水声，"桥梁"之无人。"无郎"，点明主题。将前面所写之景与情串联在一起，使之一气贯通。全诗虽云神仙之事，却尽用人间白语，真切自然，感人泪下。女神尚且相思，况于人间女子乎？

襄阳乐① 九首选一

女萝自微薄，寄托长松表②。何惜负霜死，贵得相缠绕③。

[注释]

①此诗收入《乐府诗集·清商曲辞》。原载九首，今选一首，为原诗第八首。②女萝：一种蔓草，又名松萝，常附生于松树。微薄：微贱。长松：高大的松树，比喻所爱的人。③何惜：不惜。负：遭受。

[赏鉴]

首二句借比喻来写实。以"女萝"作为女子自比，以"长松"比喻情郎。"微薄"，写出古代社会女子的卑贱地位，受"三从四德"的封建教条约束，女子没有经济独立能力，只能依附于人。故这里，以柔软不能自立的女萝自比，极言轻微。"寄托"，以女萝缠附松树生长，形容女子缺乏独立自主的生活能力，只能仰仗于丈夫来支撑门户。末二句抒发情感。"负霜"，言女萝于秋季枯萎而死，只能与松树在一起生活春、夏、秋三季，而不能长相厮守。即使如此，受低贱的社会地位影响，女子对于这样的爱情也特别珍惜。只要能跟相爱的人在一起，哪怕再短暂，不能长久，也是非常值得的。"贵得"，写出女子的真情与痴情，坚强中透露出些许无奈，令人分外同情。

三洲歌① 三首选二

送欢板桥湾,相待三山头②。遥见千幅帆,知是逐风流③。

风流不暂停,三山隐行舟④。愿作比目鱼,随欢千里游⑤。

[注释]

①此诗收入《乐府诗集·清商曲辞》。原载三首,今选二首,分别为原诗第一、二首。②板桥湾:一名板桥浦,在今江苏南京南。三山:即三山矶,一名护国山,在今南京西南,长江东岸,突出江中,近板桥湾。③逐风流:随风行驶。此为双关语,暗指男女爱情。④隐:遮挡。⑤比目鱼:即鲽,古人谓此鱼只有一目,需两两相并方能游动。

[赏鉴]

这是两首商妇送别诗,可合为一首来读。送别的主角为商妇与商人,使此诗别具一格。送别的地点在"板桥湾""三山头",映衬出南朝时今南京作为国都,周围一带商业的发达与繁荣。一"送"一"待",好像是临别时约定好了归期,以及相会的地点,透出恋恋不舍的心情。"遥见",言商人已乘船出发,疾驶在江水之上。"千幅帆",以夸张笔法极言商船之多、队伍之庞大,不由得人不趋之若鹜,舍情逐利。"知是",悲痛语,以商人、商船离开的事实,透入对往昔两人相聚欢会的沉浸与回忆。"逐风流",双关语,以船言则为写实,以人言则指风流乐事,即男女欢会的情景。"不暂停",心理层面上言自己的期望,愿意与"欢"常在一起,舍不得分离；物理层面上言船只行走的状况，风起帆鼓，片刻不停，疾驰而去，令人悲伤懊丧不已。"隐"字，用得巧妙，写出三山矶一带的山势与水势，滔滔江水滚滚而来，至此一折，浩浩荡荡东流而去。千帆至于三山一隐，又暗写三山矶方圆之阔。"隐行舟"，又带出"遥见"时间之长，在岸边伫立目送之久，久久不愿离去之心情尽显。舟既隐，船不见，人也无可想了，只得忍痛移步回去。这时，又来了两句，"愿作比目鱼，随欢千里游"，真可谓余情不断、怅望不已。"比目鱼"，是比喻，处处不离江水，显出江南人爱情生活之特色。"千里游"与"逐风流"对，写出女子之痴情，隐隐露出无可如何之状，使人颇感嗟呀。

采桑度① 七首选一

春月采桑时，林下与欢俱②。养蚕不满百，那得罗绣襦③？

[注释]

①此诗收入《乐府诗集·清商曲辞》。原载七首，今选一首，为原诗第五首。②春月：阳历二三月。俱：同"聚"，即相遇相识。③罗绣襦：绣花的短腰锦袄。

[赏鉴]

此诗描写桑间爱情，读来一片美好。春天时节，在去采桑的时候，女子与男子相遇了。"林下"，描写春天桑叶萌生，春日一照，春风一吹，越长越茂盛。过不了几天，满树肥大的叶子，就可以掩盖住江南女子娇小的身影。"与欢俱"，既写在一起采桑劳作的情景，又写出在一起采桑的时间长了，两人说说笑笑，互生爱慕之情，并已经桑下盟誓，情定终身，开始谈婚论嫁起来。"不满百"，点出恨不得多多养蚕之心。养蚕多了，自然产出的蚕丝就多，就可以尽快满足自己做成"罗绣襦"的愿望。"罗绣襦"，看来是女子自言的嫁妆，全诗语气中充满无限幸福与期待。同时，多养蚕，势必要多采桑。多采桑，势必会增加"与欢俱"的次数与时间，而这更是自己所期待的。一个"不满"，既写出生产实践上的不足，又见出自己急于出嫁的时间上的急不可待，还透出愿意与情郎在桑间欢会的情形，一语三用，穿透力十足。

那呵滩① 六首选一

闻欢下扬州，相送江津湾②。愿得篙橹折，交郎到头还③。

[注释]

①此诗收入《乐府诗集·清商曲辞》。原载六首，今选一首，为原诗第四首。那（nuò）呵滩：滩名，在江津湾。②江津：地名，在今湖北江陵附近。③篙橹：两种划船用的工具。交：同"教"。到头："到"同"倒"，即掉转船头回来。

[赏鉴]

这是一首送别诗。起二句平实，结二句突兀。"闻"字，点出男女两人的情感关系，看来是一对热恋中的情人，还未结为夫妻。"下扬州"，言离别之远，别日之长，故来相送。"送"，点出送别的事实，带出依依不舍之情。"愿得"，奇妙，因为不希望情郎远离，内心一片痴热，化作一种痴心妄想。"篙橹折",划船用的篙和橹都折断,船也就无法再前行了,只能折返掉头回来。自然,这一想法是根本不可能实现的,体现出了少女心思的天真与可爱,更见出她爱"欢"之切、之深,因而不希望他远离、舍不得他离开,又难以直白言说的复杂心情,读来不免有哀哀切切之感。

[辑评]

清张玉谷《古诗赏析》卷十五:此为送欢之辞。留欢不得,勉强相送。写深情于不祥语中,落想甚奇。

作蚕丝① 四首选一

春蚕不应老,昼夜常怀丝②。何惜微躯尽,缠绵自有时③。

[注释]

①此诗收入《乐府诗集·清商曲辞》。原载四首,今选一首,为原诗第二首。②怀丝:双关隐语,指对情人的思恋。丝:谐音"思"。③缠绵:环绕不断。

[赏鉴]

此诗写女子的爱情表白。"春蚕"为女子自喻,"春"字又点出女子正值青春年少。"不应老",不希望老去,有惜时之意。女子年老则色衰,色衰则爱弛,故云。"丝",双关语,谐"思"。以蚕丝比喻情丝,言其日夜沉浸在对"欢"的相思与爱意之中。"何惜",点明极为珍惜两人的相遇、相爱。"微躯",蚕的身躯微小,此处乃用为谦辞,指女子自言其卑。"自有时"，言春蚕吐丝是有时限的，不可能一直吐下去。蚕作茧成蛾，交配产卵后就会死掉。此乃女子自明心迹，为了这段感情，为了两人能够在一起，宁肯不顾一切、牺牲一切，颇具有坚决果敢之心。

[辑评]

清沈德潜《古诗源》卷九：缠绵温厚。不同《子夜》《读曲》等歌。

清张玉谷《古诗赏析》卷十五：上二，惜长思之易老。下二，叹纵死而思无尽也。以蚕比出，词旨缠绵。

西乌夜飞① 五首选一

日从东方出，团团鸡子黄②。夫归恩情重，怜欢故在傍③。

[注释]

①此诗收入《乐府诗集·清商曲辞》。原载五首，今选一首，为原诗第一首。②鸡子黄：蛋黄，此处比喻初升的太阳。鸡子：鸡蛋。③傍：旁边。

[赏鉴]

此诗描写夫妇恩爱之情。起二句写景，以日出点明故事发生在早晨。"团团"，摹写太阳之形。"鸡子黄"，摹写太阳初生时的色彩，别致生动，具有农家生活的特点。结二句写情，突出主题。"重"字，极言夫归"恩情"之深。"故在傍"，言两人相依相偎，亲亲热热，尚未起床之状。作为家庭主妇，按理应当清晨早起，料理家务。然或为新婚不久，或为丈夫久别归家，极觉恩爱异常，竟至于恋床不起。着一"重"字、"故"字，便意在点出特殊。同时，古人常以夫妇比日月，夫比日，妇比月。故起笔言日出，象征丈夫在家，暗中流露出无比喜悦之情。又言"团团"，形容夫妻团圆，和谐美满。全诗实中见比，以比增情，朴质活泼，亲切自然。

西洲曲①

忆梅下西洲，折梅寄江北②。单衫杏子红，双鬓鸦雏色③。西洲在何处？两桨桥头渡。日暮伯劳飞，风吹乌臼树④。树下即门前，门中露翠钿⑤。开门郎不至，出门采红莲。采莲南塘秋，莲花过人头。低头弄莲子，莲子青如水⑥。置莲怀袖中，莲心彻底红⑦。

忆郎郎不至，仰首望飞鸿⑧。鸿飞满西洲，望郎上青楼⑨。楼高望不见，尽日栏杆头⑩。栏杆十二曲，垂手明如玉。卷帘天自高，海水摇空绿⑪。海水梦悠悠，君愁我亦愁。南风知我意，吹梦到西洲。

[注释]

①此诗收入《乐府诗集·杂曲歌辞》，题为《古辞》。②下：往。西洲：地名，未详所在，当在诗中女子住处附近。江北：当为诗中男子所在。③鸦雏色：形容头发乌黑发亮，像小乌鸦一样。鸦雏：小乌鸦。④伯劳：鸟名。古代诗歌中常用劳燕分飞比喻夫妇、情人离别。乌臼：树名，落叶乔木，夏季开小黄花，种子多脂肪，可榨油。现在一般写作"乌桕"。⑤翠钿（diàn）：用翠玉做成或镶嵌的首饰。⑥莲子：谐音"恋子"，即"爱你"。青如水：隐喻爱情的纯洁。⑦莲心：双关"怜心"，意

即相爱之心。彻底红：隐喻怜爱之深透。⑧望飞鸿：隐含有望书信的意思。古代有鸿雁传书的传说。⑨青楼：以青色涂饰之楼，为古代女子居处的通称。⑩尽日：终日。⑪海水：形容秋夜有如海水一样的颜色。

[赏鉴]

　　这是一首描写少女初恋相思的诗。全诗可分两层，分别以"忆梅""忆郎"引起。"忆梅"与"忆郎"相对，显然是以梅比郎。以梅的傲雪绽放，比喻郎的高洁品格。

　　起句至"莲心彻夜红"为第一层，写对郎的等待。主要突出了两组行动，按照西洲、家中、南塘的地点顺序描写。一组是围绕梅展开，在西洲。"梅"，谐音"媒"。以"忆梅"、"折梅"、寄梅三个系列动作，写出梅花可能是郎极为喜爱的一种花，而西洲多梅花，很可能正是在这个地方，在梅花盛开的早春时节，两人因赏梅相遇、相识并相恋，梅下定情。所以，一想起郎来，便忆及梅花，进而忆及西洲。着一"下"字，见出情热与急不可耐。寄梅的目的，自然是希望情郎能睹物思情，想起自己来，前来看望自己。"单衫"二句写服饰装扮，对仗工整，色彩鲜明，衬出少女的美丽。"西洲在何处"是设问，言西洲距离之近，摇着小船划两桨就可以到了。开篇以西洲、江北对举，这里却只问西洲，不问江北，乃是有意以西洲之近突出江北之远。另一组行动围绕莲展开，在南塘。以"采莲""弄莲""置莲"三个系列动作，点明时节已经由春到夏，写出自己苦盼情郎到来，焦急而又羞于启口的甜蜜而忧愁的心情。"日暮""树下"四句，是采莲前的情景铺垫。连用四个"门"字，以接字手法，写出女子在家中静待时的心情。风吹乌桕，惊动伯劳鸣叫纷飞，自己以为是情郎见梅，来看望自己了，遂开门探头找寻。"露翠钿"，以头饰指人，为借代手法。然而，开门后却不见人影。为避免引起邻人猜疑、耻笑，遂干脆踏出门来，去采"红莲"。"莲"同"怜"，为双关隐语，代指自己。

以下，一个动作引出荷莲一种模样，写出自己一种样态："莲花过人头"，形容身材，亭亭玉立；"莲子青如水"，形容品格，纯洁无瑕；"莲心彻底红"，形容感情，赤忱浓烈，与"梅"红、"杏子红"映衬。

"忆郎"句至结尾为第二层，写深深的相思。主要突出了两个动作，按照室外、楼上、室内的地点顺序描写。一个动作是仰望，在楼上。由"忆梅"转到"忆郎"，一字之差，突出相忆之深，思念之浓。"飞鸿"，暗点秋季到来。以鸿雁传书的传说，突出郎所居住的地方极为遥远，呼应"江北"之说。"满西洲"照应前文，点出西洲确为两人初遇而相爱之地，否则女子不会三番五次前去寻觅踪迹。"上青楼"遥对"下西洲"，前之"下"是由家中下到了西洲；今之"上"则是由西洲回到了家中，上到了楼上。由"下"到"上"，写出相思之情微妙而哀婉的变化。然而，正如"下西洲"找不见一样，"上青楼"远眺亦"望不见"。"尽日"，极言登高望远，在楼上伫立怅惘之久。"栏杆十二曲"，写出她一会儿扶在这里看一看，一会儿又扶在那里望一望，几乎每一曲栏杆前都留下了她婀娜多姿、仰首凝望的情影。"明如玉"，以手之润白形容女子颜色之美，与前文"翠钿"等呼应。另一个动作是入梦，在室内。"卷帘"，写出依枕而思之状。躺在床上，翻来覆去睡不着，时不时眼望帘外。"天自高"，写出深秋夜深人静，天空旷远高邈，遥不可及。"摇"，以动写静，以海水喻夜空，风吹隔帘，犹如绿色荡漾其中，极富典雅韵致之美。而日夜所思念的情郎一点儿也不见影，只好在深沉的愁怨中，伴着"海水"的摇荡声，进入了梦乡。"悠悠"，其后紧接两个"愁"字，且并言"君""我"，写出两人的感情之深，所以相思愈深。"南风"，照应"南塘"，点出"我"在南，郎在北，相隔极远。"吹梦"二字，极具想象力。把"我"的梦吹送到西洲去，即言欲在梦中与"君"再次相会西洲之意，可以说分外感人。末句又落脚到"西洲"，明显是以西洲贯穿全文，照应题意。

[辑评]

明胡应麟《诗薮·内编》卷六：《西洲曲》，乐府作一篇，实绝句八章也。每章首尾相衔，贯串为一，体制甚新，语亦工绝。如"鸿飞满西洲……尽日阑干头""海水梦悠悠……吹梦到西洲"，全类唐人。

清沈德潜《古诗源》卷十二：续续相生，连跗接萼，摇曳无穷，情味愈出。〇似绝句数首，攒簇而成，乐府中又生一体。初唐张若虚、刘希夷、七言古，发源于此。

清张玉谷《古诗赏析》卷十九：此闺情诗也。由春而夏而秋，直举一岁相思，尽情倾吐，真是创格。前十二，春时忆也。折梅将寄所思，饰容而往，日暮而归，凝妆而待，无如郎之不至何，则好春已过，又将有事采莲矣。说采莲，有望怜意。"采莲"八句，夏时忆也。采莲、弄莲、怀莲，情传所事，无如郎之仍不见何，则长夏已过，又将转盼飞鸿矣，说飞鸿有望音书意。后十二，秋时忆也。感飞鸿而盼望高楼，郎终不见，阑干徙倚，天海茫茫，至此心尽气绝，惟冀有梦同愁，风吹梦到而已，兜应西洲，隐然重又一岁。首尾循环，无穷摇曳。

南朝乐府 文人乐府

南朝是文人乐府的高产期，共存诗千余首。刘宋诗坛逐渐走出东晋玄言樊篱，注重山水声色描写，其中拟乐府诗占较大比重，彼时重要诗人如鲍照、谢灵运等几乎都有创作。谢氏把仕途中的苦闷与失落排遣在乐府诗中，较之文人徒诗情感表达更为丰富强烈，然模拟痕迹过重。鲍照不仅在题材上有突破，而且使古题乐府的表现形式更加丰富，形成了七言或以七言为主的杂言，及隔句用韵的一种新诗体，为后代七言诗的发展奠定了基础。齐代"永明体"新诗讲求声律、多为咏物的特点，经过沈约、谢朓、王融的积极倡导参与，对文人乐府诗创作产生了极大影响，咏物乐府诗成为文人乐府的新路。梁陈时期，受战事影响，兴起了边塞乐府诗，吴均、萧纲等都热衷创作。同时，"宫体诗"的轻艳绮靡也渗透进边塞乐府，形成了既写征夫慷慨又写思妇缠绵的鲜明特色，足为隋唐边塞诗之先声。

南朝文人也十分重视对乐府诗的整理与研究。刘勰《文心雕龙》设《乐府》章，萧统《文选》立"乐府"类，徐陵《玉台新咏》、释智匠《古今乐录》也都有分析与收录。这些专门的研究，与文人乐府创作相呼应，标志着南朝文人对乐府诗认识的深入与成熟。

丁督护歌① 五首选一 刘裕②

闻欢去北征,相送直渎浦③。只有泪可出,无复情可吐④。

[注释]

①此诗收入《乐府诗集·清商曲辞》。原载五首,今选一首,为原诗第五首。督护:官名,可统领部队,指挥作战。②刘裕(363—422):字德舆,小名寄奴,彭城(今江苏徐州)人。出身官宦世家,然幼年家境破落,曾以卖履为业。年长参军,任冠军将军孙无终的司马,有勇有谋,在平桓玄、灭孙恩的战争中,屡立战功,迁封太尉、宋公、宋王。永初元年(420),代晋自立,成为南朝刘宋的开国皇帝,谥号武皇帝。③北征:出征北方。直渎浦:地名,在今江苏南京幕府山东北,因其浦直如沟渎,故名。④情:情话。吐:说。

[赏鉴]

这是一首送别诗。采用民歌的形式,抒写军队远征时,广大将士的妻子、情人纷纷前来送别的场景,凄切感人。上句着一"闻"字,写出征的军令已下,突出战争并不是以普通人的意志为转移的,"我"虽然内心十分悲切,不忍"欢"离开,但仍予以默默支持。"北征",写此次出征路途之远、时间之长,暗点战斗之艰苦,内心怀有存亡未卜、生离死别的恐惧,不知还能不能再见到自己的爱人。因此,一直绕山过水,相送到直渎浦。下句以"只有"对"无复",写送者内心悲痛至极,哽咽无语,缠绵的情话到此临别之时,一句也说不出来了,只有扑簌簌的泪水。然无声含有决绝之意，无声的离别甚于有声的告别，再次暗示出此次出征的艰险，令人担忧万分。全诗朴质自然，蕴深厚情感于一"送"字，尤其作者是以一位统帅的身份写出此篇，充分体现了对于征战士卒的体恤与关爱，反映出人情人性超越战争的积极思想。

[辑评]

南朝梁沈约《宋书》：《督护歌》者，彭城内史徐逵之为鲁轨所杀，宋高祖使府内直督护丁旿收敛殡埋之。逵之妻，高祖长女也。呼旿至阁下，自问殓送之事。每问辄叹息曰："丁督护！"其声哀切，后人因其声广其曲焉。

悲哉行[①] 谢灵运[②]

萋萋春草生，王孙游有情[③]。差池燕始飞，夭袅桃始荣[④]。灼灼桃悦色，飞飞燕弄声[⑤]。檐上云结阴，涧下风吹清[⑥]。幽树虽改观，终始在初生[⑦]。松蔦欢蔓延，樛葛欣藟萦[⑧]。眇然游宦子，晤言时未并[⑨]。鼻感改朔气，眼伤变节荣[⑩]。佗傺岂徒然，澶漫绝音形[⑪]。风来不可托，鸟去岂为听[⑫]？

[注释]

①此诗收入《乐府诗集·杂曲歌辞》。②谢灵运（385—433）：原名谢公义，小名客儿，字灵运，祖籍陈郡阳夏（今河南太康），世居会稽（治今浙江绍兴）。出身东晋大族，袭封康乐公，世称谢康公、谢康乐。为人奢豪放纵，喜游山陟险，不恤政事。入宋降为侯，历任散骑侍郎、太

子左卫率、永嘉太守等，后辞官隐居会稽。著有《谢康乐集》，以山水诗著名，被誉为山水诗鼻祖。③萋（qī）萋：草木茂盛的样子。④差池燕：指燕子初飞时羽毛参差不齐。差池：不整齐。夭袅：形容桃枝婀娜多姿。荣：开花。⑤灼灼：鲜艳明亮。飞飞：不停地飞。⑥檐：山。云结阴：云朵遮住了阳光。涧：小溪。⑦幽树：颜色深暗的树木。改观：改变样子。这里指春天草木生长，改变了秋冬以来的干枯模样。初生：新生的叶芽。⑧蔦（niǎo）：即蔦萝，一年生草本植物，附于他物生长。樛（jiū）：向下弯曲的树。葛：葛藤植物，也名葛蔓。虆（léi）萦：缠绕。⑨眇（miǎo）然：渺小的样子。游宦子：常年在外做官的人。晤（wù）言：与好友对谈。时未并：不与时并，即不得志之意。⑩朔气：寒气。节荣：欣欣向荣的春天。⑪侘（chà）傺（chì）：失意的样子。澶（dàn）漫：放纵的样子。绝音形：音讯断绝。⑫托：寄托。

[赏鉴]

　　这是一首抒写客游悲愁的诗。可分两层，前十句为一层，后十句为一层。第一层紧扣"初生"一语。起笔总写，以春草比兴。"萋萋"已含伤情，"春草生"点明此诗乃为伤春主题。接写春燕、春桃，用两个"始"字相对相连。春天初生的小燕子，在空中学着飞翔；刚发芽的桃树，呈现出一片欣欣向荣的景象。并进一步写到，渐渐地，桃花露出了鲜艳的色彩，小燕子也叽叽喳喳学会鸣叫了。"差池""夭袅"，造语颇见雕琢之工。"桃悦色""燕弄声"，组词虽强为偶对，亦为新奇颖异。又写天气之变，"云结阴"，言春雨开始下了。"风吹清"，风吹溪水，溪水因下雨而流量增大，所以水也开始变得清澈了。再写树木之变，"幽树"，言冬季树木黑青之色，春天来临，相继长出嫩叶、鲜花，也变得极为好看了，大为"改观"了。最后"终始"一词作总结，言以上所有变化都是春天的"初生"之象，是颇可以令人喜悦的。

第二层紧扣"时未并"一语。上面那么多春之"初生"之美景,是不是惹得每个人都欣喜无比呢?自然不是,这位抒情主人公就一点儿也高兴不起来。第二层起笔仍为比兴。"松茑"之"欢"、"樛葛"之"欣",乃顺承上文,自然过渡。但接下来就转笔写到"游宦子"。"眇然",极言其在茫茫人海、滚滚红尘中的微不足道。加之与时不合,功业不得志,所以就一下子陷入"鼻感""眼伤"的痛苦与愁闷中了。阳春所带来的一派欣荣景象,不仅没有增喜添庆,反而更使其悲伤起来。唉,一个处在失意之中的人,即使是春色盎然对他有什么意义呢?尤其是自己也不再以放纵享乐为解脱了呀!结句呼应第一层中的景象,以"风""鸟"为比喻,指出再和煦的春风,再动听的鸟鸣,也不属于自己,自己也不再去沐浴、醉听了。可以说,悲愁之情,瞬时沉郁到了低谷,不能自拔、无法超越了。

东门行[①] 鲍照[②]

伤禽恶弦惊,倦客恶离声[③]。离声断客情,宾御皆涕零[④]。涕零心断绝,将去复还诀[⑤]。一息不相知,何况异乡别[⑥]。遥遥征驾远,杳杳白日晚[⑦]。居人掩闺卧,行子夜中饭[⑧]。野风吹草木,行子心肠断。食梅常苦酸,衣葛常苦寒[⑨]。丝竹徒满坐,忧人不解颜[⑩]。长歌欲自慰,弥起长恨端[⑪]。

[注释]

①此诗收入《乐府诗集·相和歌辞》。一作《代东门行》。代,犹拟。②鲍照(约414—466):字明远,东海(郡治今山东郯城北)人。出身寒

门,因向宋临川王刘义庆献诗而受到赏识,曾任国侍郎、中书舍人、秣陵令等职。临海王刘子顼镇荆州,任前军参军,故世称"鲍参军"。与谢灵运、颜延之合称为"元嘉三大家"。长于乐府,尤以七言乐府著名,感情慷慨淋漓,风格俊逸奔放,对唐代李白、岑参、高适等人的七言歌行产生了积极的影响。有《鲍参军集》。③伤禽:为箭所伤的飞禽,化用《战国策·楚策》更嬴发虚弓而得鸟的典故。恶:厌恶。弦惊:弓弦放开时发出的声响。倦客:倦游之人。离声:离歌之声。④断客情:即伤客人,使行人伤心。宾:送别者。御:御车者。涕零:流泪。⑤心断绝:心肝摧裂,形容悲痛到了极点。诀:话别。⑥一息:顷刻,喘息之间。不相知:指不在一起。⑦征驾:远行的车子。杳(yǎo)杳:深远幽暗的样子。⑧居人:指游子之妻。闺:闺门,内室之门。夜中:夜半。饭:这里作动词用,意谓进食。⑨梅:梅子。葛:葛布,一种做单衣用的夏布。⑩丝竹:弦乐器和管乐器,指音乐。解颜:开颜,指欢笑。⑪弥:益,更加。端:头绪。

[赏鉴]

　　这是一首离别诗。首二句以"伤禽"起兴,蕴含丰富。"伤禽"对"倦客",属对工整贴切。伤禽因身体受伤,不能充分发力,飞得慢,久已离群,故多悲鸣,与倦客"离声"中的悲音恰恰相对。"伤"是已中箭之伤,"倦"是多次远游生倦,伤已经不起再伤,倦已厌倦再游,两者都含有伤已至极、倦已至极的意思。"伤"对"倦",又言倦中有伤,"倦客"即伤客。连用两个"恶"字,极言对外出远游厌恶透顶。次二句写离别的悲哀传染蔓延,由客及宾御,一时众人都失声痛哭,久久不愿分别。五、六句又翻转过来,写宾御之悲又感染影响到"我",令"我"心痛欲绝、肝肠俱碎,所以"将去复还",将要走又转回来再次道别,依依不舍之情尽透笔外。这六句之间,分别用"离声""涕零"顶针,因"离声"而生"涕零","涕零"又增"离声",绵密紧凑,一气呵成,感人至深。

七、八句以"一息"时间之短暂,对"异乡"空间距离的拉长。一时既不知,长别当何忧!简明易懂,理性陈述了众人难舍难分、不胜痛苦的事实。九、十句用叠词"遥遥""杳杳"相对,"远""晚"押韵,形容倦客之车驾越走越远,而越远天越接近于黑,并用天黑暗示内心感受,即越发感到绝望、凄苦。

十一、十二句用互文法,"居人"对"行子","卧"对"饭",两两相对而互指。意思是"卧""饭"虽举动相异而同时,从行子的角度看,居人夜半方"掩闺卧",可曾"饭"否?从居人的角度看,行子"夜中饭",不知能"卧"否?居人刚刚送别远行的亲人,在家忧思不尽,茶饭不思,哀叹不已,故至夜半方卧。行子为离别所哀,一直吃不下饭,故至夜中饥饿难忍,方草草就餐。两者如两幅剪影,对衬写来,遂使离哀满纸。

"野风吹草木"以下八句写风餐露宿,久久难以入睡。十三、十四句言"风"之扰,风吹草木,萧萧入耳,与在家的温暖舒适相比,野外和衣而卧是多么艰苦难耐呀。故此处示以"心肠断",较前"心断绝"更进一层。十五、十六句点"寒"之侵,顺以"食梅"(梅子六七月份成熟)、"衣葛"(夏季穿葛布单衣),点明离别的时节。梅之"苦酸",喻人离别之苦酸。夜半野外露宿,寒气袭人,湿气加身,单衣难以抵御,"苦寒"是实情,更透出思家之情。末四句言以音乐排遣愁绪。既然不能入睡,同行者就用丝竹弹奏音乐,但"我"却一点也高兴不起来,想着自己"长歌"能舒解忧愁吧,唱着唱着反渐渐转为"长恨"。全诗最后落脚到一个"恨"字,力透纸背,与第二句之"倦"遥相呼应,更为深入。这里还提到了诗人身份用语的第三次变化,即为"忧人",较前面两个"倦客"

"行子",显然情感色彩亦更加浓厚,可谓步步生愁,次次增忧,而终于生"恨",形容痛恨远游的心情毕肖神至。

[辑评]

清王夫之《古诗评选》卷一:空中布意,不堕一解,而往复萦回,兴比宾主,历历不昧。虽声情爽艳疑于豪宕,乃以视《青青河畔草》,亦相去无三十里矣。

清沈德潜《说诗晬语》卷上:鲍明远乐府,抗音吐怀,每成亮节,《代东门行》《代放歌行》等篇,直欲前无古人。

清张玉谷《古诗赏析》卷十七:此为行客念家之诗。前四,追叙将出门事,突然比起,点出离情。宾御涕零,先用旁人作衬。"涕零"四句,接写诀别迟回。以一息暂离,尚不相知,挑醒异乡远别之恨。"遥遥"六句,点次就道行色,即以居人陪出行子,再写苦景一句,顿足行子肠断。后六,忽插酸寒自知两喻,收出丝竹难以解忧,长歌弥起长恨,截然竟住,神理直逼汉京。

放歌行① 鲍照

蓼虫避葵堇,习苦不言非②。小人自龌龊,安知旷士怀③?鸡鸣洛城里,禁门平旦开④。冠盖纵横至,车骑四方来⑤。素带曳长飙,华缨结远埃⑥。日中安能止,钟鸣犹未归⑦。夷世不可逢,贤君信爱才⑧。明虑自天断,不受外嫌猜⑨。一言分珪爵,片善辞草莱⑩。岂伊白璧赐,将起黄金台⑪。今君有何疾,临路独迟回⑫?

[注释]

①此诗收入《乐府诗集·相和歌辞》。一作《代放歌行》。②蓼虫：一种生长在蓼草上的小虫。蓼：指泽蓼，一种草本植物，叶味辛辣。葵堇（jǐn）：又名堇葵，一种野菜，味甜。罗愿《尔雅翼·释草》："《楚辞》曰：'蓼虫不知徙乎葵菜。'言蓼辛葵甘，虫各安其故，不知迁也。"③龌龊：局狭的样子，指局限于狭隘的境界。旷士：旷达之士。④洛城：洛阳城，这里泛指京城。禁门：皇宫的门。天子居住的地方叫禁中，门设禁卫，故称禁门。平旦：天刚亮之时。⑤冠盖：冠冕和车盖，借指戴高冠乘车上朝的贵官们。纵横至：纷纷而来。⑥素带：古时大夫所用的衣带。曳：牵引，这里是摇曳、飘动之意。长飙：暴风。华缨：用彩色丝做成的冠缨。结远埃：蒙上了远途的尘埃。⑦日中：中午。钟鸣：钟鸣漏尽，指深夜戒严之后。⑧夷世：太平之世。信：确实。⑨天：指天子。⑩珪（guī）：一种上圆下方的玉板，古代封官时赐珪作为符信。爵位，官阶。草莱：草野。⑪岂伊：哪里。伊：语助词。白璧赐：赏赐白璧。《史记·平原君虞卿列传》记载，赵孝成王一见虞卿便赏赐黄金百镒、白璧一双。黄金台：台名，故址在今河北易县东南。燕昭王筑此台，上置千金，以招天下贤士。⑫君：指旷士。路：指仕途。迟回：迟疑不前。

[赏鉴]

这是一首批判官场政治腐败、小人狗苟蝇营的诗。全诗可分三层。前四句为第一层。首二句以"蓼虫"比兴，蓼虫极小，安于所生长的狭小环境，目光短浅，习于苦辛，不知变化。次二句与首二句紧联，又以小人如蓼虫，本质上就是卑鄙龌龊的，就是不能在阳光下生活而光明正大的。"蓼虫避葵堇"，不知葵堇，正如小人避旷士，不知旷士。在旷士磊落放达的胸怀下，小人根本没有生存的空间。以"小人""旷士"对比，正点明本诗之主旨。

中八句为第二层，集中展现小人的龌龊行径。他们一整天都在钻营："鸡鸣"开始准备出发，意思是早到早得头彩；"平旦"等候禁门打开，挤挤攘攘，互不相让；"日中"不止，"钟鸣"不归，守候在宫门内外，以伺机实现他们的美梦。"安能"即不能，不达目的誓不罢休。"犹未"，笔带嘲讽，巴结逢迎、进献贿赂也着实不容易。他们都出自门阀世家，由"冠盖""车骑""素带""华缨"的奢靡装束可以看出。他们从四面八方，蜂拥而至皇城，几乎无一例外，点明当时的政治生态极端恶劣，卖官鬻爵、贿赂公行，整个门阀制度已经暴露出巨大弊端。"曳长飙""结远埃"，都是讽刺语，车马驰骤带起大风，帽子上落满厚厚的尘土竟来不及挥掸，足见内心何等急热。此八句以时间为线，以穿戴为点，生动刻画了这些"小人"们——蓼虫忘辛，为了所好不辞辛苦奔劳，追功争禄、趋之若鹜的丑恶场景。

后十句为第三层。让已上位的小人出场，现身说法，颂扬当朝政治。但是，"夷世""贤君"，十分虚假；"明虑""不受"，极为空洞；"一言""片善"，写尽赏官赐爵之简单；"白璧""黄金"，落脚于此，正暴露出他们求官的根本目的全在于发财。听来冠冕堂皇，细品不堪卒读。最后一句小人竟诘问旷士"有何疾"，真是自身有疾而不知，自身有丑而不明，恬不知耻到如此地步，"我"也只好不答无语了！

全诗多用衬托手法和对偶句式，双句协韵，一韵到底。音节响亮，遒劲有力，叙事状物惟妙惟肖，生动刻画出了小人们在华丽外表掩盖下的钻营劳碌，揭示了他们内心的狭隘龌龊。

[辑评]

清王夫之《古诗评选》卷一：浑成高朗，故自有尺度，不仅以俊逸标胜,如杜子美所云。

清沈德潜《古诗源》卷十一:"素带"二语,写尽富贵人尘俗之状。汉诗中所谓"冠带日相索"也。

清张玉谷《古诗赏析》卷十七:此慨小人不知旷士之诗。前四,以蓼虫生不识甘,突然比起,篇意全摄。"鸡鸣"八句,写小人之疲于奔竞,龌龊形状可怜。"夷世"八句,写小人之熟于揣摩,龌龊心事可鄙。后二,收到不知旷士之怀。妙在不作断语,即以小人诘语显出,以见自吐供招。又妙在不缀答语,竟就小人诘语缩住,以见不屑教诲。

出自蓟北门行① 鲍照

羽檄起边亭,烽火入咸阳②。征师屯广武,分兵救朔方③。严秋筋竿劲,虏阵精且强④。天子按剑怒,使者遥相望⑤。雁行缘石径,鱼贯度飞梁⑥。箫鼓流汉思,旌甲被胡霜⑦。疾风冲塞起,沙砾自飘扬⑧。马毛缩如猬,角弓不可张⑨。时危见臣节,世乱识忠良⑩。投躯报明主,身死为国殇⑪。

[注释]

①此诗收入《乐府诗集·杂曲歌辞》。一作《代出自蓟北门行》。蓟:古燕国都城,在今北京一带。②羽檄:古代的一种紧急军事文书。边亭:边境上驻兵防守敌寇的哨所。烽火:古时边防告警用的烟火。咸阳:秦朝都城,在今陕西咸阳东,这里借指京城。③征师:征召军队。屯:驻守。广武:县名,在今山西代县。朔方:郡名,治所在今内蒙古鄂尔多斯。

④严秋：指深秋。筋竿：弓箭。筋指弓弦，竿指箭杆。虏阵：指入侵敌军的阵容。虏：对入侵者的恶称。⑤使者：天子派出的使臣。⑥雁行：像大雁飞行时那样排成一字形的行列。缘：沿，循。鱼贯：如鱼群在水中游动时那样前后相连。度：过。飞梁：高架在河上面的桥梁。⑦箫鼓：两种乐器，此指军乐。流汉思：传达出汉人的家国情思。汉：汉族。旌甲：旌旗铠甲。被：披。胡霜：边地的风霜。⑧砾：碎石。⑨缩如猬：形容马毛直竖。缩：蜷缩。猬：刺猬。角弓：用兽角装饰的弓。张：拉开。⑩危：危难。节：节操。⑪投躯：捐躯舍身。国殇：为国牺牲的英雄。屈原《九歌·国殇》追悼为楚国而阵亡的将士，后来便称为国牺牲的英雄为国殇。

[赏鉴]

这是一首边塞诗。可分三层。前八句为一层，写敌虏来势迅疾凶猛。首二句以"羽檄""烽火"连用，互文见义，见出兵情瞬然而起，敌虏来犯，万分紧急。前用"起"、后用"入"，形容战事的消息传递之疾速，霎时间已从"边亭"传到了"咸阳"，为危急军情增势。五言十字，字字铿锵，如战鼓声响彻边塞，又如平地惊雷传入中原。次二句写朝廷忙于应付，在西北方向"征师"屯扎，又迅速"分兵"到北方救援。军事调动看似很快，也隐隐反映出当时刘宋王朝疏于边防的事实，表达了自己的不满。接写犯境敌兵之擅战，秋季草肥，战马膘肥体壮，能日行千里。游牧民族本身就长于骑术，擅用骑兵作战，兼之善用弓箭，可以说装备精良，导致北方的防兵抵御不住，节节败退，看似已攻到长城以内来了。在这种情况下，天子也坐不住了，"按剑怒"，写出欲亲征之状。"遥相望"，派出传达命令和了解军情的使臣一个紧接着一个，都为形势危急又增一笔。

中八句为一层，言我方军队的迅速反击。面对敌兵汹涌而至，面对天子及使臣的催逼，我军并没有慌乱。"雁行""鱼贯"，写出秩序井然，见出训练有素。"缘石径""度飞梁",又见出非常熟悉地形,进军神速。这样的威武之师一出击,便扼住了敌方的兵势,将之又赶回到北方边塞的沙漠腹地。紧接六句写胡地的艰苦作战环境。"被胡霜",写寒,照应"严秋"。由中原征召而去的士兵可能还穿着单衣,经霜一打,寒透旌甲,确实难耐。"疾风",写冷。"冲"字形容风力之大之猛,愈见其冷。风吹沙砾,漫天飞扬,迷目伤人不说,极不易辨识方向,况且是在己方不熟悉的地域作战,稍有不慎,就有被敌方包围击溃的危险。严秋的"胡霜""疾风",到底让内地的士兵感觉寒冷到什么程度呢?且不直说,而用"马毛"之"缩如猬","角弓"之"不可张"来侧面烘托,自可想象。马、弓,也是内地的产物,与敌房的马、弓比较,在这种肃杀的天气里,就逊色了。然而,即使条件如此艰苦,我军还是能与敌军相持并反击,愈发见出我军之顽强,战斗力之强大。

后四句为一层,抒情言志,激励士兵一定要勇猛作战。连用四个动词"见""识""报""为",串接"时危""世乱""投躯""身死"四语,一语比一语高,一气比一气强,韵脚精严,雄浑悲壮,跌宕有力,成为千古名句!

[辑评]

清沈德潜《古诗源》卷十一:明远能为抗壮之音,颇似孟德。

清张玉谷《古诗赏析》卷十七:此拟立功边塞之作。前八,用逆笔先就边境征兵,胡强主怒叙起,为壮士立功之会写一排场。中八,落出从军,铺写途路劳苦。朔方早寒,故多在寒上设色。后四,收到立节效忠,偏以不吉祥语,显出无退悔心,悲壮淋漓。

行路难① 十八首选三 鲍照

其一

奉君金卮之美酒，玳瑁玉匣之雕琴②。七彩芙蓉之羽帐，九华蒲萄之锦衾③。红颜零落岁将暮，寒光宛转时欲沉④。愿君裁悲且减思，听我抵节行路吟⑤。不见柏梁铜雀上，宁闻古时清吹音⑥。

[注释]

①此诗收入《乐府诗集·杂曲歌辞》。一作《拟行路难》。原载十八首，今选三首，分别为原诗第一、四、六首。②奉：奉送，献给。君：泛指听者。卮（zhī）：古代盛酒的器皿。玳（dài）瑁（mào）：龟类，生于海中，背上有甲，可做装饰品。③七彩芙蓉：多种颜色的芙蓉花图案。羽帐：用翠鸟的羽毛装饰的帐子。九华蒲萄：以许多蒲萄花纹组成的图案。蒲萄，即葡萄。锦衾：用锦做成的被子。④红颜零落：容颜变得衰老。语出屈原《离骚》："惟草木之零落兮，恐美人之迟暮。"寒光：寒日的光辉。宛转：转移。时欲沉：时将晚。⑤裁悲：减少悲伤。裁：减。减思（sì）：减少愁思。思：忧愁，旧读去声。抵（zhǐ）节：击节。抵：侧击，同"扺"。节：乐器名。行路吟：指《行路难》诗。⑥柏梁：台名，故址在长安，建于汉武帝元鼎二年（前115）。铜雀：台名，故址在邺城（今河北临漳）西北，曹操于建安十五年（210）建。柏梁台和铜雀台都是歌咏宴游的场所。宁：岂。清吹：指管乐。

[赏鉴]

此诗是《行路难》十八首组诗的序曲。以"奉君""愿君"两个祝语词引领，以如何裁减悲思为中心，层层递进，节奏鲜明，主旨突出。"奉君"所言在物质，是四件解忧之物。"美酒"可饮，"雕琴"可弹，"羽帐"可坐，"锦衾"可卧，可以从味觉、听觉、视觉、触觉各个感觉层面，施之于身体，达到舒缓消解之功效。所言物语之前分别着一形容词"美""雕""羽""锦"，极言其物之精美，颇能惹人怜爱。不止如此，美酒斟以"金卮"，雕琴盛以"玳瑁玉匣"，羽帐饰以"七彩芙蓉"，锦衾绣以"九华蒲萄"，所盛器物极为珍贵，所饰图案极为华丽，所着色彩黄、白、紫及七彩等极为鲜艳，也颇能过目忘忧。但是，所有这些好东西都挡不住美人迟暮、月光凄凉，实在是太遗憾了！"红颜"二句，字字相对，沉挚婉约，写尽时光易逝、年华易老之哀思。

"奉君"不奏效，遂引出"愿君"。"愿君"所言在精神，举出两项，一歌吟，一清乐，两者合一即为音乐。歌吟为今，清乐为古，今古结合，颇具新意。相比前者，这里事项减少了，着笔也不再追求华丽壮美的词采，而是讲究平实。但"裁悲""减思"的功效，无疑大为增强，从而正面肯定了艺术精神高于物质享受的道理。

通篇借美人喻己，以美人迟暮喻自己壮志未遂，以美人忧思喻己之悲愤。自己并未出现，但句句有自己，写法十分独特，大有楚辞、汉魏之风。读之抗音吐怀，苍凉雄浑，淋漓豪迈，动人心弦。

[辑评]

清王夫之《古诗评选》卷一：全于闲处妆点，妆点处皆至极处也。

清张玉谷《古诗赏析》卷十七：《行路难》诸章，大抵皆感愤不平之作。此为首章，却先以时光易逝，徒悲无益意，反冒而起。且作劝人之言，不就己说，取径幻甚。前四，劝人勿忧，先进以解忧之物也。突用四句平排而起，气达而词丽。后六，说到流光易逝，宜节悲思，趁便以听歌行路，点清题目，作诸章之领笔，收到好景难留，醒出徒悲无益意。援古为证，妙在简峭。

其四

泻水置平地,各自东西南北流①。人生亦有命,安能行叹复坐愁②?酌酒以自宽,举杯断绝歌路难③。心非木石岂无感,吞声踯躅不敢言④。

[注释]

①泻:倾。②安能:哪能。③自宽:自我宽慰。断绝:断绝愁思,即用酒浇愁。路难:指《行路难》歌曲。④无感:无动于衷。吞声:声将发而又止。踯躅:徘徊不进。

[赏鉴]

开篇以"泻水"起兴,向平地上倒水,因地势不同,而流向不一,各奔东西南北,这本是极通俗明白的自然现象。作者却用此来揭示复杂的社会现象,即因门第不同而个人前途迥异的残酷现实。取喻虽然平易质朴,但有锥出囊中、横空出世之气势,显得挺拔、警策,发人深省。次二句言"亦有命",即各有其命。人生命运不同,也是一个再明白不过的事实。但此处是基于不平等的门阀制度来说的,出身高门贵族的人,无才无德即能飞黄腾达。而如自己一样,出身寒门的人,才德俱佳却沉沦在下。这样的社会视权势待人,而非以才德待人,是非颠倒,黑白扭曲,怎能不让"我"辈"行叹复坐愁"?一"行"一"坐",一"叹"一"愁",写出一种欲言又止、哭诉无门的悲痛气势。既然如此,只好"酌酒"消愁吧。但这种"自宽"却是强迫式的,强行借酒解愁,由"举杯断绝"可见。又强迫自己大声去歌唱《行路难》,企图让激越的歌调令自己振奋、慷慨激昂起来,暂时抛弃内心的悲愁与愤懑。然而,能否起到效用呢?作者没说——没说即是不起效用,可见愁闷之深。末二句"心非木石",也是大白话,浅显易懂。"吞声",强迫自己不要说,硬把想要说的咽下去。如此,最后落在三个字——"不敢言"。从一开始愤愤不平,到有"叹"有"愁",再到"不敢言",情绪变化婉转曲折,极为有力地批判了社会政治的黑暗,统治阶级的残酷无情,以及对人民灵魂与精神的桎梏。全诗托物言志,比兴遥深,蕴藉深厚,而通俗晓畅,一看即明,耐人深思,达到了很高的艺术境界。

[辑评]

清王夫之《古诗评选》卷一:先破除,次申理,一俯一仰,神情无限,经生于此,不知费几转折也!大纲言愁,不及所事,正自古今凄断。

清沈德潜《古诗源》卷十一:妙在不曾说破,读之自然生愁。○起手无端而下,如黄河落天走东海也,若移在中间,犹是恒调。

张玉谷《古诗赏析》卷十七:此章泛言生命不辰,难宽易感。不着边际,正复无所不包。前四,以泻水四流,比出赋命不一,无用叹愁,真有天上下将军之势。后四,欲宽不得,有感难言,妙在终不说破,意含而笔爽。

清魏源《诗比兴笺》稿本卷一:前章言叹、言愁、言宽、言感,而不一言所宽、所愁、所感何事。第一语结之曰,不敢言而已。夫不敢者,必非寻常赶遇之言也。

其六

对案不能食,拔剑击柱长叹息①。丈夫生世会几时,安能蹀躞垂羽翼②。弃置罢官去,还家自休息③。朝出与亲辞,暮还在亲侧④。弄儿床前戏,看妇机中织⑤。自古圣贤尽贫贱,何况我辈孤且直⑥。

[注释]

①案：古时进食用的小几，形如有脚的托盘。②会：能。安能：怎能。蹀躞：小步行走的样子。垂羽翼：垂下翅膀，这里比喻失意丧气，无所作为。③弃置：丢弃不用。还家：归家。④亲：指父母双亲。⑤弄：逗弄。戏：玩耍。⑥孤：指出身孤寒。直：耿直。

[赏鉴]

此诗为述志之作。起笔陡然，如空中掷物，蓦地袭来，砰然一响，砸在地上，炸开五个字——"对案不能食"。"对案"吃饭，固是一种生活常态的表现，但为何"不能食"，却没有交代。为家庭琐事，还是为财务纠纷，为政治仕途？人生中有拿起碗筷来吃饭却让人根本吃不下去的事，必然非同一般。"拔剑击柱"较"不能食"，更进一层，这是言要发泄愤怒之情，除非能打人、杀人方可满足。何以"拔剑击柱"？仍未说明。人生中有能逼得人暗地里要拿起刀剑来砍杀的事，必定非同寻常。"长叹息"，一"长"字形容沉郁深重而难以舒解之程度。

三至六句解明上文非常举动之原因。三、四句是暗点，"蹀躞"言小心谨慎、谄媚逢迎，"垂羽翼"言遭人压制、怀才不遇。五、六句方明示，"罢官去"即辞官不做，言明乃仕途不顺、政治黑暗之故。并以"会几时"突出人生短暂，留给建功立业的时间有限。"丈夫"是自我形象定位。合起来就是：人生短促，官场黑暗，"我"不得重用，壮志未酬，长期郁积在胸、累积在心，所以无比激愤焦躁，不想再屈抑忍耐了。五、六句承上启下。不食、击柱毕竟不能解决问题，也不是解决问题的常道。为了彻底地消除心中之愤懑，只有弃官不做之一途。"还家自休息"，突出一个"自"字，极言在家自由自在、自己做主，想做什么就做什么，想怎么做就怎么做，不必仰他人鼻息、观他人眼色。紧接四句写舒适悠游的家庭生活，朝夕侍奉亲侧，与妻儿相伴，融融自得，尽享天伦之乐，身心都得到了彻底解放。四句中"亲"用两句，"儿""妇"各一句，且"儿"在前，"妇"在后，这样的安排体现了封建社会的家庭伦理。而"与亲辞""在亲侧"，充分体现了为子之孝道，"床前戏"是父慈，"机中织"则是为夫之理。"弄儿""看妇"等词，浅俗易懂，形象生动，刻画家庭生活图景历历在目。末二句是议论，引用圣贤为自己的选择做证明。同时，"贫贱"一语，补充说明自己在政治上不得势的根本原因，与"蹀躞垂羽翼"呼应。

全诗笔力遒劲，纵横变化，洋溢着炽热的情感，弥漫着悲壮的人格力量，成为困厄而正直的古代知识分子的灵魂咏叹调。

[辑评]

清沈德潜《古诗源》卷十一：家庭之乐，岂宦游可比。明远乃亦不免俗见耶？江淹《恨赋》，亦以左对孺人，顾弄稚子为恨。功名中人，怀抱尔尔。

清张玉谷《古诗赏析》卷十七：此章言孤直难容，宜安家食，自咏怀抱，乃诸诗之骨也。前四，突然感慨而起，跌出生世不长，安能局蹐，暗含仕途蹭蹬意，词旨郁勃。中六，透笔写出罢官归家，正多乐事。乃凭空想像，莫作赋景观。后二，援古自慰，收出孤直不容，当安贫贱本旨。笔势仍自傲岸。

清魏源《诗比兴笺》稿本卷一：次章至于"对案不能食""拔剑击柱"，其感尤几于《五岳》《起臆》，瞋发指冠，而亦不一言，但云弃官愿归而已。无论明远二十之年，一命未蒙，无官可罢，即使预设之语，亦必语出有为。岂非未涉太行，先闻折坂，未伤高鸟，已坠惊弦者乎？若非世讻屯艰，何至望风气沮？

怨诗行① 汤惠休②

明月照高楼,含君千里光③。巷中情思满,断绝孤妾肠④。悲风荡帷帐,瑶翠坐自伤⑤。妾心依天末,思与浮云长⑥。啸歌视秋草,幽叶岂再扬⑦?暮兰不待岁,离华能几芳⑧?愿作张女引,流悲绕君堂⑨。君堂严且秘,绝调徒飞扬⑩。

[注释]

①此诗收入《乐府诗集·相和歌辞》。②汤惠休:字茂远,生平、籍贯均不详。早年出家为僧,名惠休,人称"惠休上人"。与鲍照有交谊,以诗赠答,时人称为"休鲍"。曾因诗受到南兖州刺史徐湛之厚遇。宋孝武帝刘骏当国时,命还俗,官至扬州从事史。善属文,"辞采绮艳"(《宋书·徐湛之传》)。今存诗十一首。③明月照高楼:用曹植《七哀》"明月照高楼,流光正徘徊"之意。含:饱含。千里光:意思是说千里之外的光辉也凝聚到了这里。④巷:街道。孤妾:独居之妇的自称。⑤帷帐:帐幕床帐。瑶翠:女子的饰物,代指思妇。⑥天末:天尽头。⑦啸歌:长啸歌吟。幽叶:指秋天枯萎的叶子。⑧暮兰:凋残的兰草。兰草经冬凋零,故言。离华:落花。⑨张女引:曲调名,声情哀切。潘岳《笙赋》有"张女之哀弹"。⑩秘:隐秘。绝调:举世无双的曲调。

[赏鉴]

这是一首怨妇诗。首四句写月。"明月"高照,乃是此类题材惯用的开头方式。"高楼"点出怨妇居地,楼高封闭,更易于被月光包围穿透,楼内之光更为充盈饱满，遂平添了几许孤独哀怨之感。"含君千里光"，把明月人化、月光人情化，直言月光就是"君"之光，造语巧妙，脱于常人。接着由楼上移至"巷中"，楼上乃写思之高度、深度，巷中乃写思之广度。纵横结合，淋漓尽致。言洒照在巷中的月光，也是"我"对君的情思。着一"满"字，愈发见出充沛。又着一"孤"字，见出孤独寂寞难耐。断肠，是对前两句的总结，极言相思之痛。接四句写风，直言"悲风"，以"悲"字直切主题。风吹入帷，飘飘荡荡，犹如心之荡漾难平。"瑶翠坐自伤"，点出女子根本未躺下睡觉，而是一直在独坐叹伤，写孑然之状入画。接写相思犹如天边的浮云，"君"在哪里，就可以借助风力吹送到哪里。然而这只是一种想象，是不可能实现的。又四句反问，以"岂再扬""能几芳"写韶华易逝，青春易老，表达出对不能欢聚在一起的深沉感慨。同时，以"秋草"点明时间，以"暮兰"点明自己的志节。末四句表达心愿，君既不来见，青春又有限，还是"我"过去找君吧。"愿作"句，愿意化作一曲音乐，奇情奇思。在这夜深人静的时候，恐怕也只能化作一曲无声的音乐。"绕君堂"，写出爱意之深，自觉主动追求的精神之强烈。然事与愿违，房屋太严密了，即使音乐都传送不进去。"君堂严且秘"，此"堂"字极有可能指"高堂"，从而委婉地表示出两人的相恋，受到了对方父母的严重阻碍，所以不能谐和。"绝调"，以音调之高绝，形容自己才貌无双，品德高尚。"徒飞扬"，暗示情已绝，徒增无限惆怅哀思。全诗缠绵悱恻，两句一转，悲情悠长，感人至深，颇富于创新。

[辑评]

　　清王夫之《古诗评选》卷一：体度固有敛纵。

　　清沈德潜《古诗源》卷十一：只一起便是绝唱，文通碧云之句，庶足相似。〇禅寂人作情语，转觉入微。微处亦可证禅也。〇颜延之谓惠休制作委巷间歌谣耳，方当误后生。岂因其近于艳耶？

清张玉谷《古诗赏析》卷十七：此拟闺怨诗也。前四，就明月含光，引出空闺肠断。以明月属之于君妙。"巷中"句，以他人作挑笔，亦曲。"悲风"四句，再就风云点清自伤思远。"啸歌"四句，顶自伤。芳年易逝，以草兰比出便活。后四，顶思远。以悲歌莫达，收醒怨思。茂远言情婉至如此，固宜其出家仍还俗也。颜延之乃谓其制作为"委巷间歌谣"，方当误后生，抑知已诗板重，正不能作是语也。

估客乐① 四首选一 释宝月②

郎作十里行，侬作九里送③。拔侬头上钗，与郎资路用④。

[注释]

①此诗收入《乐府诗集·清商曲辞》。原载四首，今选一首，为原诗第一首。②释宝月：生平不详。俗姓康，西域康居人，后移居中土，出家为僧。能诗善文，精通音律。曾受到齐武帝萧赜的赏识，参与了齐竟陵王萧子良领导下的文人集团集体创作《永明乐歌》的文学活动，成为南朝萧齐时期著名的诗僧。今存诗五首。③作：预计，打算。④钗：金钗。资：资助。路用：路上的费用。

[赏鉴]

这是一首送别诗。以"郎""侬"来称呼，贴近百姓生活，十分亲切。首二句分别以"郎""侬"为首字引起，末二句则将"郎""侬"颠倒，且分别置于次字的位置上，变化极微小、极不显眼，但却极精巧，体现出匠心独运。以"郎""侬"贯穿，也促使声调更为和合，传情达意更觉两人亲密无间。首二句又以"九里送"对"十里行",概写"送"的里程将及于"行"的里程,衬托难舍难分之状,千古无出其右。且此句前后有两字相同,仅置换三字,基本上是作重复,却将情感的主客变化透露无遗,体现出民歌艺术的无限张力。末二句一个"拔"字、一个"与"字,衬出女子爱得深沉直接,拔钗作路费,写出女子恨不得将全身携带值钱之物都送给男子,意即恨不得自己跟随"郎"一直前行的心理,惟妙惟肖,俏皮可爱。全诗语句极其通俗,情感却极为深厚,充分表现了民歌多质胜于文的淳朴自然之美。

[辑评]

清范大士《历代诗发》:如此俚语却自雅。宋元人不能为俚语,一俚便俗。

蒲生行① 谢朓②

蒲生广湖边,托身洪波侧③。春露惠我泽,秋霜缛我色④。根叶从风浪,常恐不永植⑤。摄生各有命,岂云智与力⑥。安得游云上,与尔同羽翼⑦。

[注释]

①此诗收入《乐府诗集·相和歌辞》。一作《蒲生篇》。②谢朓(464—499):字玄晖,陈郡阳夏(今河南太康)人。少有美名,文章清丽。初仕豫章王行参军,迁新安王中军记室。明帝即位,转中书郎,出为宣城太守,因称"谢宣城"。后迁尚书吏部郎。诗歌创作多受谢灵运影

响,故后世多以"小谢"称之。与沈约同时而齐名,皆善用声律,共同开创了"永明体",推动了近体诗的发展。今存诗二百余首,多描写自然景色,寄情山水,风格清逸秀丽,彻底摆脱了玄言诗的影响,成为南朝山水诗的杰出代表,为时人称誉。③蒲:水草名。这里所咏为香蒲。广湖:广阔的湖泊。托身:容身。洪波:大的波浪。④泽:光润。缛(rù):动词,使繁密、繁复。⑤从:任从。永:久长。植:生植。⑥摄生:保持生命。命:天命。⑦安:怎,何。云上:飞升云上,有脱离尘世之意。尔:你,指蒲草。同羽翼:同生羽翼。香蒲花萼如绒,随风飞散,如生羽翼,谢朓因有此想。

[赏鉴]

　　这是一首咏物诗。全诗托物寄意,以蒲草自喻,反映了自己身处政治动荡之中,自身难保的忧惧心理。可分两层。前六句为一层,写蒲草的身世。"广湖边""洪波侧","广"言面积大,"洪"言力量强,以此二字衬出蒲草之渺小,又以"边""侧"衬出蒲草的不重要。对湖水来说,有无蒲草根本不重要,也无所谓。"托身",写出并不想在这险恶黑暗的世界里生存,却无别处可存,生逢此世,别无他门,只得忍气吞声,聊为生计。"惠我泽""缛我色",一增鲜嫩,一增彩饰,言自然的变化对"我"都是有利的,不利的是所处的时代与环境。"从风浪",言风浪的打击更加危险。蒲草在表土生长,风浪会将之连根拔起,漂浮在水上。因此,自己常常担心就会这样死去了,永远也不会再有生长的机会了。"常恐",极言惶恐忧惧的生活状态。后四句为一层,写自己的感慨。作者把蒲草与飞鸟对比,言各种生物都有自己的生存之道。有时想尽一切办法、做尽一切努力去改变它,也改变不了。不要说蒲草之类的植物,没有"智与力",即便是有,如在现实中的自己,智力出于常人之上,却对自己的成长没有任何帮助作用。"安得",点出水中的蒲草羡慕天上的飞鸟,鸟儿凭借自己的双翼，想飞到哪里即飞到哪里，大可不必受固定环境的限制，这是多么自由自在啊！然而，蒲草不会脱离水中的世界，"我"也离不开现实的社会。这一结尾，更写出作者心中的悲苦难耐。

全诗字字不离蒲草，却又字字写诗人自己，充分体现了咏物诗之物人合一的妙境。

[辑评]

清王夫之《古诗评选》卷一：结构净，推致大，微加矜饰，然纳之汉人乐府中，亦不见有几许高下。此题第一首诗，命意一曲，而群心已该矣。使甄后而能云然，何遽出庄姜下邪？

东飞伯劳歌① 萧衍②

东飞伯劳西飞燕，黄姑织女时相见③。谁家女儿对门居，开颜发艳照里间④。南窗北牖挂明光，罗帷绮帐脂粉香⑤。女儿年几十五六，窈窕无双颜如玉。三春已暮花从风，空留可怜谁与同⑥。

[注释]

①此诗收入《乐府诗集·杂曲歌辞》。②萧衍（464—549）：字叔达，南兰陵（治所在今江苏常州西北）人。曾仕南齐，与沈约、谢朓等交游，为萧子良"竟陵八友"之一。后代齐建立梁，是为梁武帝。溺信佛道，崇文好学，善音乐诗赋，所作乐府颇富民歌风味。明人辑有《梁武帝御制集》。③黄姑：即河鼓，指牵牛星。织女：指织女星。时：经常。④开颜：指容颜光彩。里间：乡间。⑤挂明光：指此女临窗，光艳无比。⑥三

春：指农历正月、二月、三月，分别又称孟春、仲春、季春。暮：晚。花从风：花儿随风飘落。空留：指未嫁。

[赏鉴]

首二句比兴。"东飞""西飞"，形象地刻画出伯劳、燕子分飞，而飞不到一起之状。"时相见"，言牛郎、织女二星虽时时"相见"而不能相聚，不能在一起相亲相爱，"时"字反增添了离别的悲哀之情。同时，"时相见"又引起下文，以这种整天隔河而望、眼泪汪汪的样子，比喻"我"和女儿虽"对门"而居，经常见面，却总不能相亲，不免惆怅满腹，相思日浓。以下六句写女儿之美。"谁家"，或许真不知道其姓氏，而知道竟以"谁"字脱口而出，亦是突出相知而未能相爱的哀思。"对门居"，言居住之近，相隔之近，以物理上的距离之近衬托心理上不能亲近，更增愁怨。接写女儿之美，采用两分一总的手法。两分指分写颜色与香气：颜色之美用"照""挂明光"来形容，极力夸张容颜光彩照人，乡里闻名；香气即"脂粉香"。写颜色为正写，香气是侧写，不写其身体之香而言帷幔之香是也。而且，"南窗北牖""罗帷绮帐"，写出"我"在家里时常观看对门女儿起居之状，从南窗到北牖，从窗户到帷帐，只要是女儿习处的地方，"我"都非常熟悉，都追随着她身影的移动，观察凝望过无数次了，以此极写内心之痴热，与二句"时相见"照应。"年几十五六"言年龄也是猜测，且正值青春年少，"窈窕无双"，是人生最美的时候。"颜如玉"，总写美丽无比。至今却姓氏不知、年龄不知，相见而未相聚，只能感受她身上发射出来的光、散发出来的香，不得亲近，是多么遗憾啊。末二句抒情，言春光易老，风吹花落，美好极为短暂。有这么好的女子，这么便利的条件，却不能相爱而迎娶，内心是多么苦痛呀。世上的青年男子们，谁能同"我"这样呢？

全诗一改俗套，从男子的角度抒写相思之情，且平仄韵互换，抑扬起伏,颇具独创性,大大推进了七言体诗歌的发展。

[辑评]

明胡应麟《诗薮·内编》卷三:七言歌行,梁武尤胜。《河中之水》《东飞伯劳》,皆寓古调于纤词,晋后无能及者。

清王夫之《古诗评选》卷一:与《河中之水歌》足为双绝。自汉以下,乐府皆填古曲,自我作古者,惟此萧家老二公二歌而已。托体虽艳,其风神意旨,英英遥遥,固已笼罩百代。后来拟此者车载斗量,何能分渠少许?生翼自飞,纸鸢何学焉?

清沈德潜《古诗源》卷十二:何许骀荡。

清张玉谷《古诗赏析》卷十九:此摹写男子愿娶佳人之心曲也。前二,以本自各飞,时复相见比起。中四,顶"时相见"来,言儿女对居,香艳在目,宜为佳耦,隐然言外。后四,顶"东西飞"来,不说己之相思无益,反就女之芳华易逝,将来谁复同怜,代为体贴。意既婉曲,调亦极其骀宕。

江南曲① 柳恽②

汀洲采白蘋,日落江南春③。洞庭有归客,潇湘逢故人④。故人何不返?春华复应晚⑤。不道新知乐,只言行路远⑥。

[注释]

①此诗收入《乐府诗集·相和歌辞》。②柳恽(465—517):字文畅,河东解(今山西临猗西南)人。少有志行,好学,善尺牍。仕齐梁两朝,历任法曹行参军、相国右司马、平越中郎将、吴兴太守等,卒于任。为政

清静，民吏怀之。③汀洲：水中小块陆地。白蘋：水草名，也叫田字草。④洞庭：即洞庭湖。归客：指从洞庭湖一带回来一位客人。潇湘：潇水与湘江的并称，一般借指今湖南地区。故人：当指思念的丈夫。⑤复应晚：又要凋零了。⑥新知：新欢，指丈夫新遇的女子。

[赏鉴]

　　这是一首思妇诗。一开始写女子外出劳作的场景，"汀洲"，言涉水险而过，"日落"，言劳作之辛勤，至日落时还未归家。这两件事对一位古代的女子来说，都有些勉为其难。暗点男子不在家，自己不得已勉力为之，维持一家人的生活。"白蘋"，暗喻女子的高洁与清白。"江南"对"汀洲"，造语奇。"汀洲"言地方之小，且固定为某一地；"江南"言地域之宽广，没有固定范围。故此处乃是以"江南春"，带写出女子闺怨之深广。"日落"，言一天又过去了，又到了人应归家时。三、四句紧承，"有归客"，却不是自家之客，而是人家之客，更增其悲意。"洞庭""潇湘"，前者近，是确指；后者远，不确指。前者言自己遇到从"洞庭"回来的"归客"，后者言"归客"谈起曾在"潇湘"这个地方遇到自己日思夜想之"故人"。显然，"归客"之所以谈"故人"，乃是自己心热心切主动询问的结果，从而带出"归客"心念其家都已回来了，"故人"为什么还不回来的质疑与愤怒。言"故人"，而不言夫君、郎等称呼，乃因长时间不归，情感上也淡了，有怨气之感。五、六句用顶针，"何不返"三字中含有怨、怒、疑、叹等多重情感。"春华"为女子自指，即言上文白蘋亦可。"复"字突出男子已多年离家，在外不归。"应晚"指今年的春天又将过去了，春花又将凋零败谢了。末二句是设想，言自己心里清楚，归客替故人说的"行路远"的话，都是谎话，或即是故人教归客欺骗自己的话。路途再遥远，归客都回来了，你就回不来吗？所以，女子断定，故人不回来的根本原因，乃是在异地有了"新知"。喜新厌旧的他负心、变心了,成为名副其实的故人即旧人了!末二句中,女子自己未说话,但于无声中却更能见出其胸中按捺不住的怒火。"不道""只言",点明末四句是以对话来呈现,女子一问,归客一答,形式上显得更为活泼,真切而生动。

全诗含蓄婉转,情景毕肖,刻画了一位朴实、高洁的普通劳动妇女形象,所揭示的社会问题至今仍具有普遍意义。

[辑评]

清王夫之《古诗评选》卷一:含吐曲直,流连辉映,足为千古风流之祖。

清张玉谷《古诗赏析》卷十九:此闺怨诗也。前四,即采蘋春暖,先将题中"江南"二字点清,幻出适有归客,曾逢故人,为后起案。五六,是问归客之辞。春花应晚,即兜首二。后二是述归客答辞。不言衹言,兼可喜可疑两意。此种乐府,古意未漓,致可取也。

乌栖曲① 四首选一 萧纲②

织成屏风金屈膝,朱唇玉面灯前出③。相看气息望君怜,谁能含羞不自前④。

[注释]

①此诗收入《乐府诗集·清商曲辞》。原载四首,今选一首,为原诗第四首。②萧纲(503—551):字世缵,小字六通,南兰陵(治所在今江苏常州西北)人。梁武帝萧衍第三子,中大通三年(531)立为太子,太清三年(549)即帝位,大宝二年(551)为侯景所害,追谥简文帝。幼

聪颖，六岁能文，七岁有诗癖，梁武帝称之为"吾家之东阿"。长而好学，与徐摛、庾肩吾等倡导"宫体诗"，主张"立身先须谨重，文章且须放荡"（《诫当阳公大心书》）。明人辑有《梁简文帝集》。③织成：古代一种名贵的丝织品，以彩丝或金缕织出纹样。金屈膝：言搭扣用金制成。屈膝：连接屏风诸扇的搭扣。朱唇玉面：形容女子色彩鲜艳。灯前出：即"出灯前"，指女子由暗处来到灯前。④自前：自己来到跟前。

[赏鉴]

起句言屏风之名贵，饰以织成，连以金屈膝，喻示女子雍容华贵之态。言屏风，暗点女子就在屏风后面。屏风之阻隔，是物理之隔，亦是礼仪之隔、心理之隔。女子显然已站在后面观看了很久，极想步出与心爱的人见面，却因年轻女性特有的矜持，到底还是不敢出来，如此经历了一番长时间激烈的心理斗争。最终，情热难耐，这才克服羞怯之心，绕过屏风，来到灯前。"朱唇玉面"，形容女子颜色极为鲜艳，经朦胧的灯光一衬，越发显得白里透红，红白映衬，可爱至极。"灯前"，点出是在晚上。夜晚的选择也是艺术选择，大概有以夜晚象征包裹在女子周围的困难与阻碍之意。"灯前出"，言是从"我"身后突然来到灯前的。其脚步轻微，至于"我"都没有听到，表现出女子的爱意之浓。"出"字妙，尽写出人意料，让"我"颇感惊喜。结句写女子脉脉含情、欲言又止、娇羞无比之状。"气息"言两人距离极近，吐纳之气息相接，见出感情亲密已久。"望君怜"，是主动表达相爱之意，这番勇气不知由多少内心矛盾斗争得来，着实可嘉。"谁能"，是反问，意思是只有自己能这样，表现出女子的大胆及一片痴情。全诗选取了生活中的一个细节，以特写镜头的方式进行呈现，塑造了一位女子冲破种种阻碍，终于向男子吐露表白的可贵艺术瞬间。

[辑评]

明胡应麟《诗薮·内编》：简文《乌栖曲》，妙于用短；元帝《燕歌

行》，巧于用长，并唐体之祖也。（卷三）

《品汇》谓《挟瑟歌》《乌栖曲》《怨诗行》为绝句之祖。余考《乌栖曲》四篇，篇用二韵，正项王《垓下》格。（卷六）

简文帝《乌栖曲》四首，奇丽精工，齐梁短古，当为绝唱。如……"朱唇玉面灯前出"，语特高妙，非当时纤词比。余人竞拟皆不逮，惟江总"桃花春水木兰桡"一首，差可继之。（卷六）

玉树后庭花① 陈叔宝②

丽宇芳林对高阁，新妆艳质本倾城③。映户凝娇乍不进，出帷含态笑相迎④。妖姬脸似花含露，玉树流光照后庭⑤。

[注释]

①此诗收入《乐府诗集·清商曲辞》。②陈叔宝（553—604）：字元秀，小字黄奴，吴兴长城（今浙江长兴东）人。南北朝时陈朝最后一位皇帝，世称陈后主。在位期间，奢华淫靡，不理朝政，日与张丽华等妃嫔、江总等文臣宴游赋诗作乐。后隋兵南下灭陈，被俘至长安。著有《陈后主集》。③丽宇：富丽的堂宇。芳林：花园。艳质：指女子天生丽质。④凝娇：女子凝立的娇态。乍：暂时。⑤妖姬：妖冶的美人。玉树：传说中的仙树，比喻才貌出众的人。流光：流动的光彩，此指美色。后庭：后宫，皇帝妃嫔所居之地。

[赏鉴]

这是一首宫体诗。诗中以娇艳的妃嫔、富丽的皇宫，刻画出一位沉迷于奢华享乐的末代皇帝形象。首句言皇宫之美。"丽"写其色,"芳"写其香,"高"写其壮,铺染出雕梁画栋的房屋、遍植名贵花木的园林以及高大巍峨的楼阁,一看即知气度不凡,远非民间建筑堪比。二句接着以环境之美衬托人之美,掩映出美人深藏后宫。"新妆",点出强烈的期待感。好马配好鞍,本身"艳质"即可以"倾城"了,再加上"新妆"加持,"妆"增其容,"新"添其艳,其美该达到何种程度呢?三至六句言妃嫔之美。上文已流露出陈后主迫不及待召见之情。然而,一召却不即见,再三摧召,方姗姗而出。这一手段的运用,更增加了召见者的焦灼之感,增添了美的神秘性,提升了审美期待的强度。"映户",写已来到门口。"凝娇",却又故作严肃,停步不前。"乍不进",欲进不进,写尽美人新妆之后、应召见驾之时,欲邀宠自固的娴熟伎俩。而一旦从轿中下来,便立刻堆满万千仪态、万种风情,笑着迎面走了过来。呀,简直太美了,美到无法形容了。陈后主迸出了两个字——"妖姬",以妖而不以仙、神,看来他心里还是有所取舍的。接写脸,脸露笑容,如花之绽放。"花含露",写出美人新妆后娇艳欲滴之状。再写全身,如"玉树流光",灿烂耀眼,霎时间似乎将整个后宫都照亮了。又回应开头,以美人之美衬后宫之美。

[辑评]

唐魏征《隋书·乐志》:陈后主于清乐中,造《黄骊留》及《玉树后庭花》《金钗两鬓垂》等曲,与幸臣等制其歌词,绮艳相高,极于轻荡,男女唱和,其音甚哀。

唐魏征《隋书·五行志》:祯明初,后主作新歌,辞甚哀怨,令后宫美人习而歌之。其辞曰:"玉树后庭花,花开不复久。"时人以为歌谶,此其不久兆也。

清陈祚明《采菽堂古诗选》:才情飘逸,态度便妍,固是一时之秀。

北朝乐府民歌

　　北朝乐府民歌主要收录在《乐府诗集》的《横吹曲辞·梁鼓角横吹曲》中，共有六十多首。此外，尚有少数几篇见于《乐府诗集》的《杂歌谣辞》和《杂曲歌辞》。《鼓角横吹曲》是北方民族用鼓和角等乐器在马上演奏的一种军乐，其作者主要是东晋以后北方的鲜卑、氐、羌等民族的人民。这些作品，有的原用少数民族的语言，后译成汉语，有的一开始就是用汉语歌唱的。北朝的民歌是在传入南朝之后，由乐府机关采集才得以保存下来的。

　　北朝乐府民歌的题材范围比南朝民歌要广泛，除情歌之外，与战争有关的题材较多，反映了战乱之苦和民间尚武风气。此外，还有一些表现游牧生活和揭露社会不合理现象的作品。北朝民歌风格粗犷豪放，刚健朴质，直率明快，与南朝民歌恰好形成鲜明的对照。

企喻歌辞① 四首

男儿欲作健,结伴不须多②。鹞子经天飞,群雀两向波③。

放马大泽中,草好马著膘④。牌子铁裲裆,鉾鍪鸐尾条⑤。

前行看后行,齐著铁裲裆⑥。前头看后头,齐著铁鉾鍪。

男儿可怜虫,出门怀死忧⑦。尸丧狭谷口,白骨无人收⑧。

[注释]

①此诗收入《乐府诗集·横吹曲辞》。一作《企喻歌》,原载四首,今选四首。②作健:指成就功业。③鹞子:一种猛禽,比喻凶猛骁捷的人。两向波:如同波浪向两边分开,意谓逃散。④泽:水草丰美的洼地。著膘(biāo):上膘,长得健壮。⑤牌子:指盾牌。铁裲(liǎng)裆:即保护前心后背的铠甲。裲裆:亦作"两当",即马甲、背心或坎肩。鉾(hù)鍪(móu):指头盔、兜鍪。鸐(dí):长尾野鸡。⑥著:穿。⑦忧:担忧,忧虑。⑧狭谷:狭隘的山谷。

[赏鉴]

第一首写男儿的勇健。起句以"欲"字表达志愿,北方民族心目中刚勇强健的好男儿,应该是什么样子呢?是三五成群、结伴而行,御敌时一拥而上,还是一位孤胆英雄?"不须多",明确回答出更向往独自一人去战斗,具有独立战胜对手、冲破艰难险阻的非凡能力。结句用比喻进一步作形象说明。"鹞子"比喻健儿,"群雀"比喻敌人。"经天飞",极写鹞子一飞冲天、刚健勇猛之状。"两向波",描摹群雀漫天飞舞,见到凶猛的鹞子前来攻击,瞬间被冲散,惊慌逃窜的情景。鹞子自是一只。以一只对"群",衬出鹞子的勇猛有力,与"不须多"相应。寥寥几笔,刻画北方民族的男儿好勇尚武,栩栩如生。

第二首写游牧民族的尚武生活。却不直写,而是先言马,再言装束。马是良马。欲突出马之良,又先写"放马",让马儿在广阔的草原上自由奔驰、生长。"大泽",写出草原的独特地形地貌,且以"大"字衬出草原的一望无垠,极富想象力。接着又特特点出"草好",水多草多,水润草丰。良好的自然环境,是养育良马必不可缺的条件。故以"马著膘"三字结住,颇觉紧凑合理。接写装束极为精良。盾牌、铠甲与头盔,都用铁制成,坚固耐用,能起到很好的防身效果。"鸐尾条",指插在头盔顶上的长尾野鸡羽毛,鲜艳醒目,飘扬摇曳,有以静写动之妙,此三字可谓形象入神。诗中言马、言装束,而不言人,人却跃然纸上。马与装束的精良,都是意在运用侧写和借代的方式,衬托出人的英勇顽强,锐不可当。草原民族一边驯马,一边准备战争装束,时刻进行严格的军事训练以备战,于此诗可见矣。

第三首写行军的情景。一般在行军中,军纪森严,只能是后面的战士可以看到前面的,前面的不可能看到后面的。此诗则别出心裁,通篇皆是"前"看"后"。用一"行"字,又用一"头"字,显出错落有致。两句皆用"齐著",又显出整齐。起句言身披铁甲,结句言头戴兜鍪,"看"的顺序由下而上,亦讲究变化。这一反常描写,暗中透露出军队的威武雄壮,具有高度自信,充满自豪之感。故即便由前看后,却并不以为错乱。

第四首写战争的残酷。一反前三首积极向上、乐观豪迈之调,顿感悲惨异常。"可怜虫",三字蓦地写出身为"男儿"的悲哀,把勇武与自豪一扫而尽。显然,这种悲哀是男儿与生俱有的,构成了与女儿的鲜明区别。"出门",言出征。不用"出征"而用"出门",一者透出男儿的恋家之情,并非一味地好勇斗狠;二者写出古时游牧民族战争的频繁,不同部落甚至家族之间经常爆发掠夺性残杀,很多时候可能一出门就在突如其来的战斗中被打伤而致死了。"怀死忧",写出对死亡的深深忧惧,不禁使一副勇士的形象更加真实。"尸丧""白骨",极写战争的惨烈。"狭谷",以地形之"狭"透出尸骨堆积高叠之状。"狭谷",古时多为埋伏战和狙击战的发生地。"无人收",士兵们一大批一大批地在战斗中死去,存者来不及也顾不上收拾死者的尸体。从而以士兵的角度,抒写出悲愤壮烈之感,反映出厌战、反战的思想。有些解读认为,此诗嘲笑那些怕死的"可怜虫",歌颂男儿义无反顾、视死如归的尚武精神。但从士兵的悲凉、悲哀处解读,更能反映战争所带来的深重苦难。

[辑评]

　　明胡应麟《诗薮·杂编》卷二:《企喻歌》四首,六代时北人歌谣仅此,及《琅琊王》《巨鹿公主》数题,见郭氏《乐府》。此则元魏先世风谣也。其词刚猛激烈,如云"男儿欲作健……"等语,真《秦风小戎》之遗。其后卒雄据中华,几一寓内,即数歌词可征。举六代、江左之音,率《子夜》《前溪》之类,了无一语丈夫风骨,恶能衡抗北人!

　　清沈德潜《说诗晬语》卷上:梁时《横吹曲》,武人之词居多。北音竞奏,钲铙铿锵,《企喻歌》《折杨柳歌词》《木兰诗》等篇,犹汉魏人遗响也。北齐《敕勒歌》,亦复相似。

　　清沈德潜《古诗源》卷十三:(评第四首)有同袍同泽之风。

　　清张玉谷《古诗赏析》卷二十:(评第一首)上二,表出尚勇之意。下二,以比喻醒之,极古峭。(评第四首)只志士不忘在沟壑意。却先在反面，就出门常怀死忧者，以"可怜虫"奚落之。然后转出野死不葬，意中拚有之境，陡然煞住，更觉悲壮。

琅琊王歌辞① 八首选三

新买五尺刀，悬著中梁柱②。一日三摩娑，剧于十五女③。

东山看西水，水流磐石间。公死姥更嫁，孤儿甚可怜④。

客行依主人，愿得主人强⑤。猛虎依深山，愿得松柏长⑥。

[注释]

①此诗收入《乐府诗集·横吹曲辞》。原载八首，今选三首，分别为原诗第一、三、七首。②悬著：挂着。中梁：房屋的正梁。③三：极数，多，多次。摩娑（suō）：用手抚摸，表示爱抚。剧：甚，超过。十五女：少女。④公：父亲。姥：母亲。⑤依：依靠。强：指实力雄厚。⑥长：高。

[赏鉴]

第一首写武士爱刀。"新买"，着一"新"字，写出刀之由来。"五尺"，言刀长，透出形状极为好看，鲜亮锋利无比。"悬著"，点出舍不得用，又极担心放置的地方低了，自己一时忍不住顺手拿起来用了，所以才悬挂在正梁的柱子上，珍爱之状溢于言表。古人宝贵之物，多悬置于中梁。例如，《水浒传》第五十六回汤隆夸赞徐宁祖上留下的雁翎金甲，乃是镇家之宝，"这副甲是他的性命，用一个皮匣子盛着，直挂在卧房中梁上"。"摩娑",虽然挂在梁上,尽量不用,但因喜爱之至,不免有用手抚摸之想。"一日三",非确指,乃虚言,写出抚摸次数之多。则可想见其每次"摩娑"刀前都需搬木梯、上梯、取刀、下梯、脱刀鞘、看刀、抚摸刀、赞叹刀,又上梯、放刀、下梯,一系列动作历历如在目前。"十五女",古代女子十五岁可嫁,故以此与"新买"相对,隐隐写出"新娶"。新娶的绝色少女,惹人怜爱,竟也不如这把新买的"五尺刀"。刀胜于人,极衬爱刀之情。

第二首写孤儿之悲。起句以山水比兴。山是矗立不动的,水却是流动不止的。"东山"对"西水",以山之高衬水之低,且隐隐以太阳的东升西落,点出对于"东""西"二方位的态度情感上的变化,扬东贬西。"水流磐石间",水绕"磐石"流动,绕过一个,又是一个。磐石,古代诗歌中常用以形容男子。如《焦仲卿妻》中有"君当作磐石"。则此处乃是用磐石的坚韧,衬托出水流的薄情。结句写实。以父死母改嫁,写出孤儿孤苦无依,命运悲惨,难以言状。全诗合言,透露出母亲不顾孤儿生活的无情与绝情,故以"水"形之。而"公死",则很可能是死于战争,从而体现对社会的双重批判。

第三首是一曲侠客行。起句平淡,不显山露水。"客行",是什么样的"客"?只是一般的游子吗?未点出,不免惹人生疑。"依主人",古代客子常把寄居之家的男子称作"主人"。若是这样理解,为何却生出"愿得主人强"的希望呢?仅仅给自己提供食宿条件的主人,实在没有必要希望他有多么"强"大。疑问进一步增强。结句以比喻给出了回答。"猛虎"是自喻,点出抒情者乃是一名身怀绝技的猛士,并不是一般客居在外的游子。"深山"是对"主人"的比喻,当言明君一类的人物。意谓君主贤明,猛士归之,才能建功立业。若是平庸之流,则会成为自己事业发展的巨大羁绊,无法实现既定的人生理想。"松柏长",形容深山之厚广貌，动植物都可以在它的怀抱中得到最好的成长。总之，全诗先疑后喻，写出了侠客游行在外，欲得明主依附的深深期望。

[辑评]

明胡应麟《诗薮·外编》卷二：《琅琊王歌》八曲，其音较《企喻》稍啴缓，盖在南北之间。

清王士祯《香祖笔记》卷十：古乐府诗云"百金买宝刀，悬著中梁柱。一日三摩娑，剧于十五女"等是快语，语有令人骨腾肉飞者，此类是也。

清沈德潜《古诗源》卷十三：（评第三首）正意在前，喻意在后，古人往往有之。

清张玉谷《古诗赏析》卷二十：（评第一首）上三，正写爱刀之形。末句，突接上句，以"剧于十五女"形容其爱刀之情，奇而确。（评第三首）上二，真能达出作客之情。妙在下二以猛虎比意一托，愈觉醒豁。

紫骝马歌辞① 六首选二

烧火烧野田，野鸭飞上天。童男娶寡妇，壮女笑杀人②。

高高山头树，风吹叶落去。一去数千里，何当还故处③？

[注释]

①此诗收入《乐府诗集·横吹曲辞》。原载六首，今选二首，分别为原诗第一、二首。紫骝（liú）：良马名。②童男：未成年男子。壮女：年

轻女子。③何当：何时。故处：故乡。

[赏鉴]

第一首讽刺战争灾祸。北朝时各少数民族之间，常年兵祸接连，烧杀抢劫，给百姓造成深重灾难，苦不堪言。"烧火"，明明是战争中的纵火，"烧"字点出系人为，是军队的暴虐行为。纵火不仅烧光了村庄、部落，也烧光了田地。在田地里栖息繁殖的野鸭都被惊飞上天，失去了赖以生存之地。用这样一个自然事实，来比兴社会事实，即百姓被战火所逼，东躲西藏，连生存落脚的地方都很难有了。灭绝人性的残酷战争，直接带来大量青壮年男子被抓作兵丁，在统治者的逼迫下，一批一批无辜地死亡。所以造成民间到处都是寡妇，产生了很多未成年男子娶寡妇为妻的现象。"壮女笑杀人"，指青壮年女子以此为笑话。但通读全诗，却令人一点也"笑"不出来，而感到满是血泪，令人无语！

若与第一首联在一起看，第二首仍是对战争之害的无声控诉。以树作比兴，树比作青壮年男子，高大魁梧，具有山一般强壮的体魄。"高高山头树"是扬，且扬得很高。接下来"风吹叶落去"是抑，且抑得极低。先扬后抑，情感倾向分外鲜明。风吹叶落，从自然的时节看，是在深秋，形容离家经年，四处征战无踪。从比兴之象看，指在无情的战争中死去，尸骨暴露在野外疆场，甚至不得埋葬，无法叶落归根。"数千里"指离家之远，作为战死的"孤魂野鬼"，无论怎么样也是回不到家乡亲人的身边的。"何当"，以反问增强批判语气，充满了无奈与绝望。

[辑评]

明谢榛《四溟诗话》卷一：《紫骝马歌》曰："烧火烧野田，野鸭飞上天。"此古词也。

王瑶《中国诗歌发展讲话》：（评第二首）北朝男子从军的人很多，这首诗就是以叶落离枝、难返故处来发抒离乡背井的感触的。

雀劳利歌辞[①]

雨雪霏霏雀劳利,长嘴饱满短嘴饥[②]。

[注释]

①此诗收入《乐府诗集·横吹曲辞》。②霏霏:形容雨雪之盛。劳利:象声词,鸟雀叫声。长嘴:指喙长的鸟。短嘴:喙短的鸟。这里分别用来比喻投机取巧和老实本分的人。

[赏鉴]

这是古乐府中最短的一首。采用象征手法,以雀喻人。把小小的鸟雀,置于极其严酷的生长环境中。寒冷的冬天,雨夹雪下个不停,地上被冰雪覆盖,鸟雀难以觅食,叽叽喳喳乱叫一团。但是,聪明的人们发现,那些长着长嘴的鸟雀,其长嘴方便于啄掘积雪,这样就能刨开雪下的覆盖物,找到能吃的食物,因此吃得饱。而那些短嘴的鸟儿,啄掘十分困难,刨不开厚厚的冰雪,找不到食物,只能在雪地里受冻挨饿。民谚中说:"会哭的孩子有奶吃。"这首诗则告诉我们:嘴长的鸟儿有食吃。这是自然事实。但"长嘴"的意象,在诗歌中则指那些善于花言巧语、投机逢迎的人。与之相对,"短嘴"指笨嘴拙舌、老实诚恳的人。在一个黑白不分、善恶颠倒的社会环境中,前者往往更能得利,后者则一般饱经沉抑。诗中的一"饱"一"饥",正是对这种不健康的社会现实的尖锐嘲讽。

[辑评]

北京大学中文系中国文学史教研室《魏晋南北朝文学史参考资料》:

这是一首讽刺诗，以鸟雀为喻，说有手腕的人（诗中的"长嘴"）生活好，而贫困老实的人（诗中的"短嘴"）却挨饿受冻。

隔谷歌① 二首

兄在城中弟在外。弓无弦，箭无栝②。食粮乏尽若为活③？救我来！救我来！

兄为俘虏受困辱，骨露力疲食不足④。弟为官吏马食粟，何惜钱刀来我赎⑤！

[注释]

①此诗收入《乐府诗集·横吹曲辞》。原载二首，今选二首。②无弦：指弓弦断了。无栝（guā）：指箭无法扣上弓弦发射。栝：箭末端扣弦处。③食粮：即粮食。乏尽：即用尽，吃没了。若为活：如何活下去。④食不足：吃不饱。⑤粟：小米。钱刀：钱币。来我赎：倒装句，即"来赎我"。

[赏鉴]

这是两首反映兄弟失情的诗。置于战争背景中，是本诗最大的特色。第一首起笔突兀，一下子便将人带进惨烈的战场。一"在城中"一"在外"，将兄与弟所处的环境截然分开。城中，应该是被敌方部队围困在城中，危在旦夕。在外，即离战场较远的安全的地方。兄弟本亲，兄被围困，自然想到弟能来救援。把施救的希望寄托于"在外"的弟，而非一同作战的将士，暗透出己方部队损失惨重，基本丧失继续作战、抗敌进攻的能力。接三句写出危急处境，弓箭无法使用，资粮乏尽，军士无以为食，只能坐以待毙。"若为活"，以反问写出绝望之情。末二句用三字重叠，以呼告语气写出危境中渴望见救的急切心情，撕心裂肺，余响铮铮。

第二首紧承写战争结果。不出意料，城被攻破，兄被敌人俘虏了。做了俘虏，肯定比"在城中"还要危险。"受困辱"，指人格精神上的侮辱，如捆绑、毒打、谩骂等。"骨露力疲食不足"，指遭受到的非人折磨，形销骨立，虚弱无力，奄奄一息。仅有这些，还算是轻的，更严重的是随时都有被一刀杀死的可能。在这样的绝境中，"为俘虏"的兄又想起了"为官吏"的弟。两个"为"字，对比鲜明，令人不禁唏嘘感叹。当兄的是"食不足"，当弟的却是"马食粟"，连所骑的马吃的都是上等好粮食。兄的遭遇竟然不如一头牲畜，这样的反差是多么强烈啊！"何惜"是诘问。对于"为官吏"的弟来说，拿钱来赎回一个俘虏，并不是十分困难的事情，关键在于他想不想去做。诘问语透出了弟的冷酷无情，兄的愤怒无望，批判之意力透纸背。

捉搦歌[①] 四首

粟谷难舂付石臼，弊衣难护付巧妇[②]。男儿千凶饱人手，老女不嫁只生口[③]。

谁家女子能行步，反著夹襌后裙露[④]。天生男女共一处，愿得两个成翁妪[⑤]。

华阴山头百丈井,下有流水彻骨冷⑥。可怜女子能照影,不见其余见斜领⑦。

黄桑柘屐蒲子履,中央有丝两头系⑧。小时怜母大怜婿,何不早嫁论家计⑨。

[注释]

①此诗收入《乐府诗集·横吹曲辞》。原载四首,今选四首。捉搦(nuò):捉弄,即男女相捉为戏。②粟谷:俗称小米。舂:把谷物之类放在石臼里捣碎,使之去壳。弊衣:破败的衣服。难护:难以遮护身体。③千凶:指坏处多。饱人手:指能从事农业生产养活家人。只生口:意思是只能消耗粮食,不能为家从事生产。这是古代歧视女性的一种说法。④能行步:指走得快。反著:反穿。夹襌(dān):夹衣和单衣。⑤成翁姬:即结成夫妇、白头偕老。⑥华阴:地名,在今陕西华阴东南。⑦不见其余:意思是说,因为井深,女子站在井口照影,只能照见头部,到衣领为止,以下部分看不到。斜领:斜衣领。⑧黄桑:叶子发黄的桑树。柘(zhè)屐(jī):用黄桑制成的木鞋。柘:即黄桑。蒲子履:用蒲草编成的草鞋。丝:绳。⑨怜:爱。婿:夫婿。论家计:指操持家务。

[赏鉴]

这是一组爱情诗。反映了北方青年男女大胆泼辣的爱情观,与南方的婉转含蓄迥异而趣。前两首出自男子之口,后两首出自女子之口,是他们在玩捉拿游戏时相互戏弄嘲谑的歌谣。

古代农耕社会盛行男耕女织的生产方式。因此,第一首从男子的角度看,像舂谷、缝补这样的活计,都应该交给女子来做。"粟谷难舂",是说自己把谷子收获回家了,需要有个家庭主妇拿着去石臼里舂。"弊衣难护",是说自己勤于农业劳动,衣服都破败了,需要有个巧手媳妇来给浆洗缝补。"千凶",是自贬而谦虚的话,意谓自己有很多缺点,希望女方多担待。"老女""只生口",就是嘲戏的话语了。意思是说你看你年龄都这么大了,还在娘家待着干啥,只给他们多了一张吃饭的口。你干脆嫁给我,到我家来吧,我打了很多"粟谷",家里有很多衣料,管保你吃好、穿好。第二首,男子直接对着自己的意中人告白。"能行步",指走得快即行动利索,这是为男子相中的主要原因。"后裙露",言所穿衣服之美,可使人联想到女子的整体之美。"天生男女共一处",是最直白的土话俗话,表明了"男大当婚,女大当嫁"的基本道理。而"愿得两个成翁妪",则代表着男子对女子的爱的承诺,一语可直接深入女子的心田。

从女子的角度看,第三首抓住家用生活挑水一事铺陈。"百丈井",极言水井之深,自己的力气不能够把水汲上来,非常需要一位强壮男子的帮忙。"彻骨冷",露出畏惧心理,显示出女子本性上的弱小。"能照影""见斜领",是说女子在井口站一站都感觉很害怕,不敢使劲探着身子往水井里看,所以尽管能照出自己的影子,也只是一个头部的斜影,大半个身子还缩在后面呢!第四首,铺陈自己的女工技巧,言自己会做木鞋、会编草鞋,鞋带子要用两边的绳子合力才能系好,只有一边是系不上的。暗喻自己也非常渴望找到一位心爱的男子,两人合在一起,共同承担生活的压力。"大怜婿""早嫁",心意就更为直露了,点出自己一心想要早点嫁人,暗指自己对对方亦心有所属,希望他能放心、大胆地追求自己。

这四首诗幽默活泼,机趣生动。男子、女子各各口气分明,读来令人忍俊不禁。

[辑评]

清张玉谷《古诗赏析》卷二十:以上二比起下二,入情语,真能使世上痴爷娘一齐顿首。

折杨柳歌辞① 五首选四

上马不捉鞭,反折杨柳枝②。蹀座吹长笛,愁杀行客儿③。

腹中愁不乐,愿作郎马鞭④。出入擐郎臂,蹀座郎膝边⑤。

遥看孟津河,杨柳郁婆娑⑥。我是虏家儿,不解汉儿歌⑦。

健儿须快马,快马须健儿⑧。䟛跋黄尘下,然后别雄雌⑨。

[注释]

①此诗收入《乐府诗集·横吹曲辞》。原载五首,今选四首,分别为原诗第一、二、四、五首。②捉鞭:拿起马鞭。③蹀座:偏义复词,此指"座"。蹀:行。座:同"坐"。长笛:指当时北方流行的羌笛。行客:远行的游子。④郎:情郎,即指上文"行客儿"。⑤出入:外出与回家。擐(huàn):套,穿。⑥孟津:指今河南孟津。河:黄河流经孟津的一段。郁:茂密。婆娑:枝叶纷披的样子。⑦虏家儿:胡人的孩子。虏:诗中对少数民族的贬称。汉儿歌:汉人传唱的歌。⑧健儿:强健的人。须:待。⑨䟛(bì)跋:象声词,快马飞奔时马蹄踏地的声音。黄尘:即尘土。别雄雌:分出胜负。

[赏鉴]

这是一组反映北方民族离别的诗。第一首言男儿告别。"上马"二语即透出北方游牧民族的本色，言即将随军出征。"不捉鞭"，生动之至，点出极不愿意出征，不想离开家人。"反折"，动作更妙。"柳"谐音双关"留"，即留住之意，充分表现出依依惜别的情景。"吹长笛"，乃北方送别之曲。曲增离情，"愁杀"二字自然迸出，又顺笔带出"行客儿"，即告别的主人。由"上马""反折"两个动作，再由"吹"之声音，其后始出主人，新颖别致。而诗句中人物出现的延缓，正是其极不愿意告别的象征，可谓意味悠长。

第二首言女儿送别。一开始即着"愁不乐"三字，与上文男儿末尾方言"愁"相映成趣，显出女子心思与男子的区别，感情表露较为大胆。"愿作"就更为直接了，意思是愿意化为"马鞭"，随郎出征。以不可能实现的心愿，表达出炽烈的情感。后两句是想象，写出女子对男儿的浓浓依恋之情，出出入入要挽着郎的手臂，坐的时候要坐在郎的"膝边"，真是如胶似漆啊。

第三首言思乡之情。孟津地处中原，见出"虏家儿"是从北方来到了中原。部队驻扎在孟津河边，"遥看"河边杨柳排排，郁郁葱葱，摇曳多姿，十分美丽。这是北方人从未看到的情景，所以才引起他们的瞩目与观赏。"汉儿歌"，大概是听到了当地人在唱歌，或为情歌，或为思乡之歌，"我"虽然"不解"，但是音理、声情相通，因此亦勾起了浓烈的思念北方故土之情。"汉儿"可以唱歌，"虏家儿"就不可以唱歌吗？诗中没有明写，但想必他自己也就紧跟着唱了起来，以抒发思乡之情吧。

第四首言赛马情景。当是游牧民族常见的生活与军事训练场景之一。用两个"须"字，分别连接出"健儿""快马"，前后相对，两两般配，简当快捷。"跋跋黄尘"，写出场面之宏大，气势之壮观，赛况之激烈。"别雄雌"，点出必胜而不服输的信心，极富于刚健之骨与阳刚之美，展现出游牧民族骁勇善战的本色。

[辑评]

  清王夫之《古诗评选》卷三：（评第一首）无端著景，宾主之情更无不尽。小诗得此，可谓函盖乾坤矣！

  清张玉谷《古诗赏析》卷二十：（评第四首）言事必相须始成，而建功自有其会，以快马健儿、驰骋黄尘作一榜样也。写得有声势。

  王瑶《中国诗歌发展讲话》：男子是骑马的健儿，女人情愿做他的马鞭，无论行时坐时都可以不离开他的膝边；这种表现方法非常新鲜朴素，也可以看出北方人民生活与南方的不同。

折杨柳枝歌[①] 四首选一

  门前一株枣，岁岁不知老[②]。阿婆不嫁女，那得孙儿抱？

[注释]

  ①此诗收入《乐府诗集·横吹曲辞》。原载四首，今选一首，为原诗第二首。②老：指年龄大。

[赏鉴]

  中国民间有在庭院里栽种枣树的习俗。特别是有男孩子的家庭，建造一所新房子，一般都会在庭院的中间种一棵枣树，以寄寓美好的期望。此诗就诞生于这样的家居环境。诗中很自然地就近处取材，从浅里喻事。"门前"，指房屋正门之前，即在庭院里。院里的枣树一年一年地生长，年轮一年一年地变大。俗话说"千年王八百年枣"。枣树可以存活一百多年。枣树再老也能开花挂果，又圆又红的枣子挂满枝头，甚是晶莹喜人。殊不料，家里的男孩子，也在随着枣树"岁岁"成长，已经由少年进入到青年了，应该谈论婚姻大事了。"不知"，用语极妙。枣树的"不知"，正映衬出家主人的"知"。可以说，他们的忧虑在"岁岁"增加。

　　民间文化中，枣有喻指早生贵子的意思，常用在喜庆婚事中。而此诗歌亦用此意。下句顺笔写出主人忧虑所在。孩子不能早日结婚的原因，乃由于"阿婆"的不嫁。看来，诗中隐指的青年男子，并不是找不上媳妇，而是已经有了中意的女子。只不过不知何种原因，没得到女方母亲关于婚事的点头允许，故而迟迟未能结婚。且此处的"不嫁"，又暗与上句中的"老"互应。"不嫁女"，有一笔两用之妙，也隐隐写出了女子一方的忧愁。"孙儿抱"，化用民间口语"抱孙子"，俏皮直截，用语极为活泼。同时透出此诗的写作角度，即不从青年男女两方写，而是从男方的父母角度入手，也是一种创新。

幽州马客吟歌辞① 五首选一

快马常苦瘦，剿儿常苦贫②。黄禾起羸马，有钱始作人③。

[注释]

　　①此诗收入《乐府诗集·横吹曲辞》。原载五首，今选一首，为原诗第一首。②剿（jiǎo）：劳。儿：劳苦的百姓。苦贫：以贫为苦。③黄禾：这里指喂养马的饲料。起羸马：喂养瘦马使起膘。羸：瘦弱。作人：被看作人。

[赏鉴]

　　此诗批判社会贫富不均。以马作比兴。快马，因其腿劲身健，行动迅捷快速故，常为多使唤，劳作不息，任务繁重，若不能得到及时喂养调息，很容易会瘦弱下去。劳苦的百姓，昼夜营作，终年劳累，却得不到应有的回报，到头来终是一贫如洗，苦不可耐。快马瘦了，只要有"黄禾"作饲料，还是能再强健起来的。然而，劳苦的百姓，苦日子什么时候能到头呢？什么时候才能变得富裕起来，能兜里"有钱"，能让那些有钱人把自己看作"人"呢？通观全诗，似是一位为权贵之家喂养马的"马客"所作。他的辛劳不比马少，马瘦了又能肥胖起来，自己却遭受到非人的剥削与压榨，过着吃不饱穿不暖的艰难生活。人劳作如快马，却得不到如马一样的酬劳，人不如马，从而对不平等的社会提出了血泪控诉。

[辑评]

清张玉谷《古诗赏析》卷二十：此慨世人贪利而作。上二，以快马宜肥常瘦，比起剿儿宜富常贫，为贪财无益正戒。下二，仍即马说，以黄禾能起羸马，比出有钱始可作人。就贪财者推原其故，一若实宜谅之者然，寄慨愈深，用笔亦横。

慕容家自鲁企由谷歌①

郎在十重楼，女在九重阁②。郎非黄鹞子，那得云中雀③？

【注释】

①此诗收入《乐府诗集·横吹曲辞》。慕容家：指南燕慕容氏。企由谷：地名，今未详。②重：层。③黄鹞子：即鹞鹰。云中雀：女子的自比。

[赏鉴]

这是一首恋歌，抒发了渴望投到恋人怀里的急切之情。前以郎、女领起，后以鹞子、雀作比喻。前言两人相隔高远，难于见面，更难于成亲。故用"十重楼""九重阁"描画衬写，"楼""阁"两字，分明透出女子的特有口吻。"黄鹞子"，多高飞。"云中雀"，形容雀飞之高。故"黄鹞子""云中雀"，皆与前句"十重""九重"作对应。雀飞得再高，终究逃不过鹞子的捕捉。前句中的"九重"，终归是低于"十重"。女子借用鸟类中的这一关系，十分含蓄地透出自己早已心属于郎，即使远隔千山万水、崇山峻岭，也矢心不移，期待着情郎能早日前来迎娶自己。此诗隐中有露，婉中见真，可谓曲折尽妙。

[辑评]

清张玉谷《古诗赏析》卷二十：上二，言相去辽阔。下二，言思我无益也。妙在用比，便有古趣。

陇头歌辞① 三首

陇头流水，流离山下②。念吾一身，飘然旷野③。

朝发欣城，暮宿陇头④。寒不能语，舌卷入喉⑤。

陇头流水，鸣声幽咽⑥。遥望秦川，心肝断绝⑦。

[注释]

①此诗收入《乐府诗集·横吹曲辞》。原载三首，今选三首。②陇头：即陇山，又叫陇坂、陇砥、陇首，在今陕西陇县西北。《三秦记》

说:"其坂九回,上者七日乃越。上有清水四注下,所谓'陇头水'也。"流离:四散流淌。③吾:我,指抒情人自己。④欣城:地名,未详,应距陇山不远,所以能朝发暮至。⑤寒:此指天气严寒。语:说话。卷:卷缩。⑥幽咽:形容流水不畅发出的声音。⑦秦川:指关中,就是从陇山东到函谷关一带地方,当是游子的故乡所在。心肝:指内心。断绝:形容伤心到极致。

[赏鉴]

这三首诗反映北朝当时兵荒马乱、诸族混战,兵役、徭役给各族人民带来了无穷的灾难,歌辞字字如泣血,格调苍凉悲壮,正是身处水深火热之中的人民所发出的悲苦之吟。

第一首慨叹漂泊无定。以陇山流水进行比兴,清澈的山水由高到低,从山上流到山下,随山势高低而四散奔流,每一颗水珠都不能掌握自己的命运,都随时有可能被击碎。作者由此想到,自己孤身一人飘荡在旷野之中,行踪不定,不知何方是归宿,不知何时能结束,又不知能延挨到几时。诗人以一个"念"字抒情,又以"一身"对"旷野",有力突出了孤独、凄凉、悲怆之情,令人泣下。

第二首描写旅途艰辛。首二句写行程,"朝发""暮宿",看得出是在急匆匆地赶路,好像有什么紧急任务,所以才不顾长途跋涉的疲劳。末二句写天气,极写一个"寒"字,冻得全身瑟瑟发抖,说不出话来。"舌卷",用借代法,代指人全身都蜷缩成了一团。全诗极为冷静客观,不着一语言情,然意在言外。赶路所蕴含的悲愤,寒冷带来的心灵痛楚,都是能体味到的。

第三首直抒怀乡之情。首二句以"流水"起兴。"幽咽",暗点在冬季。冬天因气温低、水量小,水流缓慢,发出的水声略显低沉。在"我"听来,好似在奏响一曲哀怨之歌。为什么会有这样的感觉?末二句给出了回答。"遥望",带出自己背井离乡,早已饱经颠沛流离之苦。站在陇山上,遥望美丽的秦川,听到这"幽咽"的水流声,怎能不令"我"悲痛欲绝呢!

[辑评]

明谢榛《四溟诗话》卷一:古《采莲曲》《陇头流水》歌,皆不协声韵,而有《清庙》遗意。

明王世贞《艺苑卮言》卷二:古逸诗箴铭讴谣之类,其语可入《三百篇》者:……"陇头流水,流离山下"。

明胡应麟《诗薮·内编》卷一:晋乐府四言有绝似汉人者……又《陇头谣》……皆相去不远,齐、梁后此调不复睹矣。

清沈德潜《古诗源》卷十三:(评第二首)奇语。(评第三首)此章同汉辞。

清张玉谷《古诗赏析》:(评第一首)此歌就水形触感,点清行役登高事。漂泊涕零,俱在形上关照。(评第三首)此歌就水声触感,点清所望之处。"肝肠断绝",更从呜咽翻深一层,所谓无声之痛也。(卷五)

(评第二首)陇头之苦,只就寒说,造语极奇。(卷二十)

梁启超《中国之美文及其历史》:此词矫健朴茂,虽未必便出李延年,要是汉人作品。

高阳乐人歌[①] 二首选一

可怜白鼻騧,相将入酒家[②]。无钱但共饮,画地作交赊[③]。

[注释]

①此诗收入《乐府诗集·横吹曲辞》。原载二首,今选一首,为原诗第一首。高阳:指北魏孝文帝拓跋宏之子拓跋雍,封高阳王。生活奢侈,喜爱音乐。乐人:歌舞演奏艺人。②可怜:可爱。白鼻䯀(guā):白鼻黑嘴的黄马。将:扶持。③但:只管。画地:在地上画记号。交赊:赊欠。

[赏鉴]

此诗写游牧健儿的豪纵生活。起句以马衬人,马既是好马、骏马,则骑马之人必为豪客可知。"相将",写出非止一人,三三两两,且步履踉跄。显然已是在别处酒家饮过酒的,略露醉意,看到此处又有酒家,故又相互搀扶,走进店中,准备再饮。"无钱",映出前番饮酒之事,身上所带之钱已花光,足见出是一次豪饮,否则不至于"无钱"的。而众人身上无钱,还"入酒家",又衬出醉态已生,忘乎所以。"共饮",写出无人不饮,又是一次大饮。"画地作交赊",以这种古来淳朴的民风,写出众人醉而不乱,豪而不赖、不欺,绝非强横无礼之辈,纯是义士所为。全诗借喝酒的片段,描画出了游牧健儿的豪纵性格,可谓见一斑而知全豹。

木兰诗①

唧唧复唧唧,木兰当户织②。不闻机杼声,唯闻女叹息③。问女何所思,问女何所忆④。"女亦无所思,女亦无所忆。昨夜见军帖,可汗大点兵⑤。军书十二卷,卷卷有爷名⑥。阿爷无大儿,木兰无长兄。愿为市鞍马，从此替爷征⑦。"

东市买骏马，西市买鞍鞯，南市买辔头，北市买长鞭⑧。旦辞爷娘去，暮宿黄河边⑨。不闻爷娘唤女声，但闻黄河流水鸣溅溅⑩。旦辞黄河去，暮至黑山头⑪。不闻爷娘唤女声，但闻燕山胡骑鸣啾啾⑫。

万里赴戎机，关山度若飞⑬。朔气传金柝，寒光照铁衣⑭。将军百战死，壮士十年归⑮。

归来见天子，天子坐明堂⑯。策勋十二转，赏赐百千强⑰。可汗问所欲，"木兰不用尚书郎，愿驰千里足，送儿还故乡⑱。"

爷娘闻女来，出郭相扶将⑲。阿姊闻妹来，当户理红妆⑳。小弟闻姊来，磨刀霍霍向猪羊㉑。开我东阁门，坐我西阁床㉒。脱我战时袍，著我旧时裳㉓。当窗理云鬓，对镜帖花黄㉔。出门看火伴，火伴皆惊忙㉕。"同行十二年，不知木兰是女郎㉖。""雄兔脚扑朔，雌兔眼迷离㉗。双兔傍地走，安能辨我是雄雌㉘。"

[注释]

①此诗收入《乐府诗集·横吹曲辞》。②唧（jī）唧：叹息声。当户织：对着门织布。③机杼（zhù）声：指织布时织布机所发出的声响。机：织布机。杼：织布用的梭子。④忆：思念。⑤军帖：征兵的文书。可（kè）汗（hán）：古代西北地区各民族对君主的称呼。点兵：征兵。⑥军书：即军帖。十二：这里表示约数，非为确数。爷：指父亲，当时北方呼父为"阿爷"。⑦市：买。鞍马：马鞍和马匹。据《新唐书·兵志》记载，自西魏开始的府兵制规定从军的人要自备鞍马、弓箭等物。⑧鞯（jiān）：马鞍的垫子。辔（pèi）头：马嚼子和马缰绳。⑨旦：早晨。⑩溅（jiān）溅：

水流声。⑪黑山：即杀虎山，在今内蒙古呼和浩特东南。⑫燕山：指燕然山，即今蒙古人民共和国境内的杭爱山。胡骑（jì）：指北部入侵者的骑兵。啾（jiū）啾：马鸣声。⑬戎机：军机，这里指战役。关山：泛指行军途中所经过的关塞和山脉。度若飞：像飞一样度过。⑭朔气：北方来的寒气。朔：北方。金柝（tuò）：即刁斗，一种用铜做成的器皿，形状像锅，容量一斗，三足，有柄，白天用来做饭，夜里用来打更。寒光：寒冷的月光。铁衣：铠甲战袍。⑮壮士：指木兰。十年：约数，非为确数。⑯天子：古时对皇帝的称呼，即上文之"可汗"。明堂：皇帝举行祭祀、接见诸侯、进行听政和选士的殿堂。⑰策勋：记功受爵。十二转：古代依军功授爵，军功每加一等，官爵也随升一等，谓之一转。军功及勋位共分十二等，十二转是功勋和官爵最高的一级。百千强：言赏赐千百金以上。强：有余。⑱不用：不需要。尚书郎：官名，魏、晋以后在尚书台下分设若干曹，主持各曹事务的官通称尚书郎。儿：木兰自指。⑲郭：外城。扶将：扶持。⑳理红妆：梳妆打扮。㉑霍霍：磨刀声。㉒我：木兰自称。㉓袍：战袍。裳：衣裳。㉔云鬓：柔美如云的鬓发。帖：通"贴"。花黄：古代妇女的面饰，将金黄色的纸剪成星、月、花等形状，贴在额上作为装饰。㉕火伴：即伙伴，指同行的士兵。古代军队编制以十人为一火。㉖十二年：为约数，非为确数。㉗扑朔：跳跃的样子。迷离：眼神朦胧的样子。㉘傍地走：贴着地面奔跑。

[赏鉴]

　　这是一首杰出的长篇叙事诗。全诗以木兰代父从军为主线，可分为五节：第一节写应征，第二节写出征，第三节写参战，第四节写凯旋，第五节写还家。诗中运用了重叠、铺陈、排比、比喻、对偶、反衬和顶针等手法，语言朴素生动，音节流畅和谐，塑造了一位天真率直、沉毅坚定、忠孝两全、骁勇善战的巾帼英雄形象。

起笔直叙，不用比兴，显示出与南方民歌在手法上的不同。由"唧唧"开头，忽然停机，忽问"所思""所忆"，写作思路看似与南方女儿同类题材相仿无差，其实却不写伤情。"无所思""无所忆"，面对爷娘的关切发问，不是羞而不答，而是直言。接着坦白说出欲替父从军的心事，解开"叹息"之谜，补叙事情的前因。"昨夜"，见出木兰针对此事考虑了很长时间，做出参军决定并非一时心血来潮。"可汗大点兵"，反映出强敌来犯，国家危难旦夕。"卷卷有爷名"，言必须应召从军。"无大儿""无长兄"，点出家庭的实际情况。"愿为市鞍马"，也是告诉父母，"我"木兰从小练武，喜欢骑马射箭，应征没有问题。或问，木兰为何不直接对爷娘提出从军的想法，而是等他们过问呢？诗求自然。木兰为女子，由织布引起，由停杼过渡，到爷娘发问，过接无痕，无突兀生硬之感，理当以此为是。此节一"叹"一"问"一"答"，描摹家庭生活图景如画。

"东市""西市""南市""北市"，言精心细致准备的过程，总要挑选出最精良的战斗武器，点出木兰对这些事项十分熟悉，衬托出武艺娴熟。以下两写"旦辞"，形容行军之快速，映出边境战事吃紧之状。一写"暮宿"，一写"暮至"，后者言"至"而不言"宿"，点出已经临近前敌，进入到枕戈待旦，随时准备战斗的警戒状态。两句"不闻爷娘唤女声"，写出思念双亲之状，至孝之情，感人泣下。与两句"但闻"相夹，则写出两种世界的交织与转换，即由家庭世界、女儿世界，转向边塞世界、战争世界，烘托出新兵战士到达前线后，所必须经历的认识与思想上的痛苦而真实的巨大心理变化。

"赴""度""飞"，写将士之英勇。"传""照"，写战地环境之艰苦。"百战""十年"，言战事之繁、战争持续时间之长。一"死"一"归"，突出战斗惨烈，木兰能够生还非常不易，见出其智勇在众人之上。写征战只用几笔形容，笔墨极为精练，有如精美的五言诗，明显带有文人改编的痕迹。

"十二转""百千强",以赏赐之高,映出天子之高兴、木兰之战功卓著。如此赏赐,即使放在历代史书中,也不多见。而木兰以一女子为之,一代传奇女英雄,令多少游侠儿汗颜。"问所欲",言可汗犹觉不满足。但木兰的回答出乎所有人的意料,辞官不做回家!此一"问",写出了此诗与同类战争题材作品主旨的不同,即摆脱了建功立业、加官晋爵的窠臼,可谓新颖别致。当然,这一摆脱,也是为了切合木兰之女儿身而设计的。"千里足""还故乡",写出其回家看望爷娘的迫不及待之情。"送儿",口语化,又见出天真可爱。

木兰回来了!三个"闻"字,写出一家四口的无限欢喜,而各不相同,各适其情。爷娘不顾年迈,定要"出郭"迎接。阿姊"理红妆",把最美丽的衣服穿上,像是出嫁一般,高高兴兴迎接自己的妹妹。同时,点出阿姊并未习武,补应前文。小弟"磨刀",言已长大成人,能担当家事,将来可以代父从军了,自己无忧了。以下连用四个"我"字,"开我""坐我""脱我""著我",写尽数年从军,一时回家,激动万分,急切地要将以前的所有东西都一一抚摸一遍。在家人面前,"我"又重新回到了以前的生活,显现出原身。末写与同伴的问答,颇具喜剧气氛,将此前惨烈的战斗,冲荡得一干二净。"十二年"而不知,见出木兰的坚忍与伟岸品格,而她所受的苦难,远超"火伴"亦可知。

[辑评]

明谢榛《四溟诗话》卷三:《木兰词》云:"问女何所思……北市买长鞭。"此乃信口道出,似不经意者,其古朴自然,繁而不乱。若一言了问答,一市买鞍马,则简而无味,殆非乐府家数。"万里赴戎机……壮士十年归。"绝似太白五言近体,但少结句尔。能于古调中突出几句律调,自不减文姬笔力。"雄兔脚扑朔……安能辨我是雄雌?"此结最着题,又出奇语。若缺此四句,使六朝诸公补之,未必能道此。

明胡应麟《诗薮·内编》卷一：五言之赡，极于《焦仲卿》。杂言之赡，极于《木兰》。……虽境有神妙，体有古今，然皆叙事工绝。诗中之史，后人但知老杜，何哉？

明胡应麟《诗薮·内编》卷三：《木兰歌》是晋人拟古乐府，故高者上逼汉、魏，平者下兆齐、梁。如"南市买辔头，北市买长鞭"，尚协东京遗响。至"当窗理云鬓，对镜贴花黄"，齐、梁艳语宛然。又"出门见伙伴"等句，虽甚朴野，实自六朝声口，非两汉也。"大姊闻妹来"三叠，是仿《长安有狭斜》体。至"磨刀霍霍向猪羊"，六朝面目尽露矣。此等最易辨，亦最不易辨也。

清沈德潜《古诗源》卷十三：事奇诗奇。卑靡时得此，如凤凰鸣，庆云见，为之快绝。

敕勒歌①

敕勒川，阴山下②。天似穹庐，笼盖四野③。天苍苍，野茫茫。风吹草低见牛羊④。

[注释]

①此诗收入《乐府诗集·杂歌谣辞》。②敕勒川：泛指敕勒族游牧的草原，或云即今内蒙古土默特旗一带。敕（chì）勒：我国古代北方的一个少数民族，亦称"铁勒"，北齐时居住在朔州（今山西北部）。川：平川，平原。阴山：山脉名，起于河套西北，绵亘于内蒙古南境一带，和小兴安岭相接。③穹（qióng）庐：游牧民族当作住房的帐篷，即蒙古包。

四野（yǎ）：草原的四面八方。④天苍苍：天蓝蓝的。苍苍：青色。茫茫：无边无垠的样子。见：同"现"，显露。

[赏鉴]

这是一首草原民歌，可分两层。前四句为第一层。采取由低到高、由下向上的镜头放大法，先写"川"，次写"山"，再写"天"，意境逐步高远、宏阔，语调逐渐高亢、激昂。"川"极言阔，"山"极言高，"天"则既高又阔，将二者都涵盖其中。末三句为第二层。与前四句相反，采取由上向下、由阔面到窄点的聚焦法，先写"天"，次写"野"，再写"牛羊"，取象逐步具体化、实际化，与草原人民的生活紧扣在一起。前四句之势合拢在动词"笼盖"上，后三句之势突出在动词"见"上。两者都写动态，与之前的静态描写构成对称，而以"风吹草低"动态感更足。细细品来，"笼盖"与"见"在语意上亦是相反的。前四句讲究合与聚，欲将所有的物象都收拾在"穹庐"中，其境遂为之一闭。后三句讲究开与散，又欲将所有的物象在"风"的助力下全部扩散出来，其境又为之一放。前闭后放，构思精巧，特别是能在几字方圆内追求正反变化，体现了高超的艺术成就。

全诗取物不多，都是草原上最常见、牧民们最熟悉的事物，包括川（野）、山、天、穹庐、风、草、牛羊等七种。其中，有静物，有动物，有自然之物，有人工之物，有的实写，有的虚写，极尽变化，不拘一格。造语灵活，以三言为主，四言辅之，兼有七言，整中有散，活泼生动。形成了浑朴豪放、悲壮激越、爽直刚健的风格，犹如图画般勾勒出了北方游牧民族的精神心理特点，是民歌中的名作。

[辑评]

元元好问《论诗绝句》：慷慨歌谣绝不传，穹庐一曲本天然。中州万古英雄气，也到阴山敕勒川。

明王世贞《艺苑卮言》卷三：北齐斛律金不解书，有人教押名曰："但五屋四面平正即得。"至作《敕勒歌》曰……为一时乐府之冠。

明胡应麟《诗薮·内编》卷三：齐、梁后，七言无复古意。独斛律金《敕勒歌》云……大有汉魏风骨。金武人，目不知书，此歌成于信口，咸谓宿根。不知此歌之妙，正在不能文者，以无意发之，所以浑朴莽苍，暗合前古。……使当时文士为之，便欲雕繢满眼，况后世操觚者。

明胡应麟《诗薮·外编》卷一：斛律金之《敕勒》、沈太尉之"南岗"，皆仓卒矢口，匪学而能，顾不事此耳。

清王夫之《古诗评选》卷一：寓目吟成，不知悲凉之何以生。诗歌之妙，原在取景遣韵，不在刻意也。

清张玉谷《古诗赏析》卷二十一：此赋敕勒川畜牧之盛。北音激楚，足振卑靡。前四，就敕勒川写其空阔。后三，复上天野咏叹，收出畜牧之盛。炼句耐思。

北朝乐府

文人乐府

  与南朝文人对乐府的重视相比,北朝文人的态度则较为冷漠。这一方面是因为北朝民歌数量不多,另一方面也是战争更为频繁所结下的恶果。北朝文人乐府的作者组成,一为本朝诗人,如北魏的温子昇,北齐的魏收、邢邵;一为由南朝入北周的诗人,如庾信、王褒等。前者作品数量既少,模拟性又高,成就不大。倒是后者经历过由南入北的人生巨大转变,且创作手法与风格早在南朝时已经成熟,因而留下来的作品既多,艺术价值也相对较高,成为北朝文人乐府的代表。

咏花蝶① 温子昇②

素蝶向林飞，红花逐风散③。花蝶俱不息，红素还相乱④。芬芬共袭手，葳蕤从可玩⑤。不慰行客心，遽动离居欢⑥。

[注释]

①此诗收入《古诗纪》卷一百十九。②温子昇（495—547）：字鹏举，祖籍太原（今山西太原）人，后迁居济阴冤句（今山东曹县西北）。为晋大将军温峤后裔，自幼勤奋好读，博览百家，学识渊博。工诗能文，辞藻清丽，与邢邵齐名，并称"温邢"。又与邢邵、魏收合称为"北地三才"。初为广阳王元渊贱客，因撰《侯山祠堂碑文》出名。北魏时曾任侍读兼舍人。东魏末年，高澄荐引为谘议参军，因元谨、刘思逸等作乱，疑为同谋而下狱死。有辑本《温侍读集》，今存诗十一首。③素蝶：白色的蝴蝶。向：朝。逐风散：随风飘散。④花蝶：红花和素蝶。不息：飘散和飞舞不停。相乱：指素蝶在红花间飞行。⑤芬芬：芬芳的花香。袭：薰。葳（wēi）蕤（ruí）：鲜明、纷披的样子。⑥行客：行路过客。遽（jù）：突然。离居：离群独居。

[赏鉴]

这是一首远人思乡诗。然而，写法别致，却似一首咏物诗。题目为"咏花蝶"，既咏花，又咏蝶。首句写蝶寻花。诗人的目光凝注于空中飞舞的一只小小的白色蝴蝶，只见它飞呀飞，向一片树林子里飞去了。呀！树林里竟然有盛开的红花，怪不得这小蝴蝶定要一个劲儿地往这里飞呢！

第二句，写诗人又被这满树盛开的花朵吸引了，但见花儿经风一吹，霎时间，红红的花瓣随风飘散，真是美丽极了。"逐风"，是写红花，亦互映写出蝴蝶飞舞的艰难，弱小的身躯顶住风吹的压力，努力朝着树林、朝着林中的红花——它心中的目标飞去，让我们不禁为这小小的蝴蝶肃然起敬。这才恍然明白，它吸引诗人目光的原因。三、四句写花飞蝶舞。蝶为"素蝶"，花为"红花"，花逐风吹，蝶逐花舞，素红相衬，炫丽异常。"俱不息""还相乱"，见出风一阵一阵，吹得较紧。诗人的目光与情思，完全沉浸在这飘逸灵动的景象之中了。于是，不自觉地一步一步走近了过来，想要与这美丽的自然景象融为一体。五、六句转写人。景物之中是不可少了人的。诗人站近了看花蝶飞舞，不自觉地手上与身上就沾上了芬香的花瓣。"袭"字极妙，点出人是静的，花是动的；人是浑然忘我的，花是忘情恣意的。诗人彻底被征服了，完全陶醉在花蝶飞舞之中，以至产生了观赏、玩味的盎然兴致。末二句抒情，以"行客"对"离居"。意思是，假如一位匆匆行人从这林子旁边经过，他是不会被这花蝶飞舞的景象所感染打动的。但自己作为一个离家在外的游子就大不一样了，春惹乡愁，风动离思，不得已踱步野外散心，谁知竟不期然被这蝶、这花深深地吸引住了，暂时忘记了忧愁。"遽动"，点出此前之愁闷。"欢"字，则衬出远人之"悲"。以此句收煞，知这短暂的欢乐过后，必定仍然愁思满心，仍是无可排遣。写相思，全诗却几无一句涉笔；写悲愁，全诗却落在一"欢"字上。此类题材，古今未见如此章法，真令人叹为观止也。

[辑评]

清王夫之《古诗评选》卷五：轻而不佻。就地起，就地止，饶有风光，何至如江南文士赊三补七也。鹏举自三谢一流人物，惜所传者此三篇耳。

渡河北① 王褒②

秋风吹木叶,还似洞庭波③。常山临代郡,亭障绕黄河④。心悲异方乐,肠断陇头歌⑤。薄暮临征马,失道北山阿⑥。

[注释]

①此诗收入《古诗纪》卷一百二十三。河:指黄河。②王褒(513—576):字子渊,琅邪临沂(今山东临沂)人。博览史传,尤工属文,少显通,梁元帝时官至吏部尚书、左仆射。江陵陷落后入北朝,官至车骑大将军仪同三司。北周武帝时曾任少司空、宜州刺史。在北朝与庾信齐名。原为南朝宫体诗作家,诗风纤巧,到北方后,风格一变而为朴实、雄健,名重一时。存诗四十余首,大多是入北朝后的作品。有辑本《王司空集》。③"秋风"二句:化用屈原《九歌·湘夫人》:"袅袅兮秋风,洞庭波兮木叶下。"还:再一次。洞庭:即洞庭湖。④常山:汉代北方的一个边关,在今河北唐县西北。代郡:汉代北部边境上的一个郡,治所代县(今河北蔚县东北),北邻匈奴、乌桓等族,为边防要地。亭障:岗亭和城堡,俱为防御工事。⑤异方乐:异域的音乐。陇头歌:乐府曲名,内容多写征人远戍边关或思乡的悲伤。⑥薄暮:傍晚。薄:迫近。临:骑,乘。征马:远行的战马。失道:迷失道路。山阿:山坡凹曲处。

[赏鉴]

首二句借景代情,造句颇新。"秋风吹木叶",是北方实景。"洞庭波",则令诗人想起南方家乡之景,是虚写。"还似",妙,言已经不是第一次，而是多次了。每一次看到秋风扫落叶的景象，其萧瑟哀怨之声，总会使"我"仿佛听到了风吹洞庭湖水而涌起的波浪声。一"木"一"波"，看似北、南两方两种完全不同的景象，被浓郁的怀乡之情融在了一起。三、四句写诗人随之想起，他由萧梁重臣变为西魏降将的惨痛经历。按说，有常山、代郡这样相互紧邻，可以彼此支援的边防要塞，有围"绕"黄河天险修筑的无数亭障这样坚固的防御堡垒，我方是不应该失败的。唉！谁知萧梁集团内部分化、颓废，最终导致了失败。"我"虽奋力抵抗，但独木难支、孤掌难鸣，难以挽回败局，所以来到了这处处令人感到异样的"异方"。五、六句紧承三、四句，互为因果。"心悲""肠断"，则表明悲感之情又进一步发展。首句的"吹木叶"当在室外所见，这里的乐、歌应在室内。如此室内、室外都无法忍受，"我"于是想到还是骑马出去散散心吧。末二句即写野外景象，"薄暮"点时间，傍晚天黑，又对地理不熟，结果却迷失在"北山阿"里。"北山"之"北"字妙，非南山或西山，乃兼含身在北方之意。"失道"，既是地理上的迷失道路，也喻示着自己已失臣之道，由梁入魏，即"失道"也，又流露出痛苦自责懊悔之情。

全诗造语朴质，不事雕华，既抒发了浓浓的怀乡之情，又具有强烈的自责批判精神，具有极强的艺术感染力。

[辑评]

明杨慎《升庵诗话》卷二：首二句警绝。

清王夫之《古诗评选》卷六：发端清丽。

清沈德潜《古诗源》卷十四：起调甚高。

清张玉谷《古诗赏析》卷二十一：前二，就渡河时风景有似故乡，突然感慨，起调甚高。三、四，接写河北形势。后四，则申明渡河后羁旅之愁，行役之感也。

怨歌行① 庾信②

家住金陵县前,嫁得长安少年③。回头望乡泪落,不知何处天边④。胡尘几日应尽?汉月何时更圆⑤?为君能歌此曲,不觉心随断弦⑥。

[注释]

①此诗收入《乐府诗集·相和歌辞》。②庾信(513—581):字子山,小字兰成,南阳新野人。十五岁即任昭明太子萧统的"东宫讲读",十九岁任梁简文帝萧纲的"东宫抄撰学士"。善作宫体诗,讲究声律、辞藻,风格华艳,与徐陵齐名,时称这种风格的诗文为"徐庾体"。梁元帝萧绎时奉使西魏,被扣长安,不久梁朝灭亡,从此流寓北方,历仕西魏、北周,官至骠骑大将军、开府仪同三司,世称"庾开府"。晚年其诗风转为沉郁苍劲。因融合南北,故其诗艺术成就集六朝之大成,成为六朝诗歌向唐诗转变过程中的一个代表性作家。有辑本《庾子山集》。③金陵:今南京的别称。长安少年:西汉武帝时,多选良家少年宿卫建章宫,时称"羽林少年""长安少年"。④何处天边:在天边何处,即远在天边。⑤胡尘:指西北方与中原之间的战事。因马蹄奔腾,激扬尘土,故借称。尽:指战事平息。⑥此曲:即《怨歌行》之曲。心随断弦:意谓心随琴弦断而碎,悲痛到了极点。断弦:弦断。

[赏鉴]

南朝梁元帝萧绎承圣三年(554),庾信出使西魏。至后不久,西魏灭梁，都城金陵沦陷。后来北周取代西魏，任用庾信于高位，从此被迫羁留长安。虽锦衣玉食，生活优渥，但家国之恋、乡关之思时常萦绕于心，耿耿不能释怀。此诗便是借女子远嫁，形象而巧妙地抒写自己伤叹故国之情。

首二句以"家住"对"嫁得"，点出女子远嫁的事实，暗示自己离开故国，来到了异国他乡。"金陵"指南朝梁的国都，"长安"指北朝西魏、北周的国都。"县前"，"前"字言居住距离之近，凸显出自己的自豪感。"嫁"字，古代女子婚嫁多是听从父母之命，暗示自己之来到异国，也是受到君上派遣。"长安少年"，用西汉宫廷宿卫军的典故，暗示自己在北朝受到了礼遇，居高官、享厚禄。从女子的角度讲，嫁给长安少年这样的男子，终身有了依靠，自是应该感到知足而高兴的。但远嫁即远离家乡父母亲人，也是十分痛苦难耐的。从自己的身份看，故国破灭，不得返乡，怨愤已经难当，更兼身仕敌国，颇感羞愧，真是忧苦满心，受尽煎熬。次二句写思乡之情，用"回头"而不用"遥望"，极具动感，极为形象，似乎是正走在由金陵到长安的路上，因不情愿离开家乡故国，所以时不时回首瞻望，极写恋恋不舍之状。"望乡泪落"，写出一望一"泪落"，一"回"一悲伤，极言思乡之情浓郁。"不知"，极衬远离。泪眼模糊，群山阻隔，归期无望，思念绵远而深沉，写出被羁留在北方的无奈与惆怅，笔调哀婉。"胡尘"，以"尘"之轻微，衬写对胡人引起战事的不满。"汉月"，借指故园，有以汉朝自居之意。尘是地上所生之物，月则高高挂在天上。一低一高，一贱一贵，情感色彩十分鲜明。"几日"对"何时"，用疑问的形式，表达出渴望战争尽快、尽早结束的迫切之情。"更圆"，以月圆表示渴望返回故国家园，与亲人团圆。"君"，从女子的身份看，指能理解自己内心悲痛之情的人，这里用来象征自己的故国。"不觉"，言演唱时极为投入。"心随断弦"，言情绪极为激动，弹琴时用力过猛,弦为之断。以"断弦"收结,可谓弦断音不断,悲情袅袅,不绝于耳。

[辑评]

清王夫之《古诗评选》卷一:"汉月"句悲甚,尤不如"不知何处天边"之惨也。泪尽血尽,唯有荒荒泯泯之魂,随晓风残月而已。六代文士有心有血者,惟子山而已。以入乐府,传之管弦,安得不留万年之恨!

清张玉谷《古诗赏析》卷二十一:此自道其来南留北之悲,特托之远嫁者耳。前四,点清自南来北,不得还乡之痛。五六,顶上申明其故,仍不作绝望语。后二,方以听歌心断作收。六言肇自汉、魏,未及选登,存此以备一体。

梅花落① 江总②

腊月正月早惊春,众花未发梅花新③。可怜芬芳临玉台,朝攀晚折还复开④。长安少年多轻薄,两两常唱梅花落⑤。满酌金卮催玉柱,落梅树下宜歌舞⑥。金谷万株连绮萲,梅花密处藏娇莺⑦。桃李佳人欲相照,摘叶牵花来并笑⑧。杨柳条青楼上轻,梅花色白雪中明。横笛短箫凄复切,谁知柏梁声不绝⑨?

[注释]

①此诗收入《乐府诗集·横吹曲辞》。②江总(519—594):字总持,济阳考城(今河南省民权东北)人。历仕梁、陈、隋三朝。梁时官至太常卿,其诗受到梁武帝赏识。陈时官至尚书令,世称"江令",但不理政

务，日随后主游宴后庭，制作艳诗，号称"狎客"。入隋为上开府。今存诗约百首，多为"宫体"，空虚浮艳。有辑本《江令君集》。③惊春：指春日来临花木迅速萌发。未发：未开放。新：指梅花刚刚开放，给人新鲜之感。④可怜：可爱。芬芳：梅花的香气。玉台：玉饰的镜台，此处泛指闺房。攀：折。⑤长安：代指都城。轻薄：轻佻浮薄。⑥满酌：即斟满。金卮：金制酒杯。催玉柱：指奏曲。玉柱：玉制的弦柱，此处代指琴、瑟、筝等弦乐器。⑦金谷：指晋代石崇在洛阳修筑的金谷园，泛指富贵人家的花园。绮甍（méng）：华屋。甍：屋脊。娇莺：娇小的黄莺。此代指女子。⑧桃李：形容佳人之艳丽。相照：与花相映。⑨横笛短箫：两种管乐器。凄复切：凄凉而悲切。柏梁：即柏梁台，汉武帝常与群臣在此饮宴。

[赏鉴]

这是一首歌咏梅花的诗。却并不一味咏物，而是将咏梅、宴梅、赏梅、怜梅融在一起，与人的活动相结合，赋予梅花以极为生动的生命意义。

首四句为咏梅。以"早惊春"做铺垫，写出梅花在腊月正月开放，有令人吃惊之象。又以"众花未发"对梅花之"新"，衬出梅花的生命力强于众花。由于梅花极受人们喜爱，多被植于花园、闺房附近，是故又往往引得那些住在深闺里的爱美的女子们的攀折。尽管如此，梅花傲然不惧，仍然继续开放。"还复开"，再写出梅花生命力之强。总之，严酷的寒冬天气，不能将梅花压倒，美人们的攀折，也不能阻止梅花盛放。梅花确乎与众不同。

次四句为宴梅。写长安城里的少年们，每到梅花盛开时节，便纷纷携酒来到梅树下聚会，欢饮放歌。"轻薄"，点出这帮少年每每有轻贱梅花之意，不尊重梅花的高贵，不理解它的生命象征所在。满酌酒杯，弹筝鼓瑟，唱歌跳舞，于人倒是极为欢乐的，于花则不啻亵渎。这两句隐隐透出谴责之意，为下文女子的出场做了极好的铺垫。

再四句写赏梅。在美丽的花园里，梅花盛开，千株万株，连成一片花海。中间掩映着数椽绮丽的楼阁，里面住着一位如黄莺一般金贵的女子。这位女子怎么样呢？并未直笔点出，只是反复用衬托、象征、比喻手法加以形容。住在"金谷"园中，藏身华屋，均暗指其出身高贵。喜欢梅林、梅花，又用"娇莺"作比，皆言其品格高贵高尚。有此句还不足，下一句又用对比。"桃李佳人"，指这些佳人虽然容貌艳丽无比，沾粉带红，然总喜欢争荣斗艳，不免有品格低下之嫌。桃花、李花于早春盛开，虽属百花里较早者，然其他各种花类已是纷至沓来，故有争奇斗艳之比。"欲相照"，点出她们有前来比美之意。"摘叶牵花"，与前"朝攀晚折"相对，是一种不文明的行为，是对梅花的践踏，并不是真正的爱花赏花，是诗中着意批判的。"来并笑"，见出一帮女孩子们见面在一起兴高采烈的欢乐情景，然"并笑"中语带轻俗，谁高谁低，还是分得极为清楚的。

末四句写怜梅。前面诗句，由"梅花新"到"落梅"再到"桃李"，写出时间的次第变化，暗示时节已经由冬天来到了春天。所以，末四句起笔即言"杨柳条青"，柳条开始泛出青色，发芽生长了。"楼上轻"，"楼上"与前之"玉台""绮甍"相对。"轻"字言梅花已落，楼中的女子也不再轻易下楼了。因为，桃李之艳、杨柳之青，并不是她所喜欢的。故紧接着再用梅花的洁白之色与冬雪之白，交相辉映，再次象征她的纯洁与高贵。末笔突然传来凄清的笛箫合奏声，呜呜咽咽，令人无比伤感。"柏梁"照应前之"金谷"，总言出身之高贵。此悲凄之乐，是那位如"娇莺"一般的女子吹奏的吗？或许是吧，也或许不是。但此乐声之凄冷，正与"雪""梅"的高冷意象相衬，仍是对诗中女子的极力赞美。

[辑评]

清王夫之《古诗评选》卷一：历乱出入，如晴风卷云，断虹带雨。李白《听莺》、岑参《白雪》皆其支裔也。

关山月① 张正见②

岩间度月华,流彩映山斜③。晕逐连城璧,轮随出塞车④。唐蓂遥合影,秦桂远分花⑤。欲验盈虚理,方知道路赊⑥。

[注释]

①此诗收入《乐府诗集·横吹曲辞》。②张正见(?—575):字见赜,清河东武城(今山东武城西北)人。幼好学,有清才。十三岁献诗东宫,受到萧纲太子赏识,任邵陵王国左常侍、通直散骑侍郎、彭泽令等。梁末避乱于匡俗山。陈武帝受禅后,召为镇东鄱阳王墨曹、衡阳王长史,累迁散骑侍郎。擅长五言诗,今存诗近百首。③度(duó):投入。④晕:月晕。轮:月轮,指月亮。⑤唐蓂(míng):唐尧时一种瑞草,名蓂荚,据说每月一日至十五日长一荚,十六日以后每日落一荚,以此志日。合影:指蓂荚的生长变化与月的盈亏之影相合。秦桂:秦朝设桂林郡,多桂花。远分花:言桂林郡的桂花是从遥远的月中桂树分下来的。⑥验:验证。此指验证上述两个神话传说的真伪。盈虚:指月的圆缺。赊:远。

[赏鉴]

这是一首咏月诗。首二句写月光。"度"字、"映"字,都极具动感,写出夜晚随着时间的流逝,美丽的月光在片片岩石间飘移流动,映照出一抹抹斜斜的山影,景象虽觉凄清,却历历分明,如在目前。次二句写月圆。"晕逐",写月晕圆如连城美玉。连城璧珍贵,恰以形容月晕之罕见。

"轮随",非常巧妙地以"轮"字联系起月轮与车轮,形容月圆如车轮。边塞多战车,以此取象,简便自然。且"出塞车",明确点出此月乃是边塞之月。边塞多高山,故首二句以"岩"字起,以"山"字应。山多荒凉,故月照有凄清之感。五、六句写月美。引用唐冀合影、秦桂分花两个美丽的典故,使人一下子由自然描写进入到神话传说之中,由现实回到历史,时光倒流交错,造成一种恍惚的错觉,构成一种朦胧迷离的境界,勾起人的无限遐思与向往。末二句写月远。紧承五、六句提到的典故,言要想去验证一下的话,就请乘着边塞车朝着天上的月宫驶去,如果觉得道路远,不容易到达,那你就会明白,到达边塞的路也是极为遥远、不易行走的。如此又由月到人,暗衬出边塞生活的艰苦。

全诗既写月,"月"字却只出现了一次,即"月华"之月。其他或以月光代月,如"流彩";或以月的形状代月,如"晕""轮";或以与月有关的典故代月,如"唐冀""秦桂";或以月的变化代月,如"盈虚"。用语活泼,富于变化,避免了单调乏味,给人以清新之感。

[辑评]

明胡应麟《诗薮·内编》卷四:(杨)用修集六朝诗为《五言律祖》,然当时体制尚未尽谐,规以隐侯三尺,失粘、上尾等格,篇篇有之。全章吻合,惟张正见《关山月》及崔鸿《宝剑》、邢巨《游春》,又庾信《舟中夜月诗》四首,真唐律也。

清沈德潜《古诗源》卷十四:秦置桂林,言桂林之花,远分于月中也。

隋朝乐府民歌

隋文帝杨坚对乐府之病深有体会，他曾下诏曰："制礼作乐，今也其时。朕情存古乐，深思雅道，郑卫淫声，鱼龙杂戏，乐府之内，尽以除之！"（《隋书·高祖下》）然而，在他之后隋炀帝杨广又大力提倡宫体诗。加之隋政权存立仅38年，文人多染齐梁旧习，并未形成属于自己时代的发展，所以总体成就不高。相比之下，倒是民歌颇具亮色。这一方面是受严酷政治统治的影响，处在悲惨生活中的人们发出了反抗与战斗的呐喊，如《大业长白山谣》等；另一方面，大一统王朝带来了民族的融合，也带来了南北文学的合流，其先声则发吐在民歌中，"新声奇变，朝改暮易"（《隋书·音乐志》），在当时形成了一种称为"曲子"的新民歌，如《杨柳枝》等。

挽舟者歌①

我儿征辽东，饿死青山下②。今我挽龙舟，又困隋堤道③。方今天下饥，路粮无些小④。前去三千程，此身安可保⑤！寒骨枕荒沙，幽魂泣烟草⑥。悲损门内妻，望断吾家老⑦。安得义男儿，焚此无主尸⑧。引其孤魂回，负其白骨归⑨！

[注释]

①此诗收入《古诗纪》卷一百三十九。②辽东：秦时置辽东郡，治所在今辽宁辽阳北。后魏至隋地属高丽，为辽东城。杨广的军队多次与高丽在此作战。青山：在今辽宁义县东北。③挽龙舟：即拉纤。杨广坐龙舟从洛阳到扬州游幸，用纤夫达八万余人。龙舟：隋炀帝下江南时特制的一种大船。据《资治通鉴·隋纪》载，龙舟高四十五尺，长二百丈，共四层，上有正殿、内殿、朝堂及许多其他房屋。隋堤：杨广修通通济渠和邗沟，两岸筑御道，道旁植柳树，谓之"隋堤"。④方：正当。路粮：途中所需米粮。些小：少许。⑤安：如何，怎么。⑥枕：横躺。⑦悲损：因悲伤而瘦损。老：指家中老人。⑧义男儿：讲义气的好男子。无主尸：指死后尸体无人料理。⑨负：背负。

[赏鉴]

这是一首批判隋炀帝残暴统治的诗。隋炀帝杨广劳民伤财的两大暴政，一是征辽东，二是开运河，造成了成千上万的男子在兵役和劳役中悲惨地死去。此诗以一位役夫之口写出，借自己和儿子的遭遇，以一家人反映两件事，笔墨集中，批判力量显得格外强烈。首二句即写出儿子已在兵役中饿死的事实，触目惊心。"我儿"，亲切中显悲痛，令人不忍卒读。"青山"，固是山名，然一个青年人在此丧生，"青"字极为扎眼，刺痛人心。三、四句转笔写自己的遭遇，"又困"二字点出父子命运相同，已隐露不祥预兆。五、六句交代社会事实，指出由于统治者连年的横征暴敛，全国各地都陷入饥荒，给出征的士兵和劳动的役夫能提供的粮食十分有限。"无些小"，极言其少。以回应二句的"饿死"和四句的"又困"。七、八句转入对自己未来的担心，"三千程"言征途遥远，势必有一天自己也会像儿子一样"饿死"或者累死。九、十句有总结儿子与自己命运之意，"寒骨"，言儿子已死，白骨抛弃在北方的荒沙滩上，无人收拾埋葬。"幽魂"，预言自己之死，也必将成为一个无人管、无人问的野死鬼，埋没在南方的野草丛中。"枕"字、"泣"字，极为传神。接二句想象家中亲人的感受，妻子一丧子再丧夫，肯定要悲痛欲绝，而又不敢将夫、子皆死的消息，告诉年迈的老人，致使他们还对"我"及"我儿"的回家抱着深深的期望。这样的内心矛盾，愈增"悲损"。末四句表达心愿，希望能有好心人，把自己和儿子的尸体焚化，让孤魂野魄回到家乡，捡几块白骨带回去埋入乡土。全诗只从"我"的角度控诉，只摆出父子俱死、尸骨难归的事实，无一语言及批判的对象，愈是如此，愈显批判力量。

隋朝乐府

文人乐府

　　隋朝文人乐府具有重要的过渡性,主要体现为国家统一所带来的南北文化的交流与融合,促进了南北乐府的融合。隋立国后,"辞人才士,总萃京师"(《隋史》卷三十五),关陇文人、山东文人和江左文人等南北文人的交流加强,北方的胡乐、南方的清乐与民间乐曲等汇合加深,促使隋朝乐府在曲调、题材、风格等方面都取得了一定的创新和发展。可惜的是,作家作品没有达到相当规模,文人各自受到地域及创作传统影响,又因拟古风盛,故而未能将这一"大一统"的美学特质贯彻下去。所以,尽管明清论者对卢思道、薛道衡、杨广的乐府诗评价甚高,但在整体上却无法与汉魏以来各朝代相比。

从军行① 卢思道②

朔方烽火照甘泉，长安飞将出祁连③。犀渠玉剑良家子，白马金羁侠少年④。平明偃月屯右地，薄暮鱼丽逐左贤⑤。谷中石虎经衔箭，山上金人曾祭天⑥。天涯一去无穷已，蓟门迢递三千里⑦。朝见马岭黄沙合，夕望龙城阵云起⑧。庭中奇树已堪攀，塞外征人殊未还⑨。白雪初下天山外，浮云直上五原间⑩。关山万里不可越，谁能坐对芳菲月⑪。流水本自断人肠，坚冰旧来伤马骨⑫。边庭节物与华异，冬霰秋霜春不歇⑬。长风萧萧渡水来，归雁连连映天没⑭。从军行，军行万里出龙庭⑮。单于渭桥今已拜，将军何处觅功名⑯！

[注释]

①此诗收入《乐府诗集·相和歌辞》。②卢思道（535—586）：字子行，范阳（治所在今河北涿州）人，少时曾从"北朝三才"之一邢邵受业，历仕北齐、北周及隋三朝。作诗学南朝，承袭齐梁余风，长于七言。其后期诗歌能融南方柔婉轻倩之情调和北方刚健俊逸之风格于一体，对初唐诗歌产生了很大影响。有明人辑本《卢武阳集》。③朔方：汉代郡名，治所在今内蒙古杭锦旗西北，这里泛指北方。甘泉：汉代宫名，在今陕西淳化甘泉山上。《史记·匈奴列传》："（汉文帝后元三年）胡骑入代句注边，烽火通于甘泉长安。"飞将：即飞将军。汉代名将李广号称"飞将军"。这里泛指汉将。祁连：祁连山。④犀渠：犀牛皮制成的盾。渠：盾。

玉剑：柄上镶玉石的宝剑。良家子：清白人家的子弟。羁：马笼头。⑤平明：天刚亮。偃月：半月形，这里指形如半月的偃月阵。右地：西部地带，地理上的方位以右代表西方。薄暮：傍晚。鱼丽：古代战车的一种阵形。左贤：左贤王，匈奴的官名，这里泛指匈奴的军事统帅。⑥石虎：即虎形之石。经：曾经。此处用西汉李广的典故。据《史记·李将军列传》，李广外出打猎，望见草中石，以为虎，一箭射去，矢入石中。金人：金属制的神像，匈奴人用以祭天。此处用西汉霍去病的典故。据《史记·卫将军骠骑列传》，霍去病远征至皋兰山，没收了匈奴人祭天时用的金人。⑦无穷已：指时间上没有期限。蓟（jì）门：在今北京城西南。迢递：遥远。⑧马岭：关塞名，在今山西太谷东南马岭山上。龙城：汉时匈奴祭天的地方，在今内蒙古锡林郭勒盟境内阴山一带。⑨奇树：美树，嘉树。堪：可以，能够。《古诗十九首》有曰："庭中有奇树，绿叶发华滋。攀条折其荣，将以遗所思。"这里撮取其意。殊：根本。⑩天山：在今新疆中部。五原：汉代郡名，治所在九原（今内蒙古包头西南）。⑪芳菲：芳香的花草。⑫"流水"二句：上句化用北朝乐府民歌《陇头歌辞》第三首："陇头流水，鸣声幽咽。遥望秦川，心肝断绝。"下句化用陈琳《饮马长城窟行》诗句："饮马长城窟，水寒伤马骨。"⑬边庭：边地。节物：指气候和物候。节：时节，季节。华：指汉族居住地区。霰（xiàn）：雪珠。⑭萧萧：冷落凄清貌。连连：接连不断。⑮龙庭：即龙城。⑯渭桥：建于长安渭水之上的桥。今已拜：意谓现在已经臣服。这里用西汉宣帝时史事。据《汉书·匈奴传》，汉宣帝甘露三年（前51），匈奴呼韩邪单于入朝，宣帝登渭桥接见。

[赏鉴]

　　此诗可分三层。第一层为前八句，写边塞斗争。隋代结束了长达四五百年的南北分裂局面，重新统一全国。这种政治、军事上的巨大成功，使作者更愿意把他笔下的将士同汉代的将士进行比拟。起句写烽火乍起，即引用了汉代著名的甘泉宫。"照"字，写烽火之光盛大，借以形容朔方之兵来势凶猛，兵情紧急。然"照甘泉"并非实写，而是说让汉廷感受了危机。以下均围绕汉代名将李广进行比类设喻。"长安飞将"，乃其号也；"良家子"，言其出身也；"屯右地""逐左贤"，举其著名战例也；"石虎"，特点其射术高超也。又提到汉大将霍去病，没收"金人"即其出征西域战果之一也。当然，这里并不是咏史诗，而是试图运用古今结合、古人今人相互影射的写法，将历史与现实交融在一起，以增加诗歌的历史厚重感和现实豪迈感。如"出祁连"，古今都在此地作战，古人出今人亦出，便于虚实结合进行描写。"出"字极言出师之迅捷、巧妙，出其不意而痛击敌人要害。又如"谷中石虎""山上金人"，当是隋军在此山谷中作战，油然而生凭吊历史之感。各着一"经"字、一"曾"字，写来分明。再如"平明""薄暮"，战斗持续了一整天，写尽古今战事之苦。清晨布置偃月阵，将兵势横陈，便于正面迎击、两翼包抄敌人。傍晚又布鱼丽阵，将兵势纵陈，便于追击敌人、使士兵不掉队。由此可见作者深得兵法之妙。

第二层为中十六句，写相思之情。以"天"字作衔接与顶针，前叙战争，后抒思情，显出自然，无硬拗之嫌。起笔即一下子从遥远的边塞，过渡到内地。"无穷已""三千里"，分别从时间、空间上绝对地隔离开来。以下从征夫、思妇两处落笔，隔句描写各自的无尽思念。其中，"朝见"二句、"白雪"二句、"流水"二句、"边庭"二句共八句为征夫之思。多北方之景，以景蕴思，如"马岭""龙城""天山""五原"，皆为北方地名，"黄沙""阵云""白雪""浮云""流水""坚冰""冬霰""秋霜"，皆为北方自然物候现象。征夫之思多为实写，写尽艰苦的地理条件和气候变化。如早上发生了沙尘暴，晚上又乌云密布，一"朝"一

"夕",极写变化之大,出人意料,应对不及。当然,感受最深的还是北方的寒冷,雪深、冰厚、水寒,冬秋长,没有春天。如"伤马骨",马骨都被伤,马都不能忍受,人能忍受得了吗?可谓既是实写,又有衬托。"庭中"二句、"关山"二句、"长风"二句共六句为闺妇之思。多南方之景,如"奇树""芳菲月""渡水""归雁"等,亦有对北方的想象,如"关山"。闺妇之思多虚实结合,以思念为主。如"已堪攀""殊未还",衬托出思念时间之长。"不可越"、不能"坐对",写魂魄已离、六神无主。"萧萧""连连",写出门远望。北风吹来,望尽水尽头而不见;北雁归来,望尽天尽头又不见。且前为俯望,后为仰望,写尽各种望姿。征夫之思,取象开阔,造语雄健,抒情含蓄而奔放;闺妇之思,意象较狭,直白直露,清丽哀怨,颇能符合两者的不同身份。特别是这种隔句描写的手法,好像戏剧中的换景对唱、民间的月下对影一般,能使北南两方、男女两边有机对接在一起,不见扭捏之痕,而抒情饱满,分外凄恻感人。

末四句为第三层,总结上述。二句照应将士出征之远,再抒豪迈之情;二句照应闺妇思念之深,再发忧愁之思。可见,全诗融合了北朝和南朝两种风格,开隋诗风气之先。

[辑评]

明胡应麟《诗薮·内编》卷三:六朝歌行可入初唐者,卢思道《从军行》,薛道衡《豫章行》,音响歌调,咸自停匀,气体丰神,尤为焕发。

清王夫之《古诗评选》卷一:尽许扬攉,篇中忽掉一波,有如带出,元来却是正意,所谓君一民二,君子之道也。用苏李、十九首为七言歌行,亦用《过秦论》章法为诗,明眼人觑得,有异裁无异制也。

昔昔盐① 薛道衡②

垂柳覆金堤，蘼芜叶复齐③。水溢芙蓉沼，花飞桃李蹊④。采桑秦氏女，织锦窦家妻⑤。关山别荡子，风月守空闺⑥。恒敛千金笑，长垂双玉啼⑦。盘龙随镜隐，彩凤逐帷低⑧。飞魂同夜鹊，倦寝忆晨鸡⑨。暗牖悬蛛网，空梁落燕泥⑩。前年过代北，今岁往辽西⑪。一去无消息，那能惜马蹄⑫。

[注释]

①此诗收入《乐府诗集·近代曲辞》。昔昔：夜夜。盐：即"艳"，曲的别名。②薛道衡（540—609）：字玄卿，河东汾阴（今山西万荣西南）人。初仕北齐，官至太子侍读。入周任邛州刺史。隋开皇初随军北征突厥，还除内史舍人，累官至司隶大夫，加开府仪同三司。隋炀帝时，因上《高祖文皇帝颂》，触怒杨广，诏令自尽。才名盛于周隋两代，诗与卢思道齐名，史称"每有所作"，南人也"无不吟诵"。有辑本《薛司隶集》。③金堤：堤岸的美称。堤之土黄而坚固，故用"金"修饰。蘼芜：香草名，其叶风干后可做香料。复：又。④芙蓉沼：荷花池。沼：池塘。蹊：小路。⑤秦氏女：指汉乐府民歌《陌上桑》中的罗敷。窦家妻：指窦滔之妻苏蕙。《晋书·列女传》："窦滔妻苏氏……名蕙，字若兰，善属文。滔，苻坚时为秦刺史，被徙长沙。苏氏思之，织锦为回文旋图诗以赠。"⑥荡子：在外乡漫游的人，即游子。风月：风月之夜。⑦恒：常。敛：收敛。千金笑：即一笑值千金之意。双玉：指双目流泪。⑧盘龙：铜

镜背面所雕刻的龙纹。随镜隐：乃言镜子因为不用而藏在匣中。彩凤：指锦帐上绣的凤形花纹。逐帷低：乃言帷帐不上钩而长垂。⑨夜鹊：夜间息于巢中的鸟雀。倦寝：睡觉倦怠，即睡不着。⑩空梁：空屋的房梁。⑪代：隋朝州名，在今山西代县一带，当时属边远地区。辽：指辽水，即现在辽宁省境内的辽河。隋唐时在塞外。⑫消息：音信。那能：奈何这样。惜马蹄：爱惜马蹄，意即不回来。

[赏鉴]

　　这是一首思妇诗。可分三层。前四句为一层，写时景。出现了四种景物，"垂柳""蘼芜"指春天，"芙蓉""桃李"指夏天。垂柳喻送别，言赠别时折送的柳枝又累累满树了。"覆"字，写盛郁貌，极具动态感。蘼芜为香料，喻妇人多子。然丈夫既不在家，则采之无用。故以"叶复齐"，暗示无人采。芙蓉谐音"夫容"，为夫而容。"水溢"点出芙蓉长势喜人，然征人不在身边，无人欣赏，为谁而容？桃李花落，喻容颜易衰。以景写人写事，虽为暗写，却寓意显明，较易理解。

　　中十二句为一层，写思妇。由景过渡到人，人亦不直写，而是用"秦氏女""窦家妻"两位古代女子引起，既形容自己如罗敷一样美好，如苏蕙一样聪颖，又以"采桑""织锦"，写出自己勤于劳作，可称贤能。"关山"指征夫征戍之地。"荡子"是怨语，又隐有多许爱意。以"守"字对"别"字，写出离情别恨，令人不忍。接写自己整天愁眉不展、相思恹恹的景象：不笑、常哭、不照镜子、不收拾屋子，整夜睡不着、神魂不定。从表情、行动到精神，几乎都为之凝结停滞了。"千金""双玉"，喻高贵。"盘龙""彩凤"，喻吉祥。"夜鹊""晨鸡"，以自然事物喻昼夜更替。然后以"暗牖"二句总结，言窗户阴暗了，挂着蛛网，屋梁空废了，落满燕泥。极写好像已经很久无人居住一样，整座房子都处在空废状态之中，极言男子的离开对这个家庭的打击之重，受损程度之深。有家似无家,人在似不在,这样的惨痛凄凉景况应该说是此前的思妇诗都未能写出来的。

后四句为一层,写联想。笔触一下子到了边塞。"前年""今岁",言已在外征战多年。"代北""辽西",既言战争之多、长途跋涉之苦,又暗点距离家乡之远,音信难通,以与"一去无消息"相应。"那能"是反问,意思是不应该爱惜马蹄而不回来,无奈、无助与无望之情,尽透其中。

全诗含蓄凝练,委婉深致,颇求对仗之严,体现了对南朝诗歌的继承与发展,历来被视为隋代诗歌的代表作。

[辑评]

宋魏泰《临汉隐居诗话》:永叔诗话称谢伯景之句,如"园林换叶梅初熟",不若"庭草无人随意绿"也;"池馆无人燕学飞",不若"空梁落燕泥"也。盖伯景句意凡近,似所谓"西昆体",而王胄、薛道衡峻洁可喜也。

宋范晞文《对床夜语》卷一:薛道衡"空梁落燕泥"之句,人多不见其全篇,盖题是《昔昔盐》。……无非闺中怀远之意,但不知立题之义如何。

清王夫之《古诗评选》卷一:起兴处全不逗漏,故艳而不俗,收亦明快。一篇之中,以一句为警,陋习也。"空梁落燕泥",何当此诗之得失?而杨广乃以之杀人邪?

清沈德潜《古诗源》卷十四:"暗牖悬蛛网"二句,从张景阳"青苔依空墙,蜘蛛网四屋"化出,而其发原,则在"伊威在室,蟏蛸在户"。但后人愈巧耳。

清张玉谷《古诗赏析》卷二十二:此闺怨诗。前四,先就暮春时物叙起,盖思妇怀人,春时尤甚也。"采桑"六句,约举其人,点清别人独守,不笑长啼。"盘龙"六句,顶"风月"句,铺叙独居忧伤寂寞之景。后四,顶"关山"句,悯其劳役,而讶其久滞,结得怨而不怒。尔时诗多贪排偶,竞雕琢,然未有长篇句句裁对工整如章者,虽平仄承顶,尚有两处失粘,要是绝佳排律也。